KAZUO ISHIGURO

Alles, was wir geben mussten

AF201918

KAZUO ISHIGURO

Alles, was wir geben mussten

Roman

Aus dem Englischen
von Barbara Schaden

Mit einem Nachwort
von Claire Messud

BLESSING

Titel der Originalausgabe:
NEVER LET ME GO
Originalverlag:
Faber & Faber, London

Penguin Random House Verlagsgruppe FSC® N001967

Neuausgabe 03/2021
7. Auflage
Copyright © 2005 by Kazuo Ishiguro
Copyright © 2012 des Nachworts by Claire Messud,
erstmals veröffentlicht in der Ausgabe der Folio Society
von NEVER LET ME GO, aus dem Englischen übersetzt von Eva Bonné
Copyright © 2021 der deutschsprachigen Ausgabe und der Übersetzung
by Karl Blessing Verlag, München,
in der Penguin Random House Verlagsgruppe GmbH,
Neumarkter Straße 28, 81673 München
produktsicherheit@penguinrandomhouse.de
(Vorstehende Angaben sind zugleich
Pflichtinformationen nach GPSR.)

Umschlaggestaltung und -illustration: DAS ILLUSTRAT, München
Herstellung: Gabriele Kutscha
Satz: satz-bau Leingärtner, Nabburg
Druck und Einband: CPI books GmbH, Leck
Printed in the EU
978-3-89667-696-2

www.blessing-verlag.de

Für Lorna und Naomi

England,

am Ende des 20. Jahrhunderts

ERSTER TEIL

I

Ich heiße Kathy H. Ich bin einunddreißig Jahre alt und arbeite inzwischen seit über elf Jahren als Betreuerin. Eine lange Zeit, scheint es, und dennoch soll ich jetzt noch acht Monate weitermachen, bis zum Ende des Jahres. Dann wären es fast genau zwölf Jahre. Dass ich schon so lange Betreuerin bin, liegt nicht unbedingt daran, dass sie meine Arbeit fantastisch finden. Es gibt ausgezeichnete Betreuer, die nach nur zwei oder drei Jahren aufhören mussten. Und mir fällt mindestens eine Betreuerin ein, die den Job sogar vierzehn Jahre erledigt hat, obwohl sie eine glatte Fehlbesetzung war. Also will ich mich lieber nicht zu sehr brüsten. Andererseits weiß ich genau, dass sie mit meiner Arbeit zufrieden waren, und im Großen und Ganzen war ich selbst es auch. Meine Spender haben sich fast immer viel besser gehalten als erwartet. Ihre Erholungszeiten waren beeindruckend, und kaum einer wurde als »aufgewühlt« eingestuft, auch nicht vor der vierten Spende. Okay, jetzt fange ich vielleicht doch an zu prahlen. Aber es bedeutet mir wirklich viel, dass ich den Anforderungen meiner Arbeit gewachsen bin, vor allem, dass meine Spender »ruhig« bleiben. Ich habe eine Art Instinkt im Umgang mit ihnen entwickelt, sodass ich genau weiß, wann es besser ist, an ihrer Seite zu sein und sie zu trösten, und wann man sie lieber sich selbst überlässt; wann ich ihnen geduldig zuhören und wann ich bloß mit den Schultern zucken und ihnen raten sollte, sich wieder zu beruhigen.

Jedenfalls bilde ich mir nicht besonders viel auf meine Leistung ein. Ich kenne Betreuer, die bestimmt genauso gut sind wie ich, aber nicht halb so viel Anerkennung erhalten. Falls Sie zu diesen gehören sollten, könnte ich es verstehen, wenn Sie mir manche Annehmlichkeit missgönnen sollten – mein Einzimmerapartment, mein Auto und vor allem die Tatsache, dass ich mir aussuchen darf, wen ich betreue. Schließlich bin ich eine ehemalige Hailsham-Kollegiatin – das allein reicht manchmal schon aus, um die Leute gegen sich aufzubringen. Kathy H., heißt es, darf sich die Leute aussuchen, und immer sucht sie sich ihresgleichen aus: Ehemalige aus Hailsham oder aus einer der anderen privilegierten Einrichtungen. Kein Wunder, dass sie ausgezeichnete Ergebnisse vorzuweisen hat. Ich habe es so oft mit eigenen Ohren gehört, da werden Sie es sicher noch öfter gehört haben, und vielleicht ist ja auch etwas Wahres daran. Aber ich bin nicht die Erste, die selbst darüber verfügen darf, wen sie betreut, und ich werde auch nicht die Letzte sein. Überdies habe ich sehr wohl Spender betreut, die an anderen Orten aufgewachsen sind. Wenn ich aufhöre, werde ich immerhin zwölf Jahre hinter mir haben, und wählen durfte ich erst in den letzten sechs.

Und warum auch nicht? Betreuer sind keine Maschinen. Natürlich versucht man bei jedem Spender sein Bestes zu geben, aber irgendwann zermürbt es einen. Man hat eben nicht unendlich viel Kraft und Geduld. Wenn man sich also seine Leute auswählen kann, zieht man selbstverständlich seinesgleichen vor. Das ist ganz natürlich. Ich hätte diese Arbeit nie und nimmer so lange durchgehalten, hätte ich nicht in jeder Phase des Prozesses mit meinen Spendern mitempfunden. Und wenn ich nicht eines Tages angefangen hätte, mir selbst die Leute auszusuchen, die ich betreue, wie wäre ich nach all den Jahren je wieder Ruth und Tommy nahegekommen?

Doch inzwischen schrumpft die Anzahl möglicher Spender, die ich von früher noch persönlich kenne, sodass die Auswahl gar nicht so groß ist. Wie ich schon sagte, die Arbeit wird sehr viel schwieriger, wenn man nicht eine innige Beziehung mit dem Spender aufbauen kann, und obwohl es mir auch schwerfallen wird, keine Betreuerin mehr zu sein, ist es schon in Ordnung, dass ich Ende des Jahres endlich damit aufhöre.

Übrigens war Ruth erst der dritte oder vierte Fall, den ich mir aussuchen durfte. Ihr war damals schon eine Betreuerin zugewiesen worden, und für mich war es nicht ganz einfach, meinen Willen durchzusetzen. Aber am Ende gelang es mir, und in dem Augenblick, als ich Ruth wiedersah, in diesem Erholungszentrum in Dover, fielen unsere vielen Differenzen – auch wenn sie sich nicht gerade in Luft auflösten – weit weniger ins Gewicht als all das Verbindende: zum Beispiel, dass wir miteinander in Hailsham aufgewachsen waren, dass wir Erinnerungen teilten, die nur uns gehörten. Ich glaube, in jenen Tagen habe ich damit angefangen, mir als Spender bewusst Menschen auszusuchen, die ich von früher kannte, vorzugsweise ehemalige Hailsham-Kollegiaten.

Im Laufe der Jahre hat es immer wieder Phasen gegeben, in denen ich Hailsham zu vergessen versuchte und mir vornahm, nicht so oft zurückzublicken. Bis ich an den Punkt gelangte, wo ich aufhörte, dieser Versuchung zu widerstehen. Es hing mit jenem Spender zusammen, für den ich in meinem dritten Jahr als Betreuerin zuständig war; mit seiner Reaktion, als ich erwähnte, ich stamme aus Hailsham. Er hatte gerade seine dritte Spende hinter sich, sie war nicht gut verlaufen, und er muss gewusst haben, dass ihm nicht mehr viel Zeit blieb. Er konnte kaum atmen, aber er sah mich an und sagte: »Hailsham. Ich wette, es war schön dort.« Am nächsten

Morgen, als ich mit ihm plauderte, um ihn abzulenken, und fragte, wo *er* denn aufgewachsen sei, nannte er einen Ort in Dorset, und sein Gesicht unter den Flecken verzog sich zu einer Grimasse, wie ich sie noch nicht gesehen hatte. Und in dem Moment wurde mir klar, wie verzweifelt er sich bemühte, nicht daran zu denken. Stattdessen wollte er von Hailsham hören.

Also erzählte ich ihm während der nächsten fünf oder sechs Tage alles, was er wissen wollte, und er lag da, an Geräte und Schläuche angeschlossen, und ein sanftes Lächeln stahl sich in sein Gesicht. Er fragte mich nach den großen und den kleinen Dingen. Nach unseren Aufsehern, nach den Schatzkisten unter jedem Bett, in denen wir unsere Sammlungen aufbewahrten, nach unseren Fußball- und Rounders-Matches, nach dem schmalen Pfad, der rund um das Haupthaus führte und dessen Winkeln und Spalten folgte, nach dem Ententeich, dem Essen, dem Blick aus dem Zeichensaal über die Felder an einem nebligen Morgen. Manches wollte er wieder und wieder hören; gelegentlich fragte er nach Dingen, die ich ihm erst am Vortag erzählt hatte, so als hätte ich sie noch nie erwähnt. »Hattet ihr einen Pavillon auf dem Sportplatz?« – »Wer war dein Lieblingsaufseher?« Zuerst hielt ich das für eine Folge der Medikamente, aber dann begriff ich, dass er eigentlich ganz klar im Kopf war. Er wollte nicht nur von Hailsham hören, sondern sich an Hailsham *erinnern*, als wäre es seine eigene Kindheit gewesen. Er wusste, dass er nahe daran war abzuschließen, und anscheinend war das seine Art, damit umzugehen: sich von mir Eindrücke so beschreiben zu lassen, dass sie ganz tief eindrangen – vielleicht damit ihm in den schlaflosen Nächten, unter dem Einfluss der Medikamente, der Schmerzen und der Erschöpfung, die Grenze zwischen meinen und seinen Erinnerungen verschwamm. Damals wurde mir zum ersten Mal bewusst, wirklich bewusst, wie viel Glück wir gehabt hatten – Tommy, Ruth, ich, wir alle.

Wenn ich jetzt übers Land fahre, erinnern mich immer noch viele Dinge an Hailsham. Ich fahre an einer nebelverhangenen Wiese entlang oder durchquere ein Tal, und in der Ferne, halb hinter Bäumen verborgen, taucht ein Herrenhaus auf oder auch eine Gruppe Pappeln in einer bestimmten Anordnung auf einem Hügel, und ich denke: Vielleicht ist es das! Ich hab's gefunden! Das *ist* Hailsham! Dann erkenne ich, dass es ein Irrtum war, und fahre weiter, und meine Gedanken schweifen ab. Vor allem diese Pavillons, die ich überall im Land entdecke: Sie stehen am Rand eines Sportplatzes, kleine weiße Fertigteilgebäude mit einer Reihe Fenster unnatürlich hoch oben, fast schon unter dem Dachgesims. Ich glaube, in den Fünfzigern und Sechzigern wurden sehr viele solcher Containergebäude aufgestellt, wahrscheinlich stammte auch unser Pavillon aus dieser Zeit. Wenn ich an einem vorbeikomme, schaue ich so lange wie möglich zu ihm hinüber; auf diese Weise werde ich noch das Auto zu Schrott fahren, aber ich kann nicht anders. Unlängst fuhr ich durch eine menschenleere Gegend in Worcestershire und entdeckte einen Pavillon am Rand eines Kricketfelds, der unserem Pavillon in Hailsham so ähnlich war, dass ich wendete und umkehrte, um ihn mir aus der Nähe anzusehen.

Wir liebten unseren Sportplatz-Pavillon, vielleicht weil er uns an die hübschen kleinen Cottages aus den Bilderbüchern unserer Kindheit erinnerte. In den Junior-Klassen bestürmten wir immer wieder die Aufseher, die nächste Stunde nicht im normalen Klassenzimmer, sondern im Pavillon abzuhalten. Als wir dann in Senior 2 waren – und zwölf, fast dreizehn Jahre alt –, wurde er unsere Zufluchtstätte, in der man mit den besten Freundinnen verschwand, wenn man sich von den anderen absondern wollte.

Der Pavillon war groß genug, dass sich zwei separate Gruppen darin aufhalten konnten, ohne sich gegenseitig in die Quere zu kommen, und im Sommer war draußen auf der Veranda noch

Platz für eine dritte Gruppe. Natürlich wollte ihn jede Gruppe am liebsten für sich allein haben, und deshalb gab es immer Gerangel und Streit. Die Aufseher ermahnten uns unablässig zu anständigem Verhalten, aber das änderte nichts daran, dass man einiger starker Persönlichkeiten in seiner Gruppe bedurfte, um überhaupt eine Chance zu haben, den Pavillon in einer Pause oder Freistunde zu bekommen. Ich war selbst nicht gerade zimperlich, aber dass wir ihn so oft bekamen, hatten wir, glaube ich, vor allem Ruth zu verdanken.

Normalerweise verteilten wir uns einfach auf den Bänken und Stühlen – wir waren zu fünft, zu sechst, wenn Jenny B. mitkam – und schwatzten drauflos. Solche Gespräche waren nur hier im Schutz dieses Gebäudes möglich; manchmal redeten wir über Dinge, die uns Sorgen bereiteten, oder wir fingen an, vor Lachen zu kreischen, dann wieder endete es mit einem handfesten Krach. Vor allem war es eine Gelegenheit, einfach eine Zeit lang abzuschalten, gemeinsam mit den engsten Freundinnen.

An dem Nachmittag, den ich jetzt vor Augen habe, drängten wir uns stehend auf Hockern und Bänken vor den hohen Fenstern. Von hier aus hatten wir eine gute Sicht auf den nördlichen Sportplatz, wo sich etwa ein Dutzend Jungen aus unserem Jahrgang und Senior 3 zum Fußball getroffen hatten. Es herrschte strahlender Sonnenschein, doch kurz zuvor muss es geregnet haben, denn ich weiß noch, wie es blitzte und funkelte im nassen Gras.

Jemand meinte, wir sollten nicht so auffällig schauen, aber niemand wich von den Fenstern zurück. Dann sagte Ruth: »Er ahnt überhaupt nichts. Schaut ihn euch nur an. Er ahnt wirklich rein gar nichts.«

Ich sah Ruth scharf an und fragte mich, ob sie missbilligte, was die Jungs mit Tommy vorhatten. Doch schon im nächsten Moment lachte Ruth auf und rief: »Dieser Volltrottel!«

Da begriff ich auf einmal, dass für Ruth und die anderen das, was die Jungs planten, nichts mit uns zu tun hatte; ob wir damit einverstanden waren oder nicht, spielte keine Rolle. An den Fenstern standen wir nicht, weil wir uns an dem Anblick weiden wollten, wie Tommy wieder einmal gedemütigt wurde, sondern weil wir eben von dem neuesten Plan gehört hatten und halbwegs gespannt auf seine Umsetzung waren. Darüber hinaus, glaube ich, interessierte es uns nicht, was die Jungs damals untereinander trieben. Ruth und den anderen war es im Grunde ziemlich gleichgültig, und mir wahrscheinlich ebenso.

Vielleicht trügt mich aber auch die Erinnerung. Vielleicht empfand ich schon damals einen kleinen Stich des Mitgefühls, als ich Tommy über diesen Platz rennen sah, mit unverhohlenem Entzücken, weil die Gruppe ihn wieder aufgenommen hatte; zumal ich ihm ja ansah, wie sehr er sich auf das Spiel freute, in dem er so gut war. Ich weiß es nicht mehr. Was ich allerdings noch genau weiß, ist, dass Tommy an diesem Tag das hellblaue Polohemd trug, das er auf dem Basar im Monat zuvor erstanden hatte – und auf das er schrecklich stolz war. Wirklich blöd, dieses Hemd zum Fußball anzuziehen, dachte ich. Er wird es sich ruinieren, und dann ist das Geschrei wieder groß. Laut sagte ich, an niemand Besonderen gerichtet: »Tommy hat sein Lieblingshemd an. Sein Polohemd.«

Ich glaube nicht, dass mich jemand hörte, denn in dem Moment lachten alle über Laura, den Clown in unserer Gruppe, die Tommys wechselhaftes Mienenspiel imitierte, während er rannte, winkte, rief und dem Gegner den Ball abjagte. Die anderen Jungen schleppten sich so träge über das Feld, wie es beim Aufwärmen üblich ist, aber Tommy in seiner Aufregung war anscheinend schon in voller Fahrt. Dieses Mal sagte ich etwas lauter als zuvor: »Es wird ihn wahnsinnig machen, wenn er sich dieses Hemd ruiniert.« Ruth hörte mich, dachte aber wohl anscheinend, ich hätte es im Scherz gemeint, denn sie lachte halbherzig und hängte noch irgendeine spitze Bemerkung an.

Inzwischen hatten die Jungs aufgehört, den Ball hin und her zu kicken, und standen in einer Gruppe zusammen im Matsch. Ich sah, wie sich ihre Schultern sanft hoben und senkten, während sie auf die Zusammenstellung der Mannschaften warteten. Die beiden Kapitäne, die jetzt auftauchten, gehörten zur Senior 3, aber jeder wusste, dass Tommy besser spielte als alle aus diesem Jahrgang. Sie warfen eine Münze, wer mit der Wahl anfangen durfte, und der Gewinner musterte die Gruppe.

»Schaut ihn euch an«, sagte jemand hinter mir. »Er ist sich absolut sicher, dass er als Erster ausgesucht wird. Schaut ihn euch bloß an!«

Tatsächlich hatte Tommy in diesem Moment etwas Komisches an sich, was einen unwillkürlich denken ließ: Also gut, wenn er wirklich so dämlich ist, hat er's nicht anders verdient. Die anderen Jungs taten so, als wäre ihnen diese Wahl völlig gleichgültig, als lasse sie es völlig kalt, wann sie aufgerufen wurden. Manche unterhielten sich halblaut miteinander, andere banden sich die Schuhe neu, wieder andere starrten einfach auf ihre Füße, die im Matsch auf der Stelle traten. Nur Tommy blickte die Senior-3-Jungen so gespannt an, als würde er jeden Augenblick aufgerufen.

Während der ganzen Zeit, in der die beiden Teams zusammengestellt wurden, ahmte Laura unverdrossen Tommys wechselnde Gesichtsausdrücke nach: die leuchtende, eifrige Miene zu Beginn; die Verwirrung und die Besorgnis, als jeweils vier Spieler ausgewählt waren, er jedoch noch nicht; die Kränkung und Panik, als ihm zu dämmern begann, was hier vor sich ging. Ich drehte mich aber nicht ständig nach Laura um, denn ich beobachtete Tommy; was sie tat, merkte ich am Gelächter und an den anfeuernden

Bemerkungen der anderen. Dann, als Tommy als Letzter dastand und die anderen schon zu kichern anfingen, hörte ich Ruth sagen:

»Gleich ist es so weit. Wartet. Sieben Sekunden. Sieben, sechs, fünf ...«

Weiter kam sie nicht. Tommy brach in ein markerschütterndes Gebrüll aus, und die anderen Jungen lachten jetzt lauthals auf und stürmten zum südlichen Sportplatz davon. Tommy rannte ihnen ein paar Schritte hinterher – es war schwer zu sagen, ob er ihnen im ersten Impuls zornig nachsetzen wollte oder ob er Panik bekam, weil er allein zurückgelassen worden war. Jedenfalls blieb er bald wieder stehen. Er stand da, dunkelrot im Gesicht, und starrte den Jungen nach. Dann begann er zu schreien und zu kreischen, ein wüstes Durcheinander aus Schimpfwörtern und Flüchen.

Da wir Tommys Wutanfälle schon zur Genüge kannten, stiegen wir von den Hockern und verteilten uns im Pavillon. Eigentlich hätten wir uns jetzt gern über etwas anderes unterhalten, aber im Hintergrund ging das Wüten unvermindert weiter, und obwohl wir zuerst die Augen verdrehten und Tommy zu ignorieren versuchten, standen wir schließlich – sicher volle zehn Minuten später – wieder am Fenster.

Von den anderen Jungen war weit und breit nichts mehr zu sehen, und Tommy hatte es aufgegeben, seine Schmähungen in eine bestimmte Richtung zu lenken. Er tobte nur, gestikulierte wild, reckte beschwörend die Arme zum Himmel, in den Wind, gegen den nächsten Zaunpfosten. Laura sagte, vielleicht »probt er seinen Shakespeare«, und eine andere machte uns darauf aufmerksam, dass er bei jedem Aufschrei einen Fuß vom Boden hob und seitwärts stieß, »wie ein pinkelnder Hund«. Ich hatte diese Fußbewegung ebenfalls bemerkt, aber vor allem fiel mir auf, dass bei jedem Aufstampfen der Dreck aufspritzte und um seine Schienbeine flog. Wieder dachte ich an sein kostbares Hemd, aber er war zu weit weg, als dass ich hätte erkennen können, wie schmutzig es schon war.

»Es ist wahrscheinlich ein bisschen grausam«, sagte Ruth, »wie sie ihn immer wieder in den Wahnsinn treiben. Aber er ist selber schuld. Wenn er nicht lernt, sich zu beherrschen, werden sie ihn nie in Frieden lassen.«

»Ich glaube nicht, dass es ihm helfen würde«, sagte Hannah. »Graham K. ist genauso jähzornig, aber mit ihm gehen sie umso vorsichtiger um. Auf Tommy haben sie's deswegen abgesehen, weil er ein faules Stück ist.«

Nun redeten alle durcheinander – dass Tommy nie auch nur den Versuch unternahm, kreativ zu sein, nicht einmal etwas für den Frühjahrstauschmarkt gegeben hatte. In Wahrheit, glaube ich, wünschten wir uns inzwischen wohl alle insgeheim, dass ein Aufseher aus dem Haupthaus hervorkäme und ihn mitnähme. Zwar hatten wir mit dieser jüngsten Verschwörung gegen Tommy nichts zu tun, aber immerhin hatten wir von der ersten Reihe aus zugesehen und begannen uns schuldig zu fühlen. Doch es war nirgends ein Aufseher in Sicht, sodass wir uns einfach weiterhin Gründe aufzählten, weshalb Tommy das verdient habe, was er jetzt erhielt. Als Ruth schließlich mit einem Blick auf die Uhr sagte, es sei zwar noch Zeit, aber wir sollten doch lieber jetzt schon zum Haupthaus zurückgehen, erhob niemand einen Einwand.

Tommy tobte immer noch, als wir aus dem Pavillon traten. Das Haupthaus befand sich links von uns, und da Tommy in gerader Linie vor uns auf der Wiese stand, brauchten wir nicht weiter in seine Nähe zu kommen. Ohnehin drehte er uns den Rücken zu und nahm uns offensichtlich gar nicht wahr. Dennoch zog es mich zu ihm hinüber, während meine Freundinnen am Rand des Spielfelds entlanggingen. Ich wusste, dass die anderen sich wundern würden, aber ich ging weiter – auch als Ruth in meinem Rücken zischelte, ich solle zurückkommen.

Wahrscheinlich war es Tommy nicht gewöhnt, in seinen Tobsuchtsanfällen gestört zu werden, denn als ich bei ihm war, starrte er mich nur eine Sekunde lang an und machte dann weiter wie zuvor. Es war tatsächlich, als arbeitete er gerade an einer Shakespeare-Szene und als wäre ich mitten in die Probe geplatzt. Auch als ich sagte: »Tommy, dein schönes Hemd. Es wird ganz schmutzig«, hatte ich nicht den Eindruck, dass er mich hörte.

Also streckte ich die Hand aus und wollte sie ihm auf den Arm legen. Seine Arme fuchtelten wild herum, und er konnte nicht wissen, dass ich in diesem Moment die Hand ausstreckte. Die anderen dachten später, er hätte es absichtlich getan, aber ich war mir ziemlich sicher, dass es ein Versehen war: Als er einen Arm in die Höhe warf, stieß er meine Hand beiseite und traf mich an der Wange. Es tat überhaupt nicht weh, aber ich schnappte nach Luft, und die meisten Mädchen hinter mir ebenfalls.

In dem Augenblick schien Tommy mich endlich zu bemerken, mich, die anderen, sich selbst und die ganze Situation – dass er hier auf der Wiese stand und sich aufführte wie von Sinnen –, und er starrte mich ein bisschen einfältig an.

»Tommy«, sagte ich in ziemlich strengem Ton. »Dein Hemd ist voller Dreck.«

»Na und?«, murrte er. Aber im selben Moment blickte er an sich hinunter, entdeckte die braunen Spritzer und unterdrückte gerade noch einen Aufschrei des Entsetzens. Dann sah ich die Überraschung in seinem Gesicht, als ihm dämmerte, dass ich um seine Gefühle für sein Polohemd wusste.

»Keine Angst, so schlimm ist das nicht«, sagte ich, bevor das Schweigen demütigend für ihn wurde. »Der Schmutz wird wieder rausgehen. Wenn du's selber nicht sauber kriegst, bringst du's einfach zu Miss Jody.«

Er musterte noch eine Weile sein Hemd und sagte mürrisch: »Dir kann es doch sowieso egal sein.«

Die letzte Bemerkung tat ihm offensichtlich gleich wieder leid, denn er sah mich verlegen an, als erwartete er eine tröstende Antwort von mir. Aber ich hatte jetzt genug von ihm, zumal uns die Mädchen die ganze Zeit beobachteten – und wahrscheinlich nicht nur sie, sondern von den Fenstern des Haupthauses auch noch etliche andere Schüler. Also wandte ich mich mit einem Achselzucken ab und kehrte zu meinen Freundinnen zurück.

Ruth legte mir einen Arm um die Schultern, während wir davongingen. »Zumindest hast du's geschafft, dass er sich wieder abregt«, sagte sie. »Alles in Ordnung mit dir? Wahnsinniges Tier.«

2

Das alles liegt schon lang zurück, und vielleicht irre ich mich ja in manchem; aber dass ich an diesem Nachmittag auf Tommy zuging, gehört nach meiner Erinnerung in eine Phase, in der ich zwanghaft nach Herausforderungen suchte. Ich hatte alles schon mehr oder weniger vergessen, als Tommy mich ein paar Tage später aufhielt.

Ich weiß nicht, wie es dort war, wo Sie aufwuchsen, aber in Hailsham mussten wir beinahe jede Woche die eine oder andere ärztliche Untersuchung über uns ergehen lassen, für gewöhnlich in Zimmer 18 ganz oben im Dachgeschoss. An diesem sonnigen Morgen stieg die eine Gruppe die Haupttreppe hinauf, um sich von der strengen Schwester Trisha – Krähengesicht, wie wir sie nannten – untersuchen zu lassen, während eine andere Gruppe, die zuvor an der Reihe gewesen war, die Treppe herunterkam. Der Lärm hallte durchs ganze Treppenhaus. Ich ging mit gesenktem Kopf die Stufen hinauf, folgte einfach den Füßen vor mir, als mich eine Stimme ganz in der Nähe anrief: »Kath!«

Tommy, der mir in der Gruppe von oben entgegenkam, blieb mitten auf der Treppe stehen. Sein breites offenes Grinsen ärgerte mich sofort. Ein paar Jahre früher hatten wir diese Miene aufgesetzt, wenn wir uns freuten, jemanden zu treffen, den wir mochten. Aber inzwischen waren wir dreizehn, und unsere Begegnung spielte sich dazu noch vor aller Augen ab. Am liebsten hätte ich gesagt: »Tommy, kannst du nicht allmählich mal erwachsen werden?« Aber ich riss mich zusammen und sagte stattdessen: »Tommy, du hältst alle auf. Und ich steh jetzt ebenfalls im Weg.«

Er blickte nach oben, und tatsächlich war die Abwärtsbewegung hinter ihm schon ins Stocken geraten. Eine Sekunde schien er in panischem Schrecken befangen zu sein, dann drückte er sich neben mich an die Wand, sodass die Schüler sich mit Mühe an ihm vorbeizwängen konnten.

»Kath, ich hab dich überall gesucht. Ich wollte mich entschuldigen. Es tut mir wirklich sehr, sehr leid. Ehrlich, ich wollte dich neulich nicht schlagen. Es fällt mir doch nicht im Traum ein, ein Mädchen zu schlagen, und *dich* am allerwenigsten. Es tut mir wirklich furchtbar leid.«

»Schon gut. Ich weiß, dass es keine Absicht war.« Ich nickte ihm zu und wollte weitergehen. Aber Tommy sagte: »Das Hemd ist wieder ganz in Ordnung. Es ist alles rausgegangen.«

»Das freut mich.«

»Ich hab dir nicht wehgetan, oder? Als ich dich geschlagen habe?«

»Doch. Schädelbruch, Gehirnerschütterung, das volle Programm. Sogar Krähengesicht dürfte es merken. Das heißt, falls ich überhaupt je zu ihr raufkomme.«

»Im Ernst, Kath. Nichts für ungut, ja? Es tut mir schrecklich leid. Ganz ehrlich.«

Schließlich lächelte ich ihn an und sagte, diesmal ohne Ironie: »Schau, Tommy, es war ein Versehen, und jetzt ist es hundertprozentig vergessen. Ich bin dir überhaupt nicht böse.«

Sein Gesichtsausdruck verriet immer noch Zweifel, aber ein paar Ältere hinter ihm begannen zu drängeln und forderten ihn auf, weiterzugehen. Er lächelte mir kurz zu und klopfte mir auf die

Schulter, als wäre ich ein jüngerer Mitschüler, bevor er sich wieder in die Gruppe einreihte. Und als auch ich weiterging, hörte ich ihn von unten rufen: »Bis dann, Kath!«

Mir war diese ganze Angelegenheit leicht peinlich, aber sie zog weder Sticheleien noch Gerede nach sich; und ich muss gestehen, dass ich mich ohne diese Begegnung auf der Treppe in den nächsten Wochen wohl kaum so sehr für Tommys Probleme interessiert hätte, wie es dann der Fall war.

Einige Zwischenfälle habe ich selbst miterlebt. Aber meistens hörte ich nur davon und fragte dann so lange nach, bis ich eine mehr oder minder vollständige Darstellung hatte. Es handelte sich um neuerliche Wutanfälle – Tommy soll beispielsweise in Zimmer 14 zwei Pulte umgekippt haben, sodass sich der Inhalt auf den Boden entleerte. Die übrigen Schüler der Klasse flohen auf den Gang hinaus und verbarrikadierten die Tür, damit er nicht herauskäme. Ein andermal musste Mr Christopher ihm beim Fußballtraining die Arme hinter dem Rücken zusammenklemmen, um einen Angriff auf Reggie D. zu verhindern. Beim Dauerlauf der Jungen rund um den Sportplatz konnte jeder sehen, dass Tommy der Einzige war, der keinen Laufpartner hatte. Er war ein guter Läufer und brachte sehr rasch einen Abstand von zehn, fünfzehn Metern zwischen sich und die anderen – vielleicht hoffte er, auf diese Weise verbergen zu können, dass keiner mit ihm laufen wollte. Fast jeden Tag hörten wir von neuen Streichen, die ihm gespielt wurden: Meistens war es das Übliche – sonderbare Dinge in seinem Bett, ein Wurm in den Müsliflocken zum Frühstück –, aber manches klang wirklich nach reiner Schikane: Einmal zum Beispiel putzte jemand die Kloschüssel mit Tommys Zahnbürste und stellte sie ihm dann mit Scheiße auf den Borsten wieder hin. Da er groß und kräftig war – und wahrscheinlich auch wegen seines Jähzorns –, versuchte niemand, ihn auch körperlich zu tyrannisieren, aber soweit ich mich erinnere, kam es zumindest mehrere Monate lang immer wieder zu solchen Vorfällen. Ich hoffte, früher oder später würde endlich jemand sagen, dass es zu schlimm geworden war, aber es ging einfach immer weiter, und niemand äußerte sich dazu.

Einmal, nachdem im Schlafsaal die Lichter gelöscht worden waren, versuchte ich selbst das Thema zur Sprache zu bringen. In den Senior-Klassen schliefen wir nur noch zu sechst in einem Raum, waren also sozusagen unter uns. Im Dunkeln, kurz vor dem Einschlafen, führten wir oft unsere intimsten Gespräche. Da konnte man über Dinge reden, die man sonst im Traum nicht anzuschneiden gewagt hätte, nicht einmal im Pavillon. Eines Abends kam ich also auf Tommy zu sprechen. Ich sprach nicht lange, fasste nur kurz zusammen, was ihm alles so widerfahren war, und sagte, es sei wirklich nicht sehr fair. Als ich verstummte, hing ein seltsames Schweigen in der Dunkelheit, und mir wurde klar, dass alle auf Ruths Reaktion warteten – wie immer, wenn ein etwas heikles oder peinliches Thema aufs Tapet kam. Ich wartete, dann hörte ich ein Seufzen aus ihrer Richtung.

»Da hast du recht, Kathy«, sagte sie. »Nett ist es nicht. Aber wenn er will, dass es aufhört, muss er selber auch mal sein Verhalten ändern. Für den Tauschmarkt im Frühjahr hat er gar nichts beigesteuert. Und hat er was für nächsten Monat? Ich wette, nein.«

An dieser Stelle sollte ich vielleicht erklären, was es mit den Tauschmärkten auf sich hatte, die wir in Hailsham veranstalteten. Viermal im Jahr, in Frühling, Sommer, Herbst und Winter, gab es eine große Verkaufsausstellung von allem, was wir in den drei Monaten seit dem letzten Tauschmarkt angefertigt hatten: Bildern, Zeichnungen, Keramik, »Objektkunst« unterschiedlichster Art, gebastelt aus allem, was gerade angesagt war – zerbeulte Dosen oder in Pappkartons gerammte Flaschenhälse. Jeder Beitrag wurde mit Tauschmarken honoriert – die Aufseher entschieden, wie viele Marken das jeweilige Meisterstück wert war –, und am Markttag ging man mit seinem Markenvorrat hin und »kaufte«, was einem gefiel. Die Regel lautete, dass man nur Arbeiten von Schülern des eigenen Jahrgangs kaufen durfte, aber auch so war die Auswahl groß genug, denn die meisten von uns entwickelten im Verlauf von drei Monaten eine ziemliche Produktivität.

Im Rückblick ist mir klar, warum uns der Tauschmarkt so wichtig war. Vor allem war er, abgesehen vom Basar – der anders funktionierte und auf den ich später noch zurückkomme –, unsere einzige Möglichkeit, eine Sammlung mit persönlichem Besitz anzulegen. Wenn man zum Beispiel die Wände rund um das Bett schmücken wollte oder nach einem Talisman suchte, den man in der Schultasche herumtragen und in jedem Klassenzimmer aufs Pult stellen konnte, wurde man auf dem Tauschmarkt auf jeden Fall fündig. Heute weiß ich, dass der Tauschmarkt auf subtile Weise noch eine andere Wirkung auf uns ausübte. Stellen Sie sich vor, wie es ist, wenn jeder auf die Produktivität der anderen angewiesen ist, um sich eine Sammlung privater Schätze anzulegen – das muss sich ja auf die Beziehungen auswirken, die Sie haben. Der Ärger um Tommy war typisch. Ansehen, Beliebtheit und Respekt hingen in Hailsham sehr davon ab, wie »kreativ« man war.

Das alles riefen Ruth und ich uns vor ein paar Jahren oft in Erinnerung, als ich sie in dem Erholungszentrum in Dover betreute.

»Auch in dieser Hinsicht war Hailsham etwas Besonderes«, sagte sie einmal. »Wie wir ermutigt wurden, die Leistungen der anderen zu schätzen.«

»Stimmt«, sagte ich. »Aber wenn ich heute an die Tauschmärkte zurückdenke, kommt mir vieles ein bisschen merkwürdig vor. Die Gedichte zum Beispiel. Wir durften doch statt einer Zeichnung oder eines Bildes auch Gedichte einreichen. Und das Komische war doch, dass wir das ganz in Ordnung fanden und keiner was dran auszusetzen hatte.«

»Wieso auch? Gedichte sind wichtig.«

»Schon, aber wir reden über die Ergüsse von Neunjährigen, holprige Verse voller Rechtschreibfehler in unseren Schulheften. Statt uns etwas wirklich Hübsches für die Wand hinter dem Bett auszusuchen, gaben wir unsere kostbaren Tauschmarken für ein Schulheft voll von solchem Zeug her. Wenn wir tatsächlich so scharf auf jemandes Gedichte waren, warum liehen wir sie uns nicht einfach aus und schrieben sie an einem Nachmittag ab? Aber du weißt ja selber, wie es war. Kaum fand der nächste Tauschmarkt statt, konnten wir uns wieder nicht entscheiden zwischen Susie K.s Gedichten und den Giraffen von Jackie.«

»Jackies Giraffen«, sagte Ruth und lachte. »Sie waren wirklich schön. Ich hatte auch eine.«

Dieses Gespräch führten wir an einem wunderbaren Sommerabend draußen auf dem kleinen Balkon vor ihrem Zimmer. Es war ein paar Monate nach ihrer ersten Spende, und nachdem sie die schlimmste Phase überstanden hatte, legte ich meine Abendbesuche immer so, dass wir noch eine halbe Stunde draußen sitzen und die Sonne hinter den Dächern untergehen sehen konnten. Man sah jede Menge Fernsehantennen und Satellitenschüsseln und manchmal, direkt gegenüber in der Ferne, auch den glitzernden Streifen des Meers. Ich brachte Mineralwasser und Kekse mit, und wir saßen zusammen und redeten über alles, was uns einfiel. Das Zentrum, in dem Ruth damals war, ist eines meiner liebsten, und ich hätte gar nichts dagegen, wenn ich eines Tages auch dorthin käme. Die Erholungszimmer sind klein, aber komfortabel und behaglich. Alles – die Wände, der Fußboden – ist mit blitzenden weißen Kacheln gefliest, die immer so sauber sind, dass man sich fast wie in einem Spiegelsaal fühlt, wenn man zum ersten Mal hereinkommt. Natürlich ist es nicht so, dass man sich wirklich vervielfältigt sieht, aber ein solcher Eindruck entsteht. Wenn man einen Arm hebt oder jemand sich im Bett aufsetzt, spürt man diese blasse, schattenhafte Bewegung überall auf den Kacheln ringsum. Ruths Zimmer verfügte überdies über weite Schiebefenster, sodass sie vom Bett aus mühelos hinausschauen konnte. Selbst wenn ihr Kopf auf dem Kissen lag, sah sie einen großen Ausschnitt Himmel, und wenn es warm genug war, brauchte sie nur auf den Balkon hinauszutreten und konnte so viel frische Luft schnappen, wie sie wollte. Ich besuchte sie sehr gern dort, liebte unsere dahinplätschernden Gespräche – den ganzen Sommer hindurch bis in den frühen Herbst hinein saßen wir zusammen auf diesem Balkon und redeten über Hailsham, die Cottages und was uns sonst in den Sinn kam.

»Ich meine«, fuhr ich fort, »dass wir uns in dem Alter, mit elf oder so, wirklich nicht für die Gedichte anderer Leute interessierten. Aber erinnerst du dich noch an Christy? Sie war doch bekannt für ihre Gedichte, und wir blickten deswegen alle zu ihr auf. Nicht mal du, Ruth, hast dich getraut, Christy herumzukommandieren. Nur weil wir sie für eine große Dichterin hielten. Dabei hatten wir keine Ahnung von Poesie. Es war uns völlig egal. Ist doch merkwürdig.«

Aber Ruth begriff nicht, worauf ich hinauswollte. Vielleicht wollte sie es auch nicht begreifen – und uns intellektueller in Erinnerung behalten, als wir jemals gewesen waren. Vielleicht ahnte sie auch, in welche Richtung das Gespräch zielte, und wollte nicht folgen. Jedenfalls stieß sie einen langen Seufzer aus und sagte: »Wir alle fanden Christys Gedichte damals großartig. Aber ich frage mich, wie sie uns heute gefallen würden. Schade, dass wir keines hier haben, ich wüsste zu gern, wie sie jetzt auf uns wirken würden.« Dann lachte sie und sagte: »Tatsächlich habe ich noch Gedichte von Peter B. Das war allerdings viel später, als wir in Senior 4 waren. Anscheinend schwärmte ich für ihn – weshalb hätte ich sonst seine Gedichte kaufen sollen. Sie sind hysterisch und verrückt. Er hat sich furchtbar ernst genommen. Aber Christy war gut, das weiß ich ganz genau. Komisch, sie gab das Dichten von einem Tag auf den anderen auf, als sie mit dem Malen anfing, und darin war sie nicht annähernd so gut.«

Aber lassen Sie mich zu Tommy zurückkehren. Was Ruth damals im Schlafsaal, im Dunkeln gesagt hatte – dass Tommy an seinen Problemen selber schuld sei –, das dachten damals wahrscheinlich die meisten in Hailsham. Aber erst durch ihre Bemerkung wurde mir klar, dass die allgemeine Überzeugung, nämlich dass er sich absichtlich nicht bemühte, schon ewig, schon seit den Junior-Klassen die Runde machte. Und während ich so im Dunkeln lag, wurde mir außerdem klar – mit einem gewissen Frösteln –, dass Tommy diese ganzen Schikanen nicht erst seit Wochen oder Monaten erduldete, sondern tatsächlich seit Jahren.

Tommy und ich haben vor nicht allzu langer Zeit darüber gesprochen, und seine eigene Darstellung davon, wie der ganze Ärger begann, deckt sich mit dem, was ich an jenem Abend im Schlafsaal dachte. Alles habe an einem bestimmten Nachmittag im Kunstunterricht von Miss Geraldine angefangen. Bis zu dem Tag, sagte Tommy, habe er immer recht gern gemalt. Aber in dieser Unterrichtsstunde von Miss Geraldine malte Tommy mit Wasserfarben einen Elefanten im hohen Gras, und damit fing es an. Das Bild sei nur ein Scherz gewesen, sagte er. Ich fühlte ihm genauer auf den Zahn und gewann den Eindruck, dass es mit jenem Bild wie mit vielem anderen in diesem Alter war: Ohne einen besonderen Grund macht man es einfach. Weil man hofft, Lacher zu ernten, oder weil man wissen will, ob man damit Aufsehen erregen kann. Und wenn man es im Nachhinein erklären soll, kommt es einem ganz absurd vor. Solche Sachen haben wir doch alle gemacht. Tommy drückte es zwar nicht ganz so aus, aber ich bin mir sicher, dass es so sich so verhielt.

Jedenfalls malte er diesen Elefanten auf eine Art, wie man es eher von einem drei Jahre Jüngeren erwartet hätte. Er brauchte nicht länger als zwanzig Minuten für dieses Bild und erntete natürlich Gelächter, aber in anderer Form, als er erwartet hatte. Dennoch wäre die Angelegenheit vielleicht im Sand verlaufen, wäre das Ganze nicht – und das ist die bittere Ironie – ausgerechnet in Miss Geraldines Unterricht passiert.

Miss Geraldine war in jener Zeit unsere unangefochtene Lieblingsaufseherin, freundlich, liebenswürdig und immer bereit, einen zu trösten, wenn man es brauchte, auch wenn man etwas Schlimmes verbrochen hatte oder von einem anderen Aufseher zurechtgewiesen worden war. Wenn sie einen mal selbst tadeln musste, widmete sie einem noch Tage danach besondere Aufmerksamkeit, als hätte sie ein schlechtes Gewissen. Es war einfach Pech für Tommy, dass an jenem Tag Miss Geraldine Kunst unterrichtete und nicht zum Beispiel Mr Robert oder Miss Emily, die Oberaufseherin, die häufig selbst Kunstunterricht erteilte: Beide hätten Tommy zur Rede gestellt, er hätte dämlich gegrinst, und die anderen hätten das Ganze schlimmstenfalls als matten Scherz abgetan; vielleicht hätten ihn manche für einen echten Clown gehalten. Aber weil Miss Geraldine eben Miss Geraldine war, lief es anders. Sie betrachtete das Bild mit äußerstem Wohlwollen und Verständnis. Und weil sie wahrscheinlich ahnte, dass Tommy in Gefahr war, ausgegrenzt zu werden, übertrieb sie es in der entgegengesetzten Richtung und meinte vor der ganzen Klasse die Vorzüge dieses Bilds hervorheben zu müssen. Und damit löste sie den Unmut gegen ihn aus.

»Als wir das Klassenzimmer verließen«, erinnerte sich Tommy,

»hörte ich sie zum ersten Mal über mich reden. Und es war ihnen egal, dass ich sie hören konnte.«

Ich vermute, dass Tommy schon eine Weile vor diesem Elefantenbild das Gefühl hatte, nicht mit den anderen mithalten zu können, dass er speziell im Malen auf dem Niveau eines viel Jüngeren war, und das versuchte er zu kaschieren, so gut es ging, indem er absichtlich kindische Bilder anfertigte. Aber nach dem Elefanten war die Sache auf dem Tisch, und jetzt lauerte jeder darauf, was wohl als Nächstes käme. Anscheinend strengte er sich eine Zeit lang an, aber kaum hatte er eine Zeichnung begonnen, hörte er von allen Seiten Hohngelächter und Gekicher, ja, je mehr er sich anstrengte, desto größer war der Spott, den er erntete. Also kehrte Tommy früher oder später zu seinem ursprünglichen Selbstschutz zurück und produzierte Arbeiten, die absichtlich naiv waren, um damit auszudrücken, dass ihm alles völlig gleichgültig war. Von da an ging es bergab.

Eine Zeit lang nahmen sie ihn nur im Kunstunterricht aufs Korn – das war schon oft genug, denn in den Junior-Klassen malten und zeichneten wir viel. Aber es breitete sich aus. Er wurde bei den Spielen übergangen, beim Essen wollte niemand neben ihm sitzen, und seine Zimmergenossen ignorierten ihn, wenn er abends im Schlafsaal, nachdem die Lichter gelöscht waren, etwas sagte. Anfangs war die Ächtung noch nicht so gnadenlos wie später. Manchmal vergingen Monate ohne einen Zwischenfall, er hielt das Ganze für überstanden, aber dann ließ etwas, was er selbst tat – oder auch einer seiner Feinde, wie Arthur H. –, das Ganze wieder aufflammen.

Ich weiß nicht mehr genau, wann die großen Wutanfälle anfingen. Soweit ich mich erinnere, war Tommy schon immer für seinen Jähzorn bekannt, schon im Kindergarten; er hingegen meinte, sie hätten erst angefangen, nachdem die Hänseleien so schlimm geworden seien. Jedenfalls brachten diese Zornausbrüche die anderen natürlich erst recht gegen ihn auf und ließen die Situation eskalieren, und um die Zeit, von der ich rede – in dem Sommer, als wir dreizehn waren und in Senior 2 –, hatten die Schikanen ihren Höhepunkt erreicht.

Dann hörte alles auf, nicht gerade über Nacht, aber doch ziemlich plötzlich. Ich beobachtete, wie gesagt, die Situation aus der Nähe und erkannte deshalb die Anzeichen früher als die meisten anderen. Es begann mit einer Phase – die vielleicht einen Monat dauerte, vielleicht auch länger –, in der die Gemeinheiten unvermindert anhielten, aber Tommy nicht mehr wie gewohnt explodierte. Manchmal sah ich, dass er nahe daran war auszurasten, aber sich irgendwie beherrschte; dann wieder sah ich ihn nur leicht die Schultern zucken oder so tun, als hätte er gar nichts bemerkt. Zuerst war die Enttäuschung groß, vielleicht nahm man es ihm sogar übel, dass er nicht mehr mitspielte, als ließe er sie im Stich. Aber mit der Zeit wurde es den Schülern langweilig, und die Schikanen wurden immer halbherziger, bis mir eines Tages auffiel, dass seit mehr als einer Woche gar nichts passiert war.

Das wäre an sich noch nicht so bedeutsam gewesen, aber ich bemerkte noch andere Veränderungen, Kleinigkeiten – zum Beispiel, dass Alexander J. und Peter N. einträchtig mit ihm über den Hof zum Sportplatz gingen und die drei ganz normal miteinander plauderten; dass der Tonfall der Kollegiaten bei der Erwähnung seines Namens auf subtile, aber unverkennbare Weise anders klang als früher. Dann saß einmal eine Gruppe von uns in einer Nachmittagspause im Gras nahe dem südlichen Spielplatz, wo die Jungs wie üblich Fußball spielten. Ich beteiligte mich am Gespräch, behielt aber Tommy im Auge, der im Zentrum des Spielgeschehens stand. Irgendwann wurde er zu Fall gebracht, stand wieder auf und legte sich den Ball für den Freistoß zurecht. Während die anderen sich erwartungsvoll über das Spielfeld verteilten, sah ich, wie Arthur H., einer seiner schlimmsten Peiniger, ein paar Meter hinter seinem Rücken mit einer dämlichen Parodie von Tommy begann, der mit den Händen an den Hüften hinter dem Ball stand. Ich beobachtete die Spieler scharf, aber keiner von ihnen griff Arthurs Stichwort auf. Es konnte ihnen nicht entgangen sein, denn alle blickten zu Tommy hin und warteten auf seinen Schuss, und Arthur stand direkt hinter ihm – aber die Parodie interessierte niemanden. Tommy führte den Freistoß aus, das Spiel ging weiter, und Arthur H. verzichtete auf weitere Versuche, ihn lächerlich zu machen.

Ich freute mich über diese Entwicklung, konnte sie aber nicht verstehen. Tommys Leistungen hatten sich nicht wesentlich verändert, in Sachen »Kreativität« war sein Ruf so schlecht wie eh und je. Dass die Wutanfälle ausblieben, machte natürlich eine Menge aus, aber was der eigentliche Auslöser des Wandels war, ließ sich schwer sagen. Es musste an Tommy selbst liegen – an seinem Auftreten, an seiner Art, wie er den anderen ins Gesicht sah und sie ansprach, offen und gutmütig, wie er nun einmal war: Das war anders als früher, und sein neues Verhalten beeinflusste wiederum die Einstellung seiner Umgebung zu ihm. Aber was die tiefgreifende Veränderung bewirkt hatte, war nicht klar.

Ich stand vor einem Rätsel und beschloss, ihn bei der nächsten Gelegenheit, wenn wir ungestört miteinander reden konnten, auszuhorchen. Die Gelegenheit bot sich schon bald, als ich mich ein paar Tage später zum Mittagessen anstellte und ihn ein paar Plätze vor mir in der Schlange entdeckte.

Es mag sonderbar klingen, aber in Hailsham war die Schlange an der Essensausgabe tatsächlich eine der besten Gelegenheiten für ein Gespräch unter vier Augen. Das lag an der Akustik in der großen Halle; der Lärmpegel in dem hohen Raum brachte es mit sich, dass man eine ziemlich gute Chance hatte, unbelauscht zu bleiben, sofern man die Stimme senkte, nahe beieinander stand und darauf achtete, ob die Nachbarn selbst in ein Gespräch vertieft waren. Jedenfalls hatten wir nicht gerade die Qual der Wahl – »stille« Orte waren meistens die schlimmsten, denn da bestand immer die Gefahr, dass jemand in Hörweite vorbeikam. Und sobald einer Anstalten machte, sich zu einem Privatgespräch davonzustehlen, merkten es alle binnen Minuten, und die Chance war vertan.

Als ich Tommy also ganz in der Nähe entdeckte, winkte ich ihn zu mir – denn die Regel lautete, dass man nicht aufrücken, sich aber durchaus zurückfallen lassen durfte. Er kam mit einem begeisterten Lächeln zu mir, und eine Zeit lang standen wir nebeneinander, ohne viel zu sagen – nicht aus Verlegenheit, sondern weil wir warteten, bis sich die Aufmerksamkeit, die Tommys Platzwechsel erregt hatte, wieder gelegt hatte. Dann sagte ich zu ihm:

»Seit einiger Zeit wirkst du viel zufriedener, Tommy. Anscheinend läuft's jetzt viel besser.«

»Dir entgeht aber auch nichts, Kath, was?« Er sagte das ohne eine Spur von Sarkasmus. »Yeah, alles in Ordnung. Ich komme ganz gut zurecht.«

»Was ist denn passiert? Bist du Gott über den Weg gelaufen, oder was?«

»Gott?« Eine Sekunde lang starrte er mich verwirrt an. Dann lachte er und sagte: »Ah, verstehe. Du meinst, weil ich nicht mehr ... so zornig werde.«

»Nicht nur das, Tommy. Du hast die Wende selber herbeigeführt. Ich hab dich beobachtet. Deswegen hab ich gefragt.«

Tommy zuckte mit den Schultern. »Wahrscheinlich bin ich ein bisschen erwachsener geworden. Und vielleicht gilt das auch für die anderen. Man kann ja nicht immer und immer dasselbe machen, mit der Zeit wird das fad.«

Ich erwiderte nichts, sondern sah ihn nur weiter an, bis er noch einmal auflachte und sagte: »Kath, du bist wirklich neugierig. Okay, wahrscheinlich gibt es da wirklich etwas, was dazu beigetragen hat. Wenn du willst, erzähl ich's dir.«

»Dann schieß los.«

»Ich erzähl's dir, Kath, aber du darfst es nicht weitersagen, gut? Vor ein paar Monaten hatte ich ein Gespräch mit Miss Lucy. Und nachher ging es mir viel besser. Das ist schwer zu erklären. Aber sie sagte etwas, und auf einmal sah alles ganz anders aus.«

»Was hat sie denn gesagt?«

»Tja … Das hört sich jetzt vielleicht komisch an. Aber es war auch für mich zuerst komisch. Sie hat Folgendes gesagt: Wenn ich nicht kreativ sein will, wenn mir wirklich nicht danach ist, dann ist das absolut in Ordnung. Das sei überhaupt nicht schlimm, hat sie gemeint.«

»Das hat sie gesagt?«

Tommy nickte, aber ich wandte mich bereits ab.

»Das ist doch Quatsch, Tommy. Wenn du blöde Spielchen machen willst – nicht mit mir.«

Ich war wirklich wütend, weil ich dachte, er mache sich über mich lustig, statt mich ins Vertrauen zu ziehen, wie ich es doch verdient hätte. Als ich ein paar Plätze hinter mir ein Mädchen entdeckte, das ich kannte, ließ ich Tommy stehen. Ich sah ihm an, dass er ratlos und niedergeschlagen war, aber nach den vielen Monaten, die ich mich um ihn gesorgt hatte, fühlte ich mich verraten, und es war mir egal, wie er sich nun fühlte. Ich plauderte daher so angeregt wie möglich mit meiner Freundin – ich glaube, es war Matilda – und blickte während der restlichen Zeit des Anstellens kaum noch in seine Richtung.

Aber als ich mein Tablett zu den Tischen trug, tauchte Tommy hinter mir auf und sagte rasch:

»Kath, ich hab dich nicht auf den Arm genommen, wenn es das ist, was du denkst. Es ist wirklich so gewesen. Ich sag dir alles, aber du musst mir schon eine Chance geben.«

»Red doch keinen Mist, Tommy.«

»Kath, nach dem Essen bin ich unten am Teich. Wenn du hinkommst, erklär' ich's dir.«

Ich warf ihm einen vorwurfsvollen Blick zu und ging wortlos davon, insgeheim aber wohl schon halb überzeugt, dass er sich die Geschichte über Miss Lucy nicht bloß ausgedacht hatte. Und als ich mich zu meinen Freundinnen setzte, legte ich mir bereits einen Plan zurecht, wie ich mich nachher zum Teich davonstehlen konnte, ohne allgemeine Neugier zu wecken.

3

Der Teich befand sich auf der Südseite des Hauptgebäudes. Um dorthin zu gelangen, verließ man das Haus durch den Hinterausgang und folgte dem schmalen, gewundenen Pfad, auf dem man das wuchernde Farndickicht sogar noch im Frühherbst beiseite schieben musste. Wenn kein Aufseher in der Nähe war, konnte man den Weg auch durch das Rhabarberbeet abkürzen. Jedenfalls erwartete einen am Teich ein Idyll mit Enten, Binsen und Seerosen. Für Privatgespräche war es allerdings kein guter Platz – nicht annähernd so gut wie die Schlange vor der Essensausgabe. Zum einen war man vom Hauptgebäude aus deutlich zu sehen. Zum anderen ließ sich schwer vorhersagen, wie der Schall die Worte über das Wasser trug; wenn man lauschen wollte, war es das Einfachste, den äußeren Pfad entlangzugehen und sich im Gebüsch am gegenüberliegenden Teichufer zu verstecken. Aber nachdem ich diejenige war, die Tommy kurz zuvor in der Schlange hatte stehen lassen, musste ich mich jetzt wohl mit diesem Treffpunkt abfinden. Es war schon fast Mitte Oktober, aber ein sonniger Tag, und zur Not würde ich einfach behaupten, ich sei dort unten spazieren gegangen und hätte ihn dabei zufällig getroffen.

Vielleicht weil ich unbedingt diesen Eindruck aufrechterhalten wollte – obwohl ich keine Ahnung hatte, ob überhaupt jemand Notiz von mir nahm –, blieb ich stehen und nahm nicht Platz, als ich

Tommy schließlich auf einem breiten flachen Stein nicht weit vom Ufer hocken sah. Es muss ein Wochenende gewesen sein oder ein Freitag, denn ich erinnere mich, dass wir keine Schuluniform trugen. Was er anhatte, weiß ich nicht mehr genau, wahrscheinlich eines der abgerissenen Fußballhemden, in denen er auch noch im Winter herumlief, ich jedenfalls trug den kastanienbraunen Trainingsanzug mit dem Reißverschluss vorn, erstanden auf einem Basar in Senior 1. Ich umrundete Tommy, sodass ich mit dem Rücken zum Wasser und mit dem Gesicht zum Haus stand. Falls uns jemand von einem Fenster aus beobachten sollte, würde ich es merken. Ein paar Minuten tauschten wir Belanglosigkeiten aus, als wäre vorhin bei der Essensausgabe nichts gewesen. Ich weiß nicht, ob wegen Tommy oder wegen irgendwelcher Zuschauer, jedenfalls gab ich mich betont beiläufig, irgendwann tat ich sogar so, als wollte ich weiterspazieren, aber als ich den Anflug von Verzweiflung in Tommys Gesicht las, tat es mir gleich wieder leid, obwohl es ja nicht gegen ihn gerichtet war. Also sagte ich, als wäre es mir gerade erst wieder eingefallen:

»Was wolltest du mir übrigens vorhin erzählen? Über das, was Miss Lucy zu dir gesagt hat?«

»Ach …« Tommy blickte an mir vorbei auf den Teich, denn auch er wollte den Eindruck erwecken, als hätte er das Thema längst vergessen. »Miss Lucy. Ach das.«

Von allen unseren Aufsehern in Hailsham war Lucy die sportlichste, auch wenn man es ihr kaum ansah: Sie war untersetzt, fast vierschrötig, und ihr spärliches schwarzes Haar wuchs, wenn es denn wuchs, aufwärts, sodass es niemals ihre Ohren oder ihren stämmigen Nacken bedeckte. Tatsächlich aber war sie kräftig und ausdauernd, und auch als wir älter waren, hängte sie die meisten von uns, sogar die Jungen, beim Dauerlauf mühelos ab. Sie war eine erstklassige Hockey-Spielerin, und auf dem Fußballplatz hielt sie sogar mit den Senior-Schülern mit. Einmal sah ich, wie James B. ihr ein Bein zu stellen versuchte, als sie mit dem Ball an ihm vorbeirannte; wer aber zu Fall kam, war er selbst. In den Junior-Klassen war sie nicht so beliebt wie Miss Geraldine, an die man sich wandte, wenn man Trost brauchte; eigentlich hatte sie kaum mit uns gesprochen, als wir in der Unterstufe waren. Erst in den Senior-Klassen begannen wir ihre forsche Art zu schätzen.

»Ja, du hast was erwähnt«, sagte ich zu Tommy. »Irgendwas über Miss Lucy – dass sie gesagt hat, es sei ganz in Ordnung, nicht kreativ zu sein.«

»So was hat sie tatsächlich gesagt, ja. Sie meinte, ich solle mir nicht den Kopf darüber zerbrechen. Es könnte mir egal sein, was die anderen sagen. Das ist jetzt ein paar Monate her. Vielleicht länger.«

Drüben im Haus waren ein paar Junior-Schüler an einem Fenster im oberen Stock stehen geblieben und schauten zu uns herüber. Aber inzwischen war mir das doch gleichgültig; ich setzte mich vor Tommy ins Gras und verstellte mich nicht mehr.

»Tommy, das passt doch gar nicht zu ihr. Bist du dir sicher, dass du sie richtig verstanden hast?«

»Natürlich hab ich sie richtig verstanden.« Er senkte plötzlich die Stimme. »Miss Lucy hat es nicht nur einmal gesagt. Wir waren in ihrem Zimmer, und sie hat mir einen ganzen Vortrag darüber gehalten.«

Als sie ihn aufgefordert habe, nach der Kunstbeurteilung mit in ihr Arbeitszimmer zu kommen, habe er mit einer Gardinenpredigt gerechnet – von wegen, er müsse sich mehr anstrengen, das Übliche eben, was er schon von mehreren Aufsehern, Miss Emily eingeschlossen, zu hören bekommen hatte. Aber auf dem Weg vom Hauptgebäude zur Orangerie, wo die Aufseher untergebracht waren, begann Tommy zu ahnen, dass es diesmal anders laufen würde. Dann saß er in Miss Lucys Sessel – sie war am Fenster stehen geblieben – und musste ihr die ganze Geschichte aus seiner Sicht erzählen. Tommy berichtete also von Anfang an. Aber schon nach der Hälfte fiel sie ihm plötzlich ins Wort. Sie habe viele Kollegiaten gekannt, sagte sie, denen es immer schwergefallen sei, kreativ zu sein: Malen, Zeichnen, Dichten – ein einziger Kampf, jahrelang. Bis eines Tages bei ihnen plötzlich der Knoten geplatzt sei, danach seien sie aufgeblüht. Durchaus möglich, dass es so auch mit ihm geschehen würde.

Das alles hatte Tommy schon früher gehört, aber an Miss Lucys Art war etwas, was ihn aufhorchen ließ. »Ich merkte genau«, sagte er, »dass sie auf etwas anderes hinauswollte.«

Natürlich sagte sie bald einiges, dem Tommy nicht mehr so recht folgen konnte. Aber sie wiederholte es so oft, dass er schließlich zu begreifen begann. Wenn Tommy sich wirklich aufrichtig bemüht habe, kreativ zu sein, meinte sie, aber nichts Besonderes zustande gebracht habe, dann brauche er sich deswegen keine Sorgen zu machen. Keiner, ob Kollegiat oder Aufseher, habe das Recht, ihn dafür zu bestrafen oder in irgendeiner Weise unter Druck zu setzen. Er könne einfach nichts dafür. Und als Tommy einwandte, das klinge ja alles schön und gut, tatsächlich aber sei *jeder* hier überzeugt, dass er sehr wohl etwas dafür könne, seufzte sie tief, blickte zum Fenster hinaus und sagte: »Vielleicht hilft es dir nicht viel. Aber sag dir einfach, dass es hier in Hailsham mindestens eine Person gibt, die anders denkt. Mindestens eine Person, die überzeugt ist, dass du ein sehr guter Schüler bist, so gut wie jeder andere, dem sie je begegnet ist, ganz gleich, wie kreativ du auch sein magst.«

»Sie hat dich nicht auf den Arm genommen, oder?«, fragte ich. »Das war doch nicht etwa eine besonders raffinierte Form des Tadels?«

»Ganz sicher nicht. Jedenfalls …« Zum ersten Mal schien er zu fürchten, wir könnten belauscht werden, und sah sich über die Schulter zum Haus um. Die Junior-Schüler am Fenster hatten das Interesse verloren und waren verschwunden; ein paar Mädchen aus unserem Jahrgang waren auf dem Weg zum Pavillon, aber noch ziemlich weit entfernt. Tommy drehte sich wieder zu mir und sagte leise, fast flüsternd:

»Jedenfalls hat sie die ganze Zeit *gezittert*, als sie das sagte.«

»Wie, gezittert?«

»Gezittert. Vor Zorn. Ich hab's gesehen. Sie hatte eine Riesenwut. Aber diese Wut saß tief drinnen.«

»Wut auf wen?«

»Weiß ich nicht. Jedenfalls nicht auf mich, das war die Hauptsache!« Er lachte kurz auf, dann wurde er wieder ernst. »Ich weiß nicht, auf wen sie wütend war. Aber wütend war sie, und wie.«

Ich stand wieder auf, weil meine Waden schmerzten. »Das klingt ziemlich verrückt, Tommy.«

»Das Komische ist, dass mir dieses Gespräch mit ihr wirklich geholfen hat. Sehr sogar. Weil du vorhin gesagt hast, dass es bei mir jetzt wohl besser läuft: Also, das ist der Grund dafür. Denn als ich später darüber nachdachte, was sie gesagt hatte, wurde mir klar, dass sie recht hatte, dass ich wirklich nichts dafür kann. Okay, ich hatte blöd reagiert. Aber tief innen kann ich nichts dafür. Das war eine große Erleichterung. Und wenn ich wieder mal unsicher wurde, sah ich Miss Lucy irgendwo, oder ich war bei ihr im Unterricht, und sie sagte zwar nichts mehr über unser Gespräch, aber ich sah sie an, und manchmal nickte sie mir kurz zu. Und das reichte auch schon völlig aus. Du hast vorhin gefragt, ob irgendwas passiert sei. *Das* ist passiert. Aber hör zu, Kath, verrate bitte niemandem ein Sterbenswörtchen davon, ja?«

Ich nickte, fragte aber noch: »Hast du ihr das versprechen müssen?«

»Nein, ich musste ihr gar nichts versprechen. Aber du darfst kein Sterbenswörtchen verraten. Das musst du mir wirklich versprechen.«

»Gut.« Die Mädchen auf dem Weg zum Pavillon hatten mich entdeckt und winkten und riefen. Ich winkte zurück und sagte zu Tommy: »Ich muss mich jetzt auf den Weg machen. Wir können ja ein andermal noch weiter drüber reden.«

Aber Tommy ging nicht darauf ein. »Da ist noch was«, fuhr er fort. »Sie sagte noch was anderes, und ich kapier's nicht ganz. Ich wollte dich deswegen fragen. Miss Lucy sagte, wir würden nicht genug lernen, so was in der Art.«

»Wir lernen nicht genug? Sollen wir etwa noch mehr pauken als sowieso schon?«

»Nein, ich glaube nicht, dass sie das gemeint hat. Sie hat eher über *uns* geredet. Du weißt schon. Über das, was eines Tages auf uns zukommen wird. Spenden und das alles.«

»Aber das haben sie uns doch schon alles gesagt«, antwortete ich. »Was sie wohl damit meint? Glaubt sie, dass es noch Sachen gibt, die man uns verschwiegen hat?«

Tommy schüttelte den Kopf. »Nein, das glaube ich nicht. Sie findet einfach, dass wir nicht genug darüber wissen. Sie sagte, sie hätte nicht übel Lust, selbst mit uns zu reden.«

»Worüber genau?«

»Ich bin mir nicht sicher. Vielleicht hab ich auch alles falsch verstanden, Kath, ich weiß es nicht. Vielleicht hat sie was ganz anderes gemeint, noch was im Zusammenhang damit, dass ich nicht kreativ bin. Ich versteh's wirklich nicht.«

Tommy sah mich an, als erwartete er die Lösung des Rätsels von mir. Ich dachte ein paar Sekunden nach, bevor ich sagte:

»Tommy, versuch dich genau zu erinnern. Du sagst, sie sei wütend geworden …«

»Na ja, es sah so aus. Äußerlich war sie ruhig, aber sie hat gezittert.«

»Also gut, wie auch immer. Sagen wir, sie ist wütend geworden. War sie schon wütend, als sie mit diesen anderen Sachen angefangen hat? Dass wir nicht genug erfahren über die Spenden und alles andere?«

»Ich glaube schon …«

»Denk genau nach, Tommy. Warum hat sie davon angefangen? Sie redet über dich und darüber, dass du nicht kreativ bist. Dann fängt sie plötzlich von etwas anderem an. Wo ist der Zusammenhang? Warum bringt sie auf einmal die Spenden ins Spiel? Was hat das mit deiner fehlenden Kreativität zu tun?«

»Ich weiß es nicht. Es muss wohl irgendeinen Grund geben. Vielleicht hat das eine sie an das andere erinnert. Ach, Kath, so weit kommt's noch, dass du dir jetzt auch den Kopf zermarterst.«

Ich lachte, weil es stimmte: Ich dachte angestrengt nach, und sicher hatte ich die Stirn gerunzelt. Tatsache war, dass meine Gedanken gleichzeitig in verschiedene Richtungen strebten. Und Tommys Bericht über sein Gespräch mit Miss Lucy hatte mich an eine ganze Serie kleinerer Zwischenfälle aus der Vergangenheit erinnert, die mit Miss Lucy zu tun hatten und über die ich mich damals gewundert hatte.

»Es ist nur …« Ich verstummte und seufzte. »Ich kann es nicht richtig ausdrücken, nicht mal in Gedanken. Aber alles, was du sagst, passt irgendwie zu vielen Dingen, die eigentlich unverständlich sind. Lauter Fragen, über die ich immer wieder nachdenken muss. Zum Beispiel: Warum Madame kommt und unsere besten Bilder holt. Wozu eigentlich?«

»Für die Galerie.«

»Aber was *ist* ihre Galerie? Dauernd kommt sie und nimmt unsere besten Arbeiten mit. Sie muss ja schon Berge davon haben. Einmal habe ich Miss Geraldine gefragt, seit wann Madame das schon so handhabt, und sie sagte, seitdem es Hailsham gibt. Was *ist* diese Galerie? Warum bewahrt sie die Sachen auf, die wir gemacht haben?«

»Vielleicht verkauft Madame unsere Arbeiten. Da draußen verkaufen sie doch alles.«

Ich schüttelte den Kopf. »Das kann nicht sein. Es muss irgendwas mit dem zu tun haben, was Miss Lucy zu dir gesagt hat. Über uns, darüber, dass wir eines Tages mit dem Spenden anfangen müssen. Ich weiß nicht, warum, doch ich habe jetzt schon seit einer ganzen Weile das Gefühl, dass das alles miteinander verknüpft ist, aber ich weiß nicht, wie. Jetzt muss ich aber wirklich gehen, Tommy. Verraten wir niemandem, was wir hier besprochen haben.«

»Nein. Und du sagst niemandem was von Miss Lucy.«

»Aber erzählst du's mir, wenn sie wieder irgendwas in der Art zu dir sagt?«

Tommy nickte, dann blickte er sich noch einmal um. »Ich glaub' auch, dass du jetzt besser gehen solltest, Kath. Sonst hört uns am Ende noch jemand.«

Die Galerie, über die Tommy und ich gesprochen hatten, war eine feste Größe, mit der wir alle aufgewachsen waren. Jeder redete darüber, als existierte sie, dabei wusste keiner, ob es sie wirklich gab. Ich bin mir sicher, dass es den meisten so ging wie mir: Wir konnten uns nicht erinnern, wann oder in welchem Zusammenhang wir zum ersten Mal davon gehört hatten. Sicher nicht von den Aufsehern, so viel stand fest: Sie erwähnten die Galerie mit keinem Wort, und es galt die unausgesprochene Regel, dass in Anwesenheit eines Aufsehers das Thema nicht zur Sprache kam.

Heute glaube ich, dass die Galerie etwas war, was eine Generation von Hailsham-Kollegiaten an die nächste weitergab. Ich erinnere mich, wie ich einmal – ich kann höchstens fünf oder sechs gewesen sein – neben Amanda C. an einem niedrigen Tisch saß, die Hände klamm und verkrustet vom Ton, den wir modellierten. Ich weiß nicht mehr, ob andere Kinder dabei waren und welcher Aufseher Dienst hatte. Ich weiß nur noch, dass Amanda C., die ein Jahr älter war als ich, mein Werk betrachtete und ausrief: »Das ist aber sehr gut, Kathy! Wunderschön! Das kommt bestimmt in die Galerie!«

Und ich muss schon damals von der Galerie gewusst haben, denn ich erinnere mich noch, wie stolz und aufgeregt mich Amandas Lob machte – und dass ich im nächsten Moment dachte: Das kann nicht sein. Keiner von uns ist jetzt schon gut genug für die Galerie.

Auch als wir älter wurden, blieb die Galerie ein ständig wiederkehrendes Thema. Es war die höchste Anerkennung, die man für eine Arbeit erhalten konnte, wenn es hieß: »Das ist gut genug für die Galerie.« Und nachdem wir ein Gespür für Ironie entwickelt hatten, hieß es über jedes lächerlich schlechte Stück: »O ja! Schnell in die Galerie damit!«

Aber glaubten wir wirklich an ihre Existenz? Heute bin ich mir nicht mehr sicher. Wie gesagt, wir erwähnten sie nie vor den Aufsehern, und im Rückblick scheint mir, dass nicht nur die Aufseher, sondern auch wir selbst uns diese Regel auferlegt hatten. Ich erinnere mich an einen Fall aus der Zeit, als ich etwa elf Jahre alt war. Wir waren in Zimmer 7, es war ein sonniger Wintermorgen, Mr Rogers hatte seinen Unterricht beendet, und einige von uns harrten aus, um mit ihm zu plaudern. Wir saßen auf unseren Schreibtischen, und ich weiß nicht mehr, worüber wir redeten, aber Mr Roger brachte uns wie immer schrecklich zum Lachen.

Irgendwann stieß Carole H. kichernd hervor: »Damit kämen Sie sogar in die Galerie!« Gleich darauf schlug sie sich mit einem »Hoppla!« die Hand vor den Mund, und die Stimmung blieb zwar vergnügt, aber wir alle, Mr Roger eingeschlossen, wussten, dass ihr ein Schnitzer unterlaufen war. Es war keine Katastrophe; aber doch so, als wäre einem von uns ein schlimmes Wort entschlüpft oder als hätte jemand in Anwesenheit eines Aufsehers dessen Spitznamen gebraucht. Mr Roger lächelte nachsichtig, wie um zu sagen: »Reden wir nicht davon, tun wir so, als wäre nichts passiert«, und wir gingen einfach darüber hinweg.

Wenn die Galerie für uns auch in einem Schattenreich verharrte, blieb doch die unverrückbare Tatsache, dass Madame in der Regel zwei-, manchmal auch drei- oder viermal im Jahr auftauchte, um sich unsere besten Arbeiten auszusuchen. Wir nannten sie »Madame«, weil sie Französin oder Belgierin war – darüber herrschte Uneinigkeit – und weil die Aufseher sie immer so nannten. Sie war eine große, schmale Frau mit kurz geschnittenem Haar, wahrscheinlich noch recht jung, obwohl wir sie damals sicher nicht jung fanden. Sie trug stets ein strenges graues Kostüm, und anders als die Gärtner, anders als die Lieferanten, die uns versorgten, anders als praktisch jeder, der von draußen kam, redete sie nicht mit uns und hielt uns mit ihrem eisigen Blick auf Distanz. Jahrelang hielten wir sie für hochnäsig, aber eines Abends – wir müssen ungefähr acht gewesen sein – stellte Ruth eine andere Theorie auf.

»Sie hat Angst vor uns«, verkündete sie.

Wir lagen in unserem dunklen Schlafsaal. In den Junior-Klassen waren wir pro Schlafsaal fünfzehn Kinder und führten noch nicht die langen vertraulichen Gespräche wie später im kleineren Kreis. Aber die Betten der meisten, die später »unsere Gruppe« bildeten, standen schon nahe beieinander, und es begann uns schon zur Gewohnheit zu werden, bis in die Nacht hinein zu reden.

»Was meinst du damit?«, fragte jemand. »Wieso sollte sie Angst vor uns haben? Was könnten wir ihr denn tun?«

»Das weiß ich auch nicht«, sagte Ruth, »aber ich bin mir sicher, dass es so ist. Ich dachte auch die ganze Zeit, sie ist einfach hochnäsig, aber es ist etwas anderes, das weiß ich jetzt ganz bestimmt. Madame hat Angst vor uns.«

Während der nächsten Tage sprachen wir noch öfter darüber. Die meisten von uns waren anderer Meinung als Ruth, weshalb sie umso entschlossener beweisen wollte, dass sie recht hatte. Schließlich legten wir uns einen Plan zurecht, um ihre Theorie bei Madames nächstem Besuch in Hailsham zu überprüfen.

Ihre Besuche wurden uns nie angekündigt, trotzdem war klar, wenn wieder einer anstand, denn die Vorbereitungen begannen schon Wochen vorher, wenn die Aufseher alle unsere Arbeiten, unsere Bilder, Zeichnungen, Keramiken, alle unsere Aufsätze und Gedichte begutachteten. Das dauerte mindestens vierzehn Tage, und am Ende kamen aus jedem Junior- und jedem Senior-Jahrgang vier oder fünf Werke ins Billardzimmer. Das Billardzimmer blieb während dieser Zeit abgesperrt, aber wenn man draußen auf die niedrige Terrassenmauer stieg, konnte man durchs Fenster sehen, wie die Ausbeute wuchs. Wenn die Aufseher anfingen, die Sachen zu ordnen, auf Tischen auszulegen und auf Staffeleien zu stellen, wie für eine Miniaturausgabe eines unserer Tauschmärkte, dann war klar, dass Madame am nächsten oder spätestens am übernächsten Tag auftauchen würde.

In dem Herbst, von dem ich jetzt erzähle, mussten wir aber nicht nur den Tag, sondern den genauen Zeitpunkt von Madames Erscheinen wissen, denn oft blieb sie nur eine oder zwei Stunden. Sobald uns aufgefallen war, dass die Sachen im Billardzimmer ausgestellt wurden, beschlossen wir daher, abwechselnd Ausschau zu halten.

Die Eigenheiten des Geländes erleichterten uns die Aufgabe erheblich: Hailsham befand sich in einer flachen Senke, um die ringsum die Wiesen sanft anstiegen. Daher hatte man von jedem Klassenzimmer und sogar vom Pavillon aus einen ausgezeichneten Blick auf die lange, enge Straße, die durch die Wiesen bis zum Haupttor herabführte. Das Tor selbst war immer noch ein gutes Stück entfernt, und von dort musste jeder Besucher die kiesbestreute Zufahrt nehmen, die sich zwischen Büschen und Blumenbeeten bis in den Hof vor dem Hauptgebäude entlangwand. Manchmal vergingen Tage, ohne dass wir ein Fahrzeug die schmale Straße herunterkommen sahen, und wenn dann doch eines auftauchte, so war es meist ein Lkw oder Lieferwagen, der Proviant brachte oder in dem Gärtner oder Handwerker saßen. Ein Pkw war eine Seltenheit, und manchmal reichte schon der Anblick eines Autos in der Ferne, um uns während des Unterrichts in Aufruhr zu versetzen.

Der Nachmittag, an dem auf der Straße zwischen den Wiesen Madames Wagen gesichtet wurde, war windig und sonnig, und am Himmel ballten sich schon ein paar Wolken zusammen. Wir saßen in Zimmer 9, im ersten Stock an der Vorderseite des Hauses, und als die Nachricht sich flüsternd verbreitete, konnte der arme Mr Frank, der sich um unsere Rechtschreibung bemühte, nicht begreifen, warum wir auf einmal so unruhig wurden.

Der Plan, den wir uns ausgedacht hatten, um Ruths Theorie zu testen, war ganz einfach: Wir – alle sechs machten mit – würden irgendwo auf der Lauer liegen und dann ausschwärmen, sobald Madame aus dem Wagen stieg, alle auf einmal und direkt auf sie zu. Wir würden ganz gesittet bleiben und einfach weitergehen, aber bei richtigem Timing wäre sie überrumpelt, und dann, behauptete Ruth steif und fest, würden wir schon sehen, dass sie tatsächlich Angst vor uns hatte.

Unsere Hauptsorge war, dass sich während der kurzen Zeit ihres Aufenthalts in Hailsham keine Gelegenheit bieten könnte, unseren Plan in die Tat umzusetzen. Aber als Mr Franks Unterrichtsstunde zu Ende ging, konnten wir sehen, wie Madame ihr Auto direkt unter uns im Hof parkte. Draußen auf dem Flur berieten wir uns hastig, dann folgten wir den anderen die Treppe hinunter und lungerten direkt hinter der Eingangstür herum. Von hier aus konnten wir in den sonnigen Hof hinausschauen, wo Madame immer noch hinter dem Steuer des Wagens saß und in ihrer Aktentasche kramte. Endlich stieg sie aus und trat auf uns zu, wie immer in ihrem grauen Kostüm, die Aktentasche mit beiden Armen fest an sich gedrückt. Auf ein Zeichen von Ruth setzten wir uns in Bewegung und steuerten direkt auf sie zu, aber schlendernd und wie traumverloren. Erst als sie abrupt stehen blieb, murmelte jede von uns: »Verzeihung, Miss«, und wir strebten auseinander.

Nie werde ich die sonderbare Veränderung vergessen, die uns im nächsten Moment erfasste. Bis zu diesem Zeitpunkt hatten wir nicht groß darüber nachgedacht, welche Rolle Madame – oder irgendjemand sonst – bei diesem Test spielen würde. Mit anderen Worten, bis dahin war es eine ganz unbeschwerte Sache, bei der auch ein Quäntchen Abenteuerlust im Spiel war. Und Madame benahm sich ja auch nicht anders, als wir es vorhergesehen hatten: Sie blieb wie angewurzelt stehen und wartete, bis wir an ihr vorbei waren. Weder kreischte sie, noch schnappte sie nach Luft. Da wir uns alle so sehr darauf konzentrierten, ihre Reaktion zu erfassen, übte Madame wohl eine ungeheuer intensive Wirkung auf uns aus. Als sie stehen blieb und erstarrte, warf ich – und mit mir zweifellos auch meine Freundinnen – einen raschen Blick auf ihr Gesicht. Ich sehe es noch heute vor mir, das Schaudern, das sie zu unterdrücken versuchte, die echte Furcht, dass eine von uns sie womöglich aus Versehen streifen könnte. Und obwohl wir einfach nur weitergingen, spürten wir es alle: Es war, als wären wir vom hellen Sonnenschein in kalten Schatten getreten. Ruth hatte recht behalten: Madame fürchtete sich vor uns. Aber sie fürchtete sich so, wie sich jemand vor Spinnen fürchtet. Darauf waren wir nicht gefasst gewesen. Es war uns nie in den Sinn gekommen, uns zu fragen, wie es für *uns* wäre, so gesehen zu werden: als die Spinnen.

Als wir den Hof durchquert hatten und auf der Wiese standen, bot die aufgeregte Gruppe, die kurz zuvor noch gespannt gewartet hatte, dass Madame aus dem Auto stieg, ein ganz anderes Bild. Hannah sah aus, als würde sie jeden Moment in Tränen ausbrechen. Sogar Ruth wirkte erschüttert. Dann sagte eine von uns, ich glaube, es war Laura:

»Wenn sie uns nicht mag, warum sammelt sie dann unsere Arbeiten ein? Warum lässt sie uns nicht einfach in Ruhe? Wer verlangt denn überhaupt von ihr, dass sie hierherkommt?«

Niemand gab eine Antwort; wir gingen weiter zum Pavillon und sprachen kein Wort mehr über den Vorfall.

Wenn ich jetzt zurückdenke, fällt mir auf, dass wir damals in einem Alter waren, wo wir schon manches über uns wussten – wer wir waren, inwieweit wir uns von unseren Aufsehern, von den Menschen draußen unterschieden –, aber was das alles bedeutete, das wussten wir noch nicht. Ich bin mir sicher, dass auch Sie irgendwann in Ihrer Kindheit etwas Ähnliches erlebt haben wie wir an diesem Tag; vergleichbar, wenn nicht in den äußeren Details, dann zumindest innerlich, gefühlsmäßig. Denn es spielt eigentlich keine Rolle, wie gut Ihre Aufseher Sie vorzubereiten versuchen: die vielen Gespräche, Videos, Diskussionen, Warnungen, das alles hilft einem nicht, es tief im Inneren zu begreifen. Nicht wenn man acht Jahre alt ist und geborgen in der Gemeinschaft an einem Ort wie Hailsham lebt; wenn man Aufseher hat, wie wir sie hatten; wenn die Gärtner und Lieferanten mit einem scherzen und lachen und einen »Schätzchen« nennen.

Nichtsdestotrotz muss irgendetwas von diesen Reden auch in einen Teil des Bewusstseins vordringen. Denn wenn in Ihrem Leben der Augenblick kommt, ist ein Teil von Ihnen schon ein wenig darauf gefasst. Vielleicht hat schon seit der Zeit, als Sie fünf oder sechs waren, eine Stimme in Ihrem Hinterkopf geflüstert: »Eines vielleicht nicht allzu fernen Tages wirst du schon erfahren, wie es sich anfühlt.« Sie warten also, wenn auch unbewusst, auf den Augenblick, in dem Sie erkennen, dass Sie tatsächlich anders sind; dass dort draußen Menschen sind wie Madame, die Ihnen weder Übles wollen noch Hass gegen Sie empfinden und doch schon beim Gedanken an Ihre Existenz, an die Art und Weise, wie Sie zur Welt kamen und warum, erschaudern und sich vor der Vorstellung fürchten, sie könnten von Ihnen berührt werden. Wenn Sie sich das erste Mal mit den Augen einer solchen Person sehen, wird Ihnen kalt ums Herz. Es ist, als sähen Sie einen Spiegel, an dem Sie jeden Tag Ihres Lebens vorbeigegangen sind, und auf einmal zeigt er Ihnen etwas anderes, etwas Fremdes, Verstörendes.

4

Ende des Jahres werde ich keine Betreuerin mehr sein, und obwohl mir diese Arbeit wirklich viel gegeben hat, muss ich gestehen, dass es mir ganz recht sein wird, wenn ich dann Gelegenheit habe, mich auszuruhen – innezuhalten, nachzudenken, mich zu erinnern. Dass ich seit Neuestem diesen Drang verspüre, all die alten Erinnerungen zu ordnen, hat sicher, wenigstens teilweise, mit der Vorbereitung auf diesen bevorstehenden Tempowechsel in meinem Leben zu tun. In Wirklichkeit wollte ich wohl vor allem wieder das ins Lot bringen, was zwischen mir und Tommy und Ruth vorgefallen war, nachdem wir erwachsen geworden und von Hailsham fortgegangen waren. Aber mir ist jetzt klar geworden, wie vieles von dem, was später geschah, eine direkte Folge unserer Jahre in Hailsham war, und deshalb muss ich mich zuerst möglichst gründlich mit diesen früheren Erinnerungen befassen. Zum Beispiel mit dieser großen Neugier auf Madame. Oberflächlich betrachtet, waren wir einfach Kinder, die sich einen Jux machten. Aber auf einer tieferen Ebene war es, wie Sie sehen werden, der Beginn eines Prozesses, der im Lauf der Jahre immer mehr Raum einnahm, bis er unser Leben beherrschte.

Von jenem Tag an war Madame zwar nicht gerade ein Tabuthema, wurde aber kaum noch erwähnt. Und das beschränkte sich nicht nur auf unsere kleine Gruppe, sondern griff auf praktisch alle Schüler unseres Jahrgangs über. Obwohl wir, würde ich sagen, so neugierig waren wie eh und je, spürten wir alle, dass wir uns mit weiteren Vorstößen – etwa der Frage, was mit unseren Arbeiten geschah, ob es tatsächlich eine Galerie gab – auf ein Terrain vorwagten, für das wir noch nicht bereit waren.

Das Thema Galerie tauchte allerdings noch gelegentlich auf, und als mir Tommy ein paar Jahre später am Teichufer von seinem merkwürdigen Gespräch mit Miss Lucy erzählte, regte sich etwas in meiner Erinnerung. Aber worum genau es sich handelte, fiel mir erst wieder ein, als ich zu den Wiesen hinüberrannte, um meine Freundinnen einzuholen, während Tommy auf seinem Stein zurückblieb.

Miss Lucy hatte einmal im Unterricht etwas gesagt, was mir im Gedächtnis blieb, weil es mich befremdet hatte. Es war eines der wenigen Male, dass die Galerie ganz bewusst in Anwesenheit eines Aufsehers erwähnt wurde.

Wir führten damals eine Auseinandersetzung, die wir später als den »Markenstreit« bezeichneten. Tommy und ich haben vor ein paar Jahren darüber gesprochen und konnten uns erst nicht einigen, wann er stattgefunden hatte. Ich behauptete, wir seien damals zehn gewesen; er meinte zuerst, es sei später gewesen, aber am Ende pflichtete er mir bei. Ich bin mir ziemlich sicher, dass meine Erinnerung richtig ist: Wir waren damals in Junior 4; das war nicht lang nach dem Zwischenfall mit Madame, aber immer noch drei Jahre vor unserem Gespräch am Teich.

Der Markenstreit war nach meiner Auffassung auch ein Hinweis darauf, dass wir mit den Jahren habgieriger geworden waren. Lange Zeit – ich glaube, ich sagte es bereits – bedeutete es für uns einen Triumph, wenn eine unserer Arbeiten für das Billardzimmer ausgesucht oder gar von Madame mitgenommen wurde. Im Alter von zehn Jahren war unsere Einstellung dazu schon zwiespältiger.

Die Tauschmärkte mit ihrem Währungssystem auf Markenbasis hatten uns gelehrt, die eigenen Erzeugnisse möglichst hoch zu bewerten. Außerdem legten wir inzwischen Wert auf die richtigen T-Shirts, auf die Gestaltung des Raums rund um unser Bett, auf die persönliche Note, die das Pult im Klassenzimmer haben musste. Und natürlich hatten wir unsere »Sammlungen«, die es zu erweitern galt.

Ich weiß nicht, ob man dort, wo Sie aufgewachsen sind, auch Sammlungen anzulegen pflegte. Wenn Sie ehemalige Hailsham-Kollegiaten treffen, werden diese Ihnen früher oder später unweigerlich voller Wehmut davon erzählen. Damals hielten wir das alles natürlich für eine Selbstverständlichkeit. Jeder hatte eine Holzkiste mit seinem Namen darauf, die man unter dem Bett aufbewahrte und mit Schätzen füllte: den Sachen, die man auf dem Basar oder dem Tauschmarkt erstanden hatte. Ein oder zwei Kollegiaten, erinnere ich mich, kümmerten sich kaum um ihre Schatzkisten, aber die meisten von uns pflegten ihre Sammlungen, zeigten manche Objekte herum, während sie andere sorgfältig verbargen.

Tatsache ist, dass mit ungefähr zehn Jahren unsere bisherige Überzeugung, es sei eine große Ehre, ein Werk für Madame produziert zu haben, zunehmend mit dem Gefühl kollidierte, dass wir damit unsere begehrteste Ware einbüßten. Der Konflikt kulminierte im sogenannten Markenstreit.

Es begann damit, dass mehrere Kollegiaten, vorwiegend Jungen, protestierten und für jedes Kunstwerk, das Madame an sich nahm, eine Entschädigung in Form von Marken forderten. Bei vielen stieß diese Idee auf Zustimmung, eine andere Fraktion hingegen fand sie skandalös.

Eine Zeit lang wogten die Argumente hin und her, bis endlich Roy J., der eine Klasse über uns war und von dem Madame schon mehrere Werke mitgenommen hatte, verkündete, er werde die Angelegenheit Miss Emily vortragen.

Miss Emily, unsere Oberaufseherin, war älter als die anderen. Sie war nicht besonders groß, aber etwas an ihrem Auftreten, ihrer immer kerzengeraden Haltung und dem hochgereckten Kopf ließ sie groß wirken. Sie trug ihr silbernes Haar zum Knoten aufgesteckt, aus dem sich im Lauf des Tages eine Strähne nach der anderen löste. Mich hätten sie wahnsinnig gemacht, diese Strähnen, aber Miss Emily ignorierte sie, als wären sie nicht einmal ihrer Verachtung wert. Abends bot die Oberaufseherin dann einen recht sonderbaren Anblick, wenn sie in ihrem ruhigen, überlegten Ton mit uns sprach, während ihr die Haare ins Gesicht hingen, ohne dass sie sich die Mühe machte, sie wenigstens zurückzustreichen. Wir hatten alle gehörigen Respekt vor ihr, und unser Verhältnis zu ihr war ganz anders als zu den übrigen Aufsehern. Aber wir hielten sie für gerecht und achteten ihre Entscheidungen; und wahrscheinlich war uns schon in den Junior-Klassen bewusst, dass die Anwesenheit von Miss Emily, so einschüchternd sie auch wirken mochte, ein Grund war, warum wir uns in Hailsham so sicher fühlten.

Man brauchte schon viel Schneid, um sie aufzusuchen, ohne gerufen worden zu sein; aber Forderungen zu stellen, noch dazu von der Art, wie Roy sie vorbringen wollte, schien uns geradezu selbstmörderisch. Zu unserer Überraschung musste Roy keineswegs die schreckliche Standpauke über sich ergehen lassen, die wir erwartet hatten, und während der folgenden Tage hörten wir mehrfach, dass auch Aufseher über die Markenfrage diskutierten – und sogar stritten. Am Ende hieß es, wir würden tatsächlich Marken als Entschädigung bekommen, aber nur wenige, denn es sei eine »überaus ehrenvolle Auszeichnung«, von Madame auserkoren zu werden. Mit dem Kompromiss waren beide Lager nicht ganz glücklich, und die Debatte wurde fortgesetzt.

Vor diesem Hintergrund stellte Polly T. eines Morgens Miss Lucy ihre Frage. Wir saßen rund um den großen Eichentisch in der

Bibliothek, ich erinnere mich, dass im Kamin ein mächtiges Holzscheit brannte und wir ein Stück mit verteilten Rollen lasen. Eine Textzeile inspirierte Laura zu einer witzigen Bemerkung über die Markengeschichte, und wir lachten alle, Miss Lucy eingeschlossen. Die Lehrerin meinte, da es in Hailsham momentan ohnehin kein anderes Thema gebe, könnten wir das Stück genauso gut beiseitelegen und die restliche Stunde dazu nutzen, unsere Ansichten zum Markenstreit auszutauschen. Wir waren mitten in der Diskussion, als Polly wie aus heiterem Himmel fragte: »Miss, warum holt sich Madame überhaupt Sachen von uns?«

Alle verstummten auf einen Schlag. Miss Lucy wurde nicht oft böse, aber wenn, dann ließ sie es einen unmissverständlich spüren, und einen Moment lang dachten wir, sie wäre böse auf Polly. Aber ich merkte bald, dass Miss Lucy weniger aufgebracht und empört war als vielmehr tief in Gedanken versunken. Ich erinnere mich, dass ich selbst ziemlich wütend auf Polly war, weil sie so dumm die ungeschriebene Regel gebrochen hatte, gleichzeitig aber war ich ungeheuer gespannt auf die Reaktion unserer Aufseherin. Und ich war ganz bestimmt nicht die Einzige, die gemischte Gefühle hegte: Fast alle warfen Polly mörderische Blicke zu und wandten sich kurz darauf ungeduldig an Miss Lucy – was vermutlich recht unfair gegenüber der armen Polly war. Nach einer Weile, die uns endlos vorkam, sagte Miss Lucy:

»Ich kann euch heute nur so viel sagen: Es geschieht aus gutem Grund. Aus einem sehr wichtigen Grund. Wenn ich euch das jetzt zu erklären versuchte, würdet ihr es wahrscheinlich nicht verstehen. Aber eines Tages, hoffe ich, wird man es euch erklären.«

Wir bedrängten sie nicht weiter. An unserem Tisch herrschte jetzt eine tiefe Verlegenheit, und obwohl wir vor Neugier fast platzten, wünschten wir uns nichts sehnlicher, als dass sich das Gespräch von diesem gefährlichen Terrain wieder fortbewegte.

Daher waren wir erleichtert, als gleich darauf wieder der Streit über die Marken einsetzte – auch wenn die Aufregung darum uns selbst ein bisschen künstlich schien. Aber Miss Lucys Worte hatten mir zu denken gegeben, und während der nächsten Tage zerbrach ich mir immer wieder den Kopf darüber. Als mir Tommy an jenem Nachmittag am Teich von seinem Gespräch mit Miss Lucy erzählte und ihre Bemerkung erwähnte, wir würden über manches nicht genügend aufgeklärt, erwachte in mir daher die Erinnerung an diese Situation in der Bibliothek – und an einen oder zwei andere kleinere Vorfälle ähnlicher Art. Diese Erinnerungen wollten mir nicht mehr aus dem Sinn gehen.

Wenn wir schon bei den Marken sind, möchte ich ein bisschen was über unseren Basar sagen, den ich schon ein paarmal erwähnt habe. Die Basartage waren uns sehr wichtig, denn da konnte man Sachen von außerhalb erwerben. Tommys Polohemd zum Beispiel stammte von einem Basar. Auf diese Weise gelangten wir an unsere Kleidung und Spielsachen, an jene besonderen Dinge, die nicht von Kollegiaten hergestellt worden waren.

Einmal im Monat kam ein großer weißer Lieferwagen die lange Straße herab, und man konnte spüren, welche Aufregung dieses Ereignis überall im Haus und auf dem Gelände auslöste. Wenn der Laster in den Hof einbog, wartete schon eine ungeduldige Menge – vor allem Schüler der Junior-Klassen, denn jenseits von zwölf oder dreizehn galt es als uncool, seine Begeisterung so offen zu zeigen. Begeistert waren natürlich trotzdem alle.

Im Rückblick kommt mir unsere Aufgeregtheit komisch vor, denn fast immer war der Basar eine große Enttäuschung. Was dort angeboten wurde, konnte man wirklich nicht als etwas Außergewöhnliches bezeichnen, und so opferten wir unsere Marken, um verschlissene oder zerrissene Klamotten durch eine neuere Version derselben zu ersetzen. Aber der Punkt war der, glaube ich, dass wir alle irgendwann einmal etwas Besonderes gefunden hatten, etwas, was uns sehr ans Herz gewachsen war: eine Jacke, eine Uhr, eine Bastelschere, die nie benutzt, aber stolz unter dem Bett verwahrt wurde. Wir alle hatten auf einem Basar einen Schatz gefunden, und auch wenn wir noch so sehr versuchten, uns nichts anmerken zu lassen, konnten wir die alten Gefühle der Hoffnung und Aufregung nie mehr ganz abschütteln.

Es war ja auch spannend, wenn sich alle beim Ausladen um den Lieferwagen scharten. Falls man noch zur Unterstufe gehörte und es sich erlauben konnte, heftete man sich an die Fersen der beiden Männer in Overalls, die Pappkartons zwischen dem Wagen und dem Vorratslager hin- und herschleppten, und fragte, was darin sei. »Ein Haufen toller Sachen, Schätzchen«, lautete gewöhnlich die Antwort. Und wenn man nicht lockerließ und fragte: »Aber ist es eine *Rekordausbeute*?«, fingen sie irgendwann zu grinsen an und sagten: »Das möcht ich meinen, Schätzchen. Eine echte Rekordausbeute«, womit sie ein begeistertes Johlen auslösten.

Häufig waren die Schachteln oben offen, sodass man einen Blick hineinwerfen konnte und alles mögliche Verlockende darin entdeckte, und manchmal, obwohl sie das eigentlich nicht durften, ließen einen die Männer ein paar Sachen zur Seite schieben, damit man darunter noch mehr zu sehen bekam. Und wenn dann eine oder zwei Wochen später der eigentliche Verkauf stattfand, waren natürlich schon alle möglichen Gerüchte im Umlauf – vielleicht über einen speziellen Trainingsanzug oder eine Musikkassette –, und wenn es zu Streitereien kam, dann fast immer nur deshalb, weil mehrere Kollegiaten ihr Herz an ein und denselben Gegenstand gehängt hatten.

Die Stimmung auf dem Basar war das genaue Gegenteil der gedämpften Atmosphäre der Tauschmärkte. Er fand im Speisesaal statt und war ein einziges lärmendes Durcheinander. Tatsächlich machte das Schieben und Rempeln und Rufen einen Teil des Vergnügens aus, und meistens blieb es ja ganz friedlich. Aber manchmal, wie gesagt, lief es auch aus dem Ruder, es wurde gezerrt und gerangelt, und manchmal kam es sogar zu einer Rauferei. Dann drohten die Aufseher mit dem sofortigen Ende der gesamten Veranstaltung, und am nächsten Morgen mussten wir alle einen Vortrag von Miss Emily über uns ergehen lassen.

Unser Tag in Hailsham begann stets mit einer Versammlung, die in der Regel nicht lang dauerte – ein paar Bekanntmachungen, vielleicht verlas ein Schüler auch noch ein Gedicht. Miss Emily sprach nur wenig, sie saß kerzengerade auf der Bühne, nickte zu allem, was gesagt wurde, und richtete gelegentlich einen frostigen Blick auf jene Kollegiaten, die einander etwas zuflüsterten. Anders war es, wenn es tags zuvor auf einem Basar zum Tumult gekommen war: Dann wies sie uns an, auf dem Fußboden Platz zu nehmen – normalerweise standen wir bei Versammlungen –, die Bekanntgaben und Gedichtvorträge entfielen, und stattdessen hielt Miss Emily eine Rede, die zwanzig, dreißig Minuten, manchmal noch länger dauerte. Sie hob selten die Stimme, trotzdem war dann etwas Stahlhartes an ihr, und keiner von uns, nicht mal die Schüler aus Senior 5, wagte, einen Mucks von sich zu geben.

Wir hatten echte Schuldgefühle, weil wir, kollektiv sozusagen, Miss Emily enttäuscht hatten; aber wie sehr wir uns auch bemühten, konnten wir ihren Predigten nicht so recht folgen. Das lag zum Teil an ihren Formulierungen. »Jedweden Privilegs unwürdig« und »Missbrauch von Chancen«: Das waren die Formulierungen, die Ruth und mir als Erstes einfielen, als wir in ihrem Zimmer in Dover gemeinsam unsere Erinnerungen an Hailsham wachriefen. Der allgemeine Tenor ihrer Rede war klar genug: Als Hailsham-Kollegiaten seien wir alle etwas Besonderes, und deshalb sei es umso enttäuschender, wenn wir uns nicht anständig benähmen. Aber davon abgesehen, wurde alles nebelhaft. Manchmal sprach sie lange und eindringlich und unterbrach sich dann plötzlich mit einem Ausruf wie: »Was ist es? Was ist es? Was kann es sein, das unsere Pläne durchkreuzt?« Dann stand sie da, mit geschlossenen Augen und gerunzelter Stirn, als ringe sie um die Lösung des Rätsels. Und wir saßen da, verwirrt und betreten, und wünschten ihr innigst, dass sie die Antwort finden möge. Nach einer Weile stieß sie einen kleinen Seufzer aus und fuhr mit ihrer Rede fort – ein Zeichen, dass uns vergeben würde –, doch es kam auch vor, dass sie aus dem Schweigen herausplatzte: »Aber ich werde mich nicht nötigen lassen, o nein! Und Hailsham ebenso wenig!«

Im Zusammenhang mit diesen langen Ansprachen merkte Ruth einmal an, wie merkwürdig es doch sei, dass diese so unergründlich und kryptisch waren, denn im Unterricht wusste Miss Emily sich durchaus klar und verständlich auszudrücken. Als ich erwähnte, ich hätte die Oberin manchmal in Hailsham wie in Trance und Selbstgespräche führend umherwandern sehen, protestierte Ruth vehement: »Nein, so war sie nicht! Wie hätte Hailsham sein können, was es war, wenn die verantwortliche Leiterin eine Verrückte gewesen wäre! Miss Emily hatte einen so scharfen Verstand, dass du damit hättest Baumstämme zersägen können.«

Ich widersprach nicht. Fest steht, dass Miss Emily uns auf geradezu unheimliche Art durchschaute. Wenn man sich zum Beispiel irgendwo im Hauptgebäude oder auf dem Gelände herumtrieb, wo man nichts verloren hatte, und einen Aufseher nahen hörte, konnte man sich leicht verstecken. Hailsham war voller Verstecke, im Haus und im Freien: Wandschränke, Winkel, Büsche, Hecken. Aber wenn man Miss Emily herannahen sah, sackte einem das Herz in die Hose, denn *sie* fand einen immer. Als hätte sie einen zusätzlichen Sinn. Auch wenn man sich in einen Schrank verdrückte, die Tür fest schloss und keinen Muskel rührte, konnte man sich sicher sein, dass Miss Emilys Schritte direkt vor der Tür haltmachten und ihre Stimme sagte: »Also gut. Raus mit dir.«

Sylvie C. ist das einmal passiert, im Flur des zweiten Stocks, als Miss Emily einen Wutanfall erlitt. Zwar fing unsere Oberin im Unterschied zu Miss Lucy nie an zu schreien, aber ihre Wut war noch viel Furcht erregender. Dann verengten sich ihre Augen, und Miss Emily flüsterte grimmig vor sich hin, als diskutierte sie mit einem unsichtbaren Kollegen, welche Strafe im vorliegenden Fall anzubringen sei. Die Folge war, dass man hin- und hergerissen war zwischen dem sehnlichen Wunsch, es zu erfahren, und dem dringenden Bedürfnis, sich die Ohren zuzustopfen. In den meisten Fällen war die Strafe dann nur halb so wild. Es geschah nur selten, dass sie jemand in den Arrest schickte, Strafarbeit verordnete oder Vergünstigungen strich. Dennoch fühlte man sich schon bei dem Gedanken, dass man in ihrer Achtung gesunken war, ganz entsetzlich und wollte unbedingt etwas unternehmen, um den Fehler wiedergutzumachen.

Leider war Miss Emily völlig unberechenbar. Sylvie mag damals ihre ganze Wut zu spüren bekommen haben, aber als Laura erwischt wurde, wie sie durch das Rhabarberbeet lief, fuhr Miss Emily sie nur an: »Da hast du nichts zu suchen. Raus aus dem Beet, Mädchen!«, und ging weiter.

Und einmal hatte ich selbst Angst, es mir mit ihr verscherzt zu haben. Einer meiner Lieblingsplätze in Hailsham war der kleine Pfad, der dicht hinter dem Haus entlangführte und sich in sämtliche Nischen schmiegte, sämtlichen Erkern folgte. Auf diesem Pfad musste man sich an wuchernden Büschen vorbeizwängen, ging unter zwei efeuumrankten Torbögen hindurch und durchschritt ein rostiges Tor, und auf dem ganzen Weg konnte man nacheinander in sämtliche Fenster schauen. Dass ich diesen Pfad so gern mochte, lag zum Teil wohl auch daran, dass ich mir nie sicher war, ob es nicht vielleicht verboten war, ihn zu betreten. Während der Unterrichtszeiten durfte man sich natürlich nicht hier aufhalten. Aber am Wochenende oder am Abend? Das war nie klar. Die meisten zog es ohnehin nicht hierher, und vielleicht machte das Gefühl, hier allein sein zu können, auch den Reiz dieses Pfads aus.

Jedenfalls unternahm ich diesen Spaziergang auch einmal an einem sonnigen Abend, als ich, glaube ich, in Senior 3 war. Wie immer spähte ich im Vorbeigehen in die leeren Klassenzimmer, und auf einmal blickte ich in einen Raum, in dem nur Miss Emily war. Sie schritt langsam auf und ab und redete vor sich hin, wandte sich gestikulierend an ein unsichtbares Publikum. Ich dachte, sie bereitete ihren Unterricht vor oder probte für eine ihrer Reden auf der Versammlung, und wollte mich rasch aus dem Staub machen, ehe sie mich entdeckte, aber genau in dem Augenblick drehte sie sich um und blickte mich direkt an. Ich erstarrte und machte mich auf ein Donnerwetter gefasst, aber zu meiner größten Verblüffung fuhr sie fort wie zuvor, nur dass sie ihre Ansprache jetzt an mich richtete. Dann drehte sie sich um und fixierte wieder einen imaginären Schüler in einem anderen Teil des Raums. Ich schlich mich davon, und in der nächsten Zeit fürchtete ich des Öfteren, was Miss Emily wohl sagen würde, wenn sie meiner ansichtig wurde. Aber sie sagte nie ein einziges Wort.

Darüber will ich jetzt aber gar nicht reden. Viel lieber möchte ich ein paar Dinge von Ruth erzählen, davon, wie wir uns kennenlernten und anfreundeten, von unserer ersten gemeinsamen Zeit. Denn inzwischen kommt es immer öfter vor, dass ich, wenn ich an einem langen Nachmittag an Feldern und Wiesen entlangfahre oder auch vor dem Panoramafenster einer Autobahn-Raststätte meinen Kaffee trinke, wieder an sie denken muss.

Wir waren nicht von Anfang an Freundinnen. Mit fünf und sechs Jahren war ich mit Hannah und Laura zusammen, das weiß ich noch, aber nicht mit Ruth. Aus diesen frühen Jahren unseres Lebens habe ich nur eine einzige undeutliche Erinnerung an sie.

Ich spiele in einem Sandkasten. Es sind noch viele andere hier, zu viele, wir kommen einander dauernd in die Quere. Wir sind im Freien, die Sonne scheint warm, also ist es wahrscheinlich der Sandkasten auf dem Kleinkinderspielplatz, es kann aber auch der sein, der sich am Ende der Weitsprungbahn auf dem nördlichen Sportplatz befindet. Jedenfalls ist es heiß, ich habe Durst, und das Gedränge im Sandkasten passt mir nicht. Dann sehe ich Ruth dastehen, nicht bei den anderen im Sand, sondern ein paar Meter außerhalb. Sie ist wütend auf zwei Mädchen irgendwo hinter mir, wegen eines Vorfalls, der sich kurz zuvor ereignet haben muss, und sie funkelt die beiden böse an. Wahrscheinlich kannte ich Ruth zu dem Zeitpunkt nur sehr flüchtig, aber sie muss schon damals einen gewissen Eindruck auf mich gemacht haben, denn ich erinnere mich noch genau, dass ich mich mit besonderem Eifer in meine Beschäftigung vertiefte, weil ich eine Heidenangst hatte, ihr Blick könnte auf mich fallen. Ich sagte kein Wort, sondern hoffte nur dringend, ihr sei klar, dass ich mit den Mädchen hinter mir nichts zu tun hatte und an ihrer Wut vollkommen unschuldig war.

Mehr habe ich von Ruth aus der Anfangszeit nicht in Erinnerung. Wir waren im selben Jahr, müssen einander also oft begegnet sein, aber abgesehen von dem Zwischenfall im Sandkasten, wüsste ich nicht, dass ich bis zur Unterstufe, als wir sieben, fast acht waren, je mit ihr zusammengekommen wäre.

Der südliche Sportplatz wurde vorwiegend von den Junioren genutzt, und dort, in der Ecke, wo die Pappeln standen, kam Ruth eines Mittags auf mich zu. Sie musterte mich von Kopf bis Fuß und fragte: »Willst du auf meinem Pferd reiten?«

Ich war mitten in einem Spiel mit zwei oder drei anderen, aber Ruth meinte nur mich. Ich war hingerissen; trotzdem zierte ich mich und überlegte demonstrativ, bevor ich eine Antwort gab.

»Wie heißt denn dein Pferd?«

Ruth trat einen Schritt näher. »Mein *bestes* Pferd heißt Donner. Auf *ihm* kann ich dich aber nicht reiten lassen, er ist zu gefährlich. Aber du kannst auf Brombär reiten, solang du ihm nicht die Peitsche gibst. Wenn du willst, kannst du dir auch eins der anderen aussuchen.« Sie zählte noch ein paar Namen auf, die ich längst vergessen habe. Dann fragte sie: »Hast du selber auch Pferde?«

Ich sah sie an und dachte gründlich nach, ehe ich antwortete: »Nein. Ich habe keine Pferde.«

»Kein einziges?«

»Nein.«

»Gut. Du kannst auf Brombär reiten, und wenn er dir gefällt, kannst du ihn behalten. Aber du darfst ihm nicht die Peitsche geben. Und du musst *jetzt gleich* mitkommen.«

Meine Freundinnen hatten sich ohnehin längst abgewandt und spielten allein weiter. Also folgte ich Ruth.

Die Wiese war voller spielender Kinder, von denen manche viel größer als wir waren, aber Ruth steuerte zielstrebig zwischen ihnen hindurch, immer einen oder zwei Schritte vor mir. Als wir bei dem Maschendrahtzaun am Ende des Gartens angelangt waren, drehte sie sich um und sagte: »Okay, hier reiten wir. Du nimmst Brombär.«

Ich ergriff die unsichtbaren Zügel, die sie mir hinhielt, und wir ritten los, immer am Zaun entlang, hin und her, bald im Trab, bald im Galopp. Dass ich Ruth gesagt hatte, ich hätte keine eigenen Pferde, war wohl richtig gewesen, denn nachdem ich eine Zeit lang auf Brombär geritten war, ließ sie mich auch ihre übrigen Pferde ausprobieren, eines nach dem anderen, und rief mir alle möglichen Anweisungen zu, wie ich mit den Schwächen eines jeden Tiers umzugehen hätte.

»Ich hab's dir doch gesagt! Auf Narzisse musst du dich ganz weit zurücklehnen! Noch viel weiter! Sie trägt dich nur, wenn du *ganz hinten* sitzt!«

Anscheinend hielt ich mich wacker, denn am Ende ließ sie mich Donner, ihren Liebling, ausprobieren. Ich weiß nicht, wie viel Zeit wir an diesem Tag mit den Pferden verbrachten; es kam mir sehr lange vor, und ich glaube, wir waren beide von unserem Spiel vollkommen in Anspruch genommen. Aber Ruth bereitete ihm ohne ersichtlichen Grund ein jähes Ende, indem sie behauptete, ich hätte ihre Pferde absichtlich strapaziert und müsse jetzt jedes einzelne in den Stall zurückbringen. Sie deutete auf einen Abschnitt des Zauns, und ich begann die Pferde am Halfter zu der Stelle zu führen, während Ruth immer zorniger wurde und mir vorwarf, alles falsch zu machen. Dann fragte sie: »Magst du Miss Geraldine?«

Es wird wohl das erste Mal gewesen sein, dass ich wirklich einmal darüber nachdachte, ob ich eine Aufseherin gern hatte. Schließlich sagte ich: »Natürlich mag ich sie.«

»Magst du sie auch *ganz echt*? Wie was Besonderes? Wie deine Lieblingsaufseherin?«

»Ja. Sie ist meine Lieblingsaufseherin.«

Ruth sah mich lange unverwandt an. Und am Ende sagte sie: »Gut. In dem Fall darfst du eine ihrer Geheimwächterinnen sein.«

Wir machten uns auf den Rückweg zum Haupthaus, und ich wartete die ganze Zeit auf eine Erklärung von ihr, die jedoch nicht erfolgte. Allerdings fand ich im Lauf der nächsten Tage selbst heraus, was es damit auf sich hatte.

5

Wie lang die Sache mit der »Geheimwache« ging, weiß ich nicht mehr genau. Als ich in Dover Ruths Betreuerin war, sprachen wir darüber, und sie behauptete, es seien nur zwei oder drei Wochen gewesen – aber das ist ganz sicher falsch. Wahrscheinlich war es ihr peinlich, und ihr Gedächtnis hat die ganze Geschichte stark abgekürzt. Ich selbst vermute ja, dass diese Phase neun Monate währte, vielleicht sogar ein Jahr. Wir waren damals sieben, fast acht Jahre alt.

Ob Ruth die Geheimwache selbst erfunden hatte, war mir nie klar, aber dass sie die Anführerin war, stand außer Zweifel. Unsere Zahl schwankte zwischen sechs und zehn, je nachdem, ob Ruth ein neues Mitglied aufnahm oder ein altes ausschloss. Für uns war Miss Geraldine die beste Aufseherin von Hailsham, und wir bastelten Geschenke für sie – ein großes Blatt Papier mit aufgeklebten gepressten Blumen fällt mir ein. Aber unser eigentlicher Daseinszweck war natürlich, sie zu beschützen.

Als ich der Wache beitrat, wussten Ruth und die anderen schon ewig von dem Komplott, Miss Geraldine zu kidnappen. Wir erfuhren nie, wer dahintersteckte. Manchmal hatten wir bestimmte Senior-Knaben im Verdacht, dann wieder Jungen aus unserem Jahrgang. Eine Zeit lang hielten wir eine Aufseherin, die wir nicht besonders mochten, eine gewisse Miss Eileen, für die Drahtzieherin.

Wann die Entführung stattfinden sollte, wussten wir nicht, aber dass der Wald eine Rolle dabei spielte, stand für uns fest.

Dieser Wald begann auf dem Kamm des Hügels, der hinter dem Haupthaus anstieg. Wir sahen eigentlich nicht mehr von ihm als eine dichte dunkle Baumreihe, aber ich war sicher nicht die Einzige in meinem Jahrgang, die Tag und Nacht seine Präsenz spürte. Wenn es schlimm wurde, war es, als fiele sein Schatten über ganz Hailsham; man brauchte nur den Kopf zu wenden oder an ein Fenster zu treten, und da war er, bedrohlich lauernd in der Ferne. Am sichersten war man im vorderen Teil des Hauptgebäudes, wo er von keinem Fenster aus zu sehen war. Aber ganz kam man nie von ihm los.

Über den Wald kursierten alle möglichen grausigen Geschichten. Nicht lang bevor wir nach Hailsham gekommen waren, soll einmal ein Junge einen großen Krach mit seinen Freunden gehabt haben und vom Gelände fortgerannt sein. Seine Leiche wurde zwei Tage später oben im Wald gefunden, an einen Baum gefesselt, mit abgetrennten Händen und Füßen. Einem anderen Gerücht zufolge spukte der Geist eines Mädchens in diesem Wald. Sie war Hailsham-Kollegiatin gewesen, bis sie eines Tages über den Zaun kletterte, weil sie wissen wollte, wie es draußen aussah. Das war lange vor uns, als die Aufseher noch viel strenger waren, grausam sogar, und als sie wieder zurückkommen wollte, verwehrten sie es ihr. Tagelang trieb sie sich draußen vor dem Zaun herum und flehte um Einlass, aber man ließ sie nicht. Schließlich ging sie fort, irgendwohin, wo ihr etwas passierte, und starb. Aber ihr Geist irrte noch immer durch den Wald, blickte auf Hailsham hinab und verzehrte sich vor Sehnsucht, wieder eingelassen zu werden.

Die Aufseher behaupteten steif und fest, solche Geschichten seien blanker Unsinn. Aber die älteren Kollegiaten sagten, genau dasselbe hätten auch *sie* von den Aufsehern zu hören bekommen, als sie jünger waren, und wir würden die grausige Wahrheit noch früh genug erfahren, genau wie sie selbst.

Besonders heftig entzündete der Wald unsere Fantasie, wenn es dunkel war und wir in unseren Betten lagen und zu schlafen versuchten. Dann meinte man fast zu hören, wie der Wind in den Zweigen raschelte, und darüber zu reden machte alles nur schlimmer. Ich erinnere mich an einen Abend, da wir alle böse auf Marge K. waren, die an diesem Tag etwas absolut Peinliches getan hatte. Wir bestraften sie, indem wir sie aus dem Bett zerrten, ihr Gesicht ans Fenster drückten und sie zwangen, zum Wald hinaufzustarren. Zuerst kniff sie die Augen fest zu, aber wir zwickten sie in die Arme und rissen ihr mit Gewalt die Lider auf, bis sie die ferne schwarze Silhouette vor dem mondhellen Himmel sah. Das genügte, um ihr eine durchweinte Nacht des Grauens zu bescheren.

Damit will ich nicht sagen, dass wir uns in diesem Alter ununterbrochen vor dem Wald fürchteten. Mir zum Beispiel ging es so, dass ich wochenlang kaum an ihn dachte, ja, es gab sogar Tage, an denen ich mich in einer trotzigen Anwandlung von Mut fragte: Wie haben wir nur je so einen Unsinn glauben können? Aber eine Kleinigkeit genügte – jemand wärmte die alten Gerüchte wieder auf, ich stieß auf eine unheimliche Stelle in einem Buch oder schnappte zufällig eine Bemerkung auf, die mich an den Wald erinnerte –, und schon stand ich wieder eine ganze Weile in seinem Bann. Kein Wunder, dass wir dem Wald eine zentrale Rolle bei der geplanten Verschwörung von Miss Geraldine unterstellten.

Allerdings wüsste ich nicht, dass wir je praktische Maßnahmen ergriffen hätten, um Miss Geraldine zu verteidigen; unsere Aktivitäten drehten sich nur darum, immer neue Beweise für das Komplott selbst zu sammeln. Aus irgendeinem Grund waren wir überzeugt, wir könnten damit alle unmittelbaren Gefahren in Schach halten.

Unsere »Beweise« bestanden im Wesentlichen darin, dass wir die Verschwörer bei ihrem Tun beobachteten. Zum Beispiel sahen wir eines Vormittags von einem Klassenzimmer im zweiten Stock aus, wie Miss Eileen und Mr Roger sich unten im Hof mit Miss Geraldine unterhielten. Nach einer Weile verabschiedete sich unsere Lieblingsaufseherin und ging in Richtung Orangerie davon, aber wir blieben auf unserem Posten und sahen, dass jetzt Miss Eileen und Mr Roger unten die Köpfe zusammensteckten und verstohlen miteinander tuschelten, während sie der sich entfernenden Miss Geraldine nachsahen.

»Mr Roger«, seufzte Ruth kopfschüttelnd. »Wer hätte gedacht, dass auch er dazugehört?«

Auf diese Weise stellten wir eine Liste von Personen zusammen, die wir als Mitverschwörer identifiziert hatten – Aufseher und Kollegiaten, die wir zu unseren Todfeinden erklärten. Und doch, glaube ich, müssen wir die ganze Zeit geahnt haben, wie brüchig das Fundament war, auf dem unser Gespinst ruhte, denn wir waren immer sehr darauf bedacht, Konfrontationen zu vermeiden. Zwar entschieden wir nach intensiven Diskussionen, dass ein bestimmter Schüler an der Verschwörung beteiligt war, fanden dann aber immer einen Grund, um ihn nicht zur Rede zu stellen und noch einmal zu warten, bis wir »wirklich wasserdichte Beweise« hätten. Genauso wie wir uns immer einig waren, dass Miss Geraldine selbst kein Wort davon hören sollte, was wir herausgefunden hatten, damit sie sich nicht umsonst aufregte.

Es wäre zu einfach, wollte ich behaupten, dass Ruth als Einzige an der Geheimwache festhielt, nachdem wir anderen schon aus dieser Sache herausgewachsen waren. Natürlich war ihr die Wache wichtig. Sie wusste schon viel länger von der Verschwörung als alle Übrigen, und das verlieh ihr große Autorität; allein mit der Andeutung, dass die *wahren* Beweise aus der Zeit stammten, bevor Leute wie ich beigetreten seien – dass es also Dinge gebe, die sie uns noch gar nicht gesagt habe –, konnte sie praktisch jede Entscheidung rechtfertigen, die sie im Namen der Gruppe traf. Wenn sie zum Beispiel den Ausschluss eines Mitglieds verfügt hatte und sich dagegen Widerstand regte, genügte eine düstere Anspielung auf Vorkommnisse, die sie »von früher« wusste. Zweifellos war Ruth erpicht darauf, die Verschwörungstheorie am Leben zu halten. Tatsächlich aber trugen wir alle, denen Ruth ans Herz gewachsen war, unseren Teil dazu bei, die Fantasie aufrechtzuerhalten und weiterzuspinnen, solang es eben ging. Was ich damit sagen will, veranschaulichen ziemlich deutlich die Folgen unseres Schachstreits.

Ich war immer überzeugt gewesen, dass Ruth so was wie eine Schachexpertin sei und mir dieses Spiel beibringen könne. Diese Vorstellung war gar nicht abwegig: In Hailsham begegnete man ständig älteren Kollegiaten, die sich über das Schachbrett beugten, während sie auf Fensterbänken oder auf den Wiesen rund ums Haus saßen, und Ruth blieb oft bei ihnen stehen, um eine Partie zu studieren. Wenn wir dann weitergingen, wies sie mich auf eine Möglichkeit hin, die beide Spieler übersehen hätten. »Erstaunlich beschränkt«, murmelte sie kopfschüttelnd. Das alles trug zu meiner wachsenden Faszination bei, und bald wünschte ich mir nichts sehnlicher, als mich selbst in die Konstellationen der schönen Spielfiguren zu vertiefen. Als ich auf einem Basar ein Schachspiel entdeckte und es zu kaufen beschloss, obwohl es mich entsetzlich viele Marken kostete, rechnete ich also fest mit Ruths Hilfe.

Aber wann immer ich während der nächsten Tage das Thema zur Sprache brachte, seufzte sie oder tat, als hätte sie etwas unheimlich Wichtiges zu erledigen. Als ich sie an einem verregneten Nachmittag endlich zu fassen bekam und wir im Billardzimmer das Brett aufstellten, wies sie mich in das Spiel ein, das mehr oder weniger eine Variante von Dame war. Nach ihrer Darstellung zeichnete sich Schach vor allem dadurch aus, dass sich jede Figur L-förmig vorwärts bewegte – was sie wahrscheinlich aus den Bewegungen des Springers abgeleitet hatte – und nicht, wie bei Dame, in Sprüngen. Ich glaubte ihr nicht und war wirklich enttäuscht, aber ich verkniff mir eine Bemerkung und machte eine Weile mit. Mehrere Minuten lang warfen wir uns gegenseitig die Figuren vom Spielfeld, wobei der Angreifer immer über Eck vorrückte. Das ging so lang, bis ich sie wieder einmal hinauswerfen wollte und sie behauptete, das gelte nicht, weil ich meine Figur in einer zu geraden Linie gezogen hätte.

Daraufhin stand ich auf, packte Brett und Figuren zusammen und ging. Nie sagte ich laut, dass sie keine Ahnung von Schach hatte – trotz meiner Enttäuschung hütete ich mich davor, so weit zu gehen –, aber mein wortloser Abgang war wohl vielsagend genug.

Vielleicht einen Tag später betrat ich Zimmer 20 im Dachgeschoss des Hauses, wo Mr George Poetik unterrichtete. Ich weiß nicht mehr, ob es vor oder nach dem Unterricht war und wie voll das Klassenzimmer war. Aber ich weiß noch, dass ich einen Stapel Bücher in der Hand hatte und dass ein leuchtender Streifen Sonnenlicht über die Pulte fiel, auf denen Ruth und ein paar andere saßen und redeten, während ich zu ihnen hinüberging.

An der Art, wie sie die Köpfe zusammensteckten, erkannte ich, dass es um die Geheimwache ging, und obwohl der Krach mit Ruth, wie gesagt, wohl erst einen Tag zurücklag, trat ich ohne Hintergedanken auf die Gruppe zu. Erst als ich praktisch direkt vor ihnen stand – vielleicht wechselten sie einen Blick miteinander –, begriff ich mit einem Schlag, was als Nächstes geschehen würde. Es war wie der Bruchteil einer Sekunde, bevor man in eine Pfütze tritt: Man sieht die Lache, man weiß, dass man im nächsten Moment mit dem Fuß im Wasser stehen wird, aber es ist bereits zu spät, dies zu verhindern. Ich spürte die Kränkung, noch ehe sie verstummten und mich anstarrten und noch ehe Ruth sagte: »Oh, Kathy, wie geht's? Wenn's dir nichts ausmacht, wir haben noch kurz was zu besprechen. In einer Minute sind wir fertig. Tut mir leid.«

Sie hatte das kaum ausgesprochen, als ich mich umdrehte und davonging, wütend eher auf mich selbst als auf Ruth und die anderen. Wie hatte ich mich überhaupt in diese Lage bringen können! Ich war fassungslos, gewiss, aber ob ich auch weinte, weiß ich nicht mehr. Während der nächsten Tage jedenfalls spürte ich meine Wangen rot und heiß werden, wann immer ich die Geheimwache in einer Ecke beraten oder über eine Wiese schlendern sah.

Etwa zwei Tage nach der Abfuhr in Zimmer 20 ging ich die Treppe im Hauptgebäude hinab und bemerkte Moira B. direkt hinter mir. Wir fingen ein Gespräch an – über nichts Besonderes – und verließen gemeinsam das Haus. Es muss in der Mittagspause gewesen sein, denn als wir in den Hof hinaustraten, standen dort an die zwanzig Schüler in kleinen Gruppen beisammen und plauderten. Mein Blick ging sofort zur anderen Seite des Hofs hinüber, wo Ruth und drei Geheimwächterinnen nebeneinanderstanden und gespannt zum südlichen Spielplatz hinüberspähten. Ich versuchte zu erkennen, was sie so sehr interessierte, und merkte im selben Moment, dass auch Moira sie beobachtete. Mir fiel ein, dass sie noch einen Monat zuvor, bis zu ihrem Ausschluss, ebenfalls der Geheimwache angehört hatte. Während der nächsten paar Sekunden empfand ich so etwas wie brennende Peinlichkeit, dass wir beide so beieinanderstanden, zusammengeschmiedet durch jüngst erlittene Demütigung, und gewissermaßen unserer Zurückweisung ins Gesicht blickten. Vielleicht empfand Moira ähnlich; jedenfalls war sie diejenige, die das Schweigen brach und sagte: »Total bescheuert, diese Geheimwache. Dass sie immer noch an diesen Unsinn glauben! Wie im Kindergarten.«

Noch heute wundere ich mich über die unbändige Gefühlsaufwallung, die mich bei Moiras Bemerkung überkam. Fuchsteufelswild fuhr ich sie an:

»Was verstehst *du* denn schon davon? Du hast doch überhaupt keine Ahnung, du bist seit Urzeiten draußen! Wenn du wüsstest, was wir alles herausgefunden haben, würdest du nie und nimmer so was Idiotisches sagen!«

»Red keinen Mist«, sagte Moira, die sich noch nie leicht hatte einschüchtern lassen. »Das ist doch auch nur wieder eine von Ruths Erfindungen, weiter nichts.«

»Und wieso hab ich sie dann *mit eigenen Ohren* darüber reden hören, wie sie Miss Geraldine in den Milchwagen zerren und in den Wald verschleppen wollen? Wieso hab ich selber gehört, wie sie die Entführung planen, und das hat mit Ruth oder irgendwem überhaupt nichts zu tun?«

Moira sah mich verunsichert an. »Du hast es selber gehört? Wie? Wo?«

»Ich hab sie reden hören, so deutlich wie nur was, hab jedes einzelne Wort gehört, sie wussten nicht, dass ich in der Nähe war. Unten am Teich, sie ahnen nicht, dass ich sie belauscht habe. Das zeigt nur, wie wenig du weißt!«

Ich drängte mich an ihr vorbei, und während ich mir den Weg durch den von Schülern wimmelnden Innenhof bahnte, blickte ich zu Ruth und den anderen zurück, die immer noch zum südlichen Sportplatz hinüberschauten und von dem Vorfall zwischen Moira und mir nichts mitbekommen hatten. Und ich merkte, dass ich überhaupt nicht mehr böse auf Ruths Gefährtinnen war; nur unheimlich zornig auf Moira.

Wenn ich heute eine lange graue Straße entlangfahre und meine

Gedanken kein besonderes Ziel haben, kommt es vor, dass ich das alles im Geist noch einmal hin und her wende. Warum verhielt ich mich damals so feindselig gegenüber Moira B., wo sie doch eine natürliche Verbündete gewesen wäre? Es mag daran liegen, dass Moira mir vorschlug, mit ihr zusammen eine Linie zu überschreiten, und dazu war ich noch nicht bereit. Ich spürte wohl, dass es jenseits der Linie härter und finsterer zuging, und das wollte ich nicht. Nicht für mich, nicht für uns alle.

Dann verwerfe ich den Gedanken wieder und sage mir, dass es nur mit mir und Ruth zusammenhing und mit der Art von Loyalität, die sie damals von mir erwarten konnte. Und das ist vielleicht auch der Grund, weshalb ich während der ganzen Zeit, die ich sie in Dover betreute, den Vorfall zwischen Moira und mir nie zur Sprache brachte, obwohl ich es wirklich gern getan hätte, mehrmals sogar.

Diese Geschichten um Miss Geraldine bringen mich auf ein Ereignis rund drei Jahre später, als die Idee der Geheimwache längst gestorben war.

Wir waren in Zimmer 5 im Erdgeschoss, im rückwärtigen Teil des Hauses, und warteten auf den Unterrichtsbeginn. Zimmer 5 war das kleinste Klassenzimmer, und gerade an einem Wintermorgen wie diesem, wenn sich die mächtigen Heizkörper einschalteten und die Fenster beschlugen, wurde es darin wirklich stickig. Vielleicht übertreibe ich, aber meiner Erinnerung nach mussten sich die Schüler buchstäblich aufeinandersetzen, damit eine ganze Klasse in den Raum passte.

An dem Morgen saß Ruth auf einem Stuhl hinter einem Pult, während ich oben auf dem Pultdeckel hockte und zwei oder drei andere aus unserer Gruppe in der Nähe kauerten oder sich herüberlehnten. In dem Moment, glaube ich, als ich mich dünn machte, damit neben mir noch jemand Platz fand, fiel mir zum ersten Mal das Federmäppchen ins Auge.

Ich kann es heute noch sehen, als läge es vor mir. Es glänzte wie ein polierter Schuh; ein sattes Lederbraun, übersät von roten, umringelten Punkten. Der Reißverschluss entlang der oberen Kante hatte eine flauschige Quaste, mit der man ihn aufzog. Ich setzte mich fast darauf, als ich zur Seite rückte, und Ruth brachte das Federmäppchen rasch in Sicherheit. Doch ich hatte es gesehen, wie sie es beabsichtigt hatte, und sagte prompt:

»Ach! Wo hast du das her? Vom Basar?«

Es war schrecklich laut im Klassenzimmer, aber die Mädchen in unserer unmittelbaren Umgebung waren auf uns aufmerksam geworden, und bald bewunderten wir zu viert oder fünft das Federmäppchen. Ruth schwieg eine Weile, während sie aufmerksam die Gesichter ringsum musterte, und endlich sagte sie gedehnt:

»Einigen wir uns darauf: Sagen wir, dass ich es vom Basar habe.« Dann betrachtete sie uns reihum mit einem wissenden Lächeln.

Das schien eine völlig belanglose Antwort zu sein, auf mich aber hatte sie dieselbe Wirkung, als wäre Ruth aufgesprungen und hätte mir eine Ohrfeige gegeben, und während der nächsten Minuten war mir abwechselnd heiß und kalt. Ich wusste genau, was sie mit ihrer Antwort und ihrem Lächeln bezweckte: uns zu verstehen zu geben, dass das Federmäppchen ein Geschenk von Miss Geraldine sei.

Dieser Eindruck war leider kein Missverständnis – er hatte sich schon länger angekündigt. Seit Wochen pflegte Ruth ein bestimmtes Lächeln aufzusetzen, einen gewissen Tonfall anzuschlagen, manchmal begleitet von einem an die Lippen gelegten Finger, einem ostentativen Flüstern mit erhobener Hand, wenn sie auf eine Gunstbezeugung Miss Geraldines ihr gegenüber anspielen wollte.

Miss Geraldine habe ihr erlaubt, mitten unter der Woche vor vier Uhr nachmittags im Billardzimmer eine Musikkassette zu hören; Miss Geraldine habe während einer Exkursion allgemeines Schweigen befohlen, aber als Ruth zu ihr aufschloss, habe sie ein Gespräch mit ihr angefangen und dann der ganzen Gruppe zu reden erlaubt. Immer waren es solche und ähnliche Geschichten; nie explizite Behauptungen, sondern immer nur Andeutungen mit einem Lächeln und mit dieser Miene, die ausdrückte: Mehr verrate ich nicht.

Offiziell durften die Aufseher selbstverständlich niemanden bevorzugen, in der Praxis aber kam es immer wieder zu kleinen Zuneigungsbekundungen, die sich allerdings im Rahmen hielten, und Ruths Andeutungen fügten sich meistens in dieses Schema ein. Dennoch konnte ich es nicht leiden, wenn sie sich in obskuren Anspielungen erging. Natürlich war ich mir nie sicher, ob sie nicht vielleicht doch die Wahrheit sagte, aber da sie eigentlich nie etwas Konkretes sagte, sondern immer nur durch die Blume sprach, konnte man sie nie zur Rede stellen. Mir blieb dann nichts anderes übrig, als mir auf die Unterlippe zu beißen und zu hoffen, dass der Augenblick schnell vorübergehe.

Manchmal erkannte ich am Verlauf, den ein Gespräch nahm, dass wieder so ein Moment bevorstand, und wappnete mich innerlich, aber selbst dann traf es mich mit einer solchen Wucht, dass ich mehrere Minuten lang nicht mehr mitbekam, was ringsum geschah. Bei diesem ersten Mal aber, an dem Wintermorgen in Raum 5, war es wie ein Blitzschlag aus heiterem Himmel. Auch nachdem ich das Federmäppchen gesehen hatte, war die Vorstellung eines solchen Geschenks von einer unserer Aufseherinnen so weit jenseits des Möglichen und Denkbaren, dass ich völlig unvorbereitet auf Ruths Andeutung war. Als es heraus war, brachte ich es wieder einmal nicht fertig, einfach abzuwarten, bis mein

Gefühlsaufruhr sich gelegt hatte, sondern starrte sie wortlos an. Ich versuchte erst gar nicht, meinen Zorn zu verbergen. Vielleicht erkannte Ruth die Gefahr, jedenfalls warf sie mir flüsternd, aber unüberhörbar hin: »Kein Wort!«, und lächelte wieder. Aber ich konnte ihr Lächeln nicht erwidern, sondern funkelte sie wütend an. Zum Glück erschien endlich der Aufseher, und der Unterricht begann.

Als Kind war es nicht meine Art, stundenlang dumpf vor mich hin zu brüten. Heute neige ich eher dazu, aber das liegt an meiner Arbeit und an den langen Stunden der Stille, in denen ich auf leeren Straßen übers Land fahre. Früher war ich anders als, sagen wir, Laura, die sich trotz ihrer ständigen Kaspereien tage-, ja wochenlang über irgendeine harmlose Bemerkung den Kopf zerbrechen konnte. Aber nach diesem Erlebnis in Zimmer 5 lebte ich eine Zeit lang wie in Trance, verlor mitten im Gespräch plötzlich den Faden, und ganze Unterrichtsstunden zogen an mir vorüber, ohne dass ich begriff, wovon sie handelten. Diesmal war ich fest entschlossen, Ruth nicht so leicht davonkommen zu lassen, aber ich unternahm nichts Bestimmtes, sondern malte mir im Geist fantastische Szenen aus, wie ich sie bloßstellen und zu dem Geständnis zwingen würde, dass sie sich alles nur ausgedacht hatte. In einer verworrenen Fantasie erfuhr sogar Miss Geraldine selbst von der Sache und putzte Ruth vor versammelter Mannschaft gnadenlos herunter.

Tage später begann ich wieder klarer zu denken. Wenn das Federmäppchen nicht von Miss Geraldine stammte, woher sonst? Dass Ruth es von einer Mitschülerin erhalten hatte, war unwahrscheinlich: Selbst wenn es früher jemandem gehört hatte, der Jahre älter war als wir, wäre ein solches Prachtstück nicht unbemerkt geblieben. Niemals hätte Ruth es gewagt, diese Geschichte aufzutischen, wenn das Federmäppchen in Hailsham schon die Runde gemacht hatte. Sie musste es auf einem Basar entdeckt haben.

Allerdings hätte auch in diesem Fall die Gefahr bestanden, dass schon andere ein Auge darauf werfen würden, bevor sie es kaufen konnte. Aber wenn sie, wie es trotz des Verbots gelegentlich vorkam, schon im Voraus davon erfahren und sich das Federmäppchen vor Verkaufsbeginn von einem Aufseher hatte reservieren lassen, dann konnte sie sich ziemlich sicher sein, dass es kaum jemand vor ihr gesehen hatte.

Zu Ruths Pech wurden aber nicht nur alle verkauften Waren registriert, sondern auch die jeweiligen Käufer. Diese Listen waren zwar nicht ohne Weiteres einsehbar – die Aufseher brachten sie am Ende eines jeden Basartags in Miss Emilys Büro –, aber auch nicht streng geheim. Wenn man sich auf dem nächsten Basar in der Nähe eines Aufsehers herumtrieb, bot sich leicht einmal eine Gelegenheit, darin zu blättern.

Nachdem ich mir in groben Zügen einen Plan zurechtgelegt hatte, feilte ich tagelang daran herum, bis mir einfiel, dass es gar nicht notwendig war, sämtliche Schritte im Einzelnen auszuführen. Vorausgesetzt, ich hatte recht mit meiner Vermutung, dass sie das Federmäppchen auf einem Basar erstanden hatte, genügte ja ein Bluff.

So kam es zu unserem Gespräch unter dem Vordach. Es war ein nebliger Tag mit Nieselregen. Wir beide waren unterwegs, vielleicht von den Schlafbungalows zum Pavillon, ich weiß es nicht mehr genau. Jedenfalls wurde der Regen auf einmal stärker, als wir den Hof durchquerten, und da wir es nicht eilig hatten, suchten wir unter dem Vordach des Haupthauses, nicht weit vom Vordereingang, Schutz.

Ab und zu tauchte aus dem Nebel ein Kollegiat auf und verschwand eilig im Haus, aber der Regen ließ nicht nach. Und je länger wir dort standen, desto mehr wuchs meine Anspannung, denn mir war klar, dass dies die Gelegenheit war, auf die ich gewartet hatte. Auch Ruth, das weiß ich, spürte, dass etwas im Anzug war. Schließlich beschloss ich, direkt zur Sache zu kommen.

»Auf dem Basar letzten Dienstag«, sagte ich, »hab ich ein bisschen im Buch geblättert. Du weißt schon, in dem Register.«

»Wieso hast du dir das Register angeschaut?«, fragte Ruth rasch. »Wozu denn?«

»Och, ohne besonderen Grund. Christopher C. war einer der Aufseher, und ich hab ein bisschen mit ihm geplaudert. Er ist eindeutig der coolste Junge in der Senior-Stufe. Und im Register hab ich einfach so geblättert, um meine Hände zu beschäftigen.«

Ruths Gedanken rasten, das sah ich ihr an, und nun begriff sie auch, worauf ich hinauswollte. Aber sie sagte ruhig: »Ziemlich langweilige Lektüre, stell ich mir vor.«

»Gar nicht, es war sogar recht interessant. Man sieht, was die Leute alles gekauft haben.«

Ich hatte die ganze Zeit teilnahmslos in den Regen hinausgestarrt, aber jetzt warf ich einen Blick zu Ruth hinüber. Und ich erschrak. Ich weiß nicht, was ich erwartet hatte; in all meinen Fantasien der vergangenen Monate hatte ich mich nie gefragt, wie es in einer realen Situation wäre, wie ich sie in diesem Moment erlebte. Ich spürte, wie fassungslos Ruth war; es hatte ihr vollkommen die Sprache verschlagen, sie hatte sich abgewandt und war den Tränen nahe. Und auf einmal war mein Verhalten mir selbst ein völliges Rätsel. So viele Grübeleien, so viel Ränkeschmieden, nur um meiner liebsten Freundin einen Schlag zu versetzen. Was war denn dabei, wenn sie über die Herkunft ihres Federmäppchens ein bisschen flunkerte? Träumten wir nicht alle von Zeit zu Zeit davon, dass ein Aufseher sich über die Regeln hinwegsetzen und unseretwegen eine Ausnahme machen möge? Eine spontane Umarmung, ein heimlicher Brief, ein Geschenk? Ruth hatte nichts weiter getan, als einen dieser harmlosen Wunschträume ein Stück weiter zu treiben; und sie hatte Miss Geraldine ja nicht mal namentlich erwähnt.

Ich fühlte mich hundeelend und war völlig durcheinander. Wir standen nebeneinander und starrten in den Nebel und den Regen hinaus, aber mir fiel nichts ein, womit ich den Schaden wiedergutmachen konnte, den ich angerichtet hatte. Ich sagte etwas Klägliches wie: »Schon gut, ich hab nicht viel gesehen«, das einfältig in der Luft hing. Ruth schwieg, und nach ein paar Sekunden ging sie in den Regen davon.

6

Wahrscheinlich hätte ich mich weniger schlecht gefühlt, wenn mir Ruth das, was zwischen uns geschehen war, vorgehalten hätte. Aber dies war einer jener Fälle, bei denen sie einfach klein beigab. Es war, als schämte sie sich so sehr – als wäre sie geradezu niedergeschmettert vor Scham –, dass sie nicht einmal wütend war oder Rachegelüste verspürte. Die ersten paar Male, die ich sie nach unserem Gespräch unter dem Vordach sah, erwartete ich wenigstens den Anflug einer Verstimmung, aber nein, sie war überaus höflich, wenn auch ein bisschen oberflächlich, und irgendwann kam mir der Gedanke, dass sie Angst hatte, ich könnte sie öffentlich bloßstellen – das Federmäppchen war selbstverständlich verschwunden –, und ich hätte ihr gern versichert, dass sie von mir nichts zu fürchten hatte. Aber das Problem war, dass von alldem nichts je offen ausgesprochen worden war, und ich hatte auch keine Ahnung, wie ich dieses Thema anschneiden konnte.

Unterdessen versäumte ich keine Gelegenheit, Ruth zu verstehen zu geben, dass sie sehr wohl einen besonderen Platz in Miss Geraldines Herzen einnahm. Bei einer Gelegenheit wollte eine kleine Gruppe von uns in der Pause unbedingt hinaus zum Rounders-Training, weil wir vom nächsthöheren Jahrgang zum Match herausgefordert worden waren. Leider regnete es, und es war unwahrscheinlich, dass man uns hinauslassen würde. Aber ich sah, dass Miss Geraldine eine der Aufsichtspersonen war, und sagte deshalb:

»Wenn *Ruth* zu Miss Geraldine geht und sie fragt, dann hätten wir schon eine Chance.«

Mein Vorschlag wurde nicht aufgegriffen, soweit ich mich erinnere, vielleicht hatte ihn auch kaum jemand gehört, denn es redeten fast alle gleichzeitig. Das Entscheidende aber war, dass ich direkt hinter Ruth stand, und ich merkte, dass sie sich über meine Bemerkung freute.

Ein anderes Mal verließen wir zu mehreren mit Miss Geraldine ein Klassenzimmer, und es ergab sich, dass ich mich direkt hinter Miss Geraldine befand und im nächsten Moment hinter ihr durch die Tür gegangen wäre. Aber ich blieb absichtlich zurück, damit Ruth, die mir folgte, mich überholen und an Miss Geraldines Seite durch die Tür schreiten konnte. Mein Manöver war ganz unauffällig, als wäre es das Natürlichste der Welt und auch ganz im Sinn von Miss Geraldine – genauso hätte ich es auch gemacht, wenn ich zufällig zwischen zwei beste Freundinnen geraten wäre. Ruth sah mich den Bruchteil einer Sekunde verwirrt und überrascht an, dann nickte sie mir kurz zu und ging vorbei.

Mit solchen Wiedergutmachungsversuchen bereitete ich Ruth zwar ab und zu eine kleine Freude, aber sie blieben doch weit zurück hinter dem, was an jenem nebligen Tag unter dem Vordach zerbrochen war, und das Gefühl, dass es mit uns beiden überhaupt nie wieder gut würde, wuchs und wuchs. Einmal saß ich abends auf einer Bank vor dem Pavillon und suchte verzweifelt nach einem Ausweg, während eine bleierne Mischung aus Reue und Frustration mir buchstäblich die Tränen in die Augen trieb. Wie es weitergegangen wäre, wenn sich nicht diese eine Gelegenheit geboten hätte, weiß ich nicht. Vielleicht wäre am Ende alles in Vergessenheit geraten, vielleicht hätten Ruth und ich uns auch auseinandergelebt.

Aber es kam anders, denn eines Tages fiel mir die Chance in den Schoß, unsere Beziehung wieder ins Lot zu bringen.

Es war im Kunstunterricht von Mr Roger, der aus irgendeinem Grund mitten in der Stunde das Klassenzimmer verlassen hatte. So schlenderten wir zwischen unseren Staffeleien herum, schwatzten und begutachteten jeweils die Werke der anderen. Irgendwann kam ein Mädchen namens Midge A. zu uns herüber und fragte Ruth in arglosem Ton:

»Wo hast du denn bloß dein hübsches Federmäppchen gelassen?«

Ruth erstarrte und warf einen raschen Blick in die Runde, um zu sehen, wer da war. Es war unsere Gruppe in der üblichen Zusammensetzung, allerdings standen ein paar in der Nähe, die nicht dazugehörten. Von der Sache mit den Verkaufslisten hatte ich keiner Menschenseele gegenüber etwas erwähnt, was Ruth aber nicht wissen konnte. Ihre Stimme war sanfter als sonst, als sie antwortete:

»Ich hab's nicht hier. Ich bewahre es in meiner Schatzkiste auf.«

»Es ist wirklich sehr hübsch. Wo hast du's her?«

Midge fragte in aller Unschuld, das war jetzt ganz offensichtlich. Aber fast alle, die damals in Raum 5 miterlebt hatten, wie Ruth ihr Federmäppchen zum ersten Mal vorgeführt hatte, standen um uns herum und schauten zu, und Ruth zögerte. Erst später, als ich im Geist alles noch einmal durchging, erkannte ich, dass die Gelegenheit nicht besser hätte sein können. Aber damals dachte ich keine Sekunde nach. Ich schaltete mich einfach ein, bevor Midge oder jemand anderes merkte, dass Ruth in einer seltsamen Klemme steckte.

»Das können wir nicht sagen!«

Alle sahen mich ein bisschen überrascht an. Aber ich blieb die Ruhe selbst und fuhr fort, diesmal an Midge allein gerichtet:

»Es gibt ein paar sehr gute Gründe, warum wir dir nicht sagen können, woher es stammt.«

Midge stieß einen Seufzer aus. »Es ist also ein Geheimnis.«

»Ein *Riesen*geheimnis«, sagte ich und lächelte sie an, um ihr zu zeigen, dass ich auf keinen Fall gemein sein wollte.

Die anderen nickten zur Bekräftigung, Ruths Gesicht hingegen nahm einen unbestimmten Gesichtsausdruck an, als würden ihre Gedanken plötzlich um etwas ganz anderes kreisen. Midge seufzte noch einmal, und soweit ich mich erinnere, beließ sie es dabei, ging entweder wieder fort oder wechselte das Thema.

Mehr oder weniger aus denselben Gründen, aus denen ich nicht offen darüber zu sprechen wagte, was ich ihr mit meinem Gerede von den Verkaufslisten angetan hatte, konnte jetzt natürlich auch Ruth mir nicht danken, dass ich sie vor Midges Fragen gerettet hatte. Aber ihr Verhalten mir gegenüber, und zwar nicht nur während der nächsten Tage, sondern während der nächsten Wochen, zeigte deutlich, wie froh sie über mein Eingreifen war. Und da ich lange in ziemlich genau derselben Lage gewesen war wie sie jetzt, konnte ich natürlich die Zeichen lesen und wusste, dass sie nur auf einen Anlass wartete, um mir einen wirklich besonderen Gefallen zu erweisen. Das war ein schönes Gefühl, und ich weiß noch, dass ich ein- oder zweimal dachte, wie gut es wäre, wenn sich ewig lang keine Gelegenheit ergäbe, damit das gute Gefühl zwischen uns anhielt. Aber etwa einen Monat nach dem Zwischenfall mit Midge eröffnete sich Ruth eine Gelegenheit; das war, als mir meine Lieblingskassette abhandenkam.

Noch heute besitze ich ein Exemplar dieser Kassette, und bis vor Kurzem hörte ich sie mir ab und zu an, wenn ich an einem Regentag über Land fuhr. Aber der Kassettenrekorder in meinem Auto ist so anfällig geworden, dass ich sie nicht mehr einzulegen wage. Und wenn ich in meiner kleinen Wohnung bin, ist die Zeit immer zu kurz, um sie ganz zu hören. Das ändert nichts daran, dass sie nach wie vor eines meiner kostbarsten Besitztümer ist. Vielleicht werde ich sie am Ende des Jahres, wenn ich nicht mehr Betreuerin bin, öfter hören können.

Das Album von Judy Bridgewater heißt *Songs After Dark*. Meine heutige Ausgabe davon ist nicht mehr die ursprüngliche Kassette, die ich in Hailsham hatte – diese ging verloren –, sondern eine andere, die Tommy und ich Jahre danach zufällig in Norfolk entdeckten. Aber das ist eine andere Geschichte. Jetzt möchte ich von dieser ersten Kassette berichten, die ich verloren habe.

Aber bevor ich weitererzähle, sollte ich wohl erklären, was Norfolk damals für uns bedeutete. Über viele Jahre hinweg war es für uns eine Art Insider-Witz; begonnen hatte alles in einer Schulstunde in unserer Anfangszeit, als wir noch ziemlich klein waren.

Miss Emily persönlich nahm mit uns die verschiedenen Grafschaften Englands durch. Dazu pflegte sie eine große Landkarte vor die Tafel zu hängen, und daneben stellte sie eine Staffelei. Und wenn sie zum Beispiel über die Grafschaft Oxfordshire redete, hatte sie auf der Staffelei einen großformatigen Kalender mit Fotos aus Oxfordshire platziert. Sie verfügte über eine beachtliche Kalendersammlung, und anhand dieser Fotos lernten wir die meisten Grafschaften kennen. Sie klopfte mit dem Zeigestab auf einen Punkt, wandte sich zur Staffelei und zeigte uns ein neues Bild. Da gab es kleine Dörfer, durch die ein Bach führte, weiße Monumente auf Hügeln, alte Kirchen am Wegesrand; wenn sie uns von einem Ort an der Küste erzählte, bekamen wir menschenüberfüllte Strände und Klippen mit Möwen zu sehen. Wahrscheinlich wollte sie uns einen Begriff davon vermitteln, was es dort draußen alles gab, und noch heute, nach den endlosen Meilen, die ich als Betreuerin zurückgelegt habe, finde ich es erstaunlich, wie sehr meine Vorstellung der verschiedenen Grafschaften von den Bildern geprägt ist, die uns Miss Emily auf ihrer Staffelei zeigte. Wenn ich heute durch Derbyshire fahre, ertappe ich mich dabei, wie ich nach einem bestimmten Dorfanger mit einem Pub in Pseudo-Tudorstil und einem Kriegerdenkmal Ausschau halte – bis mir wieder einfällt, dass dies das Bild ist, das uns Miss Emily gezeigt hat, als ich zum ersten Mal von der Existenz Derbyshires hörte.

Allerdings klaffte in Miss Emilys Kalendersammlung eine Lücke: Von Norfolk bekamen wir nie auch nur ein einziges Foto zu sehen. Dieser Unterrichtsstoff wurde noch mehrmals wiederholt, und ich fragte mich immer, ob sie wohl diesmal ein Bild von Norfolk aufgetrieben hatte, aber es war immer dasselbe. Ihr Zeigestab wanderte über die Landkarte, und als wäre es ihr nachträglich eingefallen, sagte sie: »Und hier haben wir Norfolk. Sehr hübsch ist es da.«

Ich weiß noch, dass sie jedoch einmal bei einer solchen Gelegenheit plötzlich verstummte und in Gedanken versank, vielleicht weil sie vorher nicht darüber nachgedacht hatte, wie es ohne Foto weitergehen sollte. Dann tauchte sie aus ihrer Trance wieder auf und klopfte noch einmal auf die Landkarte.

»Seht ihr, weil es dort draußen im Osten sitzt, auf diesem Höcker, der ins Meer hineinragt, liegt es abseits von allen Reiserouten. Die Leute fahren nach Norden und nach Süden« – sie fuhr mit dem Zeigestab auf und nieder – »und Norfolk liegt einfach nicht auf ihrer Strecke. Deshalb ist es eine friedliche Ecke von England, ziemlich schön. Aber irgendwie ist es auch ein verlorener Winkel.«

Ein *verlorener Winkel*. So nannte sie es, und damit fing es an. Wir hatten in Hailsham ebenfalls einen »verlorenen Winkel«, so nannten wir nämlich das Fundbüro oben im dritten Stock, wohin jeder ging, der etwas verloren oder gefunden hatte. Jemand – ich weiß nicht mehr, wer es war – behauptete nach dieser Stunde, Miss Emily habe Norfolk als das Fundbüro von ganz England bezeichnet, wohin von überall her die verlorenen Sachen gebracht würden. Irgendwie setzte die Idee sich durch und erlangte in unserem ganzen Jahrgang den Status einer allgemein anerkannten Tatsache.

Als wir vor nicht allzu langer Zeit das alles wieder ausgruben, behauptete Tommy, die Norfolk-Geschichte sei von Anfang an ein Witz gewesen, den wir nie ernsthaft geglaubt hätten. Aber ich bin mir ziemlich sicher, dass Tommy in diesem Punkt irrt. Natürlich war Norfolk, als wir zwölf oder dreizehn Jahre alt waren, ein Witz *geworden*. Aber nach meiner Erinnerung – die sich mit der von Ruth deckt – hatten wir Norfolk anfänglich durchaus wörtlich als Sammelstelle für Fundsachen aufgefasst. Wir stellten uns vor, dass so, wie die Lieferwagen mit Nahrungsmitteln und Waren für den Basar nach Hailsham kamen, etwas Ähnliches, freilich in viel größerem Umfang, im ganzen Land stattfinden müsste, dass also Lastwagen aus ganz England alles, was auf Straßen und Feldern und in Zügen liegen geblieben war, in diese Gegend namens Norfolk transportierten. Dass wir nie ein Bild dieser Grafschaft gesehen hatten, ließ sie uns nur umso mystischer scheinen.

So töricht das alles klingen mag, sollten Sie aber bedenken, dass für uns, in dieser Phase unseres Lebens, jeder Ort außerhalb von Hailsham einem Fantasieland glich; wir hatten nur sehr verschwommene Vorstellungen von der Außenwelt und dem, was dort möglich oder nicht möglich war. Überdies machten wir uns nie die Mühe, unsere Norfolk-Theorie im Detail zu überprüfen. Wichtig war uns etwas ganz anderes, nämlich, wie Ruth eines Abends, als wir in ihrem gefliesten Zimmer in Dover saßen und in den Sonnenuntergang hinausblickten, sehr treffend formulierte: »Wenn wir etwas Kostbares verloren hatten und es überall wie verrückt suchten, aber nicht fanden, brauchten wir trotzdem nicht völlig zu verzweifeln, weil wir uns als letzten Trost vorstellen konnten, dass wir eines Tages, wenn wir erwachsen wären und überallhin fahren könnten, nach Norfolk gehen und es dort wiederfinden würden.«

Damit hatte sie vollkommen recht. Norfolk wurde uns zu einem echten Trost, wahrscheinlich mehr, als wir uns damals eingestanden, und daher redeten wir auch noch von Norfolk, als wir schon viel älter waren – wenn auch nur im Scherz. Und das ist der Grund, weshalb Tommy und ich, als wir tatsächlich viele Jahre später in einer Kleinstadt an der Küste von Norfolk ein Exemplar jener Kassette fanden, die ich in Hailsham verloren hatte, unseren Glückstreffer nicht einfach nur bemerkenswert fanden, sondern beide tief im Inneren einen Stich verspürten, den alten, lange verschütteten Wunsch, wieder an etwas zu glauben, was uns einmal sehr am Herzen gelegen hatte.

Aber ich wollte ja von meiner Kassette erzählen, *Songs After Dark* von Judy Bridgewater. Ursprünglich war es wohl eine LP gewesen – aufgenommen im Jahr 1956 –, und ich hatte die Kassettenausgabe davon. Das Titelbild muss die verkleinerte Version des Plattencovers gewesen sein. Darauf trägt Judy Bridgewater ein purpurnes Satinkleid, schulterfrei, wie es damals in Mode war, und man sieht sie nur von knapp oberhalb der Taille an aufwärts, denn sie sitzt auf einem Barhocker. Den Hintergrund bilden Palmen und dunkelhäutige Kellner im weißen Smoking – wahrscheinlich soll das Südamerika sein. Man betrachtet Judy aus der Perspektive des Barmanns, der ihr einen Cocktail serviert. Ihr Gesichtsausdruck ist freundlich, nicht allzu sexy, vielleicht flirtet sie ein wenig, aber ihr Gegenüber ist jemand, den sie schon seit Urzeiten kennt.

Das Besondere an diesem Cover ist aber auch, dass sie die Ellenbogen auf die Theke stützt und in der einen Hand eine brennende Zigarette hält. Und eben diese Zigarette war der Grund, weshalb ich immer ein großes Geheimnis um meine Kassette machte, schon von dem Augenblick an, als ich sie auf einem Basar entdeckte.

Ich weiß nicht, wie man es dort, wo Sie waren, gehalten hat, in Hailsham jedenfalls waren die Aufseher unerbittlich, was das Rauchen betraf. Sicher wäre es ihnen lieber gewesen, wenn wir nie erfahren hätten, dass es überhaupt Zigaretten gab; aber nachdem das nicht möglich war, hielten sie uns jedes Mal eine Standpauke, sobald vom Rauchen die Rede war. Wenn wir in einer Schulstunde auf das Bild eines berühmten Schriftstellers oder Staatsmannes stießen, der zufällig eine Zigarette in der Hand hielt, kam der gesamte Unterricht zum Erliegen. Es ging sogar das Gerücht, dass manche Klassiker – wie die Sherlock-Holmes-Romane – nur deshalb in unserer Bibliothek fehlten, weil die Hauptpersonen zu viel rauchten, und wenn aus einem illustrierten Buch oder einer Zeitschrift eine Seite herausgerissen war, dann konnte man sich sicher sein, dass an dieser Stelle ein Raucher abgebildet gewesen war. Wir erhielten auch Anschauungsunterricht in Form von Bildern, welche die verheerenden Auswirkungen des Rauchens auf die inneren Organe zeigten. Daher war es ein gewaltiger Schock, als Marge K. einmal Miss Lucy öffentlich eine Frage stellte.

Wir saßen nach einem Rounders-Match im Gras, Miss Lucy hatte uns wieder mal einen ihrer Vorträge über das Rauchen gehalten, da fragte Marge plötzlich, ob Miss Lucy je selbst eine Zigarette geraucht habe. Die Aufseherin verstummte sekundenlang, bevor sie eine Antwort gab:

»Ich würde gern sagen können, nein. Aber um ehrlich zu sein, ich habe selber eine Zeit lang geraucht. Ungefähr zwei Jahre lang, früher, als ich jünger war.«

Sie können sich denken, welch ein Schock das für uns war. Vor Miss Lucys Antwort hatten wir alle böse auf Marge gestarrt und es unmöglich gefunden, dass sie eine derart unverschämte Frage gestellt hatte – genauso gut hätte sie fragen können, ob Miss Lucy je mit einer Axt über jemanden hergefallen sei. Ich erinnere mich, dass wir Marge noch Tage danach das Leben zur Hölle machten; dazu gehörte auch der schon erwähnte Vorfall, als wir Marge abends im Schlafsaal zum Fenster zerrten und sie zwangen, zum Wald hinaufzuschauen. Im ersten Moment nach Miss Lucys Geständnis aber waren wir zu verwirrt, um uns über Marge den Kopf zu zerbrechen. Ich glaube, wir starrten Miss Lucy nur in sprachlosem Grauen an und warteten, was sie noch sagen würde.

Sie schien jedes einzelne Wort sorgfältig abzuwägen, als sie weitersprach. »Es ist nicht gut, dass ich geraucht habe. Es ist mir nicht gut bekommen, deshalb habe ich aufgehört. Aber ihr müsst begreifen, dass für euch, euch alle, das Rauchen noch viel, viel schädlicher ist, als es für mich je war.«

Dann brach sie ab und sagte eine ganze Weile nichts mehr. Später behauptete jemand, sie habe mit offenen Augen geträumt, aber ich war mir sicher – und Ruth ebenfalls –, dass sie scharf nachdachte, wie sie fortfahren sollte. Endlich sagte sie:

»Ihr wisst ja Bescheid. Ihr seid Kollegiaten. Ihr seid … etwas *Besonderes*. Für euch, für jeden und jede Einzelne von euch, ist es noch viel wichtiger als für mich, dass ihr euch gesund erhaltet, dass ihr nichts tut, was euren Organen schaden könnte.«

Wieder verstummte sie und sah uns merkwürdig an. Später, als wir unter uns waren und darüber redeten, behaupteten einige, sie wüssten genau, dass Miss Lucy sich nichts sehnlicher gewünscht hätte, als dass jemand fragte: »Wieso? Warum ist das Rauchen für uns so viel schädlicher?« Aber es fragte niemand. Ich habe oft an diesen Tag gedacht, und im Licht dessen, was später geschah, bin ich mir heute sicher, dass Miss Lucy uns alles Mögliche verraten hätte, wenn wir nur nachgehakt hätten. Es hätte nichts gebraucht als eine einzige weitere Frage über das Rauchen.

Warum waren wir damals stumm geblieben? Ich glaube, weil wir schon damals, im Alter von neun oder zehn Jahren, immerhin so viel wussten, dass uns das ganze Thema unheimlich war. Im Rückblick lässt sich kaum beurteilen, wie viel wir wirklich ahnten. Mit Sicherheit war uns bewusst – wenn auch nicht in der ganzen Tragweite –, dass wir anders waren als unsere Aufseher und auch als die normalen Menschen draußen; vielleicht wussten wir sogar, dass irgendwann, am Ende eines langen Wegs, Spenden auf uns warteten. Aber was genau das bedeutete, war uns nicht klar. Wenn wir so sehr darauf bedacht waren, bestimmte Themen zu vermeiden, so vermutlich deshalb, weil sie uns *peinlich* waren. Wir konnten es nicht leiden, wenn unsere Aufseher, die sonst so souverän auftraten, derart verlegen wurden, sobald wir uns dem gefährlichen Terrain näherten. Es ging uns auf die Nerven, diese Veränderung an ihnen mitzuerleben. Das wird wohl der Grund sein, warum wir diese eine weitere Frage niemals stellten und warum wir Marge K. so grausam dafür bestraften, dass sie damals nach dem Rounders-Match das Thema zur Sprache gebracht hatte.

Und dies erklärt wohl auch, weshalb ich ein Geheimnis um meine Kassette machte. Ich drehte sogar das Cover um, sodass man Judy mit ihrer Zigarette nur sah, wenn man die Plastikhülle aufklappte. Dass mir die Kassette so viel bedeutete, hatte allerdings weder mit der Zigarette noch mit Judy Bridgewaters Gesang zu tun – sie war eine typische Sängerin ihrer Zeit und machte eine Art Bar-Musik, die ganz und gar nicht das war, worauf wir in Hailsham standen. Nein, es war ein bestimmter Song, dessentwegen ich die Kassette so liebte, die Nummer drei, und er hieß *Never Let Me Go*.

Es ist ein langsames Lied, amerikanisch und für späte Stunden, in dem eine Zeile ständig wiederkehrt: *Never let me go … Oh baby, baby … Never let me go …* Ich war damals elf Jahre alt und noch nicht sehr bewandert in Musik, aber dieser Song ging mir wirklich unter die Haut. Ich sorgte immer dafür, dass das Band genau bis zu der Stelle vorgespult war, damit ich das Lied abspielen konnte, wann immer sich die Gelegenheit bot.

Was ja nicht oft der Fall war, damals in der Zeit, bevor auf dem Basar die ersten Walkmans auftauchten. Im Billardzimmer gab es eine große Stereoanlage, aber dort hörte ich die Kassette fast nie, weil man in diesem Zimmer nie allein war. Auch im Zeichensaal, der meistens genauso laut war, befand sich eine Anlage. Der einzige Ort, an dem ich das Lied in Ruhe hören konnte, war unser Schlafzimmer.

Inzwischen waren wir nämlich nicht mehr im Schlafsaal untergebracht, sondern in den kleineren Sechsbettzimmern drüben in den separaten Bungalows, und auf dem Regal über dem Heizkörper hatten wir einen tragbaren Kassettenrekorder aufgestellt. Also ging ich meist dorthin, tagsüber, wenn die Aussicht, allein zu sein, am größten war, und hörte mir mein Lied wieder und wieder an.

Was war so besonders an diesem Song? Eigentlich achtete ich kaum auf den Text, sondern wartete immer nur auf die Zeile: *Baby, baby, never let me go …* Dabei stellte ich mir eine Frau vor, die erfahren hatte, dass sie keine Kinder bekommen konnte, aber sich ihr Leben lang nach nichts anderem gesehnt hatte. Dann geschieht ein Wunder, und sie bringt doch ein Baby zur Welt, und sie drückt dieses Baby fest an sich und trägt es herum und singt: »Baby, lass mich niemals los …«, nicht nur weil sie so glücklich ist, sondern auch weil sie große Angst hat, dass etwas passieren und das Baby krank oder von ihr getrennt werden könnte. Selbst damals war mir schon klar, dass das nicht stimmen konnte, dass diese Interpretation nicht zum übrigen Text passte, aber das war mir egal. Für mich erzählte dieses Lied von der Frau mit ihrem Baby, und ich hörte es mir immer wieder an, sobald ich allein war.

Um diese Zeit geschah etwas Merkwürdiges, von dem ich Ihnen an dieser Stelle erzählen sollte. Es brachte mich wirklich aus der Fassung, und obwohl ich seine wahre Bedeutung erst Jahre später erfuhr, spürte ich wohl schon damals, dass mehr dahintersteckte.

Es war ein sonniger Nachmittag, und ich war in unser Schlafzimmer gegangen, um etwas zu holen. Ich weiß noch, dass es hell war, denn im Zimmer waren die Vorhänge nicht ordentlich zurückgezogen, und die Sonne fiel in breiten Strahlen herein, und man sah die vielen Staubkörnchen in der Luft. Ich hatte gar nicht vorgehabt, das Lied zu hören, aber nachdem ich ganz allein hier war, holte ich spontan die Kassette aus meiner Schatzkiste und legte sie ein.

Vielleicht hatte diejenige, die den Kassettenrekorder zuletzt benutzt hatte, die Lautstärke ganz aufgedreht, ich weiß es nicht. Jedenfalls war es viel lauter als sonst, und vielleicht bekam ich deshalb nicht mit, was in der Nähe vor sich ging. Vielleicht hatte ich zu dem Zeitpunkt auch schon die Scheu verloren. Wie auch immer, wenn ich das Lied hörte, pflegte ich mich langsam im Takt zur Musik zu wiegen und ein imaginäres Baby an die Brust zu drücken. Noch peinlicher war, dass ich mir auch diesmal, wie schon öfter, ein Kissen geholt hatte, das sozusagen das Baby darstellte, und so wiegte ich mich langsam mit geschlossenen Augen im Tanz und sang leise mit, wenn der Refrain erklang:

Oh baby, baby, never let me go …

Das Lied war fast zu Ende, als ich plötzlich merkte, dass ich nicht allein war. Ich riss die Augen auf und erblickte im Türrahmen Madame.

Ich erstarrte vor Entsetzen. Aber nach einer oder zwei Sekunden wichen Scham und Schreck einer neuen Beunruhigung, denn ich merkte, dass die Situation äußerst sonderbar war. Die Tür stand ziemlich weit offen – eine ungeschriebene Regel besagte, dass wir unsere Schlafzimmertüren nie ganz schließen durften, außer nachts, wenn wir schliefen –, aber Madame war nicht einmal bis an die Schwelle getreten, sie verharrte draußen im Korridor, völlig reglos, den Kopf zur Seite gelegt, um zu sehen, was ich da drinnen tat. Und das Befremdliche war, dass sie weinte. Vielleicht war es sogar ein Aufschluchzen gewesen, das durch die Musik gedrungen war und mich jäh aus meinem Traum gerissen hatte.

Wenn ich heute darüber nachdenke, scheint mir, dass sie etwas hätte sagen oder unternehmen sollen, und wenn sie mir nur die Leviten gelesen hätte – sie war zwar keine Aufseherin, aber immerhin eine Erwachsene. Dann hätte ich gewusst, wie ich mich verhalten sollte. Aber sie stand einfach nur draußen im Gang, schluchzte unentwegt und starrte mich durch die offene Tür mit diesem Blick an, mit dem sie uns immer ansah, so als sträubten sich ihr bei unserem Anblick sämtliche Haare. Diesmal aber lag noch was anderes in ihrem Blick, das ich nicht recht deuten konnte.

Ich wusste nicht, was ich tun oder sagen sollte oder womit ich als Nächstes zu rechnen hatte – vielleicht würde sie gleich ins Zimmer kommen, mich anschreien, mich womöglich schlagen, ich hatte keine Ahnung. Nichts dergleichen geschah; sie wandte sich ab, und im nächsten Moment hörte ich ihre Schritte den Bungalow verlassen. Währenddessen hatte das nächste Lied auf der Kassette begonnen; ich schaltete den Rekorder aus und setzte mich auf das nächstbeste Bett, und durch das Fenster vor mir sah ich Madame auf das Haupthaus zuhasten. Sie drehte sich nicht um, aber an ihrem gekrümmten Rücken meinte ich zu erkennen, dass sie noch immer weinte.

Als ich ein paar Minuten später zu meinen Freundinnen zurückkehrte, verlor ich kein Wort über den Vorfall. Ein Mädchen spürte meine Verwirrung und sprach das auch aus, aber ich zuckte nur mit den Schultern und schwieg. Es war nicht so, dass ich mich schämte – eher war es so wie damals, als wir Madame aufgelauert hatten, während sie im Hof aus ihrem Auto stieg. Mehr als alles auf der Welt wünschte ich, die Sache wäre überhaupt nicht passiert, und ich glaubte mir und meinen Gefährten einen Gefallen zu erweisen, wenn ich sie gar nicht erst erwähnte.

Ein paar Jahre später sprach ich aber mit Tommy darüber. Das war irgendwann kurz nach unserem Gespräch am Teich, als er sich mir wegen Miss Lucy anvertraut hatte, in der Zeit, als wir – wie ich es sehe – damit anfingen, uns Fragen zu stellen und über uns nachzudenken, eine Gewohnheit, die wir über die Jahre beibehielten. Als ich Tommy von dem Vorfall mit Madame in unserem Schlafzimmer erzählte, fand er eine ganz einfache Erklärung dafür. Mittlerweile hatten wir natürlich alle etwas erfahren, was ich zum Zeitpunkt des Zwischenfalls noch nicht hatte wissen können, nämlich dass niemand von uns Kinder bekommen konnte. Schon möglich, dass ich das irgendwann in jüngeren Jahren aufgeschnappt hatte, ohne es richtig zu begreifen, und vielleicht brachte mich das Lied deshalb auf die Idee mit der Frau und dem Baby. Aber auf keinen Fall hatte ich es damals schon konkret wissen können. Wie ich schon sagte, als Tommy und ich über die Sache sprachen, hatte man uns bereits ausreichend darüber aufgeklärt. Übrigens war niemand von uns darüber besonders bestürzt, im Gegenteil, manche freuten sich, dass wir Sex haben konnten, ohne uns über mögliche Folgen Gedanken machen zu müssen – obwohl Sex im eigentlichen Sinn zu diesem Zeitpunkt für die meisten von uns noch in weiter Ferne war. Tommy sagte also, als ich ihm von dem Vorfall erzählte:

»Madame ist wahrscheinlich kein schlechter Mensch, obwohl sie unheimlich ist. Als sie dich so tanzen gesehen hat, mit deinem Baby im Arm, hat sie vielleicht gedacht, wie tragisch das ist, dass du keine Kinder bekommen kannst. Und deshalb hat sie zu weinen angefangen.«

»Aber Tommy«, wandte ich ein, »woher hätte sie denn wissen sollen, dass das Lied irgendwas mit Babys zu tun hatte? Woher hätte sie wissen sollen, dass das Kissen, das ich im Arm hielt, ein Baby darstellen sollte? Das war doch nur in meinem Kopf.«

Tommy dachte darüber nach, dann antwortete er, nur halb im Scherz: »Vielleicht kann Madame Gedanken lesen. Sie ist komisch. Vielleicht kann sie direkt in dich hineinschauen. Wundern würde es mich nicht.«

Bei dieser Vorstellung lief uns beiden eine Gänsehaut über den Rücken, und obwohl wir kicherten, sprachen wir nicht weiter darüber.

Ein paar Monate nach dem Zwischenfall mit Madame war die Kassette verschwunden. Ich vermutete damals keinen Zusammenhang zwischen den beiden Ereignissen und habe auch heute keinen Grund, eine Verbindung herzustellen. Eines Abends, kurz bevor die Lichter gelöscht wurden, war ich allein im Schlafsaal und stöberte in meiner Schatzkiste, um mir die Zeit zu vertreiben, bis die anderen aus dem Bad zurückkamen. Als mir zu dämmern begann, dass die Kassette fehlte, war mein erster Gedanke seltsamerweise, dass ich mir von meiner Panik nichts anmerken lassen durfte. Ich erinnere mich sogar, dass ich absichtlich wie geistesabwesend vor mich hin summte, während ich weiter suchte. Ich habe viel darüber nachgedacht, aber immer noch keine Erklärung dafür gefunden: Die Mädchen, mit denen ich das Zimmer teilte, waren meine engsten Freundinnen, und dennoch wollte ich sie nicht wissen lassen, wie sehr es mich verstörte, meine Kassette nicht mehr zu finden.

Dass sie mir so viel bedeutete, hing wohl auch damit zusammen, dass sie mein Geheimnis war. Vielleicht hatten wir alle in Hailsham solche kleinen Geheimnisse – kleine private Nischen, aus reiner Einbildung geschaffen, in die wir uns mit unseren Ängsten und Sehnsüchten zurückziehen konnten. Aber allein die Tatsache, dass wir solche Bedürfnisse hatten, wäre uns damals nicht anständig vorgekommen – so als verhielten wir uns irgendwie unkameradschaftlich.

Wie auch immer, als mir endgültig klar war, dass die Kassette verschwunden war, fragte ich die anderen in unserem Schlafzimmer betont beiläufig, ob jemand sie vielleicht gesehen hatte. Ich war noch nicht ganz verzweifelt, weil immerhin noch die Chance bestand, dass ich sie vielleicht im Billardzimmer vergessen hatte; falls nicht, hoffte ich, dass jemand sie sich ausgeliehen hatte und am anderen Morgen zurückgeben würde.

Nun, die Kassette tauchte auch am nächsten Tag nicht auf, und ich habe bis heute keine Ahnung, was aus ihr geworden ist. Die Wahrheit ist wohl, dass in Hailsham viel mehr gestohlen wurde, als wir – oder unsere Aufseher – je zugegeben hätten. Aber der Grund, weshalb ich das alles jetzt so ausführlich ausbreite, ist, dass ich von Ruth und ihrer Reaktion berichten will. Sie müssen bedenken, dass ja nur ein knapper Monat vergangen war, seitdem Midge im Zeichensaal Ruth peinliche Fragen nach dem Federmäppchen gestellt hatte und ich ihr beigesprungen war. Seitdem, das sagte ich schon, hielt Ruth nach einer Möglichkeit Ausschau, ebenfalls etwas Nettes für mich zu tun, und die verschwundene Kassette verschaffte ihr eine ideale Gelegenheit. Man könnte sogar sagen, dass sich unser Verhältnis erst wieder normalisierte, nachdem meine Kassette verschwunden war – vielleicht zum ersten Mal seit dem verregneten Vormittag, an dem ich ihr unter dem Vordach des Haupthauses von dem Verkaufsregister erzählt hatte.

An dem Abend, da ich das Verschwinden der Kassette bemerkt hatte, fragte ich wirklich alle meine Zimmergenossinnen, also auch Ruth. Im Rückblick sehe ich, dass ihr auf Anhieb klar gewesen sein muss, nicht nur was der Verlust der Kassette für mich bedeutete, sondern auch wie wichtig es mir war, dass kein Aufhebens davon gemacht wurde. An dem Abend reagierte sie also nur mit einem zerstreuten Achselzucken und wandte sich gleich wieder ihrer Beschäftigung zu. Aber als ich am nächsten Morgen aus dem Bad zurückkam, hörte ich sie – in beiläufigem Ton, als wäre es nur eine Nebensache – Hannah fragen, ob sie wirklich nirgends meine Kassette gesehen habe.

Dann, vielleicht vierzehn Tage später, als ich mich längst mit dem Gedanken abgefunden hatte, dass das Lied tatsächlich verloren war, suchte sie mich in der Mittagspause auf. Es war einer der ersten echten Frühlingstage im Jahr, und ich hatte im Gras gesessen und mich mit einer Gruppe älterer Mädchen unterhalten. Als Ruth näher kam und fragte, ob ich Lust auf einen kleinen Spaziergang hätte, war mir schon klar, dass sie etwas im Sinn hatte. Ich stand auf und ging mit ihr bis zum Rand des nördlichen Sportplatzes, dann auf den Hügel hinter dem Haus, und als wir oben vor dem Holzzaun standen, blickten wir hinab auf die weite Fläche Grün, die mit kleinen Grüppchen von Kollegiaten gesprenkelt war. Auf dem Hügel wehte ein starker Wind, und ich weiß noch, wie mich das überraschte, denn unten im Gras hatte ich von einem Wind nichts bemerkt. Eine Weile standen wir da und blickten über das Gelände, dann reichte sie mir eine kleine Tüte. Als ich sie entgegennahm, spürte ich sofort, dass eine Kassette darin war, und mein Herz machte einen Satz, aber Ruth sagte: »Kathy, es ist nicht deine. Nicht die verlorene. Ich habe versucht, sie für dich zu finden, aber sie ist wirklich verschwunden.«

»Ja«, sagte ich. »Längst in Norfolk.«

Wir lachten beide. Dann zog ich enttäuscht die Kassette aus der Tüte, aber ich glaube nicht, dass mir die Enttäuschung noch im Gesicht stand, als ich sie genauer betrachtete.

Ich hielt eine Kassette mit der Aufschrift *Zwanzig klassische Tanzmusiken* in der Hand. Später hörte ich sie, und es war Orchestermusik für Gesellschaftstänze. Damals konnte ich natürlich noch nicht wissen, was für eine Art Musik das war, aber dass sie keinerlei Ähnlichkeit mit Judy Bridgewater hatte, war mir schon klar. Doch fast im selben Moment begriff ich, dass Ruth das ja gar nicht wissen konnte – dass für Ruth, die von Musik nicht die leiseste Ahnung hatte, diese Kassette ohne Weiteres ein Ersatz für die verlorene sein konnte. Und ich spürte, wie die Enttäuschung jäh einer jubelnden Freude Platz machte. Umarmungen oder so was kamen in Hailsham eigentlich kaum vor. Aber ich nahm ihre Hand, drückte sie ganz fest und dankte Ruth. Sie sagte: »Die habe ich auf dem letzten Basar gefunden. Ich dachte nur, das müsste ungefähr das sein, was dir gefällt.« Und ich sagte, ja, genau das.

Die Kassette habe ich immer noch. Ich höre sie nicht oft, denn es geht ja gar nicht um die Musik. Diese Kassette ist ein Gegenstand wie eine Brosche oder ein Ring, und vor allem jetzt, seitdem Ruth nicht mehr da ist, ist sie eines meiner wertvollsten Besitztümer geworden.

7

Ich möchte jetzt zu unseren letzten Jahren in Hailsham kommen. Damit meine ich die Zeit von unserem dreizehnten bis zu unserem sechzehnten Lebensjahr, kurz bevor wir fortgingen. In meiner Erinnerung zerfällt Hailsham in zwei deutlich voneinander getrennte Blöcke: diese letzte Ära und alles, was vorher stattgefunden hatte. Die frühen Jahre, von denen ich Ihnen bis jetzt erzählt habe, scheinen ineinander zu verschwimmen zu einer Art goldenem Zeitalter, und wenn ich überhaupt an sie denke, auch an die Erlebnisse, die nicht so schön waren, empfinde ich immer so etwas wie ein Leuchten. Aber die letzten Jahre sind mir anders im Gedächtnis geblieben. Sie waren nicht eigentlich unglücklich – sehr viele Erinnerungen an diese Zeit sind mir lieb und teuer –, wohl aber ernster und in mancher Hinsicht düsterer. Vielleicht habe ich sie schlimmer in Erinnerung, als sie tatsächlich verlaufen sind, aber mir ist der Eindruck geblieben, dass sich in dieser Zeit alles sehr schnell verändert hat, so wie der Tag in die Nacht übergeht.

Dieses Gespräch mit Tommy am Teich: Im Rückblick kommt es mir vor wie ein Grenzstein zwischen der ersten und der zweiten Ära. Nicht, dass gleich danach etwas Einschneidendes eingetreten wäre; aber für mich wenigstens war das Gespräch ein Wendepunkt. Von da an begann ich alles mit anderen Augen zu sehen, so viel steht fest. Während ich früher peinliche oder unangenehme

Themen um jeden Preis vermieden hatte, begann ich jetzt immer öfter Fragen zu stellen, wenn nicht laut, so zumindest für mich.

Vor allem brachte mich unser Gespräch dazu, Miss Lucy in einem anderen Licht zu sehen. Ich beobachtete sie aufmerksam, wann immer es ging, nicht nur aus Neugier, sondern weil ich glaubte, dass ihr Verhalten am ehesten Aufschluss über Hailsham bieten könnte. Und so war es; während der nächsten ein, zwei Jahre fielen mir verschiedene merkwürdige kleine Bemerkungen oder Verhaltensweisen an ihr auf, die meinen Freundinnen vollständig entgingen.

Einmal zum Beispiel, vielleicht ein paar Wochen nach dem Gespräch am Teich, unterrichtete Miss Lucy uns in Englisch. Wir hatten Gedichte durchgenommen, waren aber irgendwie auf die Kriegsgefangenenlager im Zweiten Weltkrieg zu sprechen gekommen. Einer der Jungen fragte, ob die Zäune rings um die Lager unter Strom gestanden hätten, und ein anderer sagte, wie sonderbar das gewesen sein müsse, an einem Ort zu leben, wo man jederzeit Selbstmord begehen konnte, einfach indem man einen Zaun anfasste. Die Bemerkung war vermutlich ganz ernst gemeint, aber der Rest der Klasse fand sie unheimlich komisch. Auf einmal lachten und redeten alle durcheinander, und Laura – typisch für sie – stellte sich auf ihren Stuhl und führte in einer hysterischen Pantomime vor, wie jemand die Hand ausstreckt und am elektrischen Schlag stirbt. Für einen kurzen Moment herrschte Chaos, alle schrien und mimten den Tod am elektrischen Zaun.

Da ich die ganze Zeit Miss Lucy nicht aus den Augen ließ, sah ich, nur sekundenlang, einen geisterhaften Ausdruck über ihr Gesicht huschen, während sie das Treiben der Schüler verfolgte. Dann riss sie sich zusammen, lächelte und sagte: »Zum Glück sind die Zäune in Hailsham nicht unter Strom. Manchmal erlebt man schreckliche Unfälle.«

Sie sagte das ziemlich leise, und weil die anderen immer noch krakeelten, ging ihre Bemerkung weitgehend unter. Aber ich hatte sie deutlich genug vernommen. *Manchmal erlebt man schreckliche Unfälle.* Was für Unfälle? Wo? Aber niemand ging darauf ein, und wir kehrten wieder zur Gedichtinterpretation zurück.

Weitere kleine Zwischenfälle dieser Art folgten, und ich hatte bald das Gefühl, dass Miss Lucy anders war als die übrigen Aufseher. Es ist sogar möglich, dass ich schon damals zu erkennen begann, welcher Art ihre Ängste und Frustrationen waren. Aber das geht vielleicht zu weit; wahrscheinlich ist, dass mir das alles zwar auffiel, ich aber nicht die leiseste Ahnung hatte, was ich damit anfangen sollte. Und wenn mir diese Zwischenfälle im Nachhinein äußerst vielsagend scheinen, jeder ein kleiner Teil eines großen Ganzen, so liegt das sicher daran, dass ich sie im Licht der späteren Ereignisse betrachte – und vor allem im Licht jenes Nachmittags auf der Veranda des Pavillons, wo wir uns einmal vor einem Wolkenbruch unterstellten.

Inzwischen waren wir fünfzehn, und unser letztes Jahr in Hailsham war angebrochen. Wir waren im Pavillon und bereiteten uns auf ein Rounders-Match vor. Die Jungs waren gerade in einer Phase, in der ihnen Rounders besonders großen Spaß machte, weil sie dann mit uns flirten konnten, und deshalb waren wir an diesem Nachmittag mehr als dreißig Spieler. Der Wolkenbruch hatte eingesetzt, als wir uns umzogen, und wir versammelten uns auf der Veranda – die überdacht war – und warteten, dass der Regen aufhörte. Aber er hörte nicht auf, und als der Letzte von uns aus dem Pavillon trat, herrschte auf der Veranda schon ziemliches Gedränge. Alle liefen ungeduldig durcheinander, und ich erinnere mich, dass Laura mir eine besonders abstoßende Art des Schnäuzens vorführte – sehr empfehlenswert, sagte sie, wenn man einen Jungen loswerden wollte.

Als einzige Aufseherin war Miss Lucy da. Auf das Geländer gestützt, starrte sie in den Regen hinaus, als würde sie versuchen, bis zur anderen Seite des Sportplatzes zu sehen. Ich beobachtete sie so aufmerksam wie immer in jener Zeit, selbst während ich mit Laura lachte, warf ich verstohlene Blicke auf Miss Lucys Rücken. Sonderbarerweise hielt sie den Kopf ein bisschen zu tief gesenkt, wie ein Tier, das sich duckt und zum Sprung ansetzt. Und weil sie sich so weit über das Geländer beugte, entging sie nur um Haaresbreite dem Wasser, das von der überhängenden Dachrinne tropfte – aber das kümmerte sie anscheinend nicht im Geringsten. Ich weiß noch, dass ich mir sagte, das sei doch ganz normal, sie sei eben ungeduldig wegen des Regens, sodass ich meine Aufmerksamkeit wieder Laura zuwandte. Aber ein paar Minuten später, als ich Miss Lucy schon wieder ganz vergessen hatte und mich über irgendetwas schieflachte, merkte ich auf einmal, dass es ringsum still geworden war und Miss Lucy die Stimme erhoben hatte.

Sie stand auf demselben Fleck wie zuvor, jetzt aber mit dem Gesicht zu uns, sodass sie mit dem Rücken am Geländer lehnte und den Regenhimmel hinter sich hatte.

»Nein, so geht das nicht, tut mir leid, aber jetzt *muss* ich euch unterbrechen«, sagte sie, und ich sah, dass sie mit den beiden Jungen sprach, die auf der Bank unmittelbar vor ihr saßen. Ihr Tonfall war nicht eigentlich merkwürdig, nur auffällig laut, so wie sie sonst sprach, wenn sie der Allgemeinheit etwas mitzuteilen hatte, und deshalb waren ja auch alle verstummt. »Nein, Peter, das geht nicht, ich kann euch nicht länger zuhören und schweigen.«

Sie hob den Kopf und erfasste uns alle mit dem Blick, dann holte sie tief Luft. »Na gut, ihr könnt es ebenfalls hören, schließlich geht es euch alle an. Es ist höchste Zeit, dass es mal jemand laut ausspricht.«

Wir warteten, während sie uns stumm anstarrte. Später sagten manche, sie hätten mit einer riesigen Standpauke gerechnet; andere vermuteten, sie wollte uns eine neue Regel für unser Match verkünden. Aber mir war klar, dass es um mehr ging, noch bevor sie ein weiteres Wort gesagt hatte.

»Jungs, ihr müsst mir verzeihen, dass ich euch belauscht habe. Aber es ließ sich kaum vermeiden, ihr wart ja direkt hinter mir. Peter, würdest du den anderen wiederholen, was du zu Gordon gesagt hast?«

Peter J. blickte verwirrt drein, und ich sah, wie er seine Miene gekränkter Unschuld aufsetzte. Aber Miss Lucy forderte ihn noch einmal auf, diesmal viel freundlicher: »Komm schon, Peter, wiederhol bitte noch mal laut, was du vorhin gesagt hast.«

»Wir haben darüber geredet, dass wir Schauspieler werden könnten, und wie das wäre. Was das für ein Leben wäre.«

»Ja«, sagte Miss Lucy, »und du hast zu Gordon gesagt, um die besten Chancen zu haben, müsstest du nach Amerika gehen.«

Peter J. zuckte wieder die Achseln und murmelte: »Ja, Miss Lucy.«

Miss Lucy ließ jetzt den Blick über uns alle wandern. »Ich weiß, dass ihr euch nichts Schlimmes dabei denkt. Aber dieses Gerede kommt mir hier einfach zu oft vor. Ich höre es ständig, man hat es zugelassen, und das ist nicht in Ordnung.« Ich sah, wie es aus der Dachrinne auf ihre Schulter tropfte, aber sie schien nichts zu bemerken. »Wenn niemand sonst mit euch spricht«, fuhr sie fort, »dann muss ich es eben tun. Meiner Ansicht nach besteht das Problem darin, dass ihr es wisst und es doch nicht wisst. Man hat euch etwas gesagt, aber keiner von euch versteht es wirklich, und ich wage zu behaupten, dass manche Leute es nur zu gern dabei belassen würden. Ich nicht. Wenn ihr ein einigermaßen anständiges Leben führen wollt, müsst ihr Bescheid wissen – *wirklich* Bescheid wissen. Niemand von euch wird nach Amerika gehen, niemand von euch wird ein Filmstar. Und niemand von euch wird im Supermarkt arbeiten, wie es sich ein paar von euch neulich ausgemalt haben. Euer Leben ist vorgezeichnet. Ihr werdet erwachsen, und bevor ihr alt werdet, noch bevor ihr überhaupt in die mittleren Jahre kommt, werdet ihr nach und nach eure lebenswichtigen Organe spenden. Dafür wurdet ihr geschaffen, ihr alle. Ihr seid nicht wie die Schauspieler, die ihr in euren Videos seht, ihr seid nicht mal wie ich. Ihr seid zu einem Zweck auf die Welt gekommen, und über eure Zukunft ist entschieden, für jeden und jede von euch. Deshalb dürft ihr nicht so reden, ich will es nicht mehr hören. Bald werdet ihr Hailsham verlassen, und der Tag ist nicht mehr so fern, an dem ihr euch auf die ersten Spenden vorbereiten werdet. Daran müsst ihr immer denken. Wenn ihr ein anständiges Leben führen wollt, müsst ihr wissen, wer ihr seid und was euch bevorsteht, jeder Einzelne von euch.«

Miss Lucy verstummte, aber mein Eindruck war, dass sie innerlich weiterredete, denn ihr Blick ging noch eine ganze Weile hin und her, wanderte von einem Gesicht zum anderen, als spräche sie noch mit uns. Wir waren alle ziemlich erleichtert, als sie sich wieder zum Sportplatz umdrehte.

»Jetzt hat es schon nachgelassen«, sagte sie, obwohl es unvermindert heftig weiterregnete. »Gehen wir raus. Vielleicht kommt dann auch bald die Sonne wieder.«

Mehr sagte sie wohl nicht. Als ich vor ein paar Jahren in dem Zentrum in Dover mit Ruth darüber sprach, behauptete diese, Miss Lucy habe damals noch viel mehr erzählt: in welcher Reihenfolge die Spenden normalerweise vorgenommen würden und dass wir vor dem Spenden erst einmal eine Zeit lang Betreuer wären; auch habe sie uns von den Erholungszentren erzählt – aber ich bin mir ziemlich sicher, dass dies nicht der Fall war. Gut, wahrscheinlich hatte Miss Lucy ursprünglich eine solche Absicht gehabt. Aber nachdem sie damit angefangen hatte und die verwirrten, verlegenen Gesichter vor sich sah, war es ihr unmöglich, die Sache zu Ende zu bringen – das ist meine Vermutung.

Schwer zu sagen, welche Wirkung Miss Lucys Ausbruch hatte. Die Nachricht machte ziemlich schnell die Runde, dabei wurde aber vor allem über Miss Lucy geredet und weniger darüber, was sie uns hatte sagen wollen. Manche Kollegiaten meinten, sie sei für einen Moment umnachtet gewesen; andere dachten, sie sei von Miss Emily und den übrigen Aufsehern vorgeschickt worden; es gab sogar ein paar, die sich einbildeten – obwohl sie selbst dabei gewesen waren –, Miss Lucy habe uns zusammengestaucht, weil wir uns auf der Veranda zu wild aufgeführt hätten. Aber, wie ich schon sagte, vom *Inhalt* ihrer Ansprache war überraschend wenig die Rede. Wenn doch einmal die Sprache darauf kam, sagten die Leute meistens: »Na und? Das wissen wir doch alles längst.«

Aber genau darum war es Miss Lucy ja gegangen. Wir *wussten es und wussten es doch nicht*, wie sie es formuliert hatte. Vor ein paar Jahren, als Tommy und ich noch einmal über das alles sprachen und ich ihn an diese Formulierung von Miss Lucy erinnerte, rückte er mit einer Theorie heraus.

Er hielt es für denkbar, dass die Aufseher während unserer ganzen Jahre in Hailsham immer sehr sorgfältig den Zeitpunkt überlegten, wann sie uns was eröffneten, sodass wir immer ein bisschen zu jung waren, um die jeweils neueste Information in allen Einzelheiten zu verstehen. Aber auf irgendeiner Ebene drang sie natürlich doch ein, sodass wir bald alles irgendwo im Kopf gespeichert hatten, ohne uns je gründlich damit auseinandergesetzt zu haben.

In meinen Ohren klingt das zu sehr nach Verschwörungstheorie – ich glaube nicht, dass unsere Aufseher derart gerissen waren –, aber vermutlich ist etwas an Tommys Behauptung dran. Jedenfalls habe ich das Gefühl, als hätte ich *schon immer* irgendwie von den Spenden gewusst, schon mit sechs oder sieben Jahren. Und als wir dann älter waren und die Aufseher uns solche Vorträge hielten, haben uns diese merkwürdigerweise in keinerlei Hinsicht wirklich überrascht. Tatsächlich war es so, als hätten wir das alles schon mal irgendwo gehört.

Eines fällt mir erst jetzt so richtig auf: Als die Aufseher irgendwann mit dem Sexualkundeunterricht anfingen, kombinierten sie ihn fast immer mit Vorträgen über die Spenden. In dem Alter – ich rede wieder von der Zeit, als wir so um die dreizehn waren – machten wir uns alle ziemlich viele Gedanken über Sex, er war ein aufregendes Thema, das alles andere zwangsläufig in den Hintergrund treten ließ. Anders ausgedrückt: Durchaus möglich, dass die Aufseher es fertigbrachten, viele grundlegende Tatsachen über unsere Zukunft in unsere Köpfe einzuschleusen, ohne dass wir es so recht merkten.

Aber der Gerechtigkeit halber muss ich sagen, dass die Verknüpfung der beiden Themen wahrscheinlich auf der Hand lag. Wenn sie uns zum Beispiel predigten, wie vorsichtig wir sein müssten, um uns nur ja keine Geschlechtskrankheiten einzufangen, wäre es komisch gewesen, dabei nicht zu erwähnen, um wie viel wichtiger das für uns war als für die normalen Menschen draußen. Und schon waren wir wieder bei den Spenden.

Dann war da diese Sache, dass wir keine Kinder bekommen könnten. Miss Emily übernahm selbst einen großen Teil unseres Unterrichts in Sexualkunde, und einmal brachte sie ein lebensgroßes Skelett aus der Biologie mit, um uns den Geschlechtsverkehr zu demonstrieren. Sprachlos vor Verblüffung sahen wir zu, wie sie das Skelett verschiedene Verrenkungen vollführen ließ und ohne die geringste Befangenheit mit ihrem Zeigestab hantierte. So unterwies sie uns in sämtlichen praktischen und technischen Grundlagen und klärte uns auf, was wo eingeführt wurde, mit sämtlichen Variationen, als säßen wir immer noch im Geografieunterricht. Dann ließ sie das Skelett unvermittelt auf dem Katheder zu einem obszönen Haufen zusammenfallen, kehrte ihm den Rücken zu und begann uns einzuschärfen, wir müssten äußerst vorsichtig sein, mit *wem* wir Sex hätten. Nicht nur wegen der Krankheiten, sondern weil, so drückte sie es aus, »Sex in einer Weise die Gefühle beeinflusst, wie ihr es nie erwarten würdet«. Wir müssten extrem vorsichtig sein, wenn wir draußen in der Welt mit jemandem ins Bett gingen, vor allem wenn es kein Kollegiat sei, denn draußen bedeute Sex alles Mögliche. Wer mit wem Sex habe, sei oft so wichtig, dass die Leute sich gegenseitig zerfleischten und manchmal sogar umbrächten. Und dass Sex so viel bedeute – viel mehr als beispielsweise Tanzen oder Tischtennis –, liege daran, dass die Leute draußen anders seien als wir Kollegiaten: Sie könnten davon Babys bekommen. Deshalb sei es eben so wichtig, wer es mit wem tat. Und obwohl es uns allen, wie wir wüssten, vollkommen unmöglich sei, Kinder zu bekommen, müssten wir uns draußen genau so verhalten. Wir müssten die Regeln beachten und Sex als etwas ganz Besonderes ansehen.

Miss Emilys Vortrag veranschaulicht sehr gut, was ich zu erklären versuche: Während unsere gesamte Aufmerksamkeit auf Sex gerichtet war, schlich sich still und leise das andere ein. Das, nehme ich an, trug wohl dazu bei, dass wir »es wussten und es nicht wussten«.

Letzten Endes, glaube ich, muss doch ziemlich viel eingedrungen sein, denn ich erinnere mich, dass sich etwa in diesem Alter unsere Einstellung auffällig veränderte: Wir nahmen das Thema

Spenden jetzt ganz anders auf. Bis dahin hatten wir es, wie ich schon sagte, weiträumig umgangen und waren schon beim ersten Anzeichen, dass wir das gefährliche Terrain betraten, zurückgeschreckt; gedankenlose Idioten, die sich vergaßen – wie Marge das eine Mal –, wurden streng bestraft. Aber als wir dreizehn waren, begann sich eben manches zu ändern. Noch sprachen wir nicht über die Spenden und alles, was damit zusammenhing; das Thema war uns immer noch unangenehm genug. Aber wir begannen darüber zu witzeln, ähnlich wie wir über Sex Witze rissen. Im Rückblick würde ich heute sagen, dass die Regel, nicht offen über die Spenden zu reden, nach wie vor galt und so streng war wie eh und je. Aber eine gelegentliche scherzhafte Anspielung auf das, was uns bevorstand, war jetzt in Ordnung, ja beinahe erwünscht.

Ein gutes Beispiel ist die Geschichte von Tommys Wunde am Ellenbogen und den Folgen. Das muss kurz vor unserem Gespräch am Teich passiert sein, zu einer Zeit, glaube ich, als Tommy die Phase des ständigen Verhöhnt- und Verspottetwerdens noch nicht ganz überwunden hatte.

Es war keine sehr schlimme Verletzung, und er wurde zwar zu Krähengesicht geschickt, um sich versorgen zu lassen, war aber gleich wieder zurück und hatte ein quadratisches Pflaster am Ellenbogen. Niemand machte viel Aufhebens davon, bis Tommy ein paar Tage später das Pflaster abzog und etwas zum Vorschein kam, was in genau dem Stadium zwischen beginnender Vernarbung und noch offener Wunde war: Teilweise war die Haut schon verheilt, während an anderen Stellen von unten noch ein empfindliches Rosa heraufschimmerte. Wir waren beim Mittagessen, sodass sich natürlich alle um ihn scharten und »Iiiih!« kreischten. Dann sagte Christopher H., der ein Jahr über uns war, mit todernster

Miene: »Dumm, dass es ausgerechnet an diesem Stück Ellenbogen ist. Überall sonst wär es egal.«

Tommy sah ihn beunruhigt an – Christopher war einer, zu dem damals alle aufblickten – und fragte, was das heißen solle. Christopher sagte lässig, während er weiteraß:

»Weißt du das nicht? Wenn es direkt am Gelenk ist, so wie bei dir, kann es *platzen*. Es reicht, wenn du mal schnell den Arm anwinkelst. Und es kann nicht nur die Wunde aufplatzen, sondern der ganze Ellenbogen – wie einen klaffenden Reißverschluss musst du dir das vorstellen. Ich hätte gedacht, das weißt du.«

Krähengesicht habe ihn nicht gewarnt, dass so etwas passieren könne, hörte ich Tommy einwenden, aber Christopher zuckte nur mit den Schultern und sagte: »Sie ist natürlich davon ausgegangen, dass du das weißt. Alle hier wissen es doch.«

Ringsum zustimmendes Gemurmel. »Du musst deinen Arm absolut gerade halten«, sagte einer. »Jede Krümmung ist supergefährlich. Denk an den Reißverschluss.«

Am nächsten Tag sah ich Tommy mit steif ausgestrecktem Arm und äußerst besorgter Miene herumgehen. Alle lachten über ihn, was ich ihnen übel nahm, obwohl ich zugeben muss, dass er einen komischen Anblick bot. Am späten Nachmittag, als wir aus dem Zeichensaal kamen, trat er auf mich zu und fragte: »Kath, hast du eine Minute für mich?«

Das war vielleicht ein paar Wochen nach dem Vorfall auf dem Sportplatz, als ich auf ihn zugegangen und ihn an sein neues Polohemd erinnert hatte, und seither hatte sich die Ansicht durchgesetzt, wir seien irgendwie besonders miteinander befreundet. Dennoch war es mir peinlich, dass er einfach auf mich zukam und um ein Gespräch unter vier Augen bat; es brachte mich aus dem Gleichgewicht. Was vielleicht erklärt – jedenfalls teilweise –, weshalb ich nicht so loyal war, wie ich hätte sein können.

»Es ist nicht so, dass ich jetzt groß Angst hätte oder so«, fing er an, nachdem er mich beiseite genommen hatte. »Ich wollte nur auf Nummer sicher gehen, weiter nichts. Wir sollen unsere Gesundheit schließlich nicht auf die leichte Schulter nehmen. Ich brauch jemanden, der mir hilft, Kath.« Was nachts im Bett passieren könne, mache ihm Sorgen, erklärte er. Schließlich könne er jederzeit im Schlaf den Ellenbogen anwinkeln. »Zur Zeit träume ich ständig, dass ich gegen Horden von römischen Soldaten kämpfe.«

Als ich ihn ein bisschen aushorchte, kam heraus, dass alle möglichen Leute – Leute, die bei besagtem Mittagessen gar nicht dabei gewesen waren – auf ihn zugegangen und Christopher H.s Warnung bekräftigt hatten. Mehr noch, ein paar hatten den Scherz anscheinend auf die Spitze getrieben und Tommy von einem früheren Kollegiaten erzählt, der mit einer ganz ähnlichen Wunde am Ellenbogen schlafen gegangen war, und als er erwachte, lagen am gesamten Oberarm und an der Hand die Knochen blank, und die Haut hing in flatternden Fetzen herab, »wie einer dieser langen Handschuhe aus *My Fair Lady*«.

Aus diesem Grund sollte ich Tommy helfen, den Arm zu schienen, damit dieser nachts gerade blieb.

»Den anderen traue ich nicht«, sagte er, ein dickes starkes Holzlineal in der Hand, das er als Schiene benutzen wollte. »Womöglich machen sie es absichtlich so, dass es sich in der Nacht löst.«

Er sah mich so arglos und treuherzig an, dass ich nicht wusste, wie ich reagieren sollte. Ein Teil von mir wollte ihn unbedingt aufklären, und wahrscheinlich war mir bewusst, dass jedes andere Verhalten ein Verrat an dem gegenseitigen Vertrauen war, das wir seit dem Vorfall mit dem Polohemd aufgebaut hatten. Und wenn ich ihm jetzt den Arm schiente, trug ich zu dem Scherz auf seine Kosten nicht wenig bei. Es beschämt mich noch heute, dass ich damals nichts sagte. Aber halten Sie mir bitte zugute, dass ich noch ziemlich jung war und nur wenige Sekunden Zeit hatte, um mich zu entscheiden. Und wenn man so flehentlich um etwas gebeten wird, sträubt sich alles in einem dagegen, Nein zu sagen.

In erster Linie, glaube ich, ging es mir darum, ihn nicht aufzuregen. Denn ich sah ja, dass Tommy trotz der Angst um seinen Ellenbogen richtig gerührt war, wie viel Fürsorglichkeit ihm – vermeintlich – von allen Seiten zuteil wurde. Natürlich war mir klar, dass er die Wahrheit früher oder später herausfinden würde, aber in dem Augenblick konnte ich nichts sagen. Das Einzige, was mir einfiel, war die Frage:

»Hat Krähengesicht dir befohlen, den Arm zu schienen?«

»Nein. Aber stell dir vor, wie sauer sie wäre, wenn der Knochen rausspringt.«

Es ist mir heute noch peinlich, aber ich versprach ihm, seinen Arm zu schienen – in Zimmer 14, eine halbe Stunde vor dem Nachtläuten –, und er entfernte sich dankbar und beruhigt.

Wie es der Zufall wollte, brauchte ich mein Versprechen nicht einzulösen, denn bevor es so weit war, kam Tommy von selbst dahinter. Es war gegen acht Uhr abends, ich ging gerade die Haupttreppe hinunter und hörte aus dem Erdgeschoss ein vielstimmiges Gelächter aufbranden und durchs Treppenhaus schallen. Mir sank das Herz, denn ich wusste sofort, dass es um Tommy ging. Ich blieb auf dem Treppenabsatz im ersten Stock stehen, und als ich mich über das Geländer beugte, sah ich Tommy wütend aus dem Billardzimmer stapfen. Ich weiß noch, dass ich dachte: Wenigstens brüllt er nicht. Und tatsächlich gab er keinen Laut von sich, während er zur Garderobe hinüberging, seine Sachen holte und das Haupthaus verließ. Immer noch drang Gelächter aus der offenen Tür des Billardzimmers, und einzelne Stimmen riefen ihm gute Tipps nach wie: »Wenn du ausrastest, wird dein Ellenbogen *auf jeden Fall* rausspringen!«

Ich überlegte, ob ich ihm nachlaufen sollte, um ihn noch einzuholen, bevor er in seinem Schlafbungalow verschwand, aber dann fiel mir ein, dass ich ihm ja versprochen hatte, den Arm für die Nacht zu schienen, und ich rührte mich nicht vom Fleck. Stattdessen sagte ich mir immer wieder: Wenigstens bekommt er keinen Wutanfall. Wenigstens hat er sich im Griff.

Aber ich bin ein bisschen abgeschweift. Das alles erzähle ich nur deshalb, weil sich die Idee mit dem »Reißverschluss«, die mit Tommys Ellenbogen angefangen hatte, zu einem stehenden Witz über die Spenden weiterentwickelte. Die Idee war, dass wir, wenn es schließlich so weit war, einfach ein Stück Reißverschluss aufziehen, eine Niere oder irgendwas anderes herausnehmen und übergeben könnten. Das war an sich nicht so witzig; es ging uns eher darum, uns auf diese Weise gegenseitig vom Essen abzuhalten – man öffnete den Reißverschluss, nahm beispielsweise die Leber heraus und ließ sie jemandem auf den Teller plumpsen, so was in der Art. Gary B., der Unmengen in sich hineinstopfen konnte, kam einmal mit einer dritten Portion Pudding zurück, woraufhin praktisch alle am Tisch ihre Reißverschlüsse aufzogen, Teile aus sich herausnahmen und in Garys Schüssel auftürmten, während er wild entschlossen vor sich hin mampfte.

Tommy behagte es nicht besonders, wenn wieder mal die Reißverschlusssache aufkam, aber die Zeiten waren vorbei, da er die Zielscheibe von Spott und Hohn gewesen war, und ohnehin brachte niemand mehr den Witz mit ihm in Verbindung. Es ging einfach darum, dass wir was zu lachen hatten und vielleicht jemandem den Appetit verderben konnten – und vermutlich war dies auch unsere Art, das anzunehmen und anzuerkennen, was uns bevorstand. In dieser Phase unseres Lebens scheuten wir vor dem Thema Spenden nicht mehr so zurück wie noch ein oder zwei Jahre zuvor, aber wir setzten uns weder sehr ernsthaft damit auseinander, noch diskutierten wir darüber. Die Idee mit dem Reiß-verschluss war typisch für die Art und Weise, wie diese ganze Thematik in unser Leben eingriff, als wir dreizehn Jahre alt waren.

Deshalb würde ich sagen, dass Miss Lucy den Nagel auf den Kopf traf, als sie ein paar Jahre später sagte, wir wüssten es und wüssten es doch nicht. Mehr noch – jetzt, da ich darüber nachdenke, würde ich sagen, dass das, was Miss Lucy an diesem Nachmittag zu uns sagte, einen einschneidenden Wandel unserer Einstellung bewirkte. Von diesem Tag an verebbten die Spendenwitze, und wir fingen an, ernsthaft über alles nachzudenken. Wenn überhaupt, wurden die Spenden wieder zu einem Thema, über das man nicht gern sprach, aber jetzt war es anders, als es in unseren jüngeren Jahren gewesen war: nicht mehr peinlich oder unangenehm – es war einfach eine ernste und düstere Angelegenheit.

»Komisch eigentlich«, sagte Tommy, als wir vor ein paar Jahren darüber redeten, »dass sich niemand je Gedanken gemacht hat, wie *sie* sich wohl fühlte, Miss Lucy selber. Nie sind wir auf die Idee gekommen, dass man ihr vielleicht Schwierigkeiten machte, weil sie so mit uns redete. Wir waren ziemlich egoistisch damals.«

»Aber das kann man uns auch nicht verübeln«, erwiderte ich. »Schließlich hatten sie uns beigebracht, zwar aneinander zu denken, aber nie an die Aufseher. Es kam uns einfach nie in den Sinn, dass auch die Aufseher untereinander uneins sein könnten.«

»Alt genug waren wir«, sagte Tommy. »In dem Alter hätte es uns in den Sinn kommen *müssen*. Aber nein. Keinen einzigen Gedanken haben wir an die arme Miss Lucy verschwendet. Nicht mal nach diesem einen Mal, du weißt schon, als du sie gesehen hast.«

Ich wusste gleich, worauf er anspielte: auf einen Vormittag in unserem letzten Sommer in Hailsham, als ich sie überraschend in Zimmer 22 antraf. Wenn ich heute darüber nachdenke, muss ich

Tommy recht geben. Danach hätte selbst uns klar werden müssen, wie verstört Miss Lucy inzwischen war. Aber es ist, wie er sagte – nie sahen wir etwas aus ihrem Blickwinkel, und niemals wäre es uns eingefallen, irgendetwas Tröstliches zu sagen oder zu tun, um ihr den Rücken zu stärken.

8

Inzwischen hatten viele von uns das sechzehnte Lebensjahr erreicht. Es war ein strahlender sonniger Morgen, und wir waren alle nach einer Unterrichtsstunde im Haupthaus in den Hof hinuntergestürmt, aber unten fiel mir ein, dass ich im Klassenzimmer etwas vergessen hatte, und so stieg ich noch einmal in den dritten Stock hinauf. Dort kam es zu dieser Begegnung mit Miss Lucy.

Ich kultivierte damals ein heimliches Spiel: Sobald ich mich irgendwo allein fand, blieb ich stehen und sah mich nach einem Aus- oder Einblick um – aus einem Fenster oder durch eine offene Tür in einen Raum –, alles war mir recht, solange dort niemand war. Damit wollte ich mir die Illusion verschaffen, dass es hier nicht von Kollegiaten wimmelte, sondern dass Hailsham ein stilles, friedliches Haus sei, das ich mir nur mit fünf, sechs anderen Personen teilte. Damit dieses Spiel funktionierte, musste ich mich in eine Art Traum versetzen und alle Hintergrundgeräusche und Stimmen ausblenden. Meist brauchte es auch ziemlich viel Geduld: Wenn ich mich zum Beispiel an einem Fenster auf einen bestimmten Abschnitt des Sportplatzes konzentrierte, musste ich oft Ewigkeiten auf die paar Sekunden warten, in denen mein Bildausschnitt wirklich leer war. Jedenfalls tat ich das auch an jenem Morgen, nachdem ich mir den vergessenen Gegenstand, worum es sich dabei auch handeln mochte, aus dem Klassenzimmer geholt hatte und wieder auf den Flur im dritten Stock hinausgetreten war.

Ich stand reglos an einem Fenster und blickte in den Bereich des Hofs hinunter, in dem ich mich eben selbst noch aufgehalten hatte. Meine Freundinnen waren schon verschwunden, und während der Hof sich zusehends leerte und ich wartete, dass mein Trick funktionierte, hörte ich auf einmal ein Geräusch hinter mir, das wie ein stoßweise hervorschießender Gas- oder Dampfstrahl klang.

Das Zischen hielt etwa zehn Sekunden an, verstummte und begann von vorn. Ich war nicht besonders beunruhigt, aber da ich offensichtlich der einzige Mensch hier oben war, schien es mir angebracht, nachzusehen, was los war.

Ich folgte dem Geräusch quer über den Treppenabsatz, vorbei an dem Zimmer, in dem ich mich aufgehalten hatte, und weiter durch den Flur bis zu Zimmer 22, dem vorletzten auf der Etage. Die Tür stand ein Stück offen, und in dem Moment, als ich auf sie zutrat, setzte das Zischen mit neuer Wucht wieder ein. Ich weiß nicht, was ich zu sehen erwartete, als ich vorsichtig die Tür aufschob, aber mit Miss Lucy hätte ich bestimmt nicht gerechnet.

Zimmer 22 war eigentlich nicht für den Unterricht geeignet, denn es war zu klein und zu düster – selbst an einem Tag wie diesem drang kaum Licht herein. Die Aufseher saßen hier manchmal, um unsere Klassenarbeiten zu korrigieren oder den Unterricht vorzubereiten. An diesem Morgen war es noch dunkler als sonst, denn die Rollläden waren fast ganz herabgelassen. Zwei Tische waren zusammengeschoben, sodass eine Gruppe ringsum sitzen konnte, aber Miss Lucy war allein im hinteren Teil des Raums. Ich sah, dass mehrere lose Blätter verstreut auf dem Tisch vor ihr lagen, dunkles, glänzendes Papier. Sie selbst stand konzentriert vorgebeugt, die Stirn tief gesenkt, die eine Hand aufgestützt, während die andere ein Blatt Papier mit wütenden Bleistiftstrichen zuschmierte. Unter den dicken schwarzen Strichen war eine blaue Handschrift zu erkennen. Ich sah, wie sie mit dem Bleistift wild hin und her fuhr, ähnlich wie wir es taten, wenn wir etwas schattierten, nur dass ihre Gesten unvergleichlich heftiger waren, als wäre es ihr egal, dass die Spitze das Papier aufschlitzte. Im selben Moment begriff ich, dass genau dies die Ursache des seltsamen Geräusches war und dass das, was ich für dunkles, glänzendes Papier gehalten hatte, kurz zuvor noch in säuberlichem Blau beschriebene Seiten gewesen waren.

Miss Lucy war so sehr in ihr Tun vertieft, dass sie eine ganze Weile brauchte, um meine Anwesenheit zu bemerken. Sie hob erschrocken den Kopf, und ihr Gesicht war rot, aber ich entdeckte keine Tränenspuren. Sie starrte mich an und legte den Bleistift aus der Hand.

»Hallo, junge Dame«, sagte sie und holte tief Luft. »Was kann ich für dich tun?«

Ich glaube, ich wandte mich ab, damit ich weder sie noch die Papiere auf dem Tisch betrachten musste. Soweit ich mich erinnere, sagte ich kaum etwas – nur dass ich ein unerklärliches Geräusch gehört und mir Sorgen gemacht hätte, es könnte ausströmendes Gas sein. Ein richtiges Gespräch führten wir jedenfalls nicht: Sie wollte mich nicht hier haben, und ich wollte nicht hier sein. Ich stotterte wohl irgendeine Entschuldigung und entfernte mich, halb in der Erwartung, zurückgerufen zu werden. Aber das geschah nicht, und heute weiß ich nur, dass ich brennend vor Scham und Groll die Treppe hinunterging. In diesem Moment spürte ich nur den einen Wunsch: dass ich nichts gesehen und nichts gehört hätte, aber wenn Sie mich heute fragen, worüber ich mich so aufregte, könnte ich es nicht erklären. Ja, Scham hatte viel damit zu tun, auch Wut, aber nicht unbedingt auf Miss Lucy. Ich war äußerst verwirrt, und das war vermutlich der Grund, weshalb ich gegenüber meinen Freunden nichts von dem Vorfall erwähnte – erst sehr viel später.

Nach diesem Erlebnis war ich überzeugt, dass irgendwo in der Nähe, gleich hinter der nächsten Ecke, etwas lauerte, vielleicht etwas Schreckliches, das mit Miss Lucy zu tun hatte, und ich hielt Augen und Ohren offen. Aber die Tage vergingen, und ich erfuhr nichts. Was ich zu diesem Zeitpunkt nicht wissen konnte: Ein paar Tage nach dem Vorfall in Zimmer 22 geschah tatsächlich etwas ziemlich Bedeutungsvolles, nämlich zwischen Miss Lucy und Tommy, das Letzteren tief verstörte und verwirrte. Es hatte eine Zeit gegeben – sie lag noch nicht lang zurück –, in der Tommy und ich uns Neuigkeiten dieser Art sofort mitgeteilt hätten, aber gerade in jenem Sommer ging allerlei vor sich, das uns daran hinderte, so frei miteinander zu reden.

Deshalb erfuhr ich lange nichts davon. Später hätte ich mich ohrfeigen können, dass ich nichts gemerkt hatte, dass ich mir Tommy nicht vorgeknöpft und ihm alle Einzelheiten aus der Nase gezogen hatte. Aber wie ich schon sagte, damals passierte so einiges – zwischen Tommy und Ruth, alles mögliche andere –, und darauf schob ich alles, was mir an ihm komisch vorkam.

Zu behaupten, dass Tommys Haltung in jenem Sommer wieder in sich zusammenfiel, wäre wahrscheinlich übertrieben. Aber ich machte mir gelegentlich ernsthafte Sorgen, er könnte wieder zu dem linkischen, launischen Wesen werden, das er ein paar Jahre früher gewesen war. Einmal zum Beispiel waren wir zu mehreren auf dem Weg vom Pavillon zu den Schlafbungalows, und vor uns gingen zufällig Tommy und ein paar andere Jungen. Sie waren nur wenige Schritte entfernt, und alle, Tommy eingeschlossen, wirkten bestens gelaunt, lachten und rempelten sich gegenseitig an. Ich glaube, es war sogar dieses Herumalbern, das Laura, die neben mir ging, das Stichwort gab. Anscheinend hatte Tommy kurz zuvor auf dem Boden gesessen, denn am unteren Rand seines Rugby-Hemds klebte ein ansehnlicher Lehmklumpen. Er wusste offensichtlich nichts davon, und seine Freunde hatten wohl auch nichts bemerkt, sonst hätten sie sich die Gelegenheit sicher nicht entgehen lassen. Laura jedenfalls – typisch Laura – rief etwas wie: »Tommy! Du hast Gaga am Hintern! Was hast du getan!«

Das war ein ganz harmloser Scherz, und wenn wir Übrigen noch etwas dazu sagten, so war es nichts anderes als das übliche Geplänkel von Schülern. Daher waren wir ziemlich schockiert, als Tommy jäh stehen blieb, herumfuhr und Laura wutschnaubend anstarrte. Wir anderen blieben ebenfalls stehen – die Jungen waren ebenso verblüfft und befremdet wie wir –, und ein paar Sekunden lang fürchtete ich, Tommy werde gleich explodieren, zum ersten Mal seit Jahren. Aber er wandte sich ebenso abrupt wieder ab und stapfte davon, während wir fragende Blicke wechselten und mit den Achseln zuckten.

Fast genauso schlimm war es, als ich ihm Patricia C.s Kalender zeigte. Patricia war zwei Klassen unter uns, aber jeder erstarrte in Ehrfurcht vor ihren Zeichenkünsten, und auf den Tauschmärkten waren ihre Arbeiten die begehrtesten. Ich hatte auf dem letzten Tauschmarkt einen von ihr gezeichneten Kalender ergattert, und darüber freute ich mich besonders, denn wir hatten schon Wochen vorher davon reden hören. Er war etwas ganz anderes als etwa Miss Emilys bunte Fotokalender von den englischen Grafschaften. Patricias Kalender war klein und kompakt und hatte für jeden Monat eine fantastische Bleistiftzeichnung mit einer Szene aus dem Leben in Hailsham. Ich bedaure sehr, ihn nicht mehr zu haben, vor allem weil auf einigen Bildern – zum Beispiel dem Juni- und dem September-Bild – die Gesichter mancher Kollegiaten und Aufseher zu erkennen sind. Patricias Kalender ist eines der

Dinge, die mir abhanden kamen, als ich die Cottages verließ; damals war ich in Gedanken anderswo und achtete kaum darauf, was ich mitnahm … Aber alles der Reihe nach. Was ich sagen will, ist, dass Patricias Kalender eine wunderbare Errungenschaft war, ich barst vor Stolz, und deshalb wollte ich ihn Tommy zeigen.

Ich sah Tommy von Weitem neben der großen Platane nahe dem südlichen Sportplatz in der Spätnachmittagssonne stehen, und da ich meinen Kalender bei mir hatte – ich hatte während der Musikstunde damit geprahlt –, ging ich zu ihm hinüber.

Er verfolgte das Fußballspiel, das ein paar Jüngere auf dem Platz austrugen, und schien in ruhiger, ja heiterer Stimmung zu sein. Er lächelte mir zu, als er mich kommen sah, und wir plauderten eine Minute über nichts Besonderes. Dann sagte ich: »Tommy, schau, was ich da habe.« Ich bemühte mich gar nicht, den Triumph in meinem Tonfall zu unterdrücken, und vielleicht rief ich sogar »tra-raa!«, als ich ihn hervorholte und ihm reichte. Er nahm den Kalender und lächelte immer noch, aber sobald er darin zu blättern begann, sah ich, wie sich etwas in ihm verschloss.

»Diese Patricia«, fing ich an, aber ich hörte selbst, wie meine Stimme sich veränderte. »Sie ist so klasse …«

Da drückte mir Tommy auch schon den Kalender in die Hand zurück. Und ohne ein weiteres Wort marschierte er an mir vorbei zum Haupthaus.

Dieses letzte Vorkommnis hätte mir ein Fingerzeig sein müssen. Wenn ich auch nur halbwegs bei Verstand gewesen wäre, hätte ich erraten, dass Tommys Launenhaftigkeit in der letzten Zeit mit Miss Lucy und seinem alten Problem des »Kreativ-Seins« zu tun hatte. Aber es ereignete sich so viel in dieser Zeit, dass ich überhaupt nicht auf die Idee kam, in diese Richtung zu denken. Wahrscheinlich war ich mir sicher, dass er mit der Pubertät auch seine alten Schwierigkeiten überwunden hatte und dass keinen von uns auch noch etwas anderes belasten könnte als die einschneidenden Veränderungen, die jetzt so riesig vor uns aufragten.

Was war los? Also, zuerst einmal hatten Ruth und Tommy einen schlimmen Krach gehabt und sich getrennt. Die beiden waren etwa sechs Monate lang ein Paar gewesen, so lang jedenfalls hatten sie es »öffentlich« gezeigt – indem sie umschlungen miteinander gingen, so in der Art. Man erkannte sie als Paar an, weil sie nicht damit angaben. Bei anderen, Sylvia B. und Roger D. zum Beispiel, konnte es einem wirklich den Magen umdrehen, und man musste im Chor Würgegeräusche von sich geben, um sie halbwegs im Zaum zu halten. Aber Ruth und Tommy ließen sich nie im Beisein der anderen zu etwas Anstößigem hinreißen, und wenn sie manchmal miteinander schmusten oder so, hatte man wirklich das Gefühl, dass sie es um ihrer selbst willen taten und nicht für ein Publikum.

Wenn ich heute zurückblicke, sehe ich, dass uns alles, was mit Sex zu tun hatte, ziemlich verwirrte. Kein Wunder, wir waren ja gerade erst sechzehn. Aber unsere Aufseher waren selbst verunsichert, das wird mir nachträglich sehr deutlich, und das machte es uns natürlich nicht leichter. Auf der einen Seite betonte Miss Emily, wie wichtig es sei, dass wir uns nicht unseres Körpers schämten und auf unsere »leiblichen Bedürfnisse« achteten, und sagte, Sex sei »ein wunderschönes Geschenk«, solange es beide wirklich wollten. Das war die Theorie. In der Praxis machten es die Aufseher allen mehr oder minder unmöglich, irgendetwas in dieser Hinsicht zu unternehmen, ohne dabei gegen Regeln zu verstoßen. Wir durften nicht nach neun Uhr die Jungen in ihren Schlafbungalows besuchen, und sie durften nicht zu uns herüberkommen. Die Klassenzimmer waren in den Abendstunden offiziell tabu, ebenso das Gelände hinter den Schuppen und dem Pavillon. Und auf die Wiesen gehen wollte man natürlich auch nicht, selbst wenn es warm genug war, weil man sicher sein konnte, dass man Zuschauer hätte, die im Haupthaus am Fenster standen und sich das Fernglas weiterreichten. Mit anderen Worten: Trotz vielfältiger Beteuerungen, wie schön Sex sei, hatten wir das unabweisliche Gefühl, dass wir ziemlichen Ärger bekämen, wenn uns die Aufseher dabei erwischten.

Der einzige einschlägige Fall allerdings, der mir persönlich bekannt wurde, war der von Jenny C. und Rob. D., die einmal in Zimmer 14 dabei ertappt wurden. Sie trieben es nach dem Mittagessen miteinander, mitten im Zimmer auf einem Pult, und Mr Jack kam herein, um irgendwas zu holen. Jenny erzählte nachher, dass Mr Jack knallrot wurde und sofort wieder verschwand, aber ihnen war die Lust vergangen, und sie hörten auf. Sie waren mehr oder weniger angezogen, als Mr Jack wieder hereintrat, als wäre es das erste Mal, und sich überrascht und schockiert gab.

»Mir ist völlig klar, was ihr getan habt, und es gehört sich nicht.« Mit diesen Worten schickte er sie zu Miss Emily. Aber als sie vor dem Direktorat standen, sagte Miss Emily, sie sei auf dem Sprung zu einer wichtigen Konferenz und habe leider keine Zeit für ein Gespräch.

»Aber was immer es war, ihr hättet es nicht tun sollen, und ich erwarte, dass derlei nicht mehr vorkommt«, sagte sie, ehe sie mit ihren Akten enteilte.

Noch verwirrender war übrigens gleichgeschlechtlicher Sex für uns. Aus irgendeinem Grund nannten wir ihn »Schirmsex«: Wer sich für das eigene Geschlecht interessierte, war ein »Schirm«. Ich weiß nicht, wie es dort, wo Sie waren, gehandhabt wurde, aber in Hailsham waren wir bei allem, was auch nur entfernt schwul wirkte, alles andere als tolerant. Vor allem die Jungen konnten ziemlich brutal sein. Ruth meinte, das liege daran, dass nicht wenige von ihnen in jüngeren Jahren Sachen miteinander gemacht hätten, ohne eigentlich zu begreifen, was sie da taten, deshalb seien sie jetzt lächerlich verkrampft. Ich weiß nicht, ob das stimmt; sicher ist jedenfalls, dass es leicht mit einer Schlägerei enden konnte, wenn man jemandem »Schirmgelüste« unterstellte.

Wenn wir darüber redeten – und damals redeten wir endlos darüber –, waren wir uns nie sicher, ob die Aufseher uns nun Sex erlaubten oder nicht. Manche meinten, ja, aber wir versuchten es immer wieder zu den ungünstigsten Zeiten. Hannah vertrat die Theorie, sie seien sogar verpflichtet, unsere Sexualität zu fördern, sonst würden wir später keine guten Spender. Nur bei regelmäßigem Sex, behauptete sie, funktionierten Organe wie die Nieren und die Bauchspeicheldrüse ordnungsgemäß. Eine andere sagte, wir dürften nicht vergessen, dass die Aufseher »normal« seien. Deswegen seien sie auch so komisch; sie brächten Sex immer mit Fortpflanzung in Verbindung, und obwohl sie vom Verstand her ja wüssten, dass *wir* keine Kinder bekämen, sei ihnen bei der Vorstellung trotzdem unbehaglich, denn tief im Inneren könnten sie nicht so recht glauben, dass wir am Ende nicht doch schwanger würden.

Annette B. vertrat eine andere Theorie: dass es den Aufsehern nur deshalb nicht recht sei, wenn wir miteinander schliefen, weil sie es selbst gern täten. Vor allem Mr Chris, so ihre Behauptung, sehe uns Mädchen immer so sonderbar an. Laura entgegnete, die Wahrheit sei wohl eher, dass sie selbst mit Mr Chris schlafen wolle, woraufhin wir uns alle vor Lachen krümmten, weil die Vorstellung, mit Mr Chris ins Bett zu gehen, völlig absurd war, um nicht zu sagen, ekelhaft.

Die Theorie, die der Sache wahrscheinlich am nächsten kam, stammte von Ruth. »Sie erzählen uns das alles für die Zeit *nach* Hailsham«, meinte sie. »Sie wollen, dass wir es richtig machen, mit jemandem, den wir mögen, und ohne uns Krankheiten zu holen.

Aber wenn es nach ihnen geht, sollen wir erst damit anfangen, wenn wir Hailsham verlassen haben. Sie wollen nicht, dass wir es hier tun, weil sie damit nur Scherereien haben.«

Meine Vermutung ist jedenfalls, dass die Realität nicht halb so aufregend war, wie alle behaupteten. Mag sein, dass viel geknutscht und gefummelt wurde; und viele Paare erweckten den Eindruck, richtig Sex miteinander zu haben. Im Rückblick frage ich mich, was wirklich dran war. Wenn jeder, der es behauptete, tatsächlich sexuell aktiv gewesen wäre, dann hätte man ja in ganz Hailsham nichts anderes gesehen als lauter Paare, die fröhlich zugange waren, links, rechts und in der Mitte.

Ich erinnere mich, dass zwischen uns allen eine Art Übereinkunft bestand, uns gegenseitig nicht zu sehr auszuhorchen oder zu bedrängen. Wenn wir zum Beispiel über ein Mädchen redeten und Hannah die Augen verdrehte und »Jungfrau« murmelte – was hieß: »Das gilt natürlich nicht für uns, aber *sie* ist eine, was wollt ihr also erwarten?« –, dann durfte man sie auf keinen Fall fragen: »Mit wem hast du's getan? Wann? Wo?«, sondern man nickte bloß wissend. Es war, als gäbe es irgendwo ein Paralleluniversum, in das wir alle verschwanden, um uns endlosem Sex hinzugeben.

Um diese Zeit muss ich erkannt haben, dass sich hinter dieser ganzen Prahlerei ringsum nicht viel verbarg. Als der Sommer nahte, kam ich mir dennoch allmählich vor wie die Einzige, die nicht dazugehörte. In gewisser Weise war Sex an die Stelle des Zwangs zum »Kreativ-Sein« getreten, der uns ein paar Jahre früher beherrscht hatte: Wenn man es noch nicht getan hatte, wurde es jetzt allerhöchste Zeit, endlich damit anzufangen. Und mein Fall war zusätzlich kompliziert, weil zwei meiner engsten Freundinnen tatsächlich ihre ersten Erfahrungen gesammelt hatten. Laura mit Rob D., obwohl die beiden nie ein richtiges Paar gewesen waren. Und Ruth mit Tommy.

Ich aber hatte es ewig vor mir hergeschoben, indem ich mir Miss Emilys Rat vorsagte – »Wenn ihr niemanden findet, mit dem ihr diese Erfahrung wirklich teilen wollt, dann tut es *nicht!*« –, aber im Frühling des Jahres, von dem ich jetzt erzähle, dachte ich immer öfter, dass ich nichts dagegen hätte, mit einem Jungen zu schlafen. Nicht nur, um zu erfahren, wie es ist, sondern auch, weil mir einfiel, dass ich mich ja damit vertraut machen müsste und dass es nicht schlecht wäre, zuerst mit einem Jungen zu üben, der mir nicht so wichtig war. Dann hätte ich später, wenn ich mit jemand Besonderem zusammen wäre, bessere Chancen, alles richtig zu machen. Was ich sagen will: Wenn Miss Emily recht hatte und Sex tatsächlich diese Wahnsinnssache zwischen zwei Menschen war, dann sollte mein erstes Mal nicht ausgerechnet dann sein, wenn es so sehr darauf ankam, ob es gut ging oder nicht.

Aus mehreren Gründen hatte ich Harry C. ins Auge gefasst. Erstens wusste ich sicher, dass er es schon getan hatte, und zwar mit Sharon D. Zweitens war ich zwar nicht gerade hingerissen von ihm, aber ich fand ihn auch keineswegs abstoßend. Drittens war er ruhig und diskret, und falls es ein Fiasko werden sollte, würde er es nachher nicht überall herumerzählen. Und schließlich hatte er selbst schon ein paarmal angedeutet, dass er nichts dagegen hätte. Okay, die meisten Jungs schäkerten damals mit uns, aber inzwischen war uns schon klar, was ein ernsthaftes Angebot und was bloß Machogehabe war.

Dass es Harry werden sollte, stand also fest, und ich hatte die Sache nur deshalb noch ein paar Monate hinausgeschoben, weil ich sichergehen wollte, dass körperlich alles in Ordnung war. Miss Emily hatte gesagt, wenn wir nicht feucht genug würden, könnte es schmerzhaft und ein ziemlicher Misserfolg werden, und das war meine einzige wirkliche Sorge. Man wollte dort unten ja nicht auseinandergerissen werden, wie wir untereinander oft witzelten, was aber die geheime Furcht nicht weniger Mädchen war. Ich sagte mir immer wieder, solange ich rasch genug feucht würde, wäre alles kein Problem, und ich experimentierte viel mit mir allein, einfach um auf Nummer sicher zu gehen.

Mir ist klar, dass sich das jetzt etwas obsessiv anhört; in der Tat verbrachte ich viel Zeit damit, einschlägige Passagen in entsprechenden Büchern nachzulesen. Immer wieder studierte ich die entscheidenden Stellen, in der Hoffnung, Erkenntnisse zu gewinnen. Leider war die Bibliothek in Hailsham nicht besonders hilfreich. Dort fand sich viel Literatur aus dem neunzehnten Jahrhundert, von Thomas Hardy und ähnlichen Schriftstellern, die für meine Zwecke mehr oder minder nutzlos war. Ein paar modernere Bücher – Edna O'Brien und Margaret Drabble zum Beispiel – enthielten zwar Sexszenen, aber was da genau passierte, war nie so recht klar, weil die Autoren immer davon ausgingen, dass die Leser schon jede Menge Erfahrung hätten, weshalb es nicht nötig sei, ins Detail zu gehen. Die Lektüre dieser Bücher war also eher frustrierend, und mit den Videos verhielt es sich auch kaum anders. Seit ein paar Jahren stand ein Videorekorder im Billardzimmer, und bis zu diesem Frühjahr hatten wir schon eine ganz nette Filmkollektion beisammen. In vielen Filmen kamen Sexszenen vor, aber entweder hörten sie ausgerechnet dann auf, wenn der Sex anfing, oder man sah nur Gesichter und Rücken. Und wenn tatsächlich mal eine hilfreiche Szene kam, konnte man sie allenfalls flüchtig betrachten, weil in der Regel noch zwanzig andere mitschauten. Inzwischen hatten wir zwar den Brauch eingeführt, dass bestimmte Lieblingsszenen wiederholt wurden – zum Beispiel wenn der Amerikaner in *Gesprengte Ketten* mit dem Motorrad über den Stacheldraht hinwegsetzt. Dann ertönte ein Sprechchor: »Zurückspulen, zurückspulen!«, bis jemand die Fernsteuerung fand, und wir sahen die Szene von vorn, auch drei- oder viermal hintereinander. Aber ich hätte wohl kaum als Einzige die Wiederholung einer Sexszene verlangen können.

Also schob ich es Woche um Woche vor mir her, während ich mich weiter den Vorbereitungen widmete, bis der Sommer da war und ich den Eindruck hatte, bestens vorbereitet zu sein. Inzwischen war ich sogar einigermaßen selbstsicher geworden und begann, Harry gegenüber Andeutungen fallen zu lassen. Alles lief bestens und planmäßig, bis Ruth und Tommy sich verkrachten, was für große Verwirrung sorgte.

9

Ein paar Tage, nachdem Ruth und Tommy sich getrennt hatten, saß ich mit ein paar anderen Mädchen im Zeichensaal und arbeitete an einem Stillleben. Es war heiß und schwül, das weiß ich noch, obwohl hinter uns der Ventilator lief. Wir zeichneten mit Kohle, und weil irgendwer sämtliche Staffeleien beschlagnahmt hatte, mussten wir das Zeichenbrett auf dem Schoß halten. Meine Nachbarin war Cynthia E.; wir plauderten miteinander, beschwerten uns über die Hitze, kamen irgendwie auf das Thema Jungen, und sie sagte, ohne von ihrer Zeichnung aufzublicken:

»Und Tommy. War mir klar, dass es mit Ruth nicht lang gut gehen würde. Du bist dann wohl die logische Nachfolgerin, wie?«

Das sagte sie so dahin. Aber Cynthia war eine aufmerksame Person, und dass sie nicht zu unserer Gruppe gehörte, verlieh ihrer Bemerkung besonderes Gewicht. Ich meine, ich wurde den Gedanken nicht los, dass sie ausgesprochen hatte, was vielleicht jeder dachte, der eine gewisse Distanz zu uns hatte. Schließlich war ich jahrelang mit Tommy befreundet gewesen, bevor diese ganzen Paargeschichten angefangen hatten. Es war also gar nicht abwegig, dass eine Außenstehende mich als Ruths »logische Nachfolgerin« betrachtete. Ich reagierte aber nicht, und Cynthia, die kein großes Tamtam machen wollte, sagte nichts weiter dazu.

Einen oder zwei Tage später, als ich mit Hannah aus dem Pavillon kam, stieß sie mich plötzlich an und deutete mit dem Kopf zu einer Gruppe von Jungen auf dem nördlichen Sportplatz hinüber.

»Schau«, sagte sie leise. »Tommy. Sitzt ganz allein da.«

Ich zuckte die Achseln, wie um zu sagen: »Na und?« Aber später musste ich immer wieder daran denken. Vielleicht hatte Hannah nur zum Ausdruck bringen wollen, dass Tommy sich seit seiner Trennung von Ruth ein bisschen überflüssig vorkam. Aber das kaufte ich ihr nicht ab, ich kannte Hannah zu gut. Die Art, wie sie mich angestoßen und die Stimme gesenkt hatte, ließ keinen Zweifel daran, dass auch sie Spekulationen wiedergab, die wohl schon überall die Runde machten, nämlich über mich als »logische Nachfolgerin«.

Das alles stürzte mich, wie gesagt, in gelinde Verwirrung, denn bis dahin war ich ganz auf mein Projekt Harry fixiert gewesen – ja, im Rückblick bin ich mir sicher, dass es bestimmt mit Harry geklappt hätte, wäre mir nicht die Sache mit der »logischen Nachfolgerin« dazwischengekommen. Ich hatte alles geplant und fühlte mich gut vorbereitet. Und ich denke noch heute, dass Harry für diese Phase meines Lebens eine ausgezeichnete Wahl war. Ich glaube, er wäre rücksichtsvoll und sanft gewesen und hätte verstanden, was ich von ihm wollte.

Vor ein paar Jahren bin ich ihm noch einmal flüchtig begegnet, im Erholungszentrum in Wiltshire. Er wurde gerade nach einer Spende eingeliefert. Ich war nicht in bester Stimmung, nachdem in der Nacht zuvor mein Spender abgeschlossen hatte. Niemand machte mir deshalb einen Vorwurf – es war eine besonders heikle Operation gewesen –, trotzdem ging es mir nicht gut. Ich war fast die ganze Nacht wach geblieben, um alles Nötige zu erledigen, und ich war vorn am Empfang und wollte gerade gehen, als ich Harry hereinkommen sah. Er saß im Rollstuhl – er war zu schwach, um zu gehen, wie ich später erfuhr –, und ich bin mir nicht sicher, ob er mich erkannte, als ich zu ihm trat und Hallo sagte. Warum sollte ich auch in seiner Erinnerung einen besonderen Platz einnehmen. Ich war eine Jahrgangsstufe unter ihm gewesen, und bis auf diese eine kurze Phase hatten wir nie viel miteinander zu tun gehabt. Wenn er sich überhaupt an mich erinnerte, dann allenfalls als an eine Verrückte, die ihn einmal angequatscht hatte, ob er mit ihr schlafen wolle, und die dann kalte Füße bekommen hatte. Er muss für sein Alter ziemlich reif gewesen sein, denn er wurde weder sauer, noch erzählte er überall herum, wie unmöglich ich mich verhalten hatte. Als ich ihn dann in Wiltshire wiedertraf, empfand ich Dankbarkeit für ihn und wäre gern seine Betreuerin gewesen. Von seinem Betreuer, wer immer es sein mochte, war weit und breit nichts zu sehen. Die Krankenpfleger hatten es eilig, Harry auf sein Zimmer zu bringen, und so blieb uns nicht viel Zeit zum Reden. Ich sagte nur Hallo und wünschte ihm baldige Besserung, und er lächelte müde. Als ich Hailsham erwähnte, streckte er den Daumen nach oben, aber ich hätte nicht sagen können, ob er mich erkannte oder nicht. Vielleicht hatte er mich später, als er weniger müde war oder nicht mehr unter so starken Medikamenten stand, irgendwo einzuordnen versucht, und vielleicht war es ihm dann wieder eingefallen.

Aber ich wollte ja eigentlich davon erzählen, wie nach dem Krach zwischen Ruth und Tommy alle meine Pläne den Bach hinuntergingen. Rückblickend tut es mir ein bisschen leid wegen Harry. Nach den vielen Andeutungen in der Woche zuvor fing ich auf einmal an, ihn zu vertrösten. Wahrscheinlich ging ich davon aus, dass er es kaum noch erwarten konnte und ich alle Mühe hätte, ihn mir vom Leib zu halten. Denn wann immer ich ihn traf, tuschelte ich ihm schnell etwas ins Ohr und rannte davon, ehe er reagieren konnte. Erst viel später, als ich über alles nachdachte, kam mir in den Sinn, dass er ja vielleicht überhaupt nicht an Sex gedacht hatte. Es war ja auch möglich, dass er die ganze Sache am liebsten vergessen hätte, wäre ich nicht jedes Mal, wenn wir uns irgendwo im Flur oder auf dem Gelände begegneten, auf ihn zugegangen und hätte ihm hastig eine Ausrede zugeflüstert, weshalb ich jetzt noch nicht mit ihm schlafen könne. Aus seiner Sicht muss mein Verhalten ziemlich bizarr gewirkt haben, und wäre er nicht so ein anständiger Kerl gewesen, wäre ich in kürzester Zeit das Gespött von ganz Hailsham geworden. Jedenfalls dauerte die Zeit, in der ich Harry hinhielt, vielleicht zwei Wochen, und dann kam Ruths Bitte.

In diesem Sommer hatten wir eine neue Marotte entwickelt, die so lange anhielt, bis es mit dem warmen Wetter zu Ende ging, nämlich auf der Wiese zu sitzen und gemeinsam Musik zu hören. Seit dem Basar im Jahr zuvor gab es in Hailsham Walkmen, und in diesem Sommer waren mindestens sechs im Umlauf. Unser Spleen bestand darin, dass wir zu mehreren um einen einzigen Walkman im Gras saßen und den Kopfhörer reihum gehen ließen. Gut, das scheint nicht unbedingt die intelligenteste Art zu sein, Musik zu hören, Tatsache ist aber, dass dabei eine tolle Stimmung entstand. Man horchte vielleicht zwanzig Sekunden, nahm den Kopfhörer wieder ab und gab ihn weiter. Nach einer Weile – vorausgesetzt, man spielte immer wieder dieselbe Kassette ab – hatte man interessanterweise praktisch alles gehört. Der Spleen breitete sich also in Windeseile aus, und in der Mittagspause lagen und saßen überall Gruppen rund um einen Walkman im Gras. Die Aufseher waren weniger begeistert und behaupteten, wir würden auf diese Weise die Verbreitung von Ohrinfektionen fördern, griffen jedoch nicht ein. Ich kann nicht an diesen letzten Sommer denken, ohne dass mir die Nachmittage mit dem gemeinsamen Walkman einfallen.

Immer wieder kam jemand vorbei und fragte: »Was für ein Sound?«, und wenn ihm die Antwort gefiel, setzte er sich zu den anderen ins Gras und wartete, bis er an der Reihe war. Die Atmosphäre bei diesen Sessions war meist sehr entspannt, und ich erinnere mich nicht, dass jemand mal nicht hätte mithören dürfen.

Ich wollte mich gerade wieder aufmachen und zusammen mit ein paar anderen Mädchen Musik hören, als Ruth mich aufsuchte und fragte, ob wir miteinander reden könnten. Man sah ihr an, dass es wichtig war, und so ließ ich die anderen stehen und ging mit ihr zu unserem Schlafbungalow. In unserem Zimmer setzte ich mich auf Ruths Bett am Fenster – die Sonne hatte die Decke gewärmt –, während sie auf meinem Bett an der Wand Platz nahm. Eine Schmeißfliege kreiste durchs Zimmer, und eine Zeit lang machten wir uns einen Spaß daraus, »Schmeißfliegen-Tennis« zu spielen, indem wir mit den Händen fuchtelten, um das durchgedrehte Insekt zwischen uns hin und her zu jagen. Schließlich fand die Fliege den Weg ins Freie, und Ruth sagte: »Hilfst du mir, Kathy? Ich möchte, dass Tommy und ich wieder zusammenkommen.« Dann fragte sie: »Was ist?«

»Nichts. Ich war nur ein bisschen überrascht, nach allem, was passiert ist. Natürlich helf ich dir.«

»Ich hab's niemandem sonst gesagt, dass ich Tommy zurückhaben will. Nicht mal Hannah. Du bist die Einzige, der ich vertraue.«

»Was soll ich tun?«

»Rede einfach mit ihm. Du hast doch immer einen Draht zu ihm gehabt. Auf dich hört er. Und er weiß, dass du keinen Mist über mich redest.«

Einen Moment lang saßen wir stumm da und ließen die Füße vom Bett baumeln.

»Gut, dass du damit zu mir kommst«, sagte ich schließlich.

»Wahrscheinlich bin ich wirklich die beste Wahl. Um mit Tommy zu reden und so.«

»Ich finde, wir sollten noch mal ganz von vorn anfangen. Wir sind jetzt quitt, wir haben beide Blödsinn gemacht, um uns gegenseitig wehzutun, aber jetzt ist es genug. Diese verdammte Martha H., ich bitte dich! Vielleicht hat er es nur getan, damit ich was zu lachen habe. Na gut, sag ihm, er hat es geschafft, und es steht eins zu eins. Es ist Zeit, dass wir erwachsen werden und einen Neuanfang wagen. Ich weiß, dass du mit ihm reden kannst, Kathy. Du wirst es schon hinkriegen. Falls er dann noch immer nicht bereit sein sollte einzulenken, weiß ich, dass es keinen Sinn mehr mit ihm hat.«

Ich seufzte nur kurz. »Stimmt schon, reden konnten wir schon immer gut miteinander, Tommy und ich.«

»Ja, und er hält enorm viel von dir. Das weiß ich, weil er oft darüber geredet hat. Dass du Schneid hast und dass du keine leeren Worte machst. Einmal sagte er, wenn er mal in der Klemme wäre, würde er sich eher an dich wenden als an einen Jungen.« Sie lachte kurz auf. »Das ist ein *echtes* Kompliment, das musst du zugeben. Da siehst du's, wenn uns überhaupt eine retten kann, dann bist du es. Tommy und ich sind füreinander geschaffen, und auf dich wird er hören. Das tust du für uns, ja, Kathy?«

Ich schwieg einen Moment, bevor ich fragte: »Ruth, ist es dir ernst mit Tommy? Ich meine, wenn ich ihn überrede und ihr wieder zusammenkommt, wirst du ihm nicht mehr wehtun?«

Ruth seufzte ungeduldig. »Natürlich ist es mir ernst. Wir sind jetzt erwachsen. Bald werden wir Hailsham verlassen. Wir können keine Spielchen mehr miteinander treiben.«

»Okay. Dann werde ich mit ihm reden. Es stimmt, bald gehen wir fort. Wir haben keine Zeit zu verschwenden.«

Eine Weile saßen wir noch auf den Betten und redeten. Ruth

wollte alles wieder und wieder durchsprechen: wie dumm er doch sei, schließlich passten sie beide wunderbar zusammen, wie sie beim nächsten Mal alles anders machen würden, wie sie sich viel stärker zurückziehen und nur noch am richtigen Ort, zur richtigen Zeit miteinander schlafen würden. Sie suchte zu allem Möglichen meinen Rat. Irgendwann, als ich durchs Fenster zu den Hügeln in der Ferne blickte, erschrak ich, weil Ruth plötzlich neben mir war und mir den Arm um die Schultern legte.

»Kathy, ich hab doch gewusst, dass man sich auf dich verlassen kann«, sagte sie. »Tommy hat recht: Du hilfst einem, wenn man in der Klemme steckt.«

Aus verschiedenen Gründen fand ich während der nächsten Tage keine Gelegenheit, mit Tommy zu reden. Dann entdeckte ich ihn eines Tages in der Mittagspause am Rand des südlichen Sportplatzes beim Fußballtraining. Er hatte kurz zuvor mit zwei anderen gekickt, war jetzt aber allein und jonglierte geschickt mit dem Ball. Ich ging zu ihm hinüber, setzte mich hinter ihm ins Gras und lehnte mich an einen Zaunpfahl. Es kann nicht lang her gewesen sein, dass ich ihm Patricia C.s Kalender gezeigt hatte und er wortlos davongegangen war, denn ich weiß noch, dass wir nun beide unsicher waren, wie wir denn zueinander standen. Er jonglierte weiter, die Stirn vor Konzentration gerunzelt – Knie, Fuß, Kopf, Fuß –, während ich dasaß, Klee pflückte und zu dem Wald in der Ferne schaute, vor dem wir uns eine Zeit lang so sehr gefürchtet hatten. Schließlich beschloss ich, den toten Punkt zu überwinden, und sagte: »Tommy, komm, lass uns reden. Es gibt etwas, worüber ich mit dir sprechen möchte.«

Augenblicklich ließ er den Ball wegrollen und setzte sich neben mich ins Gras. Das war typisch Tommy: Sobald er merkte, dass ich

mit ihm reden wollte, war auf einmal alle Bockigkeit wie wegge-
blasen; es blieb eine Art dankbarer Bereitwilligkeit, die mich an unsere erleichterte Reaktion als Kinder erinnerte, wenn ein Aufseher,
der uns heruntergeputzt hatte, wieder einen normalen Ton an-
schlug. Tommy keuchte ein bisschen, und obwohl ich wusste, dass
die Anstrengung beim Ballspielen der Grund war, steigerte es den
Gesamteindruck von Eilfertigkeit. Und mir sträubten sich schon
wieder die Haare, noch ehe wir ein Wort gewechselt hatten. Als ich
dann sagte: »Tommy, ich weiß schon, dass es dir seit einiger Zeit
nicht so toll geht«, antwortete er: »Was soll das heißen? Mir geht's
ganz wunderbar, wirklich.« Und dazu strahlte er breit und lachte
betont herzhaft. Das genügte. Jahre später, wenn ich gelegentlich
einen blassen Schatten dieser eingeschliffenen Gesten wahrnahm,
lächelte ich bloß. Aber damals gingen sie mir wirklich auf die Nerven. Wenn Tommy zum Beispiel sagte: »Das macht mich echt fertig«, musste er dazu eine Leichenbittermiene aufsetzen, um seine
Worte zu bekräftigen. Das war nicht etwa ironisch gemeint. Er
glaubte wirklich, auf diese Weise überzeugender zu wirken. Und
um zu beweisen, dass alles bestens war, sprühte er jetzt vor Leut-
seligkeit. Wie ich schon sagte, später kam eine Zeit, da fand ich das
alles ganz süß; aber damals sah ich in dieser Marotte nur den
schreienden Beweis dafür, was für ein Kind er immer noch war
und wie leicht man ihn ausnutzen konnte. Ich hatte wenig Ahnung
von der Welt, die uns jenseits der Mauern von Hailsham erwartete,
aber ich war mir sicher, wir müssten alle unsere Sinne beisammen
haben, um gewappnet zu sein, und daher geriet ich an den Rand
einer Panik, wenn Tommy sich so verhielt. Bis zu diesem Nachmittag hatte ich nie etwas darüber gesagt – es schien mir zu kompliziert zu erklären –, aber diesmal platzte ich heraus:

»Tommy, du siehst einfach *bescheuert* aus, wenn du so lachst!
Wenn du heucheln willst, dann nicht so! Glaub mir, nicht so! Das

nimmt dir kein Mensch ab! Schau, du musst doch jetzt endlich erwachsen werden. Und du musst dein Leben irgendwie wieder auf die Reihe kriegen. In der letzten Zeit ist bei dir alles Mögliche schiefgegangen, und wir wissen beide, warum.«

Tommy sah mich verwirrt an. Als er sich sicher war, dass ich zu Ende gesprochen hatte, sagte er: »Du hast recht. Manches ist schiefgegangen. Aber ich verstehe nicht, worauf du hinaus willst, Kath. Was soll das heißen, wir wüssten es beide? Woher solltest du es wohl wissen? Ich hab's niemandem erzählt.«

»Natürlich weiß ich keine Details. Aber es weiß doch jeder, dass du dich von Ruth getrennt hast.«

Tommy blickte immer noch verwirrt drein. Schließlich lachte er noch einmal kurz auf, diesmal allerdings war es echt. »Verstehe«, murmelte er, dann schwieg er und dachte über etwas nach. »Um ehrlich zu sein, Kath«, sagte er endlich, »das ist es nicht, was mich fertigmacht. Es ist etwas ganz anderes. Ich muss einfach die ganze Zeit daran denken. Es hat mit Miss Lucy zu tun.«

Und so erfuhr ich, was im Frühsommer zwischen Tommy und Miss Lucy geschehen war. Später, nachdem ich Zeit gehabt hatte, darüber nachzudenken, rechnete ich mir aus, dass es höchstens ein paar Tage nach meiner Begegnung mit Miss Lucy in Zimmer 22 gewesen sein kann. Und ich kann es nur wiederholen: Ich hätte mich selbst dafür ohrfeigen können, dass ich es nicht früher erraten hatte.

Es war am Nachmittag gewesen, nahe der »toten Stunde«, wenn der Unterricht vorbei war, aber noch genug Zeit blieb, um bis zum Abendessen ins Freie zu gehen. Tommy hatte Miss Lucy aus dem Haupthaus kommen sehen, die Arme voller Flipcharts und Karteikästen, und weil es so aussah, als könnte sie jeden Moment etwas fallen lassen, lief er hinüber und bot ihr seine Hilfe an.

»Sie gab mir also ein paar Sachen zu tragen und sagte, das ganze

Zeugs müsste in ihr Arbeitszimmer. Es war sogar für uns beide zu viel, und mir fiel unterwegs ein paarmal was auf den Boden. Als wir schon fast bei der Orangerie waren, blieb sie so plötzlich stehen, dass ich schon dachte, sie hätte wieder was fallen lassen, aber sie sah mich an, *so*, direkt ins Gesicht und todernst. Dann sagte sie, wir müssen miteinander reden, richtig reden. Ich sage, okay, und wir gehen in die Orangerie, in ihr Arbeitszimmer, und laden die Sachen ab. Und sie sagt, ich soll mich niedersetzen, und schließlich sitze ich genau dort, wo ich damals war, du weißt schon, vor Jahren. Und ich sehe ihr an, dass sie sich ebenfalls erinnert, denn sie knüpft nahtlos daran an, als wär's am Tag zuvor gewesen. Keine Erklärungen, nichts – sie fängt einfach aus heiterem Himmel an: ›Tommy, was ich gesagt habe, war ein Fehler. Und ich hätte es schon viel eher in Ordnung bringen müssen.‹ Dann sagt sie, ich soll alles vergessen, was sie früher gesagt hat. Dass sie mir einen ganz schlechten Dienst erwiesen hat, als sie sagte, kreativ sein sei nicht so wichtig. Dass die anderen Aufseher schon immer recht gehabt hätten und dass es keine Entschuldigung gibt, wenn ich immer nur Mist mache statt Kunst …«

»Moment mal, Tommy. Hat sie wirklich gesagt, du machst ›Mist‹?«

»Wenn es nicht dieses Wort war, dann war's ein ähnliches. Nicht der Rede wert. Das könnte es gewesen sein. Oder inkompetent. Sinngemäß hat sie ›Mist‹ gesagt. Sie sagte, dass sie ihre Einmischung sehr bedauert, denn wenn sie nichts gesagt hätte, hätte ich mich in der Zwischenzeit bemüht und wäre schon viel besser geworden.«

»Und was hast du die ganze Zeit gesagt?«

»Mir fiel überhaupt nichts ein. Am Ende fragte sie mich direkt. Sie sagte: ›Tommy, was denkst du?‹ Also sagte ich, keine Ahnung, aber sie müsse sich jedenfalls keine Sorgen machen, denn jetzt sei schon alles in Ordnung, und es gehe mir gut. Und sie sagte, nein, nichts ist in Ordnung, du bist nicht kreativ, sondern machst nur Mist, und das ist zum Teil meine Schuld, weil ich dir damals gesagt habe, es sei nicht weiter wichtig. Und ich sagte, was spielt das denn für eine Rolle? Mir geht's gut, und keiner lacht mehr über mich. Aber sie schüttelte immer weiter den Kopf und sagte: ›Es spielt sehr wohl eine Rolle. Ich hätte das nicht sagen sollen.‹ Deshalb fällt mir ein, dass sie vielleicht von später spricht, weißt du, wenn wir nicht mehr hier sind. Also sage ich: ›Aber es wird schon alles gut werden, Miss. Ich bin wirklich fit, ich kann auf mich aufpassen. Wenn es Zeit für die Spenden ist, werd ich's richtig gut machen.‹ Als ich das sage, schüttelt sie wieder den Kopf, so stürmisch, dass ich schon Angst hatte, es wird ihr schwindlig davon. Und dann sagt sie: ›Hör zu, Tommy, deine Kunstfertigkeit *ist* wichtig. Und nicht nur deshalb, weil sie ein Zeugnis ist. Sondern um deiner selbst willen. Du wirst sehr viel davon haben, einfach deinetwegen‹.«

»Moment mal. Was meint sie mit ›Zeugnis‹?«

»Weiß ich nicht. Aber genau das hat sie gesagt. Sie sagte, unsere Kreativität sei wichtig, und ›nicht nur deshalb, weil sie ein Zeugnis ist‹. Gott weiß, was sie damit meint. Ich hab sie sogar danach gefragt. Ich sagte, ich verstehe nicht, was sie mir sagen will, und ob es was mit Madame und ihrer Galerie zu tun hat. Woraufhin sie tief seufzte und sagte: ›Madame's Galerie, ja, die ist wichtig. Viel wichtiger, als ich früher dachte. Das sehe ich jetzt ein.‹ Dann sagte sie noch: ›Schau, es gibt alles Mögliche, was du nicht verstehst, Tommy, und ich kann dir nichts darüber sagen. Über Hailsham, über deinen Platz in der Welt draußen, alles. Aber vielleicht versuchst du es eines Tages selbst herauszufinden. Sie werden es dir nicht leicht machen, aber wenn du's willst, wenn du's wirklich wissen willst, wirst du's vielleicht erfahren.‹ Danach schüttelte Miss Lucy wieder den Kopf, aber nicht mehr so wild wie vorher, und sagte: ›Wieso solltest du allerdings eine Spur anders sein? Die Kollegiaten, die von hier fortgehen, finden nie besonders viel heraus. Wieso sollte es bei dir anders sein?‹ Ich wusste wieder nicht, wovon sie redete, und sagte deswegen noch mal: ›Es wird schon alles gut werden, Miss.‹ Sie schwieg eine Weile, dann stand sie plötzlich auf und beugte sich so halb über mich und umarmte mich. Nicht aufreizend. Eher so, wie sie's mit uns gemacht haben, als wir klein waren. Ich hielt einfach so still wie möglich. Dann trat sie zurück und sagte noch einmal: ›Was ich früher gesagt habe, tut mir sehr leid.‹ Und dass es noch nicht zu spät sei, sagte sie, ich sollte nur gleich anfangen, um die verlorene Zeit wettzumachen. Ich glaube nicht, dass ich irgendwas erwiderte, sie sah mich an, und ich dachte schon, gleich umarmt sie mich noch mal. Aber sie sagte nur: ›Tu's einfach mir zuliebe, Tommy.‹ Ich versprach es ihr, denn inzwischen wollte ich nur noch raus. Wahrscheinlich war ich schon leuchtend scharlachrot, nach diesem vielen Umarmen und allem. Ich meine, das ist doch was ganz anderes, jetzt, wo wir größer sind, nicht?«

Bis dahin war ich von Tommys Geschichte so sehr gefesselt, dass ich den eigentlichen Anlass unseres Gesprächs vergessen hatte. Erst bei seiner Bemerkung, jetzt seien wir ja »größer« geworden, erinnerte ich mich an meinen ursprünglichen Auftrag.

»Hör zu, Tommy«, sagte ich, »darüber müssen wir ausführlich reden, bald. Das ist wirklich interessant, und ich kann mir vorstellen, dass es dir ziemlich an die Nieren geht. Aber so oder so wirst du dich ein bisschen mehr zusammenreißen müssen. Wenn der Sommer vorbei ist, gehen wir von hier fort. Du musst irgendwie dein Leben wieder in Ordnung bringen. Und eine Sache kannst du jetzt gleich direkt zurechtbiegen. Ruth hat mir gesagt, ihr wärt jetzt quitt, und sie sei bereit, es noch mal mit dir zu probieren. Das ist doch eine gute Chance für dich. Lass sie dir nicht entgehen.«

Er schwieg ein paar Sekunden, dann sagte er: »Ich weiß nicht, Kath. Es gibt so viel anderes, das mir im Kopf herumgeht.«

»Jetzt hör doch mal, Tommy. Du hast wirklich Glück. Von allen Mädchen hier steht ausgerechnet Ruth auf dich. Wenn wir hier fort sind und du mit ihr zusammen bist, hast du ausgesorgt. Sie ist die Beste, und solang du mit ihr zusammen bist, ist alles gut. Sie sagt, sie will einen Neuanfang. Also verdirb's dir nicht.«

Ich wartete, aber Tommy schwieg, und ich spürte wieder etwas wie Panik in mir aufsteigen. Ich beugte mich ein Stück weit vor: »Hör zu, du Idiot, du wirst nicht mehr viele Chancen kriegen. Ist dir eigentlich klar, dass wir nicht mehr sehr lang so zusammen sein werden?«

Zu meiner Überraschung gab Tommy ganz ruhig und überlegt Antwort – das war eine Seite an ihm, die in den folgenden Jahren immer deutlicher zum Vorschein kommen sollte.

»Das ist mir sehr wohl klar, Kath. Genau das ist der Grund, warum ich nicht wieder Hals über Kopf zu Ruth zurücklaufen kann. Wir müssen über den nächsten Schritt sehr genau nachdenken.« Dann seufzte er und sah mich offen an. »Es stimmt schon, Kath. Bald werden wir von hier weggehen. Es ist kein Spiel mehr. Wir müssen es uns genau überlegen.«

Mir hatte es plötzlich die Sprache verschlagen, und ich saß nur da und rupfte Klee. Ich spürte seinen Blick auf mir, aber ich sah nicht auf. Wahrscheinlich wäre es noch eine ganze Weile so weitergegangen, aber wir wurden unterbrochen. Vielleicht kamen die beiden zurück, mit denen er vorhin Fußball gespielt hatte, vielleicht schlenderten andere vorbei und setzten sich zu uns – jedenfalls war unsere kleine Aussprache beendet, und ich ging mit dem Gefühl fort, dass ich nicht getan hatte, was ich mir vorgenommen hatte – dass ich Ruth irgendwie im Stich gelassen hatte.

Ob mein Gespräch mit Tommy irgendeine Wirkung hatte, erfuhr ich nie, denn schon am nächsten Tag platzte die Bombe. Es war mitten am Vormittag, und wir hatten wieder mal »Gesellschaftskunde«. Das war praktischer Unterricht mit Rollenspielen – wir stellten Kellner im Café dar, Polizisten und so weiter. Das machte uns Spaß und beunruhigte uns zugleich, sodass wir immer ziemlich überdreht waren. Als die Stunde vorbei war und wir nacheinander das Klassenzimmer verließen, kam Charlotte F. herbeigestürmt, und im Handumdrehen hatte die Neuigkeit die Runde gemacht: Miss Lucy ging von Hailsham fort. Mr Chris, der die Stunde gegeben hatte und der es ja gewusst haben musste, entfernte sich hastig und schuldbewusst, bevor wir Fragen stellen konnten. Zuerst hatten wir Zweifel, ob Charlotte vielleicht nur ein Gerücht weitergab, aber je mehr sie uns erzählte, desto klarer war uns, dass sie die Wahrheit sagte. Am Morgen hatte sich eine der anderen Senior-Klassen zum Musikunterricht bei Miss Lucy in Zimmer 12 eingefunden, doch an ihrer Stelle hatte Miss Emily sie erwartet und ihnen mitgeteilt, sie vertrete Miss Lucy, die momentan verhindert sei. Während der nächsten zwanzig oder dreißig Minuten verlief alles ganz normal. Aber auf einmal brach Miss Emily ihren Beethoven-Vortrag ab – anscheinend mitten im Satz – und verkündete, Miss Lucy habe Hailsham verlassen und werde nicht wiederkommen. Der Unterricht endete vorzeitig, denn Miss Emily enteilte mit sorgenzerfurchter Stirn, und kaum hatten die Schüler das Klassenzimmer verlassen, verbreitete sich die Neuigkeit wie ein Lauffeuer.

Ich machte mich sofort auf die Suche nach Tommy, weil ich der Meinung war, er sollte es unbedingt zuerst von mir erfahren. Aber als ich in den Hof kam, war es schon zu spät: Da stand Tommy auf der gegenüberliegenden Seite, am Rand einer Gruppe von Jungen, und nickte, während die anderen lebhaft, sogar aufgeregt durcheinanderredeten; aber seine Augen wirkten leer. Am selben Abend taten sich Tommy und Ruth wieder zusammen, und ein paar Tage später kam Ruth zu mir und dankte mir, dass ich »alles so gut hingekriegt« hätte. Ich sagte, ich hätte wohl kein großes Verdienst daran, aber davon wollte sie nichts hören. Jetzt hätte ich einen großen Stein bei ihr im Brett. Und so blieb es, mehr oder weniger, bis zu unserem letzten Tag in Hailsham.

ZWEITER TEIL

10

Manchmal, wenn ich auf einer langen gewundenen Straße durch Sumpfland fahre oder vielleicht auch an Reihen gepflügter Äcker entlang, Meile um Meile unter einem endlosen, grauen, immer gleichen Himmel, ertappe ich mich dabei, dass ich an den Aufsatz denke, den ich damals schreiben sollte, als wir in den Cottages waren. In unserem letzten Sommer hatten die Aufseher ab und zu mit uns über unsere Aufsätze gesprochen und uns bei der Wahl eines Themas zu helfen versucht, das uns bis zu zwei Jahre angemessen beschäftigen würde. Aber irgendwie nahm niemand diese Essays so recht ernst – vielleicht lag es am Verhalten der Aufseher –, und auch wenn wir unter uns waren, redeten wir selten darüber. Ich weiß noch, dass ich zu Miss Emily ging, um ihr zu sagen, ich hätte mich für das Thema viktorianische Literatur entschieden, woran ich in Wahrheit kaum einen Gedanken verschwendet hatte. Obwohl sie das wusste, musterte sie mich nur mit ihrem bohrenden Blick und sagte nichts weiter.

Sobald wir dann in den Cottages waren, gewannen die Aufsätze eine neue Bedeutung. In den ersten Tagen – bei manchen dauerte es noch viel länger – war es, als klammerte sich jeder an seinen Aufsatz, diese letzte Aufgabe in Hailsham, wie an ein Abschiedsgeschenk von unseren Aufsehern. Mit der Zeit verblassten sie, und wir dachten nicht mehr daran, aber für eine Weile waren

uns diese Arbeiten in der neuen Umgebung wie ein Rettungs-
anker.

Wenn ich heute an meinen Essay denke, dann meist so, dass ich
ihn im Geist umschreibe: Zum Beispiel denke ich mir einen ganz
neuen Ansatz aus oder konzentriere mich auf andere Autoren, andere Romane. Manchmal sitze ich in einer Raststätte, trinke Kaffee,
starre durch das Panoramafenster auf die Autobahn hinaus, und auf
einmal kommt mir, ganz ohne Anlass, meine schriftliche Arbeit in
den Sinn. Dann macht es mir sogar Spaß, einfach dazusitzen und
noch einmal alles durchzugehen. Neulich spielte ich sogar mit dem
Gedanken, ihn mir wieder vorzunehmen und daran zu arbeiten, sobald ich keine Betreuerin mehr bin und Zeit dafür habe. Aber letzten
Endes ist es mir wohl doch nicht Ernst damit. Es ist einfach nur ein
nostalgischer Zeitvertreib. Im Grunde denke ich an diesen Aufsatz
nicht anders als zum Beispiel an ein Rounders-Match in Hailsham, bei
dem ich mich besonders gut geschlagen habe, oder an eine Auseinandersetzung vor langer Zeit, für die mir jetzt all die treffenden Argumente einfallen, die ich damals gebraucht hätte. Das ist die Ebene,
auf der das alles stattfindet – Tagträumereien, nichts weiter. Aber
so war es eben nicht von Anfang an, als wir in die Cottages kamen.

Wir waren acht Hailsham-Abgänger, die nach diesem letzten
Sommer in die Cottages geschickt wurden. Andere gingen ins White
Mansion in den Hügeln von Wales, wieder andere auf die Poplar
Farm in Dorset. Damals wussten wir nicht, dass zwischen diesen
Orten und Hailsham nur eine hauchdünne Verbindung bestand.
In den Cottages trafen wir mit der Vorstellung ein, eine Hailsham-
Version für ältere Kollegiaten vorzufinden, und daran änderte sich
wohl eine ganze Weile nichts. Mit Sicherheit dachten wir kaum
über unser Leben jenseits der Cottages nach, auch nicht über die
Leute, die für sie zuständig waren, oder über ihre Funktion in der
Welt. So dachte damals keiner von uns.

Was wir die Cottages nannten, war ein ehemaliger landwirtschaftlicher Betrieb, der schon seit Jahren nicht mehr existierte. Das alte Bauernhaus war umringt von Nebengebäuden, Scheunen und Ställen, die alle zu Unterkünften für uns umgebaut worden waren. Andere Gebäude, meist die am Rand gelegenen, fielen praktisch in sich zusammen; obwohl sie für uns nutzlos waren, fühlten wir uns für ihren Zustand mitverantwortlich – was vor allem an Keffers lag. Dieser alte Griesgram tauchte zwei- bis dreimal in der Woche mit seinem vor Schmutz starrenden Lieferwagen auf und sah nach dem Rechten. Keffers redete nicht gern mit uns, aber indem er seufzend und mit angewidertem Kopfschütteln herumging, gab er uns zu verstehen, dass wir nicht annähernd genug unternahmen, um Haus und Hof in Ordnung zu halten. Was genau er von uns noch erwartete, war uns jedoch nicht klar. Bei unserer Ankunft hatte er uns eine Liste der zu erledigenden Arbeiten vorgelegt, und die Kollegiaten, die schon vor uns hier gewesen waren – »die Veteranen«, wie Hannah sie nannte –, hatten einen Dienstplan ausgearbeitet, an dessen Turnus wir uns gewissenhaft hielten. Wir konnten wirklich nicht viel mehr tun, als verstopfte Abflüsse zu melden und Überschwemmungen zu beseitigen.

Das alte Bauernhaus, das Herzstück der Cottages, verfügte über mehrere offene Kamine, in denen wir das Brennholz aus den äußeren Schuppen verheizen konnten. Ansonsten mussten wir uns mit großen, sperrigen Heizgeräten behelfen. Das Missliche war, dass sie mit Propangas betrieben wurden und Keffers selten Nachschub brachte, solange es nicht bitterkalt war. Wir flehten ihn immer wieder an, uns einen größeren Vorrat zu überlassen, aber er schüttelte jedes Mal finster den Kopf, als würden wir ja doch nur entweder leichtfertig das Gas verschwenden oder eine Explosion verursachen. Ich weiß noch gut, wie eiskalt es außerhalb der Sommermonate oft war. Wir trugen zwei, manchmal drei Pullover übereinander, und die Jeans fühlten sich klamm und steinhart an. Manchmal behielten wir unsere Gummistiefel den ganzen Tag an und hinterließen Schlammspuren in den Zimmern. Keffers sah es und schüttelte wie immer den Kopf, aber wenn wir fragten, was wir denn sonst tun sollten, nachdem die Böden nun mal in diesem Zustand seien, gab er keine Antwort.

Ich weiß, das klingt alles ziemlich übel, aber der mangelnde Komfort störte niemanden von uns auch nur im Geringsten – das gehörte eben zu dem aufregenden Leben hier dazu. Aber gerade in der Anfangszeit hätten wir, wenn wir ehrlich waren, zugeben müssen, dass wir unsere Aufseher vermissten. Einige unter uns versuchten sogar, jedenfalls eine Zeit lang, Keffers als eine Art Aufseher zu betrachten, aber das ließ er sich nicht gefallen. Wenn er mit seinem Lieferwagen ankam und jemand ihm zur Begrüßung entgegeneilte, starrte er diesen an wie einen Wahnsinnigen. Tatsächlich war uns das ja wieder und wieder eingeschärft worden: dass es nach Hailsham keine Aufseher mehr geben würde und wir uns umeinander kümmern müssten. Und im Großen und Ganzen, würde ich sagen, hat uns Hailsham darauf auch recht gut vorbereitet.

Fast alle Kollegiaten aus Hailsham, mit denen ich befreundet war, kamen nach jenem Sommer in die Cottages. Ich hätte nichts dagegen gehabt, wenn auch Cynthia E. dabei gewesen wäre, die mich einmal im Zeichensaal Ruths »logische Nachfolgerin« genannt hatte, aber sie ging mit dem Rest ihrer Truppe nach Dorset. Und Harry, der Junge, mit dem ich beinahe geschlafen hätte, landete in Wales, wie ich hörte. Unsere Clique blieb jedenfalls vollzählig zusammen. Und wenn wir die anderen ab und zu vermissten, konnten wir uns einreden, dass uns ja nichts daran hinderte, sie zu besuchen. Aber trotz aller Geografiestunden bei Miss Emily hatten wir noch keine rechte Vorstellung von Entfernungen und wussten nicht, wie einfach oder schwierig es war, an einen bestimmten Ort zu gelangen. Wir sagten uns oft, wir würden uns von den Veteranen mitnehmen lassen, wenn sie ihre Reisen und Ausflüge unternahmen, oder irgendwann selbst Auto fahren lernen und sie dann besuchen, wann immer wir Lust dazu hatten.

In der Praxis wagten wir uns natürlich kaum über die Grundstücksgrenzen hinaus, vor allem nicht in den ersten Monaten. Wir unternahmen keine Spaziergänge in der Umgebung, ja, wir besuchten nicht einmal das Dorf in der Nähe. Ich glaube nicht, dass wir Angst hatten. Wir wussten alle, dass uns niemand aufhalten würde, wenn wir auf und davon gingen, vorausgesetzt, wir waren an dem Tag und zu der Stunde wieder zurück, wenn Keffers uns in sein Hauptbuch eintrug. In unserem ersten Sommer sahen wir die Veteranen immer wieder ihre Taschen und Rucksäcke packen und sich mit geradezu unheimlicher Sorglosigkeit, wie uns schien, auf den Weg machen. Wir blickten ihnen verwundert nach und fragten uns insgeheim, ob wir im nächsten Sommer auch wie sie zwei oder drei Tage in der Lage wären, fortzubleiben. Das waren wir natürlich, aber in der Anfangszeit erschien es uns ausgeschlossen. Es war einfach zu viel für uns – Sie müssen bedenken, dass wir bis dahin kein einziges Mal über die Grenzen von Hailsham hinausgekommen waren. Hätten Sie mir damals gesagt, ich würde mir binnen eines Jahres nicht nur angewöhnen, lange einsame Wanderungen zu unternehmen, sondern auch Autofahren lernen, hätte ich Sie für verrückt erklärt.

Sogar Ruth wirkte verzagt an jenem sonnigen Tag, als uns der Kleinbus vor dem Bauernhaus absetzte, den kleinen Teich umrundete und hangaufwärts wieder verschwand. In der Ferne sahen wir Hügelkämme, die uns an die fernen Hügel um Hailsham erinnerten, aber sie schienen uns merkwürdig verzerrt zu sein – wie wenn man einen Freund zeichnet und das Gesicht fast, aber nicht ganz hinbekommt, sodass einem beim Anblick des fertigen Bildes eine Gänsehaut über den Rücken läuft. Aber es war immerhin noch Sommer und nicht so wie ein paar Monate später, als sämtliche Pfützen gefroren und der unebene Boden der Cottages steinhart wurde. Jetzt sah alles schön und anheimelnd aus, mit hoch aufgeschossenem Gras überall – eine Neuheit für uns. Wir standen beieinander, alle acht zusammengedrängt, beobachteten Keffers, der im Bauernhaus ein und aus ging, und warteten darauf, dass er uns ansprach. Aber er sagte kein Wort, und wir bekamen nur ab und zu sein zorniges Gemurre über die älteren Kollegiaten mit. Nur einmal, als er etwas aus seinem Lieferwagen holte, warf er uns einen verdrießlichen Blick zu, kehrte aber gleich darauf ins Haus zurück und schloss die Tür hinter sich.

Es dauerte allerdings nicht lang, bis die Veteranen, die sich erst einmal an unserem kläglichen Anblick weideten – wir verhielten uns ein Jahr später beim gleichen Anlass auch nicht anders als sie jetzt –, herauskamen und sich unser annahmen. Im Nachhinein wird mir bewusst, dass sie wirklich alles unternahmen, um uns bei der Eingewöhnung zu helfen. Trotzdem waren die ersten Wochen merkwürdig, und wir waren froh, dass wir einander hatten. Wir erledigten immer alles gemeinsam, und offenbar brachten wir einen großen Teil des Tages damit zu, verlegen vor dem Haus herumzustehen und nicht zu wissen, was wir mit uns anfangen sollten.

Die Erinnerung an die Anfangszeit ist jetzt direkt komisch, denn wenn ich heute an diese beiden Jahre in den Cottages zurückdenke, so steht dieser furchtsame, verwirrte Beginn in großem Gegensatz zur restlichen Zeit. Wenn heute jemand die Cottages erwähnt, denke ich an unbeschwerte Tage, an denen wir uns treiben ließen, uns gegenseitig in unseren Zimmern besuchten, denke daran, wie der Nachmittag gemächlich in den Abend überging und der Abend in die Nacht. Ich denke an meinen Stapel alter Taschenbücher, deren Seiten sich schon wellten, als hätten sie einst dem Meer gehört. Ich denke daran, wie ich sie las, an warmen Nachmittagen bäuchlings im Gras, während mir die Haare, die ich mir damals lang wachsen ließ, ständig in die Augen fielen. Ich denke daran, wie ich morgens in meinem Zimmer unter dem Dach der Schwarzen Scheune von Stimmen erwachte, die draußen in der Wiese über Dichtung und Philosophie diskutierten; und an die langen Winter, das Frühstück in dampfigen Küchen, an dahinplätschernde Gespräche über Kafka und Picasso. Es ging immer um solche Themen beim Frühstück; nie sprachen wir davon, wer mit wem die letzte Nacht geschlafen hatte oder warum Larry und Helen nicht mehr miteinander redeten.

Aber gleichzeitig habe ich bei solchen Erinnerungen auch das Gefühl, dass dieses Bild von uns am ersten Tag, als wir uns dort vor dem Bauernhaus aneinander drängten, gar nicht so falsch ist. Denn in gewisser Weise sind wir aus diesem Bild nie so recht hinausgewachsen, auch wenn wir uns das später einredeten. Tief im Innern war ein Teil von uns immer noch so wie am ersten Tag: voller Furcht vor der Außenwelt und – egal, wie sehr wir uns dafür verachteten – nicht imstande, einander ganz loszulassen.

Die Veteranen, die natürlich die Geschichte von Tommys und Ruths Beziehung nicht kannten, behandelten sie als langjähriges Paar, was Ruth grenzenlos zu genießen schien. In der ersten Woche nach unserer Ankunft machte sie großes Aufhebens von ihrer Zweisamkeit, legte ständig einen Arm um Tommy oder knutschte mit ihm in einer Ecke, obwohl noch andere im Zimmer waren. In Hailsham mochte so etwas in Ordnung gewesen sein, in den Cottages wirkte es unreif und peinlich. Die Veteranen-Paare führten sich nie so in der Öffentlichkeit auf, sie hatten vielmehr etwas Vernünftiges, so wie Eltern in einer normalen Familie.

Übrigens fiel mir an den Veteranen-Paaren etwas auf, was Ruth entging, obwohl sie ihre Vorbilder so gründlich studierte: dass sie viele ihrer Manierismen aus dem Fernsehen übernahmen. Der Verdacht kam mir zum ersten Mal, als ich Susie und Greg beobachtete, die wahrscheinlich die ältesten Kollegiaten hier waren und allgemein als »die Chefs« galten. Wenn zum Beispiel Greg mit einem seiner Vorträge über Proust begann, reagierte Susie unweigerlich damit, dass sie in die Runde lächelte, die Augen verdrehte und emphatisch, aber nahezu unhörbar flüsterte: »Gott steh uns bei!« – das O so lang gezogen, dass es fast wie ein A klang: »Gaaat«. In Hailsham war unser Fernsehkonsum ziemlich eingeschränkt gewesen, und auch in den Cottages war niemand besonders scharf darauf, obwohl uns hier kein Mensch daran gehindert hätte, den ganzen Tag fernzusehen. Jedenfalls gab es einen alten Apparat im Bauernhaus und einen zweiten in der Schwarzen Scheune, vor den ich mich ab und zu setzte. Daher fiel mir auf, dass diese »Gaaat steh uns bei!«-Masche aus einer dieser amerikanischen Serien stammte, bei denen alles, was einer sagt oder anstellt, mit Publikumsgelächter quittiert wird. Eine Figur in dieser Serie – die dicke Nachbarin der Protagonisten – war ganz offensichtlich Susies Vorbild: Sobald der Ehemann der Nachbarin zu schwafeln anfing, wartete das Publikum schon darauf, dass sie die Augen verdrehte und »Gaaat steh uns bei!« sagte, worauf prompt schallendes Gelächter einsetzte. Einmal darauf aufmerksam geworden, nahm ich bald an den Veteranen-Paaren verschiedene andere Angewohnheiten wahr, die ebenfalls aus Fernsehsendungen stammten: die Gesten, mit denen sie sich verständigten, die Art, wie sie gemeinsam auf dem Sofa saßen, sogar wie sie sich stritten und anschließend aus dem Zimmer stürmten.

Was ich eigentlich sagen will: Ruth merkte rasch, dass die Art und Weise, wie sie mit Tommy umging, in den Cottages völlig unangebracht war, und sie machte sich daran, ihrer beider öffentliches Verhalten zu ändern. Dabei übernahm sie eine ganz bestimmte Geste von den Veteranen. Wenn sich in Hailsham ein Paar für eine Weile hatte trennen müssen, und sei es auch nur für Minuten, so war das immer ein Vorwand für leidenschaftliche Umarmungen und Küsse gewesen. Wenn sich dagegen in den Cottages ein Paar voneinander verabschiedete, sprachen die Betroffenen kaum miteinander, geschweige denn dass sie einander in die Arme genommen oder geküsst hätten. Stattdessen stieß man den Partner mit den Fingerknöcheln am Oberarm, knapp über dem Ellenbogen an, wie wenn man jemanden auf sich aufmerksam machen will. Diese Geste fiel in der Regel dem Mädchen zu. Bis zum Winter kam sie außer Gebrauch, aber bei unserer Ankunft war sie noch sehr verbreitet gewesen, und Ruth wandte sie bald bei Tommy an. Natürlich hatte Tommy zuerst keinen blassen Schimmer, was dieses Anstoßen bedeuten sollte, drehte sich abrupt zu Ruth um und fragte: »Was ist?«, sodass sie ihn wütend anstarren musste, als stünden sie auf der Bühne und er hätte seinen Text vergessen. Wahrscheinlich klärte sie ihn irgendwann auf, denn nach einer Woche bekamen sie es richtig hin, mehr oder weniger genauso wie die Veteranen-Paare.

Ich selbst sah dieses Anstoßen des Oberarms nie im Fernsehen, aber ich war mir ziemlich sicher, dass die Geste daher stammte, und genauso sicher war ich mir, dass Ruth es nicht wusste. Aus diesem Grund entschied ich eines Nachmittags, als ich im Gras lag, *Daniel Deronda* las und mich über Ruth ärgerte, dass es an der Zeit sei, sie darauf aufmerksam zu machen.

Es war schon recht herbstlich und begann kalt zu werden. Die Veteranen blieben jetzt öfter im Haus und nahmen die gewohnten Tätigkeiten wieder auf, die der Sommer unterbrochen hatte. Wir Neuankömmlinge hingegen saßen nach wie vor draußen im ungemähten Gras, weil wir an unserer einzigen vertrauten Gewohnheit so lang wie möglich festhalten wollten. An jenem Nachmittag lagen außer mir nur drei oder vier andere lesend im Gras, und da ich mir besondere Mühe gegeben hatte, eine stille Ecke zu finden, bin ich mir ziemlich sicher, dass niemand mitbekam, was zwischen Ruth und mir vorfiel.

Ich lag auf einer alten Plane und las, wie gesagt, *Daniel Deronda*, als Ruth herbeischlenderte und sich zu mir setzte. Sie musterte den Buchumschlag und nickte vor sich hin. Nach etwa einer Minute, genau wie ich vorhergesehen hatte, begann sie mir in groben Zügen die Handlung dieses Romans von George Eliot zu skizzieren. Bis zu dem Zeitpunkt war meine Stimmung völlig okay gewesen, ich hatte mich sogar gefreut, Ruth zu treffen, aber jetzt ärgerte ich mich, denn das hatte sie schon ein paarmal mit mir gemacht, und nicht nur mit mir, wie ich beobachtet hatte. Schon allein die Miene, die sie dabei aufsetzte: lässig, aber so demonstrativ aufrichtig und wohlmeinend, als erwartete sie Dankbarkeit für ihre Hilfe. Gut, ich war mir schon damals mehr oder weniger bewusst, was sich dahinter verbarg: In den ersten Monaten in den Cottages hatte sich unter uns die Idee festgesetzt, dass der Gradmesser dafür, wie gut man sich hier zurechtfand – wie gut man sich *anpasste* –, die Anzahl der gelesenen Bücher war. Das klingt merkwürdig, aber es hatte sich nun mal bei uns, die wir aus Hailsham kamen, so eingebürgert. Allerdings blieb es absichtlich unklar – eigentlich erinnerte es sehr an die Art, wie wir in Hailsham mit Sex umgegangen waren. Man konnte herumgehen und gegenüber jedermann andeuten, was man alles gelesen hatte, konnte wissend nicken, wenn jemand zum

Beispiel *Krieg und Frieden* erwähnte, und sich dabei auf die stillschweigende Vereinbarung verlassen, dass niemand diese Behauptung wirklich überprüfte. Sie müssen bedenken, dass wir ja seit unserer Ankunft in den Cottages ständig zusammen gewesen waren und niemand von uns *Krieg und Frieden* hätte lesen können, ohne dass es die anderen bemerkt hätten. Aber damit verhielt es sich wie in Hailsham mit dem Sex, es galt die unausgesprochene Regel, dass wir uns in eine andere, geheimnisvolle Dimension davonmachten, wo wir all diese Bücher lasen.

Es war also ein kleines Spiel, dem wir alle in unterschiedlichem Ausmaß frönten. Aber Ruth trieb es weiter als alle anderen. Sie war diejenige, die bei jedem Buch, das jemand zufällig las, grundsätzlich behauptete, sie habe es schon gelesen; und sie hatte als Einzige die fixe Idee, ihre überragende Belesenheit beweisen zu müssen, indem sie den Leuten die Handlung der Romane erzählte, die sie gerade lasen. Als sie jetzt mit *Daniel Deronda* anfing, ergriff ich also die Gelegenheit – obwohl es mir eigentlich hätte egal sein können, denn der Roman gefiel mir nicht besonders gut –, klappte das Buch zu, setzte mich auf und sagte, völlig überraschend für sie:

»Übrigens, Ruth, was ich dich schon lang mal fragen wollte. Wieso schlägst du Tommy immer auf den Arm, wenn du dich von ihm verabschiedest? Du weißt schon, was ich meine.«

Natürlich tat sie, als wüsste sie es nicht, sodass ich es ihr geduldig erklärte. Ruth ließ mich ausreden und erwiderte dann mit einem Achselzucken: »War mir gar nicht bewusst, dass ich das mache. Muss ich wohl irgendwo aufgeschnappt haben.«

Ein paar Wochen früher hätte ich es dabei bewenden lassen – oder es erst gar nicht erst zur Sprache gebracht. An diesem Nachmittag aber ließ ich nicht locker. Die Geste stamme aus einer Fernsehserie, sagte ich. »Sie ist es nicht wert, dass man sie kopiert. Im normalen Leben tun die Leute so was nicht, falls du das denken solltest.«

Ruth war jetzt wütend, das sah ich, aber sie wusste nicht so recht, wie sie zurückschlagen sollte. Sie wandte den Blick ab und zuckte noch einmal die Achseln. »Na und?«, sagte sie. »Ist doch nichts dabei. Viele von uns tun es.«

»Du meinst, Chrissie und Rodney tun es.«

Das war ein Fehler gewesen, wie mir im selben Moment klar wurde; ich hatte Ruth in die Enge getrieben, aber nun konnte sie sich befreien. Es war wie bei einem falschen Schachzug: In der Sekunde, in der man die Figur loslässt, erkennt man den Irrtum, und es bricht eine gewisse Panik aus, weil man das Ausmaß des Desasters, das man heraufbeschworen hat, noch nicht absehen kann. Natürlich trat ein Funkeln in Ruths Augen, und als sie wieder zu sprechen anfing, war ihr Tonfall völlig verändert.

»Ach, das ist es, was die arme kleine Kathy aufregt. Ruth schenkt ihr nicht genügend Beachtung. Ruth hat neue Freunde, die schon groß sind, und spielt nicht mehr so oft mit dem kleinen Schwesterchen …«

»Ach, hör doch auf. In echten Familien geht es jedenfalls nicht so zu. Aber davon verstehst du nichts.«

»Aber du, oder? Kathy, die Expertin für echte Familien. Bitte vielmals um Verzeihung! Aber das ist es, stimmt's? Du klammerst dich immer noch an diese Idee. Wir Hailshamer, wir müssen zusammenhalten wie Pech und Schwefel, wir dürfen niemals neue Freundschaften schließen.«

»Das hab ich doch nie behauptet. Ich rede nur über Chrissie und Rodney. Es sieht bescheuert aus, wie du ihnen alles nachmachst.«

»Trotzdem hab ich recht«, fuhr Ruth fort. »Du bist sauer, weil ich's geschafft habe, voranzukommen, neue Freunde zu finden. Manche Veteranen wissen nicht mal deinen Namen, und wie sollten sie auch? Du redest ja nie mit jemandem, der nicht aus Hailsham stammt. Aber du kannst nicht erwarten, dass ich die ganze Zeit mit dir Händchen halte. Schließlich sind wir schon fast zwei Monate hier.«

Ich ging nicht darauf ein, sondern erwiderte: »Es geht nicht um mich. Auch nicht um Hailsham. Aber du schließt Tommy immer wieder aus. Ich hab euch beobachtet, allein diese Woche hast du's mehrmals getan. Du lässt ihn einfach stehen, er muss sich ja vorkommen wie das fünfte Rad am Wagen. Das ist nicht fair. Du und Tommy, ihr seid ein Paar. Das heißt, du musst dich um ihn kümmern.«

»Ganz richtig, Kathy, wir sind ein Paar. Wie du sagst. Und wenn du dich unbedingt einmischen musst, dann sag ich dir was. Wir haben darüber geredet und ein Abkommen getroffen. Wenn ihm nicht danach ist, mit Chrissie und Rodney was zu unternehmen, ist das seine Entscheidung. Ich zwinge ihn zu nichts, was er nicht von sich aus will. Und wir haben uns auch geeinigt, dass er mich nicht dran hindert. Aber nett von dir, dass du dir Sorgen machst.« Dann fügte sie in ziemlich verändertem Tonfall hinzu: »Im Übrigen bist du ja auch nicht gerade zimperlich, was die Bekanntschaft mit zumindest *gewissen* Veteranen betrifft.«

Sie musterte mich aufmerksam, dann lachte sie kurz, wie um zu sagen: »Wir sind immer noch Freundinnen, nicht?« Aber ich konnte an ihrer letzten Bemerkung wirklich nichts Lustiges finden. Wortlos nahm ich mein Buch, stand auf und ging.

11

Ich muss wohl erklären, warum mich Ruths Bemerkung so sehr
traf. Diese ersten Monate in den Cottages waren eine merkwürdige Phase in unserer Freundschaft. Wir stritten über alle möglichen Kleinigkeiten, zugleich aber vertrauten wir uns einander
mehr an als je zuvor. Unsere intimsten Gespräche hatten wir kurz
vor dem Zubettgehen, nur wir beide, meist in meinem Zimmer
unter dem Dach der Schwarzen Scheune. Sie waren wohl eine
Art Fortsetzung unserer Nachtgespräche in Hailsham. Wir konnten uns tagsüber noch so sehr verkrachen – kaum war Schlafens-
zeit, saßen Ruth und ich wieder einträchtig auf meiner Matratze,
schlürften heißen Tee und tauschten uns über die tiefsten Gefühle
und Empfindungen in unserem neuen Leben aus, als wäre tagsüber nie etwas vorgefallen. Was diese rückhaltlosen Aussprachen
möglich machte – man könnte sogar sagen: was überhaupt unsere
Freundschaft in dieser Zeit ermöglichte –, war die stillschweigende Übereinkunft, dass alles, was wir einander dabei anvertrau-
ten, mit Respekt und Sorgfalt behandelt würde: dass unsere Ver-
traulichkeiten heilig waren und wir niemals etwas, was bei unseren
abendlichen Gesprächen erwähnt worden war, später gegeneinan-
der verwenden würden, auch wenn wir uns noch so sehr stritten.
Gut, wir hatten es nie so klar definiert, aber es war eindeutig eine
Abmachung, und bis zu dem Nachmittag mit der *Daniel-Deronda-*

Sache hatte keine von uns je auch nur ansatzweise dagegen verstoßen. Deshalb war ich nicht einfach nur sauer, als Ruth sagte, ich sei
in Bezug auf gewisse Veteranen ja auch nicht gerade zimperlich:
Für mich war das ein Vertrauensmissbrauch. Denn was sie damit
meinte, war klar; sie spielte auf etwas an, was ich ihr eines Abends
gestanden hatte, und zwar im Zusammenhang mit Sex.

Wie Sie sich denken können, war Sex in den Cottages etwas
ganz anderes als in Hailsham. Es ging viel direkter zu – »erwachsener«. Man ging nicht kichernd herum und tuschelte darüber, wer
es mit wem getan hatte. Wenn man von zwei Kollegiaten wusste,
die miteinander geschlafen hatten, brachen nicht sofort Spekulationen aus, ob sie nun ein echtes Paar würden oder nicht. Und
wenn tatsächlich eines Tages ein neues Paar entstand, rannte man
nicht herum und hängte es an die große Glocke. Es wurde kom-
mentarlos hingenommen, und fortan war der andere immer mitge-
meint, wenn man vom einen sprach, wie »Chrissie und Rodney«
oder »Ruth und Tommy«. Auch wenn jemand mit einem Mädchen
schlafen wollte, ging er viel direkter zur Sache. Ein Junge fragte ein
Mädchen, ob sie »zur Abwechslung« bei ihm übernachten wollte,
irgendwas in der Art, man machte nicht viel Aufhebens davon.
Manchmal handelte es sich darum, dass ein Junge wirklich mit
einer Frau zusammen sein wollte, manchmal ging es nur um eine
einzige Nacht.

Die ganze Atmosphäre war also viel erwachsener. Im Rückblick
allerdings scheint mir das Liebesleben, das wir in den Cottages
führten, ein bisschen funktionell. Vielleicht lag es eben daran, dass
es mit der ganzen Heimlichtuerei und Tratscherei vorbei war. Oder
es lag an der Kälte.

Wenn ich daran zurückdenke, bringe ich Sex in jener Zeit immer nur mit eiskalten Zimmern, stockfinsterer Nacht und unendlich vielen Decken in Verbindung, wobei es oft nicht mal Decken

waren, sondern ein absurdes Sortiment, das auch alte Vorhänge mit einschloss, sogar Teile von Teppichen: Manchmal wurde es so kalt, dass man einfach alles über sich auftürmen musste, was aufzutreiben war, und wenn man dort unten, auf dem Grund dieses Bettzeugs, mit einem Jungen schlief, fühlte es sich an, als hämmerte ein ganzer Berg auf einen ein, sodass man sich die halbe Zeit nicht sicher war, ob man es mit dem Jungen trieb oder mit diesem ganzen Zeug.

Jedenfalls hatte ich kurz nach unserer Ankunft in den Cottages ein paar solcher Nächte ohne Fortsetzung. So hatte ich es mir eigentlich nicht vorgestellt. Ich hätte mir gern Zeit gelassen, wäre gern mit jemandem zusammen gewesen, den ich mir vorher sorgfältig aussuchen konnte. Ich hatte nie eine Beziehung gehabt, aber gerade nachdem ich Ruth und Tommy schon eine Weile beobachtet hatte, war ich neugierig und wollte es gern selbst einmal versuchen. Ich hatte es also ganz anders geplant gehabt, und dass es immer wieder nur bei einer einzigen Nacht blieb, verunsicherte mich ein wenig. Eines Abends beschloss ich, mich Ruth anzuvertrauen.

Es war in vieler Hinsicht eines unserer typischen Nachtgespräche. Wir hatten unsere Teebecher mit heraufgenommen und saßen nebeneinander auf der Matratze in meinem Zimmer, wo wir wegen der Dachschräge die Köpfe einziehen mussten. Wir redeten über die verschiedenen Jungs in den Cottages und überlegten, ob einer von ihnen für mich infrage käme. Und Ruth war an dem Abend die ideale Freundin: einfühlsam, witzig, taktvoll, klug. Daher fasste ich mir ein Herz und erzählte ihr von meinen Kurzzeitaffären. Ich sagte, es sei passiert, ohne dass ich es wirklich gewollt hätte; und obwohl wir doch nicht schwanger werden könnten, habe es seltsame Folgen für mein Gefühlsleben, genau wie Miss Emily vorhergesagt hatte. Dann fuhr ich fort:

»Ruth, was ich dich schon lang mal fragen wollte. Geht es dir je so, dass du es unbedingt tun musst? Egal, mit wem?«

»Ich habe einen Partner. Wenn ich's tun will, tu ich's einfach mit Tommy.«

»Ja, wahrscheinlich. Vielleicht geht es nur mir so. Vielleicht stimmt mit mir was nicht so ganz, da unten. Denn manchmal muss ich es unbedingt tun.«

»Das ist komisch, Kathy.« Sie starrte mich so teilnahmsvoll an, dass ich nur umso besorgter wurde.

»Dir geht es also nie so.«

Sie zuckte wieder mit den Schultern. »Nicht so, dass ich es mit *irgend*wem täte. Das klingt schon ein bisschen verrückt, was du sagst, Kathy. Aber vielleicht legt es sich mit der Zeit.«

»Manchmal passiert ewig lang überhaupt nichts. Dann bricht es ganz plötzlich aus. So war es beim ersten Mal. Er hat zu knutschen angefangen, und ich wollte ihn eigentlich nur loswerden. Aber dann überkam es mich auf einmal, aus dem Nichts heraus, und ich musste es unbedingt tun.«

Ruth schüttelte den Kopf. »Komisch. Aber es geht sicher wieder vorbei. Wahrscheinlich liegt es an dem anderen Essen, das wir hier kriegen.«

Sie konnte mir nicht richtig helfen, zeigte sich aber mitfühlend und verständnisvoll, und danach war mir schon ein bisschen wohler. Deswegen war es ja so ein Schock, als Ruth bei unserem Streit an jenem Nachmittag auf der Wiese plötzlich auf diese Unterhaltung anspielte. Okay, wahrscheinlich konnte uns niemand hören, trotzdem – es war einfach nicht in Ordnung. In diesen ersten Monaten in den Cottages war unsere Freundschaft deshalb intakt geblieben, zumindest was mich betraf, weil ich das Gefühl hatte, dass es zwei Ruths gab, zwei voneinander getrennte Personen, die nicht besonders viel miteinander gemein hatten. Die eine Ruth versuchte andauernd, die Veteranen zu beeindrucken, und war sich nicht zu schade, uns – mich, Tommy, alle anderen – einfach zu ignorieren, wenn sie sich von uns eingeengt fühlte. Das war die Ruth, die mir nicht gefiel, die Ruth, die sich jeden Tag aufspielen und Sprüche klopfen musste – die Ruth mit der Macke des Ellenbogen-Antippens. Aber die Ruth, die am Ende des Tages neben mir in meiner kleinen Dachkammer saß, die Beine über den Rand der Matratze gestreckt und den dampfenden Teebecher in beiden Händen, das war die Ruth aus Hailsham, mit der ich nahtlos genau dort wieder anknüpfen konnte, wo wir bei unserem letzten Beisammensein aufgehört hatten, egal, was tagsüber geschehen war. Und bis zu dem Nachmittag auf der Wiese hatte die klare Abmachung bestanden, dass die beiden Ruths sich nicht vermischten; dass ich mich auf die Ruth, der ich mich abends vor dem Schlafengehen anvertraute, absolut verlassen konnte. Deshalb war ich wie vor den Kopf geschlagen, als sie diese Anspielung machte, dass ich ja auch nicht gerade zimperlich sei, was die Bekanntschaft mit gewissen Veteranen betraf. Und so nahm ich einfach wortlos mein Buch und ging.

Aber wenn ich heute daran zurückdenke, betrachte ich die Sache auch aus Ruths Blickwinkel. Zum Beispiel könnte sie sehr wohl das Gefühl gehabt haben, dass *ich* diejenige war, die zuerst gegen eine Abmachung verstoßen hatte, und dass ihr kleiner Seitenhieb nichts weiter als eine Revanche war. Damals wäre mir das nie in den Sinn gekommen, aber jetzt sehe ich, dass es immerhin möglich ist – und dass es erklären könnte, was geschah. Schließlich hatte ich sie unmittelbar vor ihrer Bemerkung auf dieses Ellenbogen-Anstoßen angesprochen. Das ist jetzt nicht ganz leicht zu erklären – es ist so, dass wir auch in Bezug auf Ruths Verhalten gegenüber den Veteranen eine Art Vereinbarung hatten. Okay, oft bluffte sie und deutete alles Mögliche an, was bekanntermaßen nicht stimmte. Manchmal, wie ich schon sagte, versuchte sie die Veteranen auf unsere Kosten zu beeindrucken. Aber mir scheint, dass Ruth irgendwo tief in ihrem Inneren überzeugt war, sie tue das alles nur *unseretwegen.* Und die Rolle, die mir als ihrer engsten Freundin zufiel, bestand darin, ihr stillschweigend den Rücken zu stärken, als säße ich in der ersten Reihe im Publikum, während sie oben auf der Bühne ihre Vorstellung gab. Sie strengte sich ungemein an, um eine andere zu werden, und vielleicht stand sie mehr unter Druck als der Rest von uns, denn wie ich schon sagte, hatte sie irgendwie für uns alle die Verantwortung übernommen. In dem Fall könnte man es sehr wohl als Verrat sehen, dass ich ihr Ellenbogen-Antippen erwähnt hatte; folglich hätte sie jedes Recht gehabt, sich zu rächen. Aber diese Erklärung ist mir erst in letzter Zeit eingefallen. Die schiere Anstrengung, die Ruth auf sich nahm, um sich weiterzuentwickeln, erwachsen zu werden, Hailsham hinter sich zu lassen, wusste ich damals wahrscheinlich nicht ganz zu würdigen. Wenn ich jetzt darüber nachdenke, fällt mir ein, was sie mir einmal erzählte, als ich im Erholungszentrum in Dover ihre Betreuerin war. Wir saßen in ihrem Zimmer, beobachteten wie so oft den Sonnenuntergang, tranken Mineralwasser und ließen uns die Kekse schmecken, die ich mitgebracht hatte. Ich erzählte ihr, dass ich von meinen alten Schätzen aus Hailsham noch fast alle besaß, sicher verstaut in der Fichtenholzkommode in meinem Apartment. Dann sagte ich beiläufig – ohne irgendwelche Hintergedanken, denn ich wollte wirklich auf nichts Bestimmtes hinaus:

»Du hast nach Hailsham nie mehr eine Sammlung gehabt, oder?«

Ruth, die aufrecht im Bett saß, schwieg ziemlich lange, während die Abendsonne auf die gekachelte Wand hinter ihr fiel. Dann sagte sie:

»Weißt du, die Aufseher hatten uns doch, bevor wir fortgingen, immer wieder versichert, wir könnten unsere Sammlungen mitnehmen. Also packte ich den ganzen Inhalt meiner Schatzkiste in eine Reisetasche. Ich hatte vor, mir eine richtig schöne Holzkiste dafür zu suchen, sobald wir in den Cottages wären. Aber als wir dann dort waren, sah ich, dass niemand von den Veteranen eine Schatzkiste hatte. Nur wir hatten eine, das war nicht normal. Das muss uns allen aufgefallen sein, ich war nicht die Einzige, aber wir haben eigentlich nie groß darüber geredet, oder? Ich suchte mir also keine neue Kiste. Ein paar Monate lang blieben meine Sachen in dieser Reisetasche, und am Ende warf ich sie alle weg.«

Ich starrte sie an. »Du hast deine Sammlung zum Abfall rausgestellt?«

Ruth schüttelte den Kopf, und für einen Moment schien sie im Geist die verschiedenen Gegenstände ihrer Sammlung noch einmal durchzugehen. Schließlich sagte sie:

»Ich hab sie in eine Mülltüte getan, aber den Gedanken, sie zum Abfall rauszustellen, ertrug ich nicht. Also hab ich den alten Keffers gefragt, als er gerade wegfahren wollte, ob er die Mülltüte zu einem Laden bringen könnte – ich hatte mich erkundigt und wusste von diesen Läden, wo sie gebrauchte Sachen zu wohltätigen Zwecken verkaufen. Keffers kramte in der Tüte herum, hatte aber keinen blassen Schimmer, was das alles war – wie denn auch? Er gab sein übliches Lachen von sich und sagte, kein Laden, den er kenne, würde solche Sachen nehmen. Und ich sagte, es sind aber gute Sachen, wirklich gute Sachen. Und er merkte, dass ich schon ein bisschen neben mir stand, und wechselte den Ton: ›Okay, Fräulein, ich bring's zu den Oxfam-Leuten, die verkaufen es für die Dritte Welt.‹ Dann sprang er geradezu über seinen Schatten, denn er sagte: ›Wenn ich's mir genauer anschaue, hast du recht: Es sind wirklich gute Sachen!‹ Sehr glaubwürdig klang er jedoch nicht. Wahrscheinlich hat er die Tüte einfach in den nächsten Mülleimer geworfen. Aber dann musste ich es wenigstens nicht erfahren.« Sie lächelte und sagte: »Du warst in dieser Hinsicht anders, das weiß ich noch. Dir war deine Sammlung nie peinlich, du hast sie behalten. Heute tut's mir leid, dass ich sie nicht mehr habe.«

Damit will ich sagen, dass wir alle sehr zu kämpfen hatten, uns an unser neues Leben zu gewöhnen, und wahrscheinlich taten wir alle damals Dinge, die wir hinterher bereuten. Ruths Bemerkung hatte mich wirklich aus der Fassung gebracht, aber es wäre völlig sinnlos, sie im Nachhinein für ihr Verhalten in unserer Anfangszeit in den Cottages zu verurteilen.

Als der Herbst anbrach und ich mit unserer neuen Umgebung allmählich vertrauter wurde, fielen mir nach und nach Besonderheiten auf, die ich anfänglich nicht bemerkt hatte. Da war zum Beispiel die merkwürdige Haltung gegenüber Kollegen, die kurz zuvor abgereist waren. Die Veteranen waren immer schnell bereit, witzige Anekdoten über Leute zu erzählen, die sie bei ihren Ausflügen zum White Mansion oder zur Poplar Farm getroffen hatten; aber Studierende, die bis kurz vor unserer Ankunft ihre engen Freunde gewesen waren, existierten praktisch nicht mehr.

Noch etwas fiel mir auf – und ich erkannte einen Zusammenhang –, nämlich das große Schweigen, das sich über bestimmte Veteranen legte, die »auf einen Kurs« gingen – was, wie sogar wir wussten, mit ihrer Ausbildung zu Betreuern zu tun hatte. Meist waren sie vier oder fünf Tage fort, wurden während dieser Zeit aber kaum erwähnt, und wenn sie dann zurückkehrten, wollte eigentlich niemand Details von ihnen wissen. Mit ihren engsten Freunden werden sie wohl unter vier Augen darüber geredet haben. Aber in der Öffentlichkeit galt das ungeschriebene Gesetz, dass über diese Ausflüge in die Außenwelt nicht gesprochen wurde. Ich erinnere mich, wie ich eines Morgens durch das beschlagene

Küchenfenster zwei Veteranen zu einem Kurs aufbrechen sah und mich fragte, ob sie im nächsten Frühjahr oder Sommer vielleicht endgültig fort wären und wir dann peinlichst genau darauf achten würden, sie mit keinem Wort zu erwähnen.

Aber es geht vielleicht zu weit, wenn ich behaupte, die Abgereisten seien totgeschwiegen worden. Wenn es sich nicht vermeiden ließ, wurden sie schon erwähnt. Allerdings geschah das in der Regel indirekt, in Verbindung mit einem Gegenstand oder einer zu erledigenden Aufgabe. Wenn zum Beispiel wieder einmal das Fallrohr der Dachrinne repariert werden musste, wurde lebhaft darüber diskutiert, »wie Mike das immer gemacht hat«. Und draußen vor der Schwarzen Scheune stand ein Baumstumpf, der »Daves Baumstumpf« hieß, weil Dave drei Jahre lang, bis kurz vor unserer Ankunft, darauf gesessen hatte, um zu lesen oder zu schreiben, manchmal sogar bei Kälte und Regen. Und unvergesslich war natürlich Steve. Das Einzige allerdings, was wir je über ihn erfuhren, war, dass er ein großer Freund von Pornoheften war.

Hin und wieder tauchte eines auf, das hinter ein Sofa gerutscht oder in einen Stapel alter Zeitungen geraten war. Es war das, was man »Softporno« nennen würde, obwohl wir von solchen Feinheiten damals noch nichts wussten. Wir hatten nie dergleichen gesehen und wussten nicht, was wir davon halten sollten. Die Veteranen lachten meist, wenn ihnen eines in die Hände fiel, und blätterten kurz darin, bevor sie es angeödet beiseitelegten, und deshalb machten wir es genauso. Als Ruth und ich uns das alles vor ein paar Jahren noch einmal in Erinnerung riefen, behauptete sie, es seien Dutzende dieser Hefte im Umlauf gewesen. »Niemand hat zugegeben, dass er scharf drauf war«, sagte sie. »Aber du weißt ja selber, wie es war. Wenn wieder mal eines auftauchte, taten alle so, als fänden sie es sterbenslangweilig. Und wenn man eine halbe Stunde später wiederkam, war es garantiert verschwunden.«

Worauf ich hinaus will: Wann immer eines dieser Hefte zum Vorschein kam, behaupteten alle, es sei ein Überbleibsel aus »Steves Sammlung«. Mit anderen Worten, Steve war für jedes Pornoheft verantwortlich, das in den Cottages herumlag. Wie ich schon sagte, von Steve selbst wussten wir so gut wie nichts. Wir konnten aber durchaus die komische Seite daran sehen, schon damals, und wenn jemand auf ein Pornoheft deutete und sagte: »Sieh an, eins von Steves Heftchen«, schwang immer ein bisschen Ironie darin mit.

Den alten Keffers machten diese Hefte übrigens wahnsinnig. Es ging das Gerücht, er sei religiös und nicht nur aller Pornografie abgeneigt, sondern überhaupt gegen Sex jeglicher Art. Manchmal steigerte er sich derart in diese Abneigung hinein, dass sein Gesicht unter dem grauen Schnurrbart vor Wut fleckig wurde – dann stapfte er durchs Haus und stürmte ohne anzuklopfen in sämtliche Zimmer, wild entschlossen, jedes einzelne Exemplar von »Steves Heftchen« zu konfiszieren. In solchen Fällen bemühten wir uns, ihn amüsant zu finden, aber es war etwas wirklich Unheimliches an ihm, wenn er in diesem Zustand war. Zumal das fortwährende Gebrummel, das ihn sonst begleitete, dann auf einmal verstummt war – allein dieses Schweigen verlieh ihm eine beunruhigende Ausstrahlung.

Einmal hatte Keffers sechs oder sieben von »Steves Heftchen« eingesammelt und marschierte zu seinem Lieferwagen hinaus. Laura und ich beobachteten ihn von meinem Zimmer aus, und ich lachte über eine Bemerkung von Laura. Dann sah ich Keffers die Autotür öffnen, und vielleicht weil er beide Hände brauchte, um etwas beiseite zu schieben, legte er die Hefte auf einem Stapel Ziegelsteinen vor dem Boilerhaus ab – ein paar Veteranen hatten dort vor ein paar Monaten einen Grill bauen wollen. Vorgebeugt, sodass Kopf und Schultern im Lieferwagen verschwanden, stöberte er endlos lange herum, und irgendetwas sagte mir, dass er trotz eben noch schäumender Wut die Hefte vergessen hatte. Tatsächlich richtete er sich ein paar Minuten später auf, setzte sich hinters Steuer, knallte die Tür zu und fuhr davon.

Als ich Laura darauf aufmerksam machte, dass Keffers die Hefte vergessen hatte, sagte sie: »Na, die werden da nicht lang liegen bleiben. Bei seiner nächsten Razzia wird er sie wieder überall zusammensuchen müssen.«

Aber als ich etwa eine halbe Stunde später am Boilerhaus vorbeischlenderte, lagen die Hefte immer noch so da wie zuvor. Einen Moment lang dachte ich daran, sie mit in mein Zimmer zu nehmen, aber dann wurde mir klar, dass die anderen mich bis in die Ewigkeit damit aufziehen würden, falls die Porno-Magazine dort entdeckt würden; außerdem würde niemand meine Beweggründe verstehen. Also nahm ich die Hefte und ging damit ins Boilerhaus zurück.

Das Boilerhaus war in Wirklichkeit einfach eine Scheune wie die anderen. Sie war an das hintere Ende des Haupthauses angebaut worden und war voller alter Mistgabeln und Sensen – lauter Zeug, von dem Keffers vermutlich dachte, es werde nicht so leicht Feuer fangen, falls der Boiler sich eines Tages entschließen sollte, in die Luft zu fliegen. Keffers hatte auch eine Werkbank hier stehen, und ich legte die Hefte darauf ab, schob ein paar alte Fetzen zur Seite und stemmte mich hoch, bis ich auf der Arbeitsfläche saß. Es war ziemlich düster im Raum, aber irgendwo hinter mir war ein schmutzverkrustetes Fenster, und als ich das erste Heft aufschlug, fand ich das Licht ausreichend.

Es gab jede Menge Bilder von Mädchen, die der Kamera den Hintern entgegenstreckten oder die Beine spreizten. Ich muss gestehen, ich hatte gelegentlich schon solche Bilder angesehen und eine gewisse Erregung verspürt, obwohl ich nie Lust hatte, es mit einem Mädchen zu machen. Aber darum ging es mir an diesem Nachmittag nicht. Ich wollte mich nicht von sexuellen Verlockungen aller Art ablenken lassen und blätterte rasch weiter, ja, ich nahm die verrenkten Leiber kaum wahr, weil ich mich ganz auf die Gesichter konzentrierte. Selbst bei den kleinen Anzeigen am Rand, die für Videos oder was auch immer warben, sah ich mir erst das Gesicht des Fotomodells an, bevor ich weiterblätterte.

Erst als ich mich dem Ende des Stapels näherte, merkte ich, dass draußen vor der Scheune, gleich hinter der Tür, jemand war. Ich hatte sie offen gelassen, nicht nur weil sie normalerweise offen stand, sondern auch damit mehr Licht hereinkam; und schon zweimal hatte ich unwillkürlich aufgeblickt und mir eingebildet, ich hätte ein kleines Geräusch gehört. Aber es war niemand da gewesen, und ich hatte mich nicht stören lassen wollen. Jetzt aber war ich mir sicher; ich ließ das Heft sinken und gab ein tiefes Seufzen von mir, das draußen sicher deutlich zu hören war.

Ich wartete, dass jemand zu kichern anfing oder zwei, drei andere in die Scheune stürmten und entzückt die Gelegenheit auskosteten, mich mit einem Stapel Pornoheftchen zu erwischen. Aber nichts geschah. Also rief ich laut, bemüht um einen möglichst gleichgültigen Ton: »Rein mit euch, jede Gesellschaft ist willkommen. Warum so schüchtern?«

Ich hörte ein Glucksen, dann erschien Tommy auf der Schwelle. »Hi, Kath«, sagte er verlegen.

»Nur herein, Tommy, zu zweit macht es doch gleich viel mehr Spaß.«

Zögernd trat er näher und blieb ein paar Schritte vor mir stehen. Dann schaute er zum Boiler hinüber und sagte: »Ich wusste nicht, dass du auf dieses Zeug stehst.«

»Das dürfen doch wohl auch Mädchen, nicht?«

Ich blätterte weiter, und während der nächsten Sekunden blieb er still. Dann hörte ich ihn sagen:

»Ich wollte dir nicht nachspionieren. Aber ich hab dich von meinem Zimmer aus gesehen. Wie du rausgekommen bist und dir den Stapel geholt hast, den Keffers hat liegen lassen.«

»Du kannst sie gern haben, wenn ich fertig bin.«

Er lachte verlegen. »Das sind doch bloß Pornos. Wahrscheinlich hab ich sie schon alle gesehen.« Er lachte noch einmal, aber als ich aufblickte, sah ich, dass er mich mit ernstem Gesicht musterte. Dann fragte er:

»Suchst du was Bestimmtes, Kath?«

»Was meinst du? Nein, ich schau mir bloß unanständige Fotos an.«

»Nur so zum Spaß?«

»So könnte man's ausdrücken, ja.« Ich legte ein Heft aus der Hand und fing mit dem nächsten an.

Dann hörte ich Tommys Schritte näher kommen, bis er direkt vor mir stand. Als ich das nächste Mal aufblickte, fuhren seine Hände ungeduldig durch die Luft, als wäre ich mit einer komplizierten handwerklichen Aufgabe beschäftigt und als könnte er es kaum erwarten, mir zu helfen.

»Kath, das macht man … Also wenn es Spaß machen soll, dann macht man das ganz anders. Du musst die Bilder viel gründlicher anschauen. Es funktioniert nicht, wenn du so schnell drüber hinweghuschst.«

»Woher willst du wissen, wie es bei Mädchen funktioniert? Oder hast du sie dir schon mit Ruth angesehen? – 'tschuldigung, so war das nicht gemeint.«

»Kath, was suchst du denn?«

Ich ignorierte ihn. Ich war fast am Ende des Stapels angelangt und wollte es jetzt rasch hinter mich bringen. Dann sagte er:

»Ich hab dich schon mal dabei gesehen.«

Diesmal hielt ich doch inne und sah ihn an. »Was soll das heißen? Hat Keffers dich für seine Pornopatrouille rekrutiert?«

»Ich wollte dir wirklich nicht nachspionieren. Aber ich hab dich eben gesehen, letzte Woche mal, nachdem wir alle in Charleys Zimmer gewesen waren. Da lag eines dieser Hefte herum, und du dachtest, wir wären alle fort. Aber ich kam noch mal zurück, um meinen Pulli zu holen, und Claires Tür stand offen, sodass ich durch ihr Zimmer hindurch direkt in Charleys Zimmer schauen konnte. Und da hab ich dich in dem Heft blättern sehen.«

»Na und? Wir holen uns eben alle irgendwo unsere Kicks.«

»Deswegen hast du es nicht getan. Das hat man dir deutlich angesehen, so wie jetzt. Es ist dein Gesicht, Kath. In Charleys Zimmer hast du so ein komisches Gesicht gemacht. Wie wenn du traurig wärst vielleicht. Und ein bisschen ängstlich.«

Ich sprang von der Werkbank, sammelte die Hefte ein und drückte sie ihm in die Hände. »Hier. Gib sie Ruth. Schau, ob sie bei ihr was bewirken.«

Ich ging an ihm vorbei und verließ die Scheune. Ich wusste, dass er enttäuscht war, weil ich ihm nichts verraten hatte, aber zu dem Zeitpunkt hatte ich selbst noch nicht richtig darüber nachgedacht und war nicht bereit, es mit jemandem zu bereden. Aber ich war Tommy nicht böse, dass er mir ins Boilerhaus gefolgt war, gar nicht. Im Gegenteil, ich fühlte mich getröstet, fast beschützt. Am Ende verriet ich es ihm doch, allerdings erst ein paar Monate später, als wir in Norfolk waren.

12

Ich möchte von unserer Fahrt nach Norfolk erzählen und von den vielen Ereignissen an diesem Tag, aber dazu muss ich erst ein bisschen ausholen, damit Sie die Hintergründe kennen und verstehen, weshalb wir dorthin fuhren.

Inzwischen hatten wir unseren ersten Winter fast hinter uns, und wir waren alle mehr oder weniger heimisch geworden. Trotz unserer vielen kleinen Missverständnisse hatten Ruth und ich an unserer Gewohnheit festgehalten, den Tag mit heißem Tee in meinem Zimmer zu beschließen und miteinander zu reden. Bei einer dieser Sitzungen, als wir über irgendwas herumalberten, sagte sie unerwartet:

»Du hast sicher auch gehört, was Chrissie und Rodney erzählt haben?«

Ich verneinte, und sie lachte kurz und fügte hinzu: »Wahrscheinlich nehmen sie mich bloß auf den Arm. Ihre Art von Humor. Vergiss es.«

Aber sie wollte, dass ich es aus ihr herauskitzelte, das war sonnenklar, und deshalb bedrängte ich sie so lange, bis sie mir schließlich mit gesenkter Stimme anvertraute:

»Du weißt doch, Chrissie und Rodney sind letzte Woche weggefahren. Sie waren in dieser Stadt namens Cromer, oben an der Küste von Norfolk.«

»Was haben sie dort getan?«

»Och, sie haben wohl einen Freund dort, jemand, der früher auch hier gewohnt hat. Aber darum geht's nicht. Es geht darum, dass sie behaupten, sie hätten diese … Person gesehen. Sie arbeitet dort im Büro, in einem Großraumbüro. Und, na ja, du weißt schon. Sie glauben, dass diese Person eine *Mögliche* ist. Für mich.«

Die Idee von »Möglichen« war den meisten von uns schon in Hailsham zum ersten Mal begegnet, wir hatten aber schon damals gespürt, dass es nicht gern gesehen wurde, wenn wir darüber spekulierten, und hatten es also unterlassen – ganz sicher aber hatte uns der Gedanke fasziniert und verstört zugleich. Und selbst in den Cottages war es kein Thema, das man beiläufig in die Runde werfen konnte. Jedem Gespräch über »Mögliche« haftete eindeutig mehr Peinlichkeit an als etwa Unterhaltungen über Sex. Gleichzeitig war klar, dass die Leute begeistert waren – geradezu besessen in manchen Fällen –, und deshalb kehrte das Thema immer wieder, meist in ernsten Auseinandersetzungen, die Welten entfernt waren von unseren Diskussionen beispielsweise über James Joyce.

Der Grundgedanke hinter der »Möglichen«-Theorie war einfach und gab kaum Anlass zu Auseinandersetzungen. Er lautete ungefähr so: Da jeder von uns zu einem bestimmten Zeitpunkt von einem normalen Menschen kopiert worden war, musste es für jeden von uns irgendwo dort draußen eine Vorlage geben, ein Modell, das ganz normal sein Leben führte. Das hieß, man müsste die Person, der man nachgebildet worden war, auch finden können, zumindest theoretisch. Wenn wir also selbst draußen unterwegs waren – in Städten, in Einkaufszentren, in Raststätten –, hielten wir insgeheim immer Ausschau nach »Möglichen« – den Menschen, die für uns und unsere Freunde die Vorlage gewesen sein könnten.

Doch abgesehen von diesem Grundkonsens gingen die Meinungen stark auseinander. Wir konnten uns ja nicht mal darauf einigen, wonach wir eigentlich suchten, wenn wir uns nach »Möglichen« umsahen. Manche dachten, wir sollten nach Personen Ausschau halten, die zwanzig, dreißig Jahre älter als wir waren, deren Altersunterschied zu uns also etwa so groß wie bei normalen Eltern wäre. Andere fanden das sentimental und fragten, warum es einen »natürlichen« Generationenwechsel zwischen uns und unseren Modellen geben sollte. Sie hätten Babys nehmen können oder alte Leute, es hätte doch keinen Unterschied gemacht. Woraufhin die erste Fraktion wieder einwandte, dass sie bestimmt Menschen auf der Höhe ihrer körperlichen Kraft und Gesundheit als Modelle benutzt hätten, die deshalb jetzt sehr wahrscheinlich das Alter »normaler Eltern« haben müssten. Aber ungefähr hier spürten wir alle, dass wir uns einem Gelände näherten, das wir nicht betreten wollten, und die Diskussion verlief im Sand.

Und schließlich stellte sich natürlich die Frage, warum wir überhaupt unsere Vorlagen aufspüren wollten. Eine große Hoffnung war mit der Suche nach dem Modell verbunden, nämlich dass man vielleicht, falls man es fand, einen Blick in die eigene Zukunft werfen könnte. Natürlich glaubte keiner von uns ernsthaft, dass er, wenn sich die Vorlage beispielsweise als Bahnangestellter erwies, ebenfalls bei der Bahn arbeiten würde. Natürlich war uns klar, dass es nicht so einfach war. Trotzdem glaubten wir alle, in unterschiedlichem Ausmaß, dass wir zumindest *irgendeine* Erkenntnis über uns und unser wahres Ich gewännen, wenn wir die Person, von der wir kopiert worden waren, mit eigenen Augen sähen, und dass wir vielleicht auch eine Ahnung davon bekämen, was das Leben für uns noch bereithielt.

Manche fanden es dumm, sich überhaupt den Kopf über »Mögliche« zu zerbrechen. Sie sagten, unsere Modelle seien völlig unwichtig, sie bildeten einfach nur die technische Voraussetzung unserer Existenz, nichts weiter, und es sei an jedem Einzelnen von uns, das Beste aus seinem Leben zu machen. Das war die Auffassung, zu der sich Ruth stets bekannt hatte, und ich wahrscheinlich ebenfalls. Dennoch weckte jeder Bericht über einen »Möglichen« – egal, wen er betraf – unwiderstehliche Neugier.

Nach meiner Erinnerung trafen Nachrichten über gesichtete »Mögliche« häufig schubweise ein. Es konnten Wochen vergehen, ohne dass jemand das Thema erwähnte, und plötzlich kam eine Meldung, die eine ganze Flut weiterer auslöste. Die meisten waren es natürlich nicht wert, dass man ihnen nachging: Jemand war in einem vorbeifahrenden Auto gesehen worden, so was in der Art. Aber gelegentlich schien an einem Bericht etwas dran zu sein – wie in dem Fall, von dem Ruth mir an jenem Abend erzählte.

Chrissie und Rodney, sagte Ruth, hätten diese Stadt am Meer, in die sie gefahren seien, ausgiebig erkundet, seien eine Weile sogar getrennte Wege gegangen. Als sie sich wieder trafen, berichtete Rodney berstend vor Aufregung, er sei durch die Seitengassen parallel zur Hauptstraße gewandert und an einem Bürogebäude mit einer riesigen Glasfront vorbeigekommen. Darin seien viele Leute gewesen, manche am Schreibtisch sitzend, andere wären hin und her gegangen und hätten geplaudert. Und dort habe er Ruths »Mögliche« entdeckt.

»Chrissie ist sofort zu mir gekommen, nachdem sie wieder zurückkehrten, und hat es mir erzählt. Sie ließ Rodney alles ganz genau beschreiben, und er versuchte es zwar, konnte aber beim besten Willen nichts Genaueres sagen. Jetzt reden sie ständig davon, dass sie mit mir dorthin fahren wollen, aber ich weiß nicht recht. Ich weiß nicht, ob ich wirklich was unternehmen soll.«

Was ich an jenem Abend zu ihr sagte, weiß ich nicht mehr genau, jedenfalls war ich ziemlich skeptisch – um ehrlich zu sein, unterstellte ich Chrissie und Rodney sogar, dass sie sich das Ganze nur ausgedacht hatten. Damit will ich wirklich nicht behaupten, Chrissie und Rodney seien schlechte Menschen gewesen, das wäre ungerecht. In vielerlei Hinsicht mochte ich sie eigentlich ganz gern. Tatsache aber war, dass die Art, wie sie uns Neuankömmlinge behandelten, und Ruth ganz besonders, alles andere als freimütig und offen war.

Chrissie war ein großes Mädchen und eigentlich bildhübsch, wenn sie sich zu voller Höhe aufrichtete, aber das schien ihr nicht klar zu sein, und sie zog dauernd die Schultern ein, um nicht größer zu wirken als die anderen. Mit dieser Haltung sah sie eher aus wie die böse Hexe als wie ein Filmstar, und dieser Eindruck verstärkte sich noch durch ihre irritierende Angewohnheit, mit ausgestrecktem Zeigefinger auf einen zu zeigen, bevor sie etwas sagte. Sie trug immer lange Röcke statt Jeans und kleine runde Brillengläser, die sich zu tief in ihr Gesicht gruben. Sie war eine der Veteranen gewesen, die uns bei unserer Ankunft im Sommer sehr herzlich empfangen hatten, und anfangs war ich wirklich sehr von ihr eingenommen und orientierte mich an ihrem Vorbild. Aber mit der Zeit kamen mir Bedenken. Es hatte etwas Befremdliches, wie sie immer wieder betonte, dass wir ja aus Hailsham kämen – als wäre dies eine Erklärung für praktisch alles, was uns betraf. Und sie fragte uns ständig nach Hailsham aus, nach den kleinsten Details, fast so wie jetzt meine Spender, und obwohl sie immer so tat, als wäre ihr das alles gar nicht wichtig, spürte ich, dass ihr Interesse eine ganz andere Dimension hatte. Auf die Nerven ging mir auch, dass sie uns immer wieder auseinanderzubringen versuchte: Zum Beispiel nahm sie einen von uns beiseite, wenn wir zu mehreren etwas unternehmen wollten, oder sie lud zwei von uns zu einer Unternehmung ein und ließ zwei andere einfach sitzen – in dieser Art.

So gut wie nie sah man Chrissie ohne ihren Freund Rodney. Er trug seine Haare als Pferdeschwanz, wie ein Rockmusiker aus den Siebzigern, und redete viel über Reinkarnation und solche Dinge. Ihn mochte ich mit der Zeit sogar recht gern, aber er stand ziemlich unter Chrissies Einfluss. Bei jeder Diskussion wusste man schon im Voraus, dass er Chrissies Sichtweise verteidigen würde, und wenn Chrissie je etwas halbwegs Amüsantes von sich gab, wieherte er vor Lachen und schüttelte den Kopf, als hätte er in seinem ganzen Leben nichts Witzigeres gehört.

Okay, vielleicht bin ich ein bisschen ungerecht zu den beiden. Als Tommy und ich vor einiger Zeit über sie sprachen, meinte er, sie seien schwer in Ordnung. Ich erzähle Ihnen das alles auch nur, um zu erklären, warum ich so skeptisch war, als sie von Ruths »Möglicher« berichteten, die sie angeblich gesehen hatten. Wie ich schon sagte, war mein erster Impuls, nichts davon zu glauben, sondern zu vermuten, dass Chrissie etwas im Schilde führte.

Das andere, was mich zweifeln ließ, hatte mit der Beschreibung zu tun, die Chrissie und Rodney lieferten: dem Bild einer Frau, die in einem schönen, verglasten Bürogebäude arbeitete. Mir schien das damals einfach zu genau zur »Traumzukunft« zu passen, die sich Ruth uns gegenüber auszumalen pflegte.

Es waren wohl vor allem wir Neuankömmlinge, die in jenem ersten Winter von der »Traumzukunft« sprachen, aber auch unter den Veteranen hegten manche solche Träume. Ein paar ältere, vor allem diejenigen, die schon mit ihrer Ausbildung angefangen hatten, seufzten jedes Mal leise und gingen aus dem Zimmer, wenn solche Gespräche aufkamen, aber sehr lange merkten wir das gar nicht. Ich bin mir nicht sicher, was uns dabei durch den Kopf ging. Wir waren uns zwar darüber im Klaren, dass es nicht ernst gemeint sein konnte, aber genauso wenig empfanden wir es als reine Fantasterei. Vielleicht war es möglich, dass in diesem halben Jahr, da

Hailsham endgültig hinter uns lag, da von unserer Ausbildung zu Betreuern, von den Fahrstunden und den anderen Dingen aber noch keine Rede war – vielleicht war es da möglich, über einen längeren Zeitraum hinweg mal zu vergessen, wer wir wirklich waren; die Predigten unserer Aufseher, Miss Lucys Ausbruch an jenem regnerischen Nachmittag im Pavillon, all die Theorien, die wir uns im Lauf der Jahre über uns zurechtgelegt hatten – das alles einfach zu vergessen. Es konnte natürlich nicht von Dauer sein, aber in diesen paar Monaten gelang es uns eben irgendwie, in einer angenehmen Schwebe zu verweilen, in der wir ohne die gewohnten Einschränkungen über unser Leben nachdenken konnten. Im Rückblick kommt es mir so vor, als hätten wir ewig nach dem Frühstück in der dampfenden Küche gesessen oder uns bis in die frühen Morgenstunden um ein halb erloschenes Kaminfeuer geschart, gebannt von unseren Gesprächen über alle möglichen Zukunftspläne.

Allerdings trieb es keiner von uns allzu weit. Ich erinnere mich nicht, dass jemand von einem Leben als Filmstar oder Ähnlichem geträumt hätte. Es ging eher um Tätigkeiten wie Postbote oder Landarbeiter. Nicht wenige von uns wollten Fahrer der einen oder anderen Art werden, und wenn das Gespräch diese Richtung nahm, fingen oft ein paar Veteranen an, malerische Landstraßen, auf denen sie gefahren waren, bevorzugte Raststationen, unübersichtliche Verkehrskreisel miteinander zu vergleichen. Heute könnte ich sie bei diesen Themen alle mühelos unter den Tisch reden. Aber damals hörte ich nur zu, mucksmäuschenstill, und sog jedes Wort dieser Gespräche auf. Manchmal, wenn es schon spät war, schloss ich die Augen und schmiegte mich an eine Sofalehne – oder, in einer der kurzen Phasen, in denen ich offiziell mit jemandem »zusammen« war, an den Arm eines Jungen –, döste halb vor mich hin und ließ Bilder von Landstraßen durch meinen Kopf ziehen.

Aber um zu unseren Zukunftsträumen zurückzukehren: Ruth schmückte sie in unseren Gesprächen oft weiter aus als alle anderen – vor allem, wenn Veteranen dabei waren. Vom Büro hatte sie schon zu Beginn des Winters geschwärmt, aber so richtig zum Leben erwachte dieser Traum erst an einem bestimmten Morgen, an dem wir miteinander ins Dorf gingen: Von da an war das Büro ihre »Traumzukunft«.

Es hatte einen großen Kälteeinbruch gegeben, und unsere sperrigen Propangasbrenner ließen uns im Stich. Wir hatten ewig versucht, sie zum Brennen zu bringen, hatten aber nie mehr als den Zündfunken zustande gebracht und mussten einen nach dem anderen ausmustern – und damit auch die Zimmer, die sie eigentlich heizen sollten. Keffers lehnte es ab, sich darum zu kümmern, dafür seien wir selbst zuständig, behauptete er, aber als die Kälte wirklich unerträglich wurde, gab er uns schließlich einen Umschlag mit Geld und einen Zettel mit dem Namen irgendeiner Anzündhilfe, die wir kaufen sollten. Ruth und ich hatten uns bereit erklärt, dieses Teil zu besorgen, und so kam es, dass wir an einem eiskalten Morgen den Feldweg entlanggingen. An einer Stelle, wo die Hecken auf beiden Seiten hohe Mauern bildeten und der Boden mit gefrorenen Kuhfladen bedeckt war, blieb Ruth ein paar Schritte hinter mir plötzlich stehen.

Ich merkte es nicht gleich, und als ich mich schließlich zu ihr umdrehte, stand sie da, behauchte ihre klammen Finger und war völlig versunken in den Anblick von etwas, das vor ihr auf dem Boden lag. Erst dachte ich, es sei vielleicht ein armes, erfrorenes Tier, aber als ich zu ihr zurückging, erkannte ich, dass es eine farbige Broschüre war – nicht wie eines von »Steves Heftchen«, sondern einer dieser knallbunten kostenlosen Prospekte, die oft den Zeitungen beiliegen. Die doppelseitige Anzeige war noch gut zu erkennen, obwohl das Hochglanzpapier durchweicht und an einer

Ecke schlammfleckig war. Sie zeigte eines dieser schönen modernen Großraumbüros, in dem drei oder vier Angestellte miteinander scherzen. Das Büro wirkte frisch und munter, und die Leute ebenso. Ruth starrte auf das Bild, und als sie merkte, dass ich neben ihr stand, sagte sie: »Das wäre wirklich ein toller Arbeitsplatz.«

Dann wurde sie verlegen – vielleicht war sie sogar ärgerlich, dass ich sie ertappt hatte – und ging weiter, schneller als zuvor.

Aber ein paar Tage später, als wieder ein paar von uns abends im Haus um den Kamin saßen, begann Ruth von der Art Büro zu erzählen, in dem sie idealerweise arbeiten würde, und ich erkannte es auf Anhieb. Sie ließ kein Detail aus – die Topfpflanzen, die funkelnden Maschinen, die dreh- und schwenkbaren Stühle auf Rollen –, und ihre Schilderung war so anschaulich, dass alle sie ewig reden ließen, ohne ihr ins Wort zu fallen. Ich beobachtete sie aufmerksam, aber es schien ihr gar nicht in den Sinn zu kommen, dass ich den Zusammenhang herstellen könnte – vielleicht hatte sie sogar selbst vergessen, woher das Bild stammte. Irgendwann sagte sie, ihre Bürokollegen seien alle »dynamische, anpackende Typen«, und ich erinnerte mich genau, dass dieselben Worte in der Überschrift vorgekommen waren: »Sind Sie der dynamische, anpackende Typ?« In Großbuchstaben über der Anzeige. Natürlich sagte ich nichts – im Gegenteil, während ich ihr zuhörte, begann ich mich zu fragen, ob es am Ende tatsächlich machbar wäre: Ob wir alle eines Tages an einen solchen Ort übersiedeln und miteinander weiterleben könnten.

Chrissie und Rodney waren an diesem Abend auch dabei und hingen an Ruths Lippen. Und Chrissie bedrängte Ruth noch Tage danach, mehr zu erzählen. Manchmal sah ich sie in einer Ecke des Raums zusammensitzen und hörte Chrissie fragen: »Bist du dir sicher, dass ihr euch nicht gegenseitig stören würdet, wenn ihr alle zusammen in so einem Großraumbüro arbeitet?«, nur um Ruth zu neuen Schilderungen zu animieren.

Mit Chrissie stand es so – und das galt für viele Veteranen –, dass sie trotz ihrer anfänglich leicht gönnerhaften Art gegenüber uns Neuankömmlingen voller Ehrfurcht war, weil wir aus Hailsham kamen. Das war mir lange nicht bewusst. Nehmen Sie zum Beispiel die Sache mit Ruths Büro: Chrissie selbst hätte nie davon gesprochen, in *irgendeinem* Büro zu arbeiten, geschweige denn in so einem. Aber weil Ruth aus Hailsham stammte, rückte die Idee auf einmal in den Bereich des Möglichen. So sah es Chrissie, und wahrscheinlich ließ Ruth durchaus die eine oder andere Bemerkung fallen, die ihre Zuhörer in der Vorstellung bestärkte, dass aus geheimnisvollen Gründen für uns Hailsham-Kollegiaten ganz andere Regeln gälten. Meines Wissens hat Ruth die Veteranen nie rundheraus belogen; es war eher ein Nicht-Leugnen einerseits und ein Andeuten andererseits. Ich hätte öfter Gelegenheit gehabt, das ganze Gebäude zum Einsturz zu bringen. Aber falls es Ruth auch manchmal peinlich war, wenn sie mitten in der einen oder anderen Geschichte meinem Blick begegnete, so schien sie sich doch jedes Mal sehr sicher zu sein, dass ich sie nicht bloßstellen würde. Und das tat ich auch nicht – natürlich nicht.

Das also war der Hintergrund von Chrissies und Rodneys Behauptung, sie hätten Ruths »Mögliche« gesehen, und jetzt verstehen Sie vielleicht, warum ich argwöhnisch war. Es widerstrebte mir, Ruth mit ihnen nach Norfolk fahren zu lassen, dabei hätte ich wirklich nicht sagen können, warum. Und als die Entscheidung feststand, sagte ich, dass ich mitkommen würde. Zuerst schien sie nicht besonders begeistert von dieser Idee zu sein und deutete sogar an, dass sie auch Tommy nicht dabeihaben wollte, aber schließlich fuhren wir alle fünf: Chrissie, Rodney, Ruth, Tommy und ich.

13

Rodney, der einen Führerschein besaß, hatte uns von der Farm in Metchley, ein paar Meilen weiter an der Landstraße, einen Wagen organisiert. Schon früher hatte er sich regelmäßig auf diese Weise ein Auto beschafft, aber diesmal platzte die Abmachung einen Tag vor unserem geplanten Aufbruch. Obwohl sich alles ganz leicht in Ordnung bringen ließ – Rodney ging zur Farm hinüber und erhielt die Zusage für ein anderes Auto –, war das eigentlich Interessante Ruths Reaktion während der paar Stunden, als es so aussah, dass wir den Ausflug absagen müssten.

Bis dahin hatte sie so getan, als wäre das Ganze eigentlich ein Witz, auf den sie sich nur einlasse, um Chrissie eine Freude zu bereiten. Und sie redete viel davon, dass wir die Freiheiten, die wir hätten, seitdem wir aus Hailsham fort seien, noch kaum ausgekostet hätten; sie habe ohnehin schon immer nach Norfolk fahren wollen, um »alle unsere verlorenen Sachen zu finden«. Mit anderen Worten, es war ihr unheimlich wichtig, uns zu demonstrieren, dass sie die Aussicht, ihre »Mögliche« zu finden, nicht ernst nahm.

Am Tag vor unserer Fahrt unternahmen Ruth und ich einen Spaziergang, und als wir zurückkehrten und die Küche betraten, waren Fiona und ein paar Veteranen damit beschäftigt, Eintopf für eine ganze Kompanie zu kochen. Ohne von ihrer Tätigkeit aufzublicken, teilte uns Fiona mit, dass der Junge von der Farm hier gewesen sei, um auszurichten, dass es nichts mit dem Auto würde. Ruth stand direkt vor mir, und ich konnte zwar nicht ihr Gesicht sehen, wohl aber, dass ihr ganzer Körper erstarrte. Sie drehte sich wortlos um und stürmte an mir vorbei aus dem Raum. Dabei erhaschte ich einen Blick auf ihr Gesicht und merkte erst jetzt, wie maßlos enttäuscht sie war. Fiona setzte zu einer Entschuldigung an wie: »Oh, ich wusste nicht …« Aber ich fiel ihr rasch ins Wort: »Nein, nein, das ist es nicht, worüber Ruth sich aufregt. Es geht um was anderes, das vorhin passiert ist.« Keine besonders gute Erklärung, aber die beste, die mir im Augenblick einfiel.

Wie gesagt, die Fahrzeugkrise löste sich schließlich in Wohlgefallen auf, und früh am nächsten Morgen, als es noch stockfinster war, stiegen wir fünf in einen Rover, der zwar ziemlich zerbeult, aber sonst völlig in Ordnung war. Chrissie saß vorn neben Rodney, und wir anderen teilten uns die Rückbank. Diese Sitzordnung war uns so selbstverständlich erschienen, dass wir eingestiegen waren, ohne einen Augenblick darüber nachzudenken. Aber nach nur wenigen Minuten, als Rodney von der einspurigen, kurvenreichen Nebenstraße auf die eigentliche Landstraße abbog, beugte sich Ruth, die in der Mitte saß, nach vorn, legte beide Hände auf die Vordersitze und begann mit den zwei Veteranen ein Gespräch. Sie machte das so, dass Tommy und ich, rechts und links von ihr, kein Wort verstanden, und weil sie zwischen uns saß, konnten wir auch nicht miteinander reden, ja, wir sahen uns nicht einmal. Die wenigen Male, die sie sich zurücklehnte, versuchte ich ein Gespräch zwischen uns dreien in Gang zu bringen, aber Ruth ließ sich nicht darauf ein, und es dauerte nicht lang, bis sie sich wieder vorbeugte, das Gesicht zwischen den beiden Vordersitzen.

Nach etwa einer Stunde, als es allmählich hell wurde, hielten wir neben einer großen Wiese an, damit wir uns die Beine vertreten konnten; außerdem musste Rodney pinkeln. Wir sprangen über den Straßengraben hinweg und standen ein paar Minuten im Gras, rieben uns die Hände und sahen zu, wie sich unser Atem wölkte. Irgendwann merkte ich, dass Ruth sich von uns Übrigen abgesondert hatte und über die Wiese hinweg in die aufgehende Sonne starrte. Ich ging zu ihr und schlug ihr vor, mit mir im Auto die Plätze zu tauschen, da sie ja ohnehin nur mit den Veteranen reden wollte. Auf diese Weise, sagte ich, könne sie zumindest noch mit Chrissie reden, und Tommy und ich könnten uns dann auch unterhalten und umso besser die Zeit vertreiben. Ich hatte noch kaum ausgesprochen, als Ruth flüsterte:

»Wieso bist du so kompliziert? Ausgerechnet jetzt! Ich kapier's nicht. Warum musst du unbedingt eine Szene machen?« Dann riss sie mich herum, sodass wir den anderen den Rücken zukehrten, damit sie nichts mitbekamen, falls wir zu streiten anfingen. Es waren weniger ihre Worte als vielmehr diese Geste, die mich auf einmal die Situation aus ihrem Blickwinkel sehen ließ; ich erkannte, dass Ruth sich ungeheuer anstrengte, nicht nur sich selbst, sondern uns alle den beiden Veteranen im richtigen Licht zu präsentieren, und jetzt drohte ich ihre Bemühungen mit einem peinlichen Auftritt zu unterlaufen. Das alles war mir auf einmal glasklar; ich berührte sie kurz an der Schulter und kehrte zu den anderen zurück. Als wir wieder ins Auto einstiegen, sorgte ich dafür, dass wir genauso saßen wie zuvor. Ruth jedoch lehnte sich zurück und blieb mehr oder weniger still, und selbst wenn Chrissie oder Rodney uns von vorn etwas zuriefen, gab sie nur eingeschnappte, einsilbige Antworten.

Die Stimmung hob sich jedoch merklich, als wir in der Küstenstadt angelangt waren. Es war etwa um die Mittagszeit, und wir stellten das Auto auf einem Parkplatz neben einer Minigolfanlage voller flatternder Fähnchen ab. Es war kühl, aber sonnig, und meiner

Erinnerung nach waren wir alle während der ersten Stunde so froh und begeistert, überhaupt draußen und unterwegs zu sein, dass wir kaum an den eigentlichen Zweck unserer Reise dachten. Irgendwann stieß Rodney sogar ein Freudengeheul aus und schwenkte die Arme, während er auf einer stetig bergauf führenden Straße vor uns herging, vorbei an einer Reihe gleicher Häuser, die nur gelegentlich von einem Laden unterbrochen wurde. Wir spürten schon an der Weite des Himmels, dass das Meer nicht fern war.

Als wir dann wirklich das Meer erreicht hatten, standen wir auf einer Straße, die dem Verlauf der Steilküste folgte. Zuerst sah es so aus, als ginge es zum Strand hinunter senkrecht in die Tiefe, aber wenn man sich über das Geländer beugte, entdeckte man den Fußweg, der in Serpentinen abwärts führte.

Inzwischen waren wir völlig ausgehungert und betraten ein kleines Café, das sich auf der Klippe befand, genau an der Stelle, von der aus der Fußweg hinunterführte. Der Raum war leer bis auf die zwei rundlichen Frauen mit Schürze, die offenbar die Wirtinnen waren. Sie saßen rauchend an einem Tisch, standen aber sofort auf, als wir hereinkamen, und verschwanden in der Küche, sodass wir das Lokal für uns hatten.

Wir suchten uns den hintersten Tisch aus, den, der fast schon am Rand der Klippe stand, und als wir uns setzten, hatten wir das Gefühl, praktisch über dem Meer zu schweben. Damals hatte ich noch keine Vergleichsmöglichkeiten, aber heute weiß ich, dass das Café mit seinen drei oder vier Tischchen winzig war. Ein Fenster stand offen – wahrscheinlich damit die Küchendünste abzogen –, sodass ab und zu ein Windstoß durch das Lokal fegte und die Aushänge, die all die guten Angebote anpriesen, zu flattern begannen. Über der Theke hing an einem Reißnagel ein mit farbigem Filzstift beschrifteter Karton, der mit dem Wort *look* überschrieben war, mit zwei starrenden Augen in jedem *o*. Heute sehe ich dieses Schild so oft, dass ich es kaum noch wahrnehme, aber damals war es mir neu. Ich betrachtete es voller Bewunderung, und als sich meine und Ruths Blicke zufällig kreuzten, merkte ich, dass auch sie dieses Schild bestaunte, und wir fingen gleichzeitig zu lachen an. Das war ein schöner Moment des Einverständnisses, bei dem ich das Gefühl hatte, dass die Feindseligkeit, die sich auf der Fahrt zwischen uns aufgebaut hatte, wieder verebbt war. Wie sich zeigte, war es aber für den Rest des Tages mehr oder minder der letzte solche Moment zwischen mir und Ruth.

Seit unserer Ankunft hatten wir die »Mögliche« mit keinem Wort mehr erwähnt, und ich war davon ausgegangen, dass wir die Sache gründlich besprechen würden, sobald wir erst einmal saßen. Aber kaum hatten wir in unsere Sandwiches gebissen, begann Rodney von Martin zu erzählen, einem Freund, der bis zum Jahr zuvor in den Cottages gelebt hatte und jetzt irgendwo in der Stadt wohnte. Chrissie griff das Thema begeistert auf, und bald überboten die beiden sich gegenseitig mit Anekdoten von Martins urkomischen Einfällen. Wir konnten ihnen nicht so ganz folgen, aber die beiden Veteranen amüsierten sich königlich. Sie zwinkerten sich immer wieder zu und brachen in Gelächter aus, und auch wenn sie so taten, als würden sie uns unterhalten, war doch klar, dass sie in erster Linie ihrer beider Erinnerungen auffrischen wollten. Aber genauso gut kann es sein, denke ich heute im Rückblick, dass das in den Cottages herrschende Schweigegebot in Bezug auf Abwesende sie daran gehindert hatte, wenigstens unter vier Augen über ihren Freund zu reden, und sie sich erst jetzt, weit fort von den Cottages, dafür frei genug fühlten.

Höflichkeitshalber stimmte ich in ihr Gelächter ein. Tommy schien noch weniger zu begreifen als ich und gab zögerliche Ansätze eines Kicherns von sich, das immer etwas hinterher hinkte. Ruth hingegen konnte gar nicht aufhören zu lachen und nickte zu allem, was über Martin gesagt wurde, als hätte auch sie ihn in bester Erinnerung. Einmal, als Chrissie etwas wirklich Unverständliches sagte – irgendwas wie: »Ach, und das eine Mal, als er seine Jeans ausgezogen hat!« –, lachte Ruth hell auf und deutete in unsere Richtung, wie um Chrissie zu sagen: Komm schon, erklär's ihnen, damit auch sie was zu lachen haben. Über das alles ging ich hinweg, aber als Chrissie und Rodney zu diskutieren anfingen, ob wir Martin in seiner Wohnung besuchen sollten, sagte ich schließlich, vielleicht ein wenig kühl:

»Was genau macht er hier eigentlich? Warum hat er eine Wohnung?«

Es trat ein Schweigen ein, bis Ruth entnervt aufstöhnte und Chrissie sich über den Tisch zu mir beugte und bedächtig sagte, als spräche sie mit einem Kind: »Er ist ein Betreuer. Wozu sollte er sonst hier sein? Er ist jetzt ein richtiger Betreuer.«

Die anderen rückten ein wenig hin und her, und ich sagte: »Eben, genau das meine ich. Wir können ihn nicht einfach besuchen.«

Chrissie seufzte. »Okay. Wir *sollen* keine Betreuer besuchen. Wenn man es ganz streng nimmt. Sicher werden wir nicht dazu ermutigt.«

Rodney gluckste und setzte nach: »O nein, ganz bestimmt nicht! Sehr, sehr unartig ist es, ihn einfach zu besuchen.«

»Sehr unartig«, sagte Chrissie und schnalzte missbilligend mit der Zunge.

Dann schaltete Ruth sich ein und sagte: »Kathy kann Unartigkeit nicht ausstehen. Also sollten wir ihn lieber nicht besuchen.«

Tommy sah Ruth verwirrt an. Offensichtlich konnte er nicht erkennen, auf wessen Seite sie stand, und ich war mir auch nicht sicher. Mir kam der Gedanke, dass sie den Zweck der Expedition nicht gefährden wollte und deshalb wohl oder übel für mich Partei ergriff, und ich lächelte sie an, aber sie erwiderte meinen Blick nicht. Tommy fragte unvermittelt:

»Wo ungefähr hast du denn Ruths ›Mögliche‹ gesehen, Rodney?«

»Oh …« Jetzt, da wir an Ort und Stelle waren, schien Rodney das Interesse an der Frau weitgehend verloren zu haben, und ich sah einen bangen Ausdruck über Ruths Gesicht huschen. Schließlich sagte Rodney: »Es war an einer Abzweigung von der Hauptstraße, irgendwo am anderen Ende der Stadt. Natürlich könnte sie ihren freien Tag haben.« Als niemand etwas sagte, fügte er hinzu: »Sie haben ja freie Tage, wisst ihr. Sie sind nicht immer in der Arbeit.«

Als er das sagte, durchfuhr mich die jähe Angst, wir könnten alles ganz falsch verstanden haben; unseres Wissens benutzten die Veteranen Meldungen über gesichtete »Mögliche« oft nur als Vorwand, um Ausflüge zu unternehmen, und rechneten gar nicht mit konkreten Ergebnissen. Ruth mochte derselbe Gedanke gekommen sein, denn sie wirkte jetzt äußerst beunruhigt, aber schließlich lachte sie auf, als hätte Rodney einen Witz gerissen.

Dann sagte Chrissie in verändertem Ton: »Weißt du, Ruth, vielleicht kommen wir in ein paar Jahren hierher, um *dich* zu besuchen. In dem schönen Büro, in dem du dann arbeitest. Ich wüsste nicht, wer uns dran hindern sollte.«

»Das stimmt«, sagte Ruth rasch. »Ihr könnt alle kommen und mich besuchen.«

»Es gibt wohl keine Regeln für Besuche bei Leuten, die in einem Büro arbeiten, oder?«, sagte Rodney. Er lachte plötzlich. »Das wissen wir gar nicht. Es ist uns tatsächlich noch nie untergekommen.«

»Es wird schon in Ordnung sein«, sagte Ruth. »Sicher lassen sie euch. Ihr könnt alle kommen und mich besuchen. Außer Tommy natürlich.«

Tommy war bestürzt. »Wieso darf ich nicht kommen?«

»Weil du schon bei mir bist, Dummkopf«, sagte Ruth. »Ich behalte dich.«

Wir lachten alle, Tommy wieder mit kleiner Verspätung.

»Ich hab von diesem Mädchen oben in Wales gehört«, sagte Chrissie. »Sie kommt aus Hailsham, war vielleicht ein paar Jahre vor euch dort. Es heißt, sie arbeite jetzt in einer Boutique. Einem richtig coolen Laden.«

Beifälliges Gemurmel setzte ein, und eine Weile starrten wir alle verträumt in die Wolken.

»Ja, das ist eben Hailsham«, sagte Rodney schließlich und schüttelte wie verwundert den Kopf.

»Und dann war da noch dieser andere« – Chrissie wandte sich jetzt an Ruth – »dieser Junge, von dem du neulich erzählt hast. Der ein paar Jahre über euch war und jetzt Parkwächter ist.«

Ruth nickte nachdenklich. Mir fiel ein, dass ich Tommy rasch einen warnenden Blick zuwerfen sollte, aber als ich mich ihm zuwandte, hatte er schon zu sprechen begonnen.

»Wer war das?«, fragte er verwirrt.

»Du weißt, wer es ist, Tommy«, sagte ich rasch. Ein Fußtritt unter dem Tisch oder sonst ein Wink mit dem Zaunpfahl war zu riskant: Chrissie hätte es mitbekommen. Deshalb sagte ich es in todernstem Ton, in dem eine Spur Überdruss mitschwang, als hätten wir Tommys ständige Vergesslichkeit alle gründlich satt. Das hatte allerdings nur zur Folge, dass Tommy noch immer nichts kapierte.

»Jemand, den *wir* gekannt haben?«

»Tommy, jetzt lass uns das nicht alles noch mal durchkauen«, sagte ich. »Eines Tages wirst du dich noch einem Hirntest unterziehen müssen.«

Endlich schien der Groschen gefallen zu sein, und Tommy hielt den Mund.

Chrissie sagte: »Ich weiß, was für ein Glück ich habe, dass ich in den Cottages gelandet bin. Aber ihr aus Hailsham, ihr habt *wirklich* Glück. Wisst ihr …« Sie senkte die Stimme und beugte sich wieder vor. »Da ist was, worüber ich schon lang mit euch reden wollte. Nur, in den Cottages geht es halt nicht. Bei den vielen langen Ohren.«

Ihr Blick wanderte reihum, dann heftete er sich auf Ruth. Auch Rodney beugte sich vor, plötzlich angespannt. Und irgendetwas sagte mir, dass wir jetzt zu dem kamen, was wiederum für Chrissie und Rodney der Zweck des Unternehmens war.

»Als Rodney und ich oben in Wales waren«, begann sie, »zu der Zeit hörten wir von diesem Mädchen in der Boutique. Wir hörten aber auch noch was anderes, etwas über Hailsham-Kollegiaten. Nämlich dass es manchen gelungen sei, unter besonderen Umständen einen Aufschub zu erhalten. Dass das eine Möglichkeit für Kollegiaten aus Hailsham ist. Dass man als Hailshamer darum bitten kann, den Spendenbeginn drei, sogar vier Jahre zurückzustellen. Dass es nicht einfach ist, aber manchmal, in seltenen Fällen, erteilen sie einem die Erlaubnis. Solang man nur überzeugend ist. Solang man *infrage* kommt.«

Chrissie verstummte, und wieder wanderte ihr Blick reihum, vielleicht der dramatischen Wirkung halber, vielleicht weil sie auf ein Zeichen der Bestätigung hoffte. Tommy und ich blickten sicher verwirrt drein, aber Ruth hatte eine ihrer unergründlichen Mienen aufgesetzt – unmöglich zu sagen, was in ihr vorging.

»Dort in Wales«, fuhr Chrissie fort, »sagten sie, wenn ein Junge und ein Mädchen einander wirklich lieben, wirklich und echt lieben, und wenn sie's auch beweisen können, dann würden es die Leute, die Hailsham leiten, für die beiden richten. Sie würden es so einrichten, dass die zwei noch ein paar Jahre zusammen haben, bevor sie mit dem Spenden anfangen.«

Es herrschte eine seltsame Stimmung am Tisch, wie ein rundum laufendes nervöses Prickeln.

»Als wir in Wales waren«, sprach Chrissie weiter, »bei den Kollegiaten im White Mansion. Dort hatten sie von diesem Hailsham-Paar gehört, der Typ hatte nur noch ein paar Wochen, bis er Betreuer werden sollte. Und sie gingen irgendwohin und brachten es fertig, dass alles um drei Jahre zurückgestellt wurde. Sie durften weiter zusammenleben, oben im White Mansion, drei ganze Jahre, mussten nicht mit der Ausbildung weitermachen oder sonst was. Drei Jahre, die sie nur für sich hatten, weil sie beweisen konnten, dass sie einander wirklich liebten.«

An dieser Stelle fiel mir auf, dass Ruth mit großem Nachdruck nickte, Chrissie und Rodney bemerkten es ebenfalls, und ein paar Sekunden lang starrten sie Ruth wie hypnotisiert an. Und ich hatte so etwas wie eine Vision von Chrissie und Rodney, wie sie zu Hause in den Cottages, während der Monate, die auf diesen Augenblick hingeführt hatten, das Thema immer wieder anschnitten, wie sie es hin und her wandten. Ich sah sie direkt vor mir, wie sie es aufgriffen, erst nur zögernd, achselzuckend, wie sie es gleich wieder verwarfen, aber nie ganz beiseite schieben konnten. Ich sah sie vor mir, wie sie mit der Idee spielten, uns darauf anzusprechen, sah sie sich einen Plan zurechtlegen, wie sie vorgehen, was genau sie sagen sollten. Wieder blickte ich Chrissie und Rodney an, die mir gegenübersaßen und an Ruths Lippen hingen, und versuchte ihren Gesichtsausdruck zu deuten. Chrissie wirkte bang und hoffnungsvoll zugleich, Rodney gereizt und nervös, als traute er sich nicht so recht und fürchtete, jeden Moment mit irgendetwas herauszuplatzen, das er besser nicht gesagt hätte.

Es war nicht das erste Mal, dass ich das Gerücht von den Zurückstellungen hörte. Während der letzten paar Wochen hatte ich in den Cottages immer öfter Fetzen von Gesprächen aufgeschnappt, die sich darum drehten. Es waren Gespräche der Veteranen untereinander, und wenn einer von uns aufkreuzte, schauten sie betreten drein und verstummten. Aber ich hatte genügend mitbekommen, um zu wissen, worum es ging; und ich wusste, dass es speziell mit uns Hailsham-Schülern zu tun hatte. Aber erst an diesem Tag, in dem Café an der Küste, fiel es mir wie Schuppen von den Augen, und ich begriff, wie enorm wichtig das Thema für manche Veteranen geworden war.

»Ich nehme an«, sagte Chrissie, und ihre Stimme flatterte ein wenig, »ihr wisst Bescheid. Über die Regeln und das alles.«

Sie und Rodney sahen uns der Reihe nach an, dann kehrten ihre Blicke zu Ruth zurück.

Ruth hielt kurz inne und seufzte: »Na ja, das eine oder andere haben sie uns natürlich gesagt. Aber es ist nicht so, dass wir uns groß auskennen. Wir haben eigentlich nie viel darüber geredet. – Wie auch immer, wir sollten uns bald auf den Weg machen.«

»An wen wendet man sich?«, fragte Rodney plötzlich. »Was haben sie euch gesagt, wo ihr hinmüsst, wenn ihr, na ja, wenn ihr euch *bewerben* wollt?«

»Ich hab's dir doch gesagt. Es wurde nicht groß darüber geredet.« Beinahe instinktiv wandte Ruth sich an Tommy und mich, als bitte sie uns um Unterstützung, was vermutlich ein Fehler war.

»Um ehrlich zu sein, ich weiß überhaupt nicht, wovon ihr redet«, sagte Tommy. »Was sollen das denn für Regeln sein?«

Ruth durchbohrte ihn mit einem Blick, und ich warf rasch ein: »Du weißt schon, Tommy. Dieses Gerede, das in Hailsham die Runde gemacht hat.«

Tommy schüttelte den Kopf. »Ich erinnere mich nicht«, sagte er ausdruckslos. Und diesmal sah ich – und Ruth sah es ebenfalls –, dass er nicht wie sonst auf der Leitung stand. »Ich erinnere mich nicht, dass in Hailsham je so was gewesen wäre.«

Ruth wandte sich von ihm ab. »Ihr müsst eines wissen«, sagte sie zu Chrissie, »nämlich dass Tommy zwar in Hailsham war, aber nicht wie ein echter Hailshamer ist. Er war immer ein Außenseiter, und die anderen haben dauernd über ihn gelacht. Es hat also keinen Sinn, ihn irgendwas in der Richtung zu fragen. So, und jetzt möchte ich gehen und diese Person suchen, die Rodney gesehen hat.«

In Tommys Augen erschien ein Ausdruck, der mir für einen Moment den Atem verschlug. Es war ein Blick, den ich lange nicht mehr an ihm wahrgenommen hatte, er gehörte zu jenem Tommy aus früheren Zeiten, der in einem Klassenzimmer verbarrikadiert werden musste, während er drinnen Pulte umwarf. Dann verschwand der Ausdruck wieder, Tommy wandte das Gesicht zum Himmel und stieß schwer den Atem aus.

Die Veteranen hatten nichts davon bemerkt, weil Ruth im selben Moment aufgestanden war und mit ihrer Jacke hantierte. Wir anderen schoben alle gleichzeitig unsere Stühle von dem kleinen Tisch zurück, und so entstand ein gewisses Durcheinander. Da ich die gemeinsame Kasse verwaltete, ging ich zur Theke, um zu zahlen. Die anderen schritten an mir vorbei und verließen hintereinander das Lokal, und während ich auf das Wechselgeld wartete, beobachtete ich sie durch eine der großen beschlagenen Scheiben, wie sie draußen in der Sonne herumstanden, wortlos, und aufs Meer hinunterschauten.

14

Als ich hinaustrat, spürte ich sofort, dass die ursprüngliche Begeisterung komplett verflogen war. Schweigend schlurften wir dahin, Rodney voraus, durch enge Seitengassen, in die kaum Sonnenstrahlen eindrangen. Die Gehsteige waren so schmal, dass wir uns oft nur im Gänsemarsch fortbewegen konnten. Es war eine Erleichterung, als wir endlich an der Hauptstraße herauskamen, wo der Lärm unsere gedrückte Stimmung ein wenig überdeckte. Als wir an einer Ampel auf die sonnige Straßenseite hinüberwechselten, sah ich Rodney und Chrissie miteinander tuscheln und fragte mich, wie viel von der schlechten Stimmung mit ihrem Glauben zusammenhing, wir würden ihnen ein großes Hailsham-Geheimnis verschweigen, und wie viel mit Ruths Ausfall gegen Tommy.

Kaum hatten wir die Straße überquert, verkündete Chrissie, sie und Rodney wollten Geburtstagskarten kaufen. Ruth war sprachlos, aber Chrissie fuhr gleich fort:

»Wir kaufen sie immer gern stapelweise. Auf lange Sicht ist das billiger. Und man hat gleich eine zur Hand, wenn jemand Geburtstag hat.« Sie deutete auf den Eingang des Woolworth-Ladens. »Dort kriegt man ziemlich gute Karten zu wirklich günstigen Preisen.«

Rodney nickte, und ich meinte hinter seinem Lächeln einen leicht spöttischen Zug zu entdecken. »Natürlich«, sagte er, »hat man am Ende lauter gleiche Karten, aber man kann sie ja selber illustrieren. Ihr wisst schon: *Personalisieren* nennt man das.«

Die beiden standen jetzt mitten auf dem Gehsteig, zwangen Leute mit Kinderwagen, sie zu umrunden, und warteten darauf, dass wir Widerspruch anmeldeten. Ich merkte, dass Ruth innerlich vor Empörung kochte, aber ohne Rodneys Mitarbeit waren wir ja so gut wie machtlos.

Wir betraten also Woolworth, und augenblicklich hob sich meine Stimmung. Noch heute gefallen mir solche Kaufhäuser: riesige Verkaufsflächen mit vielen Gängen, in den Regalen buntes Plastikspielzeug, Grußpostkarten, Massen von Kosmetika, dazwischen vielleicht auch eine Fotoabteilung. Wenn ich heute in einer größeren Stadt bin und ein bisschen Zeit habe, schlendere ich gern durch ein Kaufhaus, wo man sich einfach alles ansehen kann, ohne etwas kaufen zu müssen, und die Verkäufer haben nicht das Geringste dagegen.

Jedenfalls gingen wir hinein und hatten uns bald in alle Richtungen zerstreut, weil uns unterschiedliche Warengruppen interessierten. Rodney war nahe dem Eingang vor einem riesigen Kartenstand stehen geblieben, weiter im Ladeninneren entdeckte ich Tommy unter dem Poster einer Popgruppe, wo er in den Musikkassetten stöberte. Nach vielleicht zehn Minuten, als ich irgendwo im hinteren Teil des Ladens war, meinte ich Ruths Stimme zu hören und folgte ihr. Ich war schon in den richtigen Gang eingebogen – wo es Stofftiere und große Puzzles in Schachteln gab –, ehe ich merkte, dass Ruth und Chrissie am anderen Ende standen und die Köpfe zusammensteckten. Ich wusste nicht, was tun: Ich wollte sie nicht unterbrechen, aber es wurde allmählich Zeit, dass wir uns auf den Weg machten, und ich wollte auch nicht wieder umkehren. Also blieb ich, wo ich war, tat so, als begutachtete ich ein Puzzle, und wartete, ob sie mich bemerkten.

Bald wurde mir bewusst, dass sie wieder beim alten Thema waren: dem Gerücht. Chrissie sprach in gedämpftem Ton:

»Aber ich wundere mich, dass ihr die ganze Zeit, die ihr dort wart, nicht öfter darüber nachgedacht habt, wie ihr es anstellen sollt. Bei wem man den Antrag einreicht und das alles.«

»Das verstehst du nicht«, sagte Ruth. »Wärst du aus Hailsham, würdest du's verstehen. Es war eigentlich nie ein Thema für uns. Wahrscheinlich wussten wir immer, dass wir nur in Hailsham Bescheid zu sagen brauchten, falls wir uns je dafür interessieren sollten …«

Ruth entdeckte mich und unterbrach sich. Als ich mein Puzzle abstellte und zu ihnen hinüberging, starrten sie mich beide wütend an. Gleichzeitig rückten sie schuldbewusst voneinander ab, als hätte ich sie bei etwas Verbotenem ertappt.

»Wir sollten gehen«, sagte ich und tat, als hätte ich nichts bemerkt.

Aber Ruth ließ sich nicht täuschen. Als sie an mir vorbeigingen, warf sie mir einen bitterbösen Blick zu.

Die Stimmung war also gereizter denn je, als wir wieder hinter Rodney hertrotteten, der das Bürogebäude mit Ruths »Möglicher« zu finden versuchte. Dass er uns mehrmals durch die falschen Straßen führte, trug nicht dazu bei, unsere Laune zu heben. Mindestens viermal bog er voller Zuversicht in eine Seitenstraße ein, die von der Hauptstraße abzweigte, aber Büros und Läden waren dort kaum noch zu sehen, und wir mussten wieder umkehren. Rodney wurde von Mal zu Mal verlegener und schien kurz davor zu sein, aufzugeben. Aber dann fanden wir das Gebäude.

Wir hatten wieder einmal umkehren müssen und waren auf dem Weg zurück zur Hauptstraße, als Rodney plötzlich stehen blieb und stumm auf ein Bürohaus auf der gegenüberliegenden Straßenseite deutete.

Das war es, kein Zweifel. Es sah nicht ganz so aus wie in der Anzeige aus der Broschüre, die wir damals auf dem Weg gefunden hatten, war jenem Musterbüro aber doch recht ähnlich. Im Erdgeschoss war eine Glasfront, durch die jeder Passant ungehindert Einblick hatte: in ein weites Großraumbüro mit vielleicht einem Dutzend Schreibtischen, die in einer allerdings recht unregelmäßigen L-Form gestellt waren. Auch die Topfpalmen, die funkelnden Maschinen und Schwanenhalslampen auf den Schreibtischen fehlten nicht. Die Leute gingen plaudernd und scherzend zwischen den Schreibtischen hin und her oder lehnten an einer Trennwand, während andere auf ihren Drehstühlen zu einem gemeinsamen Imbiss mit Kaffee und Sandwich zusammengerückt waren.

»Schaut«, sagte Tommy. »Sie haben Mittagspause, aber sie gehen nicht raus. Kann man ihnen nicht verdenken.«

Wir standen draußen und starrten hinein; in diese geschäftstüchtige, behagliche Welt, die sich selbst genug zu sein schien. Ich warf einen Blick auf Ruth, deren Blicke nervös zwischen den Gesichtern hinter der Glasscheibe hin und her zu wandern schienen.

»Okay, Rod«, sagte Chrissie. »Welche ist die ›Mögliche‹?«

Ihr Tonfall klang beinahe sarkastisch, als wäre sie sich sicher, dass sich das Ganze gleich als Riesenirrtum seinerseits herausstellen werde. Aber Rodney erwiderte leise, mit aufgeregt bebender Stimme:

»Da. Dort drüben in der Ecke. In dem blauen Kostüm. Jetzt redet sie mit der großen Frau in Rot.«

Es war keine Übereinstimmung, die ins Auge sprang, aber je länger wir hinstarrten, desto mehr schien uns, dass er recht hatte. Die Frau war um die fünfzig und hatte ihre schlanke Linie ziemlich gut bewahrt. Ihre Haarfarbe war dunkler als die von Ruth – vielleicht färbte sie ja –, aber sie hatte ihre Haare zu einem schlichten Pferdeschwanz zusammengebunden, wie auch Ruth ihn meist trug. Die Frau lachte über eine Bemerkung ihrer rot gekleideten Kollegin, und ihr Mienenspiel, vor allem in der Art, wie sie ihr Gelächter mit einem Kopfschütteln beendete, erinnerte recht deutlich an Ruth.

Wir beobachteten sie gebannt und wortlos. Dann bemerkten wir, dass ein paar Frauen in einem anderen Teil des Büros auf uns aufmerksam geworden waren. Eine hob die Hand zu einem unbestimmten Winken. Damit war der Bann gebrochen, und wir ergriffen in kichernder Panik die Flucht.

Ein Stück weiter blieben wir stehen und redeten aufgeregt durcheinander, alle gleichzeitig. Mit Ausnahme von Ruth, die stumm zwischen uns stand. Es war schwierig, ihren Gesichtsausdruck zu entziffern: Sicherlich war sie nicht enttäuscht, aber begeistert war sie ebenso wenig. Sie lächelte ein bisschen, vielleicht wie die Mutter in einer normalen Familie, die von ihren hopsenden und kreischenden Kindern umringt und bestürmt wird, ihnen wer weiß was zu erlauben, während sie alles abwägt. So standen wir da, gaben unsere Meinungen zum Besten, und ich war richtig froh, den anderen zustimmen und ehrlich sagen zu können, dass die Frau, die wir gesehen hatten, durchaus als »Mögliche« infrage käme. Eigentlich waren wir alle erleichtert: Ohne uns so recht darüber im Klaren zu sein, hatten wir uns insgeheim für eine Enttäuschung gewappnet. Jetzt würden wir in die Cottages zurückkehren, Ruth konnte eine Ermutigung mit nach Hause nehmen, und wir Übrigen konnten sie darin bestärken. Und das Leben im Büro, das die Frau offensichtlich führte, kam der von Ruth so oft beschriebenen Traumzukunft so nahe, wie man es sich nur wünschen konnte. Ungeachtet der Misshelligkeiten, die an diesem Tag zwischen uns aufgekommen waren, wollte keiner von uns Ruth verzagt und bedrückt nach Hause zurückkehren sehen, und jetzt schien diese Sorge gebannt zu sein. Und das wäre bestimmt auch so geblieben, wenn wir die Sache damit hätten ruhen lassen.

Aber dann sagte Ruth: »Setzen wir uns doch kurz dort drüben auf die Mauer. Nur ein paar Minuten. Wenn sie uns vergessen haben, können wir noch mal zurückgehen.«

Wir waren einverstanden, aber als wir uns der niedrigen Mauer rund um den kleinen Parkplatz näherten, auf die Ruth gedeutet hatte, sagte Chrissie vielleicht ein bisschen zu eilfertig: »Aber auch wenn wir sie nicht noch mal sehen, sind wir uns doch alle einig, dass sie eine ›Mögliche‹ ist. Und es ist ein wunderbares Büro. Das ist es wirklich.«

»Warten wir einfach ein paar Minuten«, sagte Ruth. »Dann gehen wir noch mal hin.«

Ich selbst hockte mich nicht auf die Mauer, weil sie morsch und feucht war und weil ich fürchtete, jeden Moment könnte jemand vorbeikommen und uns darauf aufmerksam machen, dass wir da nicht sitzen dürften. Aber Ruth setzte sich darauf, rittlings wie auf ein Pferd. Und diese zehn, fünfzehn Minuten, die wir da warteten, sind mir noch heute lebhaft im Gedächtnis. Von der »Möglichen« spricht keiner von uns. Stattdessen tun wir so, als säßen wir während eines unbeschwerten Tagesausflugs an einem besonders malerischen Fleck und vertrieben uns nur ein bisschen die Zeit. Rodney führt einen kleinen Tanz auf, um zu demonstrieren, wie großartig die Stimmung ist. Er klettert auf die Mauer, balanciert darauf herum und lässt sich dann absichtlich herunterfallen. Tommy reißt Witze über die wenigen Passanten, und alles lacht, obwohl sie nicht besonders komisch sind. Nur Ruth, die in der Mitte rittlings auf der Mauer sitzt, ist still. Noch immer ist das Lächeln in ihrem Gesicht, aber sie bewegt sich kaum. Ein leiser Wind zerzaust ihr Haar, und in der hellen Wintersonne kneift sie die

Augen zusammen, sodass man nicht sagen könnte, ob sie über unsere Albernheiten lächelt oder einfach geblendet ist. Das sind die Eindrücke, die ich mir von dieser Atempause an der Parkplatzmauer bewahrt habe. Ich nehme an, wir warteten darauf, dass Ruth entschied, wann es so weit war, dass wir noch einmal zurückgehen konnten. So weit sollte es jedoch nie kommen, die Sache entwickelte sich in eine andere Richtung.

Tommy, der mit Rodney auf der Mauer herumgeturnt war, sprang plötzlich herab und stand still. Dann sagte er: »Das ist sie. Das ist dieselbe.«

Wir erstarrten mitten in der Bewegung und beobachteten die Gestalt, die sich von dem Bürogebäude her näherte. Sie trug jetzt einen cremefarbenen Mantel und kämpfte mit ihrer Aktentasche, die sie im Gehen zu schließen versuchte. Offensichtlich machte ihr der Verschluss Schwierigkeiten, sodass sie mehrmals langsamer wurde und dann den Schritt wieder beschleunigte. Wir fixierten sie wie in Trance, während sie auf der anderen Straßenseite vorüberging. Als sie in die Hauptstraße einbog, sprang Ruth auf und sagte: »Wir gehen ihr nach.«

Wir erwachten aus unserer Betäubung und hefteten uns an ihre Fersen – Chrissie musste uns sogar ein wenig bremsen, damit die Leute nicht dachten, wir seien eine Bande Straßenräuber, die es auf diese Frau abgesehen hätten. Wir folgten ihr also, kichernd, in gebührendem Abstand die Hauptstraße entlang, entfernten uns voneinander, weil wir zur Seite wichen, um Passanten vorbeizulassen, und kamen wieder zusammen. Mittlerweile muss es etwa zwei Uhr gewesen sein, und auf den Bürgersteigen wimmelte es von Einkaufsbummlern. Zuweilen verloren wir die Frau aus dem Büro fast aus dem Blick, aber wir ließen uns nicht abhängen, lungerten vor Schaufenstern herum, wenn sie ein Geschäft betrat, quetschten uns an Kinderwagen und alten Leuten vorbei, sobald sie wieder heraustrat.

Schließlich bog die Frau von der Hauptstraße in eine der Seitengassen nahe der Küste ein. Chrissie fürchtete, sie werde uns abseits der Menge bald bemerken, aber Ruth ließ sich nicht beirren, und wir folgten ihr.

Schließlich gelangten wir in eine enge Gasse, die von einigen wenigen Läden, vor allem aber von gewöhnlichen Wohnhäusern gesäumt wurde. Wieder mussten wir im Gänsemarsch gehen, und einmal, als uns ein Lieferwagen entgegenkam, zwängten wir uns in Hauseingänge, um ihn vorbeizulassen. Es dauerte nicht lang, bis auf der ganzen Straße nur noch die Frau und wir waren, und hätte sie sich umgedreht, so wäre ihr Blick unweigerlich auf uns gefallen. Aber sie setzte ihren Weg unbeirrt fort, zehn oder fünfzehn Schritte vor uns, und schließlich trat sie durch eine Tür – in »The Portway Studios«.

Ich bin seither noch ein paarmal in den Portway Studios gewesen. Vor einigen Jahren haben sie den Besitzer gewechselt, und jetzt verkaufen sie Kunstgewerbe aller Art wie Keramikgefäße und -teller und Tonfiguren. Damals war es eine richtige Galerie, zwei große helle Räume, in denen nur Gemälde waren, sonst nichts – wunderbar gehängt, jeweils mit großem Abstand voneinander. Das Holzschild über der Tür ist jedoch immer noch das alte. Jedenfalls beschlossen wir, ebenfalls einzutreten, nachdem Rodney uns darauf hingewiesen hatte, wie verdächtig wir in dieser menschenleeren Straße wirken mussten. In der Galerie konnten wir wenigstens so tun, als betrachteten wir die Bilder.

Als wir eintraten, fanden wir die Frau, die wir verfolgt hatten, im Gespräch mit einer um einiges älteren, silberhaarigen Dame, offensichtlich der Galeristin. Sie saßen einander gegenüber an einem kleinen Schreibtisch nahe dem Eingang, sonst war niemand da. Keine der beiden schenkte uns besondere Aufmerksamkeit, als wir an ihnen vorbeigingen, uns auf die zwei Räume verteilten und so taten, als würden uns die Bilder in den Bann schlagen.

Tatsächlich begannen sie mir zu gefallen, obwohl sich meine Gedanken ständig um Ruths »Mögliche« drehten, und ich genoss die friedliche Stille hier. Es war, als wären wir hundert Meilen vom Geschäftsviertel entfernt. Die Wände und Decken waren minzgrün, hier und dort hing hoch oben an der Bilderleiste ein Stück Fischernetz, eine morsche Schiffsplanke. Auch die Bilder selbst, vorwiegend Ölgemälde in tiefen Blau- und Grüntönen, waren Seestücke. Vielleicht hatte uns auf einmal die Müdigkeit eingeholt – schließlich waren wir seit Tagesanbruch auf den Beinen –, jedenfalls war ich nicht die Einzige, die in dieser Galerie in Tagträumereien abglitt. Wir hatten uns in verschiedene Ecken zurückgezogen und betrachteten ein Bild nach dem anderen, stumm, nur gelegentlich unterbrochen von einer gedämpften Bemerkung wie: »Kommt, seht euch das an!« Während der ganzen Zeit hörten wir Ruths »Mögliche« und die silberhaarige Dame pausenlos miteinander reden. Sie waren nicht besonders laut, aber in der Stille der Galerie schienen ihre Stimmen den ganzen Raum auszufüllen. Sie sprachen über einen Mann, einen gemeinsamen Bekannten, der offenbar nicht mit seinen Kindern zurechtkam. Und während wir sie belauschten und hin und wieder einen verstohlenen Blick in ihre Richtung warfen, begann sich etwas zu verändern. Ich spürte es, und ich war mir sicher, dass es die anderen nicht weniger deutlich spürten. Hätten wir die Frau nur durch die Glasscheibe ihres Büros beobachtet, wären wir ihr meinetwegen auch noch durch die Stadt gefolgt, um sie dann aus den Augen zu verlieren, so hätten wir immer noch begeistert und triumphierend in die Cottages zurückkehren können. Aber jetzt, in dieser Galerie, war uns die Frau zu nahe, viel näher, als wir es je angestrebt hatten. Und je länger wir zuhörten, je genauer wir sie betrachteten, desto mehr verflog alle Ähnlichkeit mit Ruth. Es war ein Gefühl, das von Minute zu Minute spürbar wuchs, und ich war mir sicher, dass Ruth, die sich auf der anderen Seite des Raums in ein Bild vertieft hatte, es ebenso wahrnahm wie wir anderen. Das war vermutlich der Grund, weshalb wir uns so lange in dieser Galerie aufhielten: Wir schoben den Moment vor uns her, in dem wir uns beraten mussten.

Auf einmal war die Frau verschwunden, aber wir standen immer noch herum und vermieden es, einander in die Augen zu schauen. Keiner von uns war auf die Idee gekommen, der Frau zu folgen, und während die Sekunden verrannen, war es, als verständigten wir uns wortlos auf eine neue Einschätzung der Lage.

Schließlich trat die silberhaarige Dame hinter ihrem Schreibtisch hervor und sagte zu Tommy, der ihr am nächsten stand: »Das ist ein ganz besonders schönes Werk. Eines meiner Lieblingsbilder.«

Tommy drehte sich zu ihr um und fing an zu lachen. Und während ich hastig zu ihm trat, um ihm beizuspringen, fragte die Dame: »Seid ihr Kunststudenten?«

»Eigentlich nicht«, sagte ich, bevor Tommy etwas erwidern konnte. »Wir sind einfach nur, na ja – kunstbegeistert.«

Die silberhaarige Dame strahlte übers ganze Gesicht und teilte uns stolz mit, der Künstler, dessen Arbeiten sie hier ausstelle, sei mit ihr verwandt. Sie erzählte uns alles über seine bisherige Laufbahn. Wenigstens weckte uns das aus dem tranceähnlichen Zustand, in dem wir versunken gewesen waren, und wir scharten uns um sie und lauschten, wie wir es in Hailsham getan hatten, wenn ein Aufseher eine Rede hielt. Das brachte die silberhaarige Dame erst recht in Fahrt, und wir kommentierten ihre Ausführungen mit eifrigem Nicken und kleinen Ausrufen, während sie berichtete, wo die Bilder entstanden waren, welche Tageszeiten der Künstler bevorzuge und dass er manchmal ohne Vorentwürfe arbeite. Dann gelangte ihr Vortrag an sein natürliches Ende, und wir seufzten einmütig, dankten ihr und verließen die Galerie.

Da die Straße so schmal war, konnten wir noch immer nicht richtig miteinander reden, wofür wir, glaube ich, alle recht dankbar waren. Während wir uns von der Galerie entfernten, sah ich Rodney, der an der Spitze ging, theatralisch die Arme ausbreiten, als wäre er so begeistert wie bei unserer Ankunft in der Stadt, aber es sah nicht mehr überzeugend aus, und als wir endlich auf eine breitere Straße kamen, blieben wir einer nach dem anderen stehen.

Jetzt waren wir wieder recht nah an der Steilküste. Wie schon zuvor einmal konnten wir, wenn wir uns über das Geländer beugten, den Fußweg sehen, der sich im Zickzack zum Strand hinab wand, aber hier reihten sich unten an der Promenade brettervernagelte Buden aneinander.

Eine Weile standen wir nur da, schauten aufs Meer hinaus und ließen uns vom Wind zerzausen. Rodney war immer noch um Munterkeit bemüht, als wäre er fest entschlossen, sich den schönen Ausflug durch nichts verderben zu lassen. Er machte Chrissie auf etwas aufmerksam, was in weiter Ferne am Horizont war, aber sie wandte sich von ihm ab und sagte: »Na gut, ich denke, wir sind uns einig, oder? Das ist *nicht* Ruth.« Sie lachte kurz auf und legte Ruth eine Hand auf die Schulter. »Schade. Wir finden es alle schade. Aber wir können es Rodney auch nicht verübeln. Es war ja wirklich keine abwegige Idee. Ihr müsst zugeben, durch diese Bürofenster hat sie tatsächlich ausgesehen …« Sie verstummte, dann berührte sie noch einmal Ruths Schulter.

Ruth sagte nichts, sondern zuckte nur kurz mit den Schultern, beinahe als wolle sie die Berührung abschütteln. Mit schmalen Augen starrte sie in die Ferne, eher in den Himmel als aufs Wasser. Ich spürte, wie bestürzt und verwirrt sie war, aber jemand, der sie weniger gut kannte, hätte sie vielleicht einfach nur nachdenklich gefunden.

»Tut mir leid, Ruth«, sagte Rodney, und auch er gab ihr einen Klaps auf die Schulter. Aber mit einer lächelnden Miene, so als rechnete er ohnehin keine Sekunde damit, dass ihm irgendwer einen Vorwurf machen könnte. So entschuldigt sich jemand, der einem anderen einen Gefallen erweisen will, was aber leider misslingt.

Ich weiß noch – in diesem Augenblick, da ich Chrissie und Rodney beobachtete, dachte ich: Ja, die beiden sind in Ordnung. Auf ihre Weise waren sie nett und versuchten Ruth aufzumuntern. Gleichzeitig aber, obwohl sie diejenigen waren, die das Gespräch führten, und Tommy und ich kein Wort sagten, empfand ich einen dumpfen Groll gegen sie, sozusagen in Ruths Namen. Denn ich sah, dass sie bei allem Mitgefühl insgeheim doch erleichtert waren. Sie waren erleichtert, dass die Sache so ausgegangen war; dass sie jetzt in der Position waren, Ruth zu trösten, statt weit abgeschlagen zurückbleiben zu müssen, während Ruths Hoffnungen in schwindelerregende Höhen schnellten. Sie waren erleichtert, dass sie sich jetzt nicht noch mehr als zuvor mit der Vorstellung herumschlagen mussten, die sie faszinierte und umtrieb und zugleich erschreckte: dieser fixen Idee, die sie hatten, dass uns Hailshamern alle möglichen Optionen offenstünden, die ihnen selbst verschlossen blieben. Ich erinnere mich, dass ich dachte, wie anders sie doch waren, Chrissie und Rodney, wie verschieden von uns dreien.

Dann sagte Tommy: »Ich verstehe nicht, was das für einen Unterschied macht. Es war doch ganz lustig, was wir erlebt haben.«

»Für dich vielleicht, Tommy«, sagte Ruth kalt, den Blick immer noch starr auf den Horizont gerichtet. »Ganz bestimmt würdest du anders reden, wenn wir nach *deinem* ›Möglichen‹ gesucht hätten.«

»Nein, das glaube ich nicht«, sagte Tommy. »Für mich spielt das keine Rolle. Selbst wenn du deine ›Mögliche‹ gefunden hättest, dein echtes Modell, nach dem sie dich gemacht haben: Auch dann hätte das doch nichts bewirkt.«

»Danke für deinen tiefsinnigen Kommentar, Tommy«, sagte Ruth.

»Aber Tommy hat recht, finde ich«, sagte ich. »Es ist Unsinn, sich auszudenken, wir könnten dasselbe Leben führen wie unsere Modelle. Da bin ich ganz Tommys Meinung. Es war einfach ein kleines Abenteuer, das wir nicht zu ernst nehmen sollten.«

Jetzt streckte auch ich die Hand aus und berührte Ruth an der Schulter – absichtlich an derselben Stelle, an der Chrissie und Rodney sie berührt hatten, denn ich wollte, dass sie den Unterschied spürte. Ich erwartete irgendeine Reaktion, ein Zeichen, dass das Verständnis, das Tommy und ich ihr entgegenbrachten, anders bei ihr ankam als das Mitgefühl der Veteranen, aber es erfolgte nichts, nicht einmal das Achselzucken, mit dem sie Chrissies Kommentar quittiert hatte.

Hinter mir hörte ich Rodney auf und ab tigern und Geräusche von sich geben, die uns wissen ließen, dass ihm allmählich kalt wurde. »Wie wär's, wenn wir jetzt Martin besuchen?«, fragte er. »Seine Wohnung liegt gleich hinter den Häusern dort drüben.«

Ruth seufzte auf einmal und drehte sich zu uns um. »Offen gestanden«, sagte sie, »ist mir die ganze Zeit klar gewesen, dass es Unsinn ist.«

»Ja«, sagte Tommy eifrig. »Es war alles nur Spaß.«

Ruth warf ihm einen verärgerten Blick zu. »Tommy, bitte halt die Klappe und erspar mir dein ständiges ›Alles nur Spaß‹. Es hört dir eh keiner zu.« An Chrissie und Rodney gewandt, fuhr sie fort: »Ich wollte es erst nicht sagen, als ihr mir davon erzählt habt. Aber es hat sowieso nicht sein können. Nie, *niemals*, würden sie Leute wie diese Frau nehmen. Denkt doch mal nach. Aus welchem Grund sollte sie dazu bereit sein? Wir wissen es alle, warum es also leugnen. Wir werden nicht nach solchen Leuten modelliert …«

»Ruth«, unterbrach ich sie bestimmt, »Ruth, nicht!«

Sie ignorierte mich. »Wir wissen es alle. Unsere Modelle sind *Abschaum:* Junkies, Prostituierte, Alkis, Obdachlose. Häftlinge vielleicht auch, solange es keine Irren sind. Von denen stammen wir ab. Wir wissen es alle, also warum sprechen wir's nicht aus? *So* eine Frau? Lächerlich. Ja, richtig, Tommy. Blanker Unsinn. Es macht ja Spaß, so zu tun als ob. Diese andere Frau dort, ihre Freundin, die Alte in der Galerie. *Kunst*studenten, dafür hat sie uns gehalten. Glaubt ihr etwa, sie hätte so mit uns geredet, wenn sie wüsste, was wir wirklich sind? Was hätte sie wohl gesagt, wenn wir sie gefragt hätten? ›Verzeihung, aber glauben Sie, dass Ihre Freundin sich je als Klon-Modell zur Verfügung gestellt hat?‹ Sie hätte uns hochkantig hinausgeworfen. Wir wissen es, also können wir's auch ruhig laut aussprechen. Wenn ihr nach Möglichen schauen wollt, wenn ihr's wirklich wissen wollt, dann müsst ihr in der Gosse suchen. In den Mülltonnen. In den Kloaken müsst ihr nachschauen, da kommen wir nämlich alle her.«

»Ruth« – Rodneys Stimme war fest, und ein warnender Ton schwang darin mit – »vergessen wir das Ganze und besuchen stattdessen Martin. Er hat heute Nachmittag frei. Du wirst ihn mögen, er ist wirklich urkomisch.«

Chrissie legte einen Arm um Ruth. »Na komm, Ruth. Rodneys Vorschlag ist gut.«

Ruth richtete sich auf, und Rodney setzte sich in Bewegung.

»Ihr könnt gehen«, sagte ich ruhig. »Aber ich werde nicht mitkommen.«

Ruth drehte sich um und musterte mich scharf. »Na, sieh mal an. Bist du jetzt die Beleidigte?«

»Ich bin nicht beleidigt. Aber manchmal redest du einfach Mist, Ruth.«

»Ach, sieh an, wer da beleidigt ist. Arme Kathy. Sie erträgt es nicht, wenn man mal sagt, was Sache ist.«

»Das hat nichts damit zu tun. Ich will keinen Betreuer besuchen. Wir sollen es nicht tun, und ich kenn den Typen nicht mal.«

Ruth zog die Augenbrauen hoch und wechselte einen Blick mit Chrissie. »Schön«, sagte sie, »es gibt keinen Grund, warum wir die ganze Zeit zusammenbleiben sollten. Wenn das gnädige Fräulein sich uns nicht anschließen will, ist das ihre Sache. Soll sie allein herumziehen.« Dann beugte sie sich zu Chrissie hinüber und raunte so laut, dass es jeder hören konnte: »Das ist immer das Beste, wenn Kathy schlecht drauf ist. Man muss sie allein lassen, dann regt sie sich schon wieder ab.«

»Sei aber um vier wieder beim Auto«, warnte Rodney mich. »Sonst musst du trampen.« Er lachte. »Na komm, Kathy, sei nicht eingeschnappt. Komm mit.«

»Nein. Geht ihr nur. Mir ist einfach nicht danach.«

Rodney setzte sich wieder in Bewegung, Ruth und Chrissie folgten, aber Tommy rührte sich nicht von der Stelle. Erst als Ruth sich umdrehte und ihn anstarrte, sagte er:

»Ich bleibe bei Kath. Wenn wir uns trennen, bleib ich bei Kath.«

Ruth funkelte ihn wütend an; dann drehte sie sich abrupt um und marschierte davon. Chrissie und Rodney sahen Tommy verlegen an, bevor auch sie weitergingen.

15

Tommy und ich stützten uns auf das Geländer und starrten aufs Meer hinaus.

»Bloßes Geschwätz«, sagte er, als die anderen außer Sichtweite waren: »So reden die Leute daher, wenn sie in Selbstmitleid baden. Nichts als Geschwätz. Die Aufseher haben nie so was gesagt.«

Ich setzte mich in Bewegung – in die entgegengesetzte Richtung von Ruth und den anderen –, und Tommy schloss sich mir an.

»Es hat keinen Sinn, sich drüber aufzuregen«, fuhr Tommy fort. »Ruth macht jetzt standig solche Sachen. Es ist einfach ihre Art, Dampf abzulassen. Aber wie wir vorhin festgestellt haben – auch wenn es wahr wäre, auch wenn es nur ein ganz kleines bisschen wahr wäre, würde es überhaupt keine Folgen haben. Unsere Modelle und ihr Leben, das hat mit uns nichts zu tun, Kath. Es hat keinen Sinn, sich darüber aufzuregen.«

»Okay«, sagte ich und rempelte ihn im Scherz mit der Schulter an. »Okay, okay.«

Ich hatte den Eindruck, dass wir in Richtung Innenstadt gingen, aber sicher war ich mir nicht. Ich suchte nach einer Möglichkeit, das Thema zu wechseln, aber Tommy kam mir zuvor.

»Weißt du, als wir vorhin in diesem Woolworth waren?«, sagte er. »Als du mit den anderen irgendwo im hinteren Teil warst? Da habe ich was gesucht. Etwas für dich.«

»Ein Geschenk?« Ich sah ihn überrascht an. »Ich glaube aber kaum, dass Ruth das gut finden würde. Es sei denn, du hast noch ein größeres für sie.«

»Es wäre eine Art Geschenk gewesen. Aber ich hab's nicht gefunden. Erst wollte ich es dir nicht sagen, aber jetzt gibt es vielleicht noch mal die Chance, es zu finden. Bloß müsstest du mir helfen. Ich kenn mich nicht so aus mit dem Einkaufen.«

»Tommy, was soll das heißen? Du willst mir ein Geschenk machen, aber ich soll dir helfen, es auszusuchen?«

»Nein, ich weiß schon, was ich will. Es ist nur so, dass …« Er lachte und zuckte die Achseln. »Na gut, ich kann's dir genauso gut sagen. In diesem Laden hatten sie eine Riesenauswahl, Unmengen von Platten und Kassetten. Ich habe die Kassette gesucht, die du mal verloren hast. Weißt du noch, Kath? Leider erinnere ich mich nicht mehr, welche es war.«

»Meine Kassette? Tommy! Dass du überhaupt davon gewusst hast!«

»Na klar hab ich's gewusst. Ruth hat alle möglichen Leute beauftragt, sie zu suchen, und sagte, du seist am Boden zerstört, weil du sie verloren hattest. Also hab ich sie zu finden versucht. Ich hab dir nichts davon gesagt, aber ich habe mich wirklich sehr bemüht. Ich dachte, es müsste doch Orte geben, wo du nicht suchen konntest, aber ich schon – in den Schlafsälen der Jungen zum Beispiel. Ich hab wirklich ewig gesucht, aber leider ohne Erfolg.«

Ich sah ihn an und spürte, wie meine schlechte Laune im Handumdrehen verflog. »Davon wusste ich gar nichts. Das war wirklich süß von dir, Tommy.«

»Na ja, es hat ja nicht viel genützt. Aber ich wollte die Kassette unbedingt finden. Und als es schließlich so aussah, als würde sie nicht von allein wieder auftauchen, sagte ich mir: Eines Tages gehe ich nach Norfolk und finde sie dort.«

»Das Fundbüro von England«, sagte ich und sah mich um. »Und hier sind wir!«

Auch Tommy sah sich um, und wir blieben stehen. Wir waren wieder in einer Seitenstraße, die allerdings nicht ganz so eng war wie die Gasse, in der sich die Galerie befand. Eine ganze Weile blickten wir uns immer wieder theatralisch um, dann fingen wir zu kichern an.

»Es war also gar keine so dämliche Idee«, sagte Tommy. »In diesem Woolworth-Laden vorhin, wo sie wirklich alle möglichen Kassetten haben, dachte ich, da wird es ganz bestimmt auch deine geben. Aber das glaube ich jetzt nicht mehr.«

»Das *glaubst* du nicht? Oh, Tommy, du meinst, du hast gar nicht so richtig gesucht?«

»Doch, Kath. Es ist nur, also es ist wirklich bescheuert, aber ich kann mich einfach nicht mehr erinnern, wie sie hieß. Damals in Hailsham hab ich die Schatzkisten der anderen Jungs durchsucht und was sonst noch alles, und jetzt kann ich mich nicht mehr erinnern. Sie hieß Julie Bridges oder so ähnlich …«

»Judy Bridgewater. *Songs After Dark.*«

Tommy schüttelte ernst den Kopf. »Die hatten sie ganz bestimmt nicht.«

Ich lachte und zwickte ihn in den Arm. Er sah mich verwirrt an, und ich sagte: »Tommy, bei Woolworth haben sie das sowieso nicht. Dort gibt es nur die neuesten Hits. Aber Judy Bridgewater ist uralt. Sie ist halt mal zufällig auf einem unserer Basare aufgetaucht. So was führt Woolworth nicht im Sortiment, du Blödmann!«

»Na ja, das meine ich ja – ich versteh nicht so viel von solchen Sachen. Aber sie hatten so viele Kassetten …«

»Ein *paar* hatten sie, Tommy. Ach, egal. Es war eine süße Idee, ich bin wirklich gerührt. Ein toller Einfall. Schließlich sind wir ja in Norfolk!«

Wir gingen wieder weiter, und Tommy sagte zögernd: »Also deswegen musste ich's dir sagen. Ich wollte dich überraschen, aber das hat ja leider nicht geklappt. Ich weiß nicht, wo ich suchen soll, auch wenn ich jetzt weiß, wie das Album heißt. Aber jetzt, nachdem ich's dir gesagt habe, kannst du mir helfen. Wir können gemeinsam suchen.«

»Tommy, was redest du denn?« Ich versuchte vorwurfsvoll zu klingen, aber ich musste wider Willen lachen.

»Wir haben mehr als eine Stunde Zeit. Das ist eine echte Chance.«

»Tommy, du spinnst. Du glaubst es wirklich, stimmt's? Diesen Quatsch mit dem Fundbüro?«

»Eigentlich nicht. Aber nachdem wir schon mal hier sind, können wir uns genauso gut auf die Suche machen. Du würdest die Kassette doch gern wiederfinden, oder? Zu verlieren haben wir nichts.«

»Na gut. Du spinnst zwar total, aber gut.«

Er breitete hilflos die Arme aus. »Also, Kath, wo gehen wir hin? Ich hab's ja schon gesagt, ich versteh nicht so viel vom Einkaufen.«

»Wir müssen in Secondhandläden schauen«, sagte ich nach kurzem Nachdenken. »Wo sie gebrauchte Klamotten und alte Bücher verkaufen. Manchmal haben sie dort auch eine Kiste mit alten Platten und Kassetten.«

»Okay. Und wo gibt es solche Läden?«

Wenn ich jetzt zurückdenke, wie ich da mit Tommy in der kleinen Seitenstraße stand, kurz bevor wir mit unserer Suche begannen, spüre ich einen Schwall von Wärme in mir aufsteigen. Auf einmal war alles perfekt: Eine geschenkte Stunde lag vor uns, und wie hätte man diese besser nutzen können? Ich musste mich wirklich zusammenreißen, um nicht albern loszukichern oder auf dem

Gehsteig auf und ab zu hüpfen wie ein Kleinkind. Als ich vor einiger Zeit, während ich Tommys Betreuerin war, einmal von unserer Fahrt nach Norfolk sprach, sagte er, ihm sei es genauso ergangen. Von der Sekunde an, als wir beschlossen hatten, meine verlorene Kassette zu suchen, war es auf einmal so, als wäre jede dunkle Wolke fortgeweht und vor uns läge nichts als das reine Vergnügen.

Zuerst verirrten wir uns ständig in die falschen Geschäfte, betraten Antiquariate oder Läden, die alte Staubsauger führten, aber keine Musiktitel. Nach einer Weile erklärte Tommy, ich wüsste offensichtlich auch nicht besser Bescheid als er, also werde er jetzt den Weg bestimmen. Zufällig – aber das war wirklich pures Glück – entdeckte er direkt vor uns eine Straße mit vier Läden von genau der Art, wie wir sie suchten, praktisch in einer Reihe hintereinander. Die Schaufenster waren voller Klamotten, Handtaschen, Kinderalmanache, und wenn man eintrat, roch es ein wenig süßlich und muffig. Vor uns stapelten sich Taschenbücher mit Eselsohren und staubige Schachteln mit Postkarten und wertlosem Schmuck. Ein Laden hatte sich auf Hippie-Sachen spezialisiert, während ein anderer Militärorden und Fotos von Soldaten in der Wüste anbot. Aber in allen standen jeweils irgendwo ein oder zwei große Kartons mit LPs und Musikkassetten. Wir stöberten in diesen Läden herum, und ich muss ehrlich zugeben, dass wir schon nach den ersten paar Minuten gar nicht mehr an Judy Bridgewater dachten. Wir genossen es einfach, uns gemeinsam diese Schätze anzusehen, gelegentlich getrennte Wege zu gehen und uns dann nebeneinander wiederzufinden, vielleicht als Rivalen im Kampf um eine Schachtel mit Nippsachen in einer staubigen Ecke, in die ein Strahl Sonnenlicht fiel.

Und dann fand ich sie natürlich. Ich hatte eine Reihe Kassetten durchgesehen, war in Gedanken ganz woanders, als sie auf einmal unter meinen Fingern auftauchte und genauso aussah wie vor vielen Jahren: Judy, ihre Zigarette, ihr koketter Blick zum Barkeeper, die verschwommenen Palmen im Hintergrund.

Ich schrie nicht laut auf wie zuvor bei anderen Sachen, die mich mehr oder weniger fasziniert hatten. Ich stand reglos da, blickte auf das Plastikgehäuse und wusste nicht recht, ob ich entzückt sein sollte oder nicht. Einen Moment lang kam es mir beinahe wie ein Irrtum vor. Die Kassette war der perfekte Vorwand für unser Vergnügen gewesen, und nachdem sie jetzt tatsächlich aufgetaucht war, mussten wir es wohl abbrechen. Vielleicht war das der Grund, weshalb ich – zu meiner eigenen Verwunderung – zuerst keinen Ton herausbrachte; warum ich sogar daran dachte, so zu tun, als hätte ich sie nicht bemerkt. Jetzt, da sie vor mir lag, war etwas unbestimmt Peinliches an der Kassette, als müsste ich längst über sie hinausgewachsen sein. Ja, ich kippte sie sogar nach vorn und ließ die nächste in der Reihe darauf fallen. Aber da war immer noch der Rücken des Gehäuses und blickte zu mir herauf, und schließlich rief ich Tommy herbei.

»Ist sie das?« Er schien wirklich Zweifel zu haben, vielleicht weil ich nicht mehr Aufhebens davon machte. Ich zog das Gehäuse heraus und hielt es in beiden Händen. Und auf einmal überkam mich eine riesige Freude – und noch etwas anderes, Komplizierteres, sodass ich fürchtete, jeden Moment in Tränen auszubrechen. Aber ich bekam die Gefühlsaufwallung wieder in Griff und zupfte bloß an Tommys Arm.

»Ja, das ist sie«, sagte ich, und jetzt endlich konnte ich richtig lächeln. »Ist das nicht unglaublich? Stell dir vor, wir haben sie gefunden!«

»Könnte es wohl dieselbe sein? Ich meine, dieselbe, die du verloren hast?«

Während ich sie in den Händen hin und her drehte, stellte ich fest, dass ich mich an alle Details erinnerte, die Gestaltung der Rückseite, die einzelnen Titel, alles.

»Soweit ich weiß, ja«, sagte ich. »Aber lass mich dir sagen, Tommy, es könnten *Tausende* davon existieren.«

Jetzt musste ich meinerseits feststellen, dass Tommy den Triumph nicht annähernd so auskostete, wie zu erwarten gewesen wäre.

»Tommy, du freust dich ja gar nicht für mich«, sagte ich, allerdings in unmissverständlich scherzendem Ton.

»Doch, ich freu mich schon, Kath. Ich hätte sie nur halt gern selber gefunden.« Dann lachte er kurz und fuhr fort: »Damals, als du sie verloren hast, hab ich mir insgeheim immer vorgestellt, wie es wohl wäre, wenn ich sie finden und dir bringen würde. Was du sagen, was für ein Gesicht du machen würdest, das alles.«

Sein Ton war weicher als sonst, und er wandte den Blick nicht von dem Plastikgehäuse in meiner Hand. Und mir wurde auf einmal sehr deutlich bewusst, dass wir die Einzigen hier waren – bis auf den alten Mann hinter dem Ladentisch am Eingang, der in seinen Papierkram vertieft war. Wir standen im hinteren Teil des Geschäfts auf einem Podest, das so düster und abgeschieden war, als hätte der alte Mann es mit einem imaginären Vorhang abgetrennt, weil er keine Lust hatte, sich mit dem Zeug in dieser Ecke zu befassen. Sekundenlang war Tommy wie in Trance – sicher ging er in Gedanken noch einmal eine seiner alten Fantasien durch, wie er mir meine verschwundene Kassette zurückbrachte. Dann riss er mir plötzlich das Plastikgehäuse aus der Hand.

»Aber zumindest kann ich sie dir *kaufen*«, sagte er grinsend, und bevor ich ihn aufhalten konnte, eilte er schon von dem Podest hinunter zur Ladentheke.

Während der alte Mann nach der Kassette suchte, die zu dem Gehäuse gehörte, stöberte ich noch eine Weile im hinteren Teil des Ladens herum. Ich empfand immer noch ein leises Bedauern, dass wir sie so rasch gefunden hatten, und erst später, als wir wieder in den Cottages waren und ich allein in meinem Zimmer saß, freute ich mich richtig, dass ich sie wiederhatte, meine Kassette – und dieses Lied. Schon damals war es vor allem Nostalgie gewesen, und heute, wenn ich zufällig mal die Kassette hervorhole und mir ansehe, weckt sie genauso viele Erinnerungen an jenen Nachmittag in Norfolk wie an unsere Zeit in Hailsham.

Als wir aus dem Laden traten, hätte ich mich gern wieder der sorglosen, beinahe kindischen Stimmung überlassen, in der wir zuvor gewesen waren. Aber Tommy war so tief in Gedanken versunken, dass er auf meine kleinen Scherze gar nicht reagierte.

Wir gingen einen steilen Fußweg hinauf und sahen, vielleicht hundert Meter vor uns, eine Art Aussichtskanzel direkt am Rand der Steilküste, auf der mehrere Bänke mit Blick auf das Meer standen. Im Sommer wäre es ein schöner Platz für eine Familie zum Sitzen und Picknicken gewesen. Es zog auch uns dort hinauf, trotz des eisigen Winds, aber als wir noch ein ganzes Stück vom Aussichtspunkt entfernt waren, wurde Tommy auf einmal sehr langsam und sagte:

»Chrissie und Rodney sind wirklich besessen von dieser Idee. Du weißt schon – dass manche einen Aufschub erhalten, wenn sie sich wirklich lieben. Sie sind überzeugt, wir wüssten bestens Bescheid, aber in Hailsham war doch nie die Rede davon. Zumindest hab ich nie irgendwas in der Art gehört – du, Kath? Nein, es ist einfach ein Gerücht, das seit einiger Zeit unter den Veteranen umgeht. Und Leute wie Ruth haben es noch geschürt.«

Ich musterte ihn aufmerksam, aber es war schwer zu sagen, ob er mit scherzhafter Sympathie gesprochen hatte oder ob eine gewisse Abneigung in seinem Ton mitschwang. Allerdings spürte ich, dass ihm noch etwas anderes durch den Kopf ging, was nichts mit Ruth zu tun hatte, und deshalb sagte ich nichts, sondern wartete ab. Schließlich blieb er vollends stehen und begann mit dem Fuß einen zertretenen Pappbecher auf dem Boden zu traktieren.

»Eigentlich, Kath«, sagte er, »hab ich schon eine ganze Weile darüber nachgedacht. Ich bin mir sicher, dass wir recht haben, in Hailsham hat niemand je so was behauptet. Aber in Hailsham war ja alles Mögliche nicht so ganz logisch. Und ich dachte, wenn es stimmt, dieses Gerücht, dann könnte es eine ganze Menge erklären. Dinge, über die wir uns immer wieder den Kopf zerbrochen haben.«

»Was meinst du? Was für Dinge?«

»Die Galerie zum Beispiel.« Tommy hatte die Stimme gesenkt, und ich trat näher, als wären wir immer noch in Hailsham und führten ein Gespräch, das niemand hören durfte, in der Schlange vor der Essensausgabe oder am Teich. »Wir haben nie richtig herausgefunden, was eigentlich der Zweck der Galerie war und warum Madame die schönsten Arbeiten mitgenommen hat. Aber jetzt, glaube ich, begreife ich es. Kath, erinnerst du dich, als dieser Streit um die Marken ausgebrochen war? Ob wir für die Sachen, die Madame mitgenommen hatte, Marken bekommen sollten oder nicht? Und als Roy J. deswegen sogar Miss Emily aufgesucht hat? Damals hat Miss Emily eine Bemerkung fallen gelassen, die mir nicht mehr aus dem Kopf gegangen ist.«

Zwei Frauen stiegen mit angeleinten Hunden den Hang herauf, und obwohl es völlig absurd war, verstummten wir und schwiegen, bis sie an uns vorbei und außer Hörweite waren. Dann sagte ich:

»Was war das? Was für eine Bemerkung hat Miss Emily gemacht?«

»Als Roy J. sie fragte, warum Madame unsere Sachen mitnähme. Erinnerst du dich, was sie darauf geantwortet haben soll?«

»Ja, dass es ein Privileg sei und wir stolz sein müssten …«

»Aber das war nicht alles.« Seine Stimme war nun nur noch ein Flüstern. »Sie sagte was zu Roy; es ist ihr wohl so herausgerutscht, wahrscheinlich wollte sie es gar nicht aussprechen. Erinnerst du dich, Kath? Sie sagte zu Roy, dass Dinge wie Bilder, Gedichte, all dieses Zeug: dass *es zeigt, wie ihr im Inneren seid.* Sie sagte, *es offenbart eure Seele.*«

In diesem Augenblick fiel mir ein, dass Laura einmal ihre Eingeweide gezeichnet hatte, und ich musste lachen. Aber allmählich dämmerte es mir.

»Du hast recht«, sagte ich. »Ich erinnere mich. Worauf willst du hinaus?«

»Meine Überlegung«, antwortete Tommy bedächtig, »ist folgende: Nehmen wir einmal an, es ist wahr, was die Veteranen sagen, und es gäbe für Hailsham-Kollegiaten tatsächlich eine Sondervereinbarung. Nehmen wir an, zwei Menschen sagen, dass sie sich aufrichtig lieben und dass sie noch mehr Zeit haben wollen, um zusammen zu sein. Verstehst du, Kath, dann muss es doch eine Möglichkeit geben, um zu beurteilen, ob sie wirklich die Wahrheit sagen. Ob sie's nicht nur behaupten, um einen Aufschub für ihre Spenden zu erwirken. Siehst du, wie schwierig es ist, da eine Entscheidung zu treffen? Oder es könnten sich zwei einbilden, sie lieben einander, aber in Wirklichkeit geht es ihnen nur um Sex. Oder es ist bloß eine Schwärmerei. Verstehst du, was ich meine, Kath? Von außen lässt sich das wirklich sehr schwer beurteilen, und es ist vielleicht unmöglich, jedes Mal richtig zu entscheiden. Tatsache ist aber, wer immer entscheidet, Madame oder sonst wer, er braucht *irgendeine Grundlage* dafür.«

Ich nickte langsam. »Deswegen haben sie also unsere Kunstwerke mitgenommen …«

»Es könnte so sein. Madame hat irgendwo eine Galerie mit Arbeiten, die die Kollegiaten von früher Kindheit an gemacht haben.

Stell dir vor, es kommen zwei zu ihr und behaupten, sie lieben sich. Dann sucht Madame die Kunstwerke heraus, die im Lauf vieler Jahre entstanden sind, und kann daran erkennen, ob es stimmt. Ob die beiden wirklich zusammenpassen. Vergiss nicht, Kath, was sie da hat, offenbart unsere Seele. Anhand dessen könnte sie entscheiden, was eine echte Liebe ist und was nur eine dumme Schwärmerei.«

Ich setzte mich wieder langsam in Bewegung und sah kaum, wohin ich eigentlich ging. Tommy schloss sich mir an; er wartete auf meine Antwort.

»Ich bin mir nicht sicher«, sagte ich schließlich. »Was du da sagst, könnte auf jeden Fall Miss Emilys Bemerkung gegenüber Roy erklären. Und es erklärt wahrscheinlich auch, warum die Aufseher so großen Wert darauf legten, dass wir malen und zeichnen konnten und das alles.«

»Genau. Und es erklärt …« Tommy seufzte und musste sich sichtlich überwinden, ehe er fortfuhr: »Es erklärt, wieso Miss Lucy zugeben musste, dass sie sich geirrt hatte, als sie mir einmal sagte, es sei nicht wichtig. Sie hat das damals aus Mitleid behauptet. Aber tief innen wusste sie, dass es *sehr wohl* eine Rolle spielt. Das Eigenartige an Hailsham ist, dass man diese besondere Chance bekommt. Und wenn man es nicht schafft, ein Bild in Madames Galerie unterzubringen, hat man die Chance so gut wie verspielt.«

Erst jetzt erkannte ich wirklich, worauf er hinauswollte, und ich schauderte. Ich blieb stehen und drehte mich zu ihm, aber bevor ich ein Wort sagen konnte, stieß Tommy ein Lachen aus.

»Tja, wenn ich's richtig verstanden habe, dann hab ich meine Chance wohl versiebt.«

»Tommy, bist du denn *je* mit irgendwas in die Galerie gekommen? Vielleicht, als du noch klein warst?«

Er schüttelte schon den Kopf. »Du weißt, dass ich zu nichts

getaugt habe. Und dann diese Sache mit Miss Lucy. Mir ist völlig klar, dass sie's gut gemeint hat. Aber wenn meine Theorie stimmt, dann ...«

»Es ist nur eine Theorie, Tommy«, erwiderte ich. »Du weißt selbst, wie es um deine Theorien bestellt ist.«

Ich wollte die Lage ein bisschen rosiger färben, aber ich traf nicht den richtigen Ton, und offensichtlich spürte er auch, dass mir seine Vermutungen sehr zu denken gaben. »Sie könnten genauso gut alle möglichen anderen Entscheidungskriterien gebrauchen«, sagte ich nach einem Moment. »Vielleicht ist die Kunst nur einer von vielen verschiedenen Wegen.«

Tommy schüttelte wieder den Kopf. »Welchen zum Beispiel? Nein, Madame hat uns nie kennengelernt. Sie könnte sich nie an uns als Individuen erinnern. Außerdem ist es vielleicht gar nicht Madame, die entscheidet. Wahrscheinlich sind es Leute über ihr, Leute, die nie einen Fuß nach Hailsham gesetzt haben. Ich habe viel darüber nachgedacht, Kath. Es passt alles. Deswegen war die Galerie so wichtig, und deswegen war den Aufsehern so wichtig, dass wir malten und dichteten. Kath, was denkst du?«

Tatsächlich waren meine Gedanken ein wenig abgeschweift. Ich dachte an jenen Nachmittag, an dem ich allein in unserem Schlafraum gewesen war und meine Kassette gehört hatte; wie ich mich gewiegt hatte, ein Kissen an die Brust gedrückt, und Madame mich mit Tränen in den Augen von der Türschwelle aus beobachtet hatte. Selbst dieser Zwischenfall, für den ich nie eine plausible Erklärung gefunden hatte, schien in Tommys Theorie zu passen. Dass ich in meiner Fantasie ein Baby in den Armen hielt, konnte Madame natürlich unmöglich wissen. Wahrscheinlich dachte sie, ich umarmte meinen Liebsten. Wenn Tommys Theorie stimmte, wenn Madame nur zu dem einen Zweck mit uns zu tun gehabt hatte, später, wenn wir uns verliebten, einen Aufschub für uns zu erwirken, dann war es vorstellbar, dass sie, die doch sonst so kühl und reserviert uns gegenüber war, von einer solchen Szene, deren Zeugin sie zufällig geworden war, derart erschüttert wurde. Das alles schoss mir durch den Kopf, und ich war nahe daran, Tommy meine Überlegungen mitzuteilen. Aber ich hielt mich zurück, weil ich seine Theorie jetzt lieber entkräften wollte, statt sie zu bestätigen.

»Ich hab nur über das alles nachgedacht, weiter nichts«, sagte ich. »Wir sollten allmählich an den Rückweg denken. Es wird eine Weile dauern, bis wir den Parkplatz wiedergefunden haben.«

Wir machten kehrt und gingen den Hügel wieder hinunter, aber wir wussten, dass wir noch Zeit hatten, und beeilten uns nicht besonders.

»Tommy«, fragte ich, nachdem wir eine Zeit lang stumm nebeneinanderher getrottet waren, »hast du irgendwas davon auch zu Ruth gesagt?«

Er schüttelte den Kopf und sagte: »Die Sache ist die, dass Ruth alles glaubt, alles, was die Veteranen sagen. Okay, sie tut gern so, als wüsste sie viel mehr, als sie tatsächlich weiß. Aber sie glaubt es wirklich. Und früher oder später wird sie einen Schritt weiter gehen wollen.«

»Du meinst, sie wird …«

»Ja. Sie wird sich bewerben wollen. Aber sie hat es noch nicht bis zum Ende durchdacht. Nicht so wie wir jetzt.«

»Du hast ihr nie deine Theorie über die Galerie auseinandergesetzt?«

Wieder schüttelte er stumm den Kopf.

»Wenn du das tust«, sagte ich, »und sie kauft sie dir ab … Ich fürchte, sie wird sehr wütend werden.«

Tommy wirkte nachdenklich, aber er sagte noch immer nichts. Erst als wir unten in den engen Gassen angelangt waren, brach er sein Schweigen, und dann war sein Tonfall auf einmal verlegen.

»Um ehrlich zu sein, Kath«, begann er, »ich habe schon etwas unternommen. Nur für den Fall. Ich hab niemandem etwas verraten, auch Ruth nicht. Es ist erst ein Anfang.«

So erfuhr ich zum ersten Mal von seinen Fantasietieren. Als er anfing, sie mir zu beschreiben – zu sehen bekam ich sie erst ein paar Wochen später –, fiel es mir schwer, Begeisterung zu zeigen. Tatsächlich fühlte ich mich, wie ich gestehen muss, an das Bild des Elefanten im Gras erinnert, mit dem für Tommy alle Probleme in Hailsham begonnen hatten. Auf die Idee, erklärte er, habe ihn ein altes Kinderbuch gebracht, dem der hintere Deckel fehlte; er hatte es in den Cottages hinter einem Sofa gefunden. Dann hatte er Keffers überredet, ihm eines der kleinen schwarzen Notizhefte zu überlassen, in die er seine Zahlen zu schreiben pflegte, und seither hatte Tommy mindestens ein Dutzend solcher Fantasiewesen fertiggestellt.

»Die Sache ist die, dass ich sie ganz klein mache. Winzig. Darauf bin ich in Hailsham nie gekommen. Heute denke ich, das war vielleicht der Fehler. Wenn man sie ganz winzig malt, weil einem ja gar nichts anderes übrig bleibt, denn die Seiten sind eben nur so und so groß, dann wird alles ganz anders. Es ist, als würden sie von selber lebendig. Dann musst du ihnen die ganzen Details einzeichnen. Du musst dir überlegen, wie sie sich vor Feinden schützen, wie sie etwas zu fassen kriegen. Ehrlich, Kath, es ist ganz anders als alles, was ich je in Hailsham gemalt habe.«

Er begann seine Lieblinge zu beschreiben, aber ich konnte mich nicht recht konzentrieren; je begeisterter er mir seine Tiere beschrieb, desto unbehaglicher wurde mir zumute, und ich hätte gern gesagt: Tommy, du wirst dich wieder zum Gespött machen. Fantasietiere? Was ist bloß los mit dir? Aber stattdessen sah ich ihn nur vorsichtig an und kommentierte mehrmals: »Hört sich wirklich gut an, Tommy.«

Abschließend sagte er: »Ehrlich, Kath, Ruth weiß nichts davon.«
Und damit schien ihm auch alles andere wieder einzufallen, auch
der Grund, weshalb wir überhaupt auf seine Tiere zu sprechen gekommen waren, und mit einem Schlag war alle Lebhaftigkeit aus
seiner Miene verschwunden. Wir gingen wieder schweigend dahin,
und als wir zur Hauptstraße kamen, sagte ich:

»Also wenn an deiner Theorie etwas dran ist, Tommy, dann müssen wir noch eine ganze Menge mehr herausfinden. Zum Beispiel:
Wie läuft so eine Bewerbung, was muss ein Paar tun, das einen Antrag stellen will? Schließlich liegen ja keine Formulare aus.«

»Das hab ich mich auch schon alles gefragt.« Seine Stimme klang
wieder leise und ernst. »Soweit ich sehe, gibt es nur einen Erfolg
versprechenden Weg, und der besteht darin, Madame zu finden.«

Ich dachte eine Weile darüber nach. »Das dürfte nicht so leicht
sein. Wir wissen doch gar nichts über sie. Nicht mal, wie sie heißt.
Und erinnere dich mal, wie sie war. Sie wollte uns ja nicht mal in
ihre Nähe lassen. Und selbst wenn wir sie ausfindig machen, kann
ich mir nicht vorstellen, dass sie besonders entgegenkommend wäre.«

Tommy seufzte. »Ich weiß«, sagte er. »Na ja, wir haben wohl noch
Zeit. Keiner von uns hat es besonders eilig.«

Als wir zum Parkplatz zurückkehrten, hatte der Himmel sich zugezogen, und es wurde allmählich recht kalt. Von den anderen war
noch keine Spur zu sehen. Tommy und ich lehnten uns an das Auto
und schauten zum Minigolfplatz hinüber. Dort war kein Mensch,
nur die Fahnen flatterten im Wind. Ich wollte nicht mehr über Madame und die Galerie reden; daher nahm ich die Judy-Bridgewater-Kassette aus der kleinen Tüte und betrachtete sie von allen
Seiten.

»Danke für dein Geschenk«, sagte ich.

Tommy lächelte. »Wenn ich bei der Schachtel mit den Kassetten gestanden hätte und du bei den LPs, hätte ich sie gefunden. Pech für den armen alten Tommy.«

»Das ist doch ganz egal. Wenn du nicht auf die Idee gekommen wärst, sie zu suchen, hätten wir sie auch nicht finden können. Ich hatte diese Fundbüro-Geschichte schon vollständig vergessen. Meine Stimmung war sowieso im Keller, nachdem Ruth so dahergeredet hat. Judy Bridgewater. Meine alte Freundin. Es ist, als wäre sie nie weg gewesen. Wer sie damals wohl gestohlen hat?«

Wir drehten uns beide zur Straße und hielten einen Moment lang Ausschau nach den anderen.

»Weißt du«, sagte Tommy dann, »ich hab schon gemerkt, wie sehr dich das durcheinandergebracht hat, was Ruth vorhin gesagt hat …«

»Lass, Tommy. Jetzt ist alles wieder gut. Und ich habe nicht die Absicht, sie drauf anzusprechen, wenn sie kommt.«

»Nein, das meine ich nicht.« Er rückte vom Auto ab, drehte sich um und stemmte einen Fuß gegen den Vorderreifen, wie um ihn zu prüfen. »Ich meine etwas anderes. Nämlich, dass ich in dem Moment, als Ruth mit alldem herausgerückt ist, da hab ich begriffen, warum du dir ständig diese Pornoheftchen anschaust. Okay, nicht *begriffen*. Es ist nur eine Theorie. Noch eine von meinen Theorien. Aber als Ruth das vorhin gesagt hat, da ist irgendwie der Groschen gefallen.«

Ich spürte, dass er mich ansah, aber ich starrte nur geradeaus und gab keine Antwort.

»Aber ich kapier's noch immer nicht ganz, Kath«, sagte er schließlich. »Selbst wenn es stimmt, was Ruth behauptet, und das glaub ich persönlich nicht, warum durchsuchst du dann alte Pornoheftchen nach deiner ›Möglichen‹? Wie kommst du auf die Idee, dass dein Modell eines dieser Mädchen sein kann?«

Ich zuckte nur mit den Schultern, noch immer ohne ihn anzusehen. »Ich sage ja nicht, dass es vernünftig ist oder logisch. Ich tu's einfach.« Jetzt stiegen mir die Tränen in die Augen, und ich versuchte sie vor Tommy zu verbergen, aber es war ein Zittern in meiner Stimme, als ich sagte: »Wenn es dich so nervt, lass ich's bleiben.«

Ich weiß nicht, ob Tommy meine Tränen bemerkte, jedenfalls hatte ich mich wieder unter Kontrolle, als er zu mir trat, mir den Arm um die Schultern legte und mich an sich drückte. Das war nichts Neues oder Besonderes, er hatte es schon früher manchmal getan. Aber irgendwie ging es mir sofort besser, und ich lachte ein bisschen. Da ließ er mich wieder los, aber wir blieben so dicht beieinander, dass wir uns fast berührten, und standen wieder Seite an Seite mit dem Rücken zum Auto.

»Okay, es ist sinnlos«, sagte ich. »Aber wir tun es doch alle, nicht? Wir alle zerbrechen uns den Kopf über unser Modell. Schließlich sind wir deswegen heute hier. Wir alle tun es.«

»Ich hab niemandem was davon gesagt, Kath, das weißt du, oder? Dass ich dich im Boilerhaus gesehen habe. Weder Ruth noch sonst wem. Aber ich kapier's nicht. Ich versteh einfach nicht, wieso.«

»Also gut, Tommy. Ich sag's dir. Du wirst es vielleicht genauso wenig verstehen, wenn du's weißt, aber du kannst es trotzdem wissen. Es ist so, dass ich manchmal, selten, einen ungemein starken Drang nach Sex habe, ich weiß auch nicht – manchmal überkommt es mich einfach, und eine Stunde oder zwei ist es wirklich unheimlich. Das geht so weit, dass ich es direkt mit dem alten Keffers tun könnte, so schlimm ist es. Und das ist der Grund ... das ist der einzige Grund, wieso ich es mit Hughie gemacht habe. Und mit Oliver. Innerlich hat es mir überhaupt nichts bedeutet. Ich mag sie nicht mal besonders. Ich weiß nicht, was das ist, und nachher, wenn es wieder vorbei ist, macht es mir einfach Angst. Deswegen bin ich auf die Idee gekommen, dass es ja von irgendwoher kommen muss. Es muss damit zu tun haben, wie ich bin.« Ich hielt inne, aber als Tommy nichts sagte, fuhr ich fort: »Also dachte ich, wenn ich in einem dieser Hefte ihr Bild finde, wäre es zumindest eine Erklärung. Ich würde bestimmt nicht hingehen und sie suchen oder so – es würde nur, du weißt schon – es wäre eine Art Erklärung, warum ich so bin, wie ich bin.«

»Aber mir geht es manchmal genauso«, sagte Tommy. »Dass ich wirklich wahnsinnig Lust drauf habe. Wahrscheinlich geht es allen so, wenn sie ehrlich sind. Ich glaube nicht, dass bei dir irgendwas anders ist, Kath. Eigentlich geht es mir sogar ziemlich oft so …« Er brach ab und lachte, aber ich stimmte nicht mit ein.

»Ich meine was anderes«, sagte ich. »Ich hab euch beobachtet, euch alle. Ihr bekommt Lust auf Sex, aber das heißt noch nicht, dass ihr alles dafür tätet. Nicht so wie ich – dass ich mit diesem Hughie gegangen bin …«

Beinahe hätte ich schon wieder zu weinen angefangen, weil ich wieder Tommys Arm um meine Schultern spürte. Aber so aufgewühlt ich war, blieb ich mir doch bewusst, wo wir waren, und ich vergewisserte mich insgeheim, dass kein Anlass zu Missverständnissen bestand, wenn Ruth und die anderen jetzt die Straße entlangkämen, selbst wenn sie uns in diesem Moment sähen. Wir standen nebeneinander ans Auto gelehnt, und sie würden sehen, dass ich wegen irgendwas durcheinander war und Tommy mich eben tröstete. Dann hörte ich ihn sagen:

»Ich glaube nicht, dass das unbedingt schlecht sein muss. Wenn du erst mal jemanden gefunden hast, Kath, jemanden, mit dem du wirklich zusammen sein willst, dann könnte es richtig gut sein. Weißt du noch, was uns die Aufseher immer gesagt haben? Wenn es der Richtige ist, dann macht es dich wirklich glücklich.«

Ich machte eine Bewegung mit der Schulter, wie um Tommys Arm abzuschütteln, dann holte ich tief Luft. »Vergessen wir das Ganze. So oder so hab ich diese Stimmungen, wenn sie mich überkommen, immer besser unter Kontrolle. Also vergessen wir's einfach.«

»Trotzdem, Kath, es ist bescheuert, diese ganzen Hefte durchzublättern.«

»Es ist bescheuert, okay. Tommy, lassen wir das. Jetzt geht's schon wieder.«

Ich weiß nicht, worüber wir uns noch unterhielten, bis die anderen aufkreuzten. Jedenfalls sprachen wir nicht mehr über diese ernsten Themen, und falls die anderen gespürt haben sollten, dass noch etwas in der Luft lag, so sagten sie doch nichts dazu. Sie waren bester Laune, und vor allem Ruth schien entschlossen, ihren Auftritt von vorhin wieder wettzumachen. Sie kam auf mich zu, berührte meine Wange, machte den einen oder anderen Scherz, und als wir wieder im Auto saßen, sorgte sie dafür, dass die vergnügte Stimmung anhielt. Sie und Chrissie hatten Martin urkomisch gefunden, alles an ihm, und nutzten es weidlich aus, dass sie jetzt, nachdem sie seine Wohnung verlassen hatten, offen über ihn lachen konnten. Rodney schien das nicht recht zu sein, und ich merkte, dass Ruth und Chrissie vor allem deshalb so ein großes Trara darum machten, weil sie *ihn* aufziehen wollten. Es wirkte aber alles recht freundschaftlich. Mir fiel auf, dass Ruth uns jetzt immer miteinbezog, während sie auf der Hinfahrt stets darauf bedacht gewesen war, Tommy und mich über all die Scherze und Anspielungen im Dunkeln zu halten. Jetzt drehte sie sich immer wieder zu mir und erklärte mir ausführlich, wovon die Rede war. Nach einer Weile wurde es sogar ein bisschen ermüdend, denn es kam mir vor, dass alles, was im Auto gesprochen wurde, speziell für unsere – oder wenigstens meine – Ohren gedacht war. Andererseits genoss ich es, dass Ruth sich so bemühte. Mir war klar – und Tommy ebenso –, dass sie ihren Ausbruch am Nachmittag bereute, und das war eben ihre Art, es zuzugeben. Wir saßen wieder so wie auf der Hinfahrt, sie in der Mitte, aber jetzt redete sie die ganze Zeit auf mich ein und drehte sich ab und zu auch zur anderen Seite, um Tommy einen Kuss zu geben oder ihn kurz an sich zu drücken. Es herrschte eine nette Atmosphäre, und niemand erwähnte Ruths »Mögliche« oder sonst etwas in der Art. Und ich verschwieg die Judy-Bridgewater-Kassette, die Tommy mir geschenkt hatte. Natürlich würde Ruth es früher oder später erfahren, aber einstweilen wollte ich es noch für mich behalten. Auf dieser Fahrt nach Hause, während die Dunkelheit sich langsam über die langen, leeren Straßen senkte, kam es mir vor, als wären wir drei uns wieder ganz nahe, und diese Stimmung wollte ich mir durch nichts verderben lassen.

16

Das Sonderbare an unserem Ausflug nach Norfolk war, dass wir ihn kaum erwähnten, sobald wir wieder zu Hause waren. Das ging so weit, dass eine Zeit lang alle möglichen Gerüchte darüber kursierten, was wir dort getrieben hätten. Dennoch hüllten wir uns weiterhin in Schweigen, bis die anderen das Interesse verloren.

Noch heute weiß ich nicht genau, warum das so war. Vielleicht hatten wir das Gefühl, dass es an Ruth wäre, etwas zu sagen und vor allem zu bestimmen, wie viel erzählt wurde, und wir warteten auf ein Stichwort von ihr. Aber aus irgendeinem Grund – sei es, weil es ihr peinlich war, wie die Sache mit ihrer »Möglichen« ausgegangen war, sei es, weil sie die Geheimniskrämerei genoss – verlor Ruth kein Sterbenswörtchen zu dem Thema. Nicht einmal, wenn wir unter uns waren, erwähnten wir unseren Ausflug.

Die allgemeine Zugeknöpftheit machte es mir leichter, Ruth zu verschweigen, dass Tommy mir die Judy-Bridgewater-Kassette gekauft hatte. Ich hatte sie immer in meiner Kassettensammlung, die ich auf dem Fußboden neben der Sockelleiste zu kleinen Stapeln aufschichtete. Aber ich achtete sorgfältig darauf, dass sie nicht einzeln herumlag oder oben auf einem Stapel landete. Manchmal sehnte ich mich danach, Ruth davon zu erzählen, mit ihr in Erinnerungen an Hailsham zu schwelgen, während im Hintergrund die

Kassette lief. Aber je mehr Zeit seit der Norfolk-Fahrt verstrich, ohne dass ich ihr davon erzählte, desto mehr kam es mir wie ein peinliches Geheimnis vor. Natürlich entdeckte sie die Kassette irgendwann, viel später, als der Zeitpunkt dafür vermutlich viel ungünstiger war, aber so ist es, manchmal geht der Zufall eben solche Wege.

Als der Frühling kam, begannen immer mehr Veteranen mit ihrer Ausbildung, und obwohl sie, wie üblich, nicht viel Aufhebens davon machten, waren es so viele, dass wir es unmöglich ignorieren konnten. Ich bin mir nicht sicher, was wir bei dem Massenaufbruch empfanden – bis zu einem gewissen Grad beneideten wir die Abreisenden. Für uns war es wirklich so, als wären sie auf dem Weg in eine größere, aufregende Welt. Aber natürlich verursachte uns ihr Fortgang auch Unbehagen.

Alice F. war die Erste aus unserer Hailshamer Clique, die uns verließ, im April, und nicht lang nach ihr verschwand auch Gordon C. Sie hatten beide gebeten, mit ihrer Ausbildung anfangen zu dürfen, und reisten mit vergnügtem Lächeln ab. Doch von da an war die Atmosphäre in den Cottages nicht mehr dieselbe – jedenfalls für uns.

Auch einige Veteranen schienen durch die vielfachen Abgänge verunsichert zu sein, und vielleicht war die neue Welle von Gerüchten der Art, wie sie Chrissie und Rodney in Norfolk angesprochen hatten, eine unmittelbare Folge davon. Überall im Land, hieß es, hätte man Paaren einen Aufschub genehmigt, weil sie ihre Liebe bewiesen hätten – und manchmal ging es dabei jetzt auch um Kollegiaten, die gar keine Verbindungen nach Hailsham hatten. Auch in diesen Fällen hielten wir fünf, die wir in Norfolk gewesen waren, uns abseits; selbst Chrissie und Rodney, die einmal mit Begeisterung solche Gespräche geführt hatten, wandten jetzt verlegen den Blick ab, wenn die Gerüchte die Runde machten.

Der »Norfolk-Effekt« erfasste sogar Tommy und mich. Ich war mir sicher gewesen, dass wir, wieder zu Hause, keine Gelegenheit versäumen würden, um weitere Gedanken zu seiner Theorie über die Galerie auszutauschen, wenn wir einmal kurz unter vier Augen sprechen konnten. Aber aus irgendeinem Grund – und er war dafür sicherlich nicht mehr verantwortlich als ich – kam es nie dazu. Die einzige Ausnahme war wohl der Morgen im Gänsestall, an dem er mir seine Fantasietiere zeigte.

Die Scheune, die wir den Gänsestall nannten, stand an der Peripherie unseres Geländes. Da das Dach an vielen Stellen undicht und die Tür für immer aus den Angeln gefallen war, taugte sie eigentlich nur als Zuflucht für Liebespaare, die sich in den wärmeren Monaten dort verkrochen. Inzwischen hatte ich mit meinen langen einsamen Spaziergängen begonnen, und wahrscheinlich hatte ich mich wieder mal auf den Weg gemacht und war eben am Gänsestall vorbeigekommen, als ich Tommy meinen Namen rufen hörte. Ich drehte mich um und sah ihn barfuß auf einer kleinen trockenen Insel inmitten riesiger Pfützen stehen, eine Hand an die Scheunenwand gestützt, um das Gleichgewicht zu halten.

»Was ist aus deinen Gummistiefeln geworden, Tommy?«, fragte ich.

»Ich habe *gezeichnet*, du weißt schon …« Er lachte und hielt ein kleines schwarzes Notizbuch hoch, ähnlich den Heften, die die Keffers immer bei sich hatte. Seit der Fahrt nach Norfolk waren mehr als zwei Monate vergangen, aber als ich das Notizbuch sah, fiel mir gleich wieder ein, worum es ging. Doch ich sagte nichts, sondern wartete, bis er vorschlug:

»Wenn du magst, Kath, zeig ich's dir.«

Auf dem steinigen Boden hüpfte und humpelte er in den

Gänsestall voraus. Ich hatte damit gerechnet, dass es drinnen stockdunkel wäre, und war überrascht, dass die Sonne durchs Dach hereinflutete. An einer Wand waren die verschiedensten Möbel und Geräte zusammengeschoben, die wir im Lauf des letzten Jahres ausrangiert hatten – kaputte Tische, alte Kühlschränke, solche Sachen. Aus diesem Verhau hatte Tommy ein zweisitziges Sofa hervorgezerrt, aus dessen schwarzem Kunstlederbezug die Polsterung quoll, und ich erriet, dass er hier gesessen und gezeichnet haben musste, als er mich vorbeigehen hatte sehen. In der Nähe lagen die umgefallenen Gummistiefel, aus denen seine Fußballsocken hervorlugten.

Tommy sprang wieder auf das Sofa und hielt seine große Zehe. »Tut mir leid, meine Füße stinken ein bisschen. Ich hab die Strümpfe ausgezogen, ohne es zu merken. Jetzt hab ich mich, glaub ich, geschnitten. Kath, möchtest du sie dir ansehen? Ruth hat sie letzte Woche gesehen, und seitdem wollte ich sie auch dir zeigen. Außer Ruth kennt sie noch niemand. Schau sie dir an, Kath.«

Das war das erste Mal, dass ich seine Tiere sah. Als er mir in Norfolk davon erzählt hatte, war ich mir sicher gewesen, dass es sich um verkleinerte Ausgaben der Bilder aus unserer Kindheit handelte. Umso größer war meine Überraschung, als ich jetzt sah, wie dicht und detailliert jede einzelne Zeichnung war. Tatsächlich brauchte ich eine Weile, bis ich erkannte, dass es Tiere waren. Der erste Eindruck war so, als hätte man die hintere Verkleidung eines Radioapparats abgenommen: Winzige Kanäle, verschlungene Leitungen, Miniaturschrauben und Rädchen waren hier mit geradezu manischer Präzision gezeichnet worden, und erst wenn man das Blatt ein Stück von sich fern hielt, erkannte man, dass es ein Wesen war, ein Gürteltier zum Beispiel oder ein Vogel.

»Das ist mein zweites Heft«, sagte Tommy. »Das erste kriegt auf keinen Fall irgendwer zu sehen! Ich hab eine Weile gebraucht, bis ich draufgekommen bin, wie es geht.«

Er hatte sich jetzt auf dem Sofa zurückgelehnt, zog eine Socke über seinen Fuß und bemühte sich, beiläufig zu klingen, aber ich wusste, wie begierig er auf meine Reaktion war. Und doch konnte ich ihn nicht rückhaltlos loben. Vielleicht lag es zum Teil daran, dass ich fürchtete, jedes selbst gemachte Kunstwerk könnte ihn wieder in die Bredouille bringen. Andererseits aber waren diese Zeichnungen so anders als alles, was uns die Aufseher in Hailsham beigebracht hatten, dass ich nicht wusste, wie ich sie beurteilen sollte.

»Meine Güte, Tommy, das muss ja wahnsinnig viel Konzentration erfordern. Dass du hier drin überhaupt genug siehst für diese winzigen Einzelheiten!« Und während ich in dem Heft blätterte, vielleicht weil ich immer noch um den passenden Kommentar rang, rutschte mir die Bemerkung heraus: »Ich frag mich, was Madame dazu sagen würde.«

Ich hatte es in scherzhaftem Ton gesagt, und Tommy reagierte mit einem leisen Kichern, aber dann hing etwas wie Verlegenheit in der Luft. Ich blätterte weiter – das Heft war etwa zu einem Viertel voll –, ohne einen Blick auf ihn zu werfen, und wünschte, ich hätte Madame nicht erwähnt. Schließlich hörte ich ihn sagen:

»Ich muss sicher noch sehr viel üben, bevor *sie* irgendwas davon zu sehen kriegt.«

Ich war mir nicht sicher, ob das ein Wink an mich war, damit ich ihm sagte, wie gut seine Zeichnungen tatsächlich waren – denn inzwischen begannen mich diese fantastischen Geschöpfe regelrecht zu fesseln. Trotz ihrer unruhigen, metallischen Züge war an jedem Einzelnen etwas Sanftes, ja Verletzliches. In Norfolk hatte er erzählt, er überlege sich noch während des Zeichnens, wie sie sich vor Feinden schützten, wie sie in der Lage wären zu greifen, und als ich sie jetzt betrachtete, bewegten mich merkwürdigerweise ganz ähnliche Gedanken. Trotzdem – aus einem mir unerklärlichen Grund – hielt mich weiterhin irgendetwas davon ab, ihn zu beglückwünschen.

»Aber ich mache diese Tiere ja nicht nur deswegen. Es macht mir wirklich Spaß!«, beteuerte Tommy. »Ich hab mich gefragt, Kath, ob ich's weiter für mich behalten soll. Ich hab gedacht, es wird wohl nichts schaden, wenn die anderen davon wissen. Schließlich malt Hannah nach wie vor ihre Aquarelle – viele Veteranen machen irgendwas. Ich hab ja nicht vor, diese Zeichnungen jedem unter die Nase zu halten. Aber ich dachte, es gibt eigentlich keinen Grund, warum ich sie weiter geheim halten soll.«

Endlich brachte ich es fertig, aufzuschauen und halbwegs überzeugend zu sagen: »Dafür gibt es auch keinen Grund, Tommy, überhaupt keinen Grund. Die sind gut, deine Zeichnungen. Wirklich sehr, sehr gut. Also wenn du dich *deswegen* hier drin versteckst, dann ist das völlig überflüssig.«

Er sagte nichts darauf, aber in seinem Gesicht erschien ein Grinsen, als amüsierte er sich insgeheim über einen Witz, und ich wusste, wie glücklich ihn meine Bemerkung gemacht hatte. Ich glaube nicht, dass wir danach noch viel sagten. Ich denke, er zog bald darauf seine Gummistiefel an, und wir verließen gemeinsam den Gänsestall. Wie ich schon sagte – das war das einzige Mal in diesem Frühjahr, dass Tommy und ich auf seine Theorie zu sprechen kamen.

Dann war der Sommer da und mit ihm der Jahrestag unserer Ankunft hier. In einem Minibus traf eine Truppe neuer Kollegiaten ein, nicht anders als wir im Jahr zuvor, aber es war niemand aus Hailsham darunter. In gewisser Weise war das sogar eine Erleichterung: Ich glaube, in der letzten Zeit waren wir zunehmend nervös geworden und hatten befürchtet, eine neue Gruppe aus Hailsham würde alles noch viel komplizierter machen. Aber das Ausbleiben weiterer Hailshamer verstärkte, jedenfalls für mich, das ohnehin schon vorhandene Gefühl, dass Hailsham jetzt weit in der Vergangenheit lag und die Bande, die unsere alte Gruppe zusammenhielten, allmählich brüchig wurden. Es lag nicht nur daran, dass manche, wie Hannah, immer wieder davon redeten, sie wollten Alices Beispiel folgen und mit ihrer Ausbildung anfangen; andere, wie Laura, hatten Partner gefunden, die nicht aus Hailsham kamen, und man konnte beinahe vergessen, dass sie je mehr mit uns zu tun gehabt hatten.

Und dazu kam schließlich, dass Ruth seit Neuestem immer wieder so tat, als hätte sie alles Mögliche von Hailsham vergessen. Gut, meist waren es Banalitäten, trotzdem wuchs mein Ärger. Einmal zum Beispiel saßen wir – Ruth, ich und ein paar Veteranen – nach einem ausgedehnten Frühstück um den Küchentisch, einer der Veteranen hatte uns belehrt, dass der Verzehr von Käse spät am Abend für einen unruhigen Schlaf sorge, und ich drehte mich zu Ruth und sagte sinngemäß: »Weißt du noch, das hat uns auch Miss Geraldine oft gesagt?« Es war nur ein ganz beiläufiger Einwurf, und Ruth hätte nur zu lächeln oder zu nicken brauchen. Aber sie starrte mich absichtlich verständnislos an, als hätte sie nicht die leiseste Ahnung, wovon ich sprach. Erst als ich erklärungshalber zu den Veteranen sagte: »Eine unserer Aufseherinnen«, nickte Ruth mit gerunzelter Stirn, als sei es ihr in dem Moment wieder eingefallen.

Diesmal beließ ich es dabei. Aber bei einer anderen Gelegenheit ließ ich sie nicht so einfach davonkommen, an dem Abend nämlich, als wir draußen in dem aufgelassenen Bushäuschen saßen und mich ihr vorgetäuschter Gedächtnisverlust wirklich wütend machte:

Es war eine Sache, dieses Spielchen vor den Veteranen zu veranstalten; eine andere war es, wenn wir nur zu zweit waren und mitten in einem ernsten Gespräch. Ich hatte sie beiläufig daran erinnert, dass in Hailsham die Abkürzung durch das Rhabarberbeet zum Teich verboten gewesen war. Als sie wieder ihre ahnungslose Miene aufsetzte, vergaß ich, was ich ursprünglich hatte sagen wollen, und schnauzte sie an: »Ruth, das kannst du unmöglich vergessen haben. Das glaubst du doch selber nicht!«

Hätte ich es in einem scherzendem Tonfall gesagt, statt sie so scharf anzufahren, wäre ihr vielleicht selbst aufgefallen, wie absurd ihre Bemerkung war. So aber funkelte Ruth mich böse an und sagte:

»Es ist doch sowieso egal. Wen interessiert denn dieses Rhabarberbeet? Sag doch einfach, was du sagen wolltest, und Schluss.«

Es war spät geworden, der Sommerabend ging dem Ende zu, und das alte Bushäuschen roch nach dem letzten Gewitter muffig und feucht. Ich hatte nicht den Mut, Ruth darzulegen, warum es mir so wichtig war. Und obwohl ich dann auch wirklich darüber hinwegging und ein Thema wieder aufnahm, über das wir zuvor gesprochen hatten, war die Atmosphäre frostig geworden, und das war natürlich nicht besonders hilfreich, um mit der schwierigen Situation fertigzuwerden, in der wir steckten.

Aber um zu erklären, worüber wir an diesem Abend sprachen, muss ich ein bisschen ausholen. Ich muss sogar mehrere Wochen, zum Beginn des Sommers, zurückkehren. Ich hatte mit einem der Veteranen, einem Jungen namens Lenny, eine Beziehung gehabt, bei der es, offen gestanden, vor allem um Sex ging. Aber dann hatte er sich von heute auf morgen entschlossen, mit seiner Ausbildung anzufangen, und war abgereist. Das hatte mich ziemlich durcheinandergebracht, und Ruth war sehr lieb gewesen, hatte sich um mich gekümmert, ohne viel Wirbel zu machen, war immer bereit gewesen, mich aufzuheitern, wenn ich ihr niedergedrückt schien. Außerdem überhäufte sie mich mit kleinen Gefälligkeiten, machte mir Sandwiches oder nahm mir manche der Hausarbeiten ab, zu denen ich eingeteilt worden war.

Als Lenny ungefähr zwei Wochen fort war, saßen wir dann beide mit unseren Teebechern in meiner Dachkammer und plauderten, es war schon nach Mitternacht, und Ruth brachte es fertig, dass ich mich über Lenny wirklich schieflachte. Er war gar kein schlechter Kerl gewesen, aber nachdem ich erst mal angefangen hatte, Ruth ein paar intimere Details zu erzählen, kam uns auf einmal alles an ihm urkomisch vor, und wir konnten mit dem Lachen nicht mehr aufhören. Irgendwann fuhr Ruth mit einem Finger die Kassetten auf und nieder, die ich entlang der Wand auf dem Boden zu kleinen Türmen gestapelt hatte. Es war eine geistesabwesende Geste, während sie über Lenny lachte, aber später quälte ich mich eine Zeit lang mit dem Verdacht, dass es durchaus kein Zufall gewesen war; dass sie die Kassette vielleicht schon Tage zuvor entdeckt, vielleicht sogar näher untersucht hatte, um ganz sicherzugehen, und dann auf den richtigen Zeitpunkt gewartet hatte, um sie zu »finden«. Jahre später machte ich ihr gegenüber eine zarte Andeutung, aber sie begriff anscheinend nicht, worauf ich hinauswollte; es kann also sein, dass mein Verdacht falsch war. Jedenfalls lagen wir auf dem Boden, krümmten uns immer wieder vor Lachen, wenn ich mit einem neuen Detail über Lenny herausrückte, und auf einmal war es, als wäre ein Stecker herausgezogen worden. Da war Ruth, seitlich auf meinem kleinen Teppich liegend, und musterte im dämmrigen Licht die Rücken meiner Kassetten, und dann war auf einmal die Judy-Bridgewater-Kassette in ihrer Hand. Nach einer Weile, die mir ewig schien, sagte sie:

»Seit wann hast du die denn wieder?«

Ich erzählte ihr, so zurückhaltend ich es vermochte, wie Tommy und ich sie in Norfolk gefunden hatten, während sie, Ruth, mit den beiden Veteranen losgezogen war. Sie musterte lange die Kassette, dann sagte sie: »Also hat Tommy sie für dich gefunden.«

»Nein, ich. Ich hab sie zuerst entdeckt.«

»Ihr habt mir beide nichts davon gesagt.« Sie zuckte die Achseln. »Zumindest hab ich's nicht mitgekriegt, falls du doch was davon gesagt haben solltest.«

»Diese Norfolk-Geschichte stimmt jedenfalls«, sagte ich. »Du weißt schon – dass dort das Fundbüro von England ist.«

Ich gebe zu, mir kam der Gedanke, dass Ruth wieder so tun könnte, als wüsste sie nichts damit anzufangen, aber diesmal nickte sie nachdenklich.

»Schade, dass ich nicht dran gedacht habe, als wir dort waren«, sagte sie. »Vielleicht hätte ich meinen roten Schal wiedergefunden.«

Wir lachten beide, und das kurze Unbehagen schien verflogen. Aber etwas an der Art, wie Ruth die Kassette zurücklegte, ohne ein weiteres Wort zu verlieren, weckte in mir den Verdacht, dass die Sache noch nicht ausgestanden war.

Ich weiß nicht, ob Ruth die Wendung, die das Gespräch danach nahm, im Licht ihrer Entdeckung herbeiführte oder ob wir ohnehin in diese Richtung tendierten und Ruth erst später erkannte, was sich damit anfangen ließ. Vorerst kehrten wir zu Lenny zurück, diskutierten vor allem darüber, wie er im Bett war, und kreischten vor Lachen. Zu dem Zeitpunkt war ich, glaube ich, erst einmal nur erleichtert, dass sie die Kassette endlich gefunden und keine große Szene gemacht hatte, und war deshalb vielleicht nicht so vorsichtig, wie ich hätte sein sollen. Denn es dauerte nicht lang, bis wir nicht mehr über Lenny lachten, sondern über Tommy. Zuerst schien alles ganz freundschaftlich, wie aus reiner Zuneigung zu ihm. Aber dann lachten wir über seine Tiere.

Ich war und bin mir nicht sicher, ob Ruth das Gespräch absichtlich dorthin schob oder nicht. Offen gestanden, kann ich nicht mal mit Sicherheit bestätigen, dass sie diejenige war, die als Erste mit den Tieren anfing. Als wir erst einmal in Fahrt waren, lachte ich nicht weniger als sie – darüber, dass eines seiner Wesen aussah, als trüge es Unterhosen, dass ein anderes anscheinend vom Anblick eines überfahrenen Igels inspiriert worden war, und so weiter. Wahrscheinlich hätte ich irgendwann klarstellen müssen, wie gut ihm die Tiere gelungen waren, was für eine gute Idee es gewesen war, dass er damit angefangen und es durchgehalten hatte. Aber ich sagte nichts dergleichen. Zum Teil wegen meiner Kassette; und wenn ich ehrlich bin, vielleicht auch deshalb, weil mir die Vorstellung behagte, dass Ruth die Tiere und alles, was damit zusammenhing, nicht ernst nahm. Ich glaube, als wir uns Gute Nacht sagten, fühlten wir uns einander so nahe wie je. Zum Abschied berührte sie meine Wange und sagte: »Es ist wirklich gut, wie du dich nicht unterkriegen lässt, Kathy.«

Daher war ich auf den Vorfall, der sich ein paar Tage später auf dem Friedhof ereignete, absolut nicht vorbereitet gewesen. Ruth hatte in diesem Sommer eine schöne alte Kirche entdeckt, vielleicht eine halbe Meile von den Cottages entfernt; ringsherum war ein verwinkelter Friedhof mit uralten, windschiefen Grabsteinen im Gras. Alles war zugewachsen, aber es war ein wunderbar friedlicher Ort, und Ruth kam jetzt oft zum Lesen hierher, wo sie vor der hinteren Mauer auf einer Bank unter einer mächtigen Weide saß. Zuerst war ich von dieser Entwicklung wenig begeistert gewesen, weil ich mich erinnerte, wie wir im vorigen Sommer alle gemeinsam rings um die Cottages im Gras gelegen hatten. Trotzdem, wenn ich auf einem meiner Spaziergänge vorbeikam und

Ruth hier vermutete, trat ich wie selbstverständlich durch das niedrige hölzerne Tor und folgte dem überwucherten Weg entlang den Grabsteinen. An jenem Nachmittag war es warm und windstill, ich ging in verträumter Stimmung den Weg entlang, las hier und dort die Namen auf den Steinen, aber als ich bei der Bank unter der Weide ankam, war dort nicht nur Ruth, sondern auch Tommy.

Ruth hatte Platz genommen, während Tommy stand, einen Fuß auf die rostige Armlehne gestützt, und eine Art Dehn- und Streckübung vollführte. Es sah nicht so aus, als hätten sie Gewichtiges zu besprechen, und ich zögerte nicht, auf sie zuzugehen. Vielleicht hätte mir an der Art, wie sie mich begrüßten, etwas auffallen müssen, aber es war sicher nichts Offensichtliches. Ich wollte ihnen nur den neuesten Tratsch erzählen – irgendwas über einen der Neuankömmlinge –, und so plapperte erst einmal nur ich, während die beiden nur stumm nickten und gelegentlich eine Frage stellten. Es dauerte eine Weile, bis ich merkte, dass etwas nicht stimmte, aber selbst als ich innehielt und fragte: »Hab ich euch bei irgendwas gestört?«, war mein Tonfall immer noch scherzhaft.

Aber dann sagte Ruth: »Tommy hat mir von seiner großen Theorie erzählt. Er sagt, dir hat er sie schon auseinandergesetzt. Schon längst. Und liebenswürdigerweise lässt er mich jetzt ebenfalls daran teilhaben.«

Tommy seufzte und war im Begriff, etwas einzuwenden, aber Ruth setzte in gespielt geheimnisvollem Flüsterton hinzu: »Tommys große Galerie-Theorie!«

Dann blickten sie beide auf mich, als hätte ich jetzt die Verantwortung für alles, als hinge es von mir ab, was als Nächstes geschah.

»Es ist keine abwegige Theorie«, sagte ich. »Sie könnte zutreffen, ich weiß es nicht. Was denkst du denn, Ruth?«

»Ich musste dem lieben Jungen alles aus der Nase ziehen. Er war ganz und gar nicht erpicht drauf, mich einzuweihen, nicht wahr, mein Süßer? Ordentlich zusetzen musste ich ihm, damit er mir verriet, was hinter seiner neuen *Kunstbeflissenheit* steht.«

»Ich zeichne nicht nur deshalb«, sagte Tommy verdrossen. Er hatte noch immer den Fuß auf die Armlehne gestützt und setzte seine Dehnübungen fort. »Ich habe nur gesagt, wenn sie richtig *wäre*, die Theorie über die Galerie, dann könnte ich immerhin versuchen, ein paar Tiere einzureichen …«

»Tommy, mein Schatz, mach dich nicht vor unserer Freundin lächerlich. Bei mir kannst du's machen, das ist in Ordnung. Aber nicht vor unserer lieben Kathy.«

»Was soll daran so lächerlich sein«, erwiderte Tommy. »Die Theorie ist nicht schlechter als alle anderen.«

»Es ist nicht die *Theorie*, über die alle Welt lachen wird, mein Süßer. Vielleicht kauft man sie dir sogar ab, durchaus möglich. Aber die Vorstellung, dass du Madame herumkriegst, indem du ihr deine Tierchen zeigst …« Ruth schüttelte lächelnd den Kopf.

Tommy sagte nichts, sondern setzte seine Dehnübungen fort. Ich wollte ihm zu Hilfe kommen und suchte verzweifelt nach einem Argument, das ihm den Rücken stärkte, ohne Ruths Zorn zusätzlich anzufachen. Aber dann sagte Ruth etwas. Zu dem Zeitpunkt, den sie sich dafür ausgesucht hatte, war es schlimm genug, aber ich hätte mir an jenem Tag auf dem Friedhof nie träumen lassen, welche weitreichenden Folgen ihre Bemerkung haben würde. Was sie sagte, war dies:

»Das sage nicht nur ich, Schatz. Auch Kathy findet deine Tierchen zum Schreien.«

Mein erster Impuls war zu protestieren; der zweite, einfach zu lachen. Aber in der Art, wie sie es gesagt hatte, lag eine echte Autorität, und wir drei kannten einander gut genug, um zu wissen, dass es nicht nur aus der Luft gegriffen war. Am Ende blieb ich stumm, während ich im Geist fieberhaft durch die letzten Wochen hetzte und schließlich, mit kaltem Entsetzen, bei jenem Abend in meinem Zimmer innehielt, an dem wir so viel gelacht hatten.

»Solang die Leute denken, du machst diese kleinen Viecher zum Spaß – gut«, meinte Ruth, »aber behaupte bloß nicht, es sei dir ernst damit. Bitte.«

Tommy hatte mit seinen Dehnungen aufgehört und schaute mich fragend an. Auf einmal war er wieder wie ein Kind, ganz ohne Fassade, und ich sah, wie sich hinter seinen Augen etwas Dunkles und Verstörendes zusammenbraute.

»Tommy, du musst das verstehen«, fuhr Ruth fort. »Wenn Kathy und ich über dich lachen, spielt es wirklich keine Rolle. Es sind ja bloß wir. Aber bitte, lass um Gottes willen die anderen aus dem Spiel.«

Unzählige Male habe ich über diese Szene nachgedacht. Ich hätte mir etwas einfallen lassen sollen. Ich hätte es einfach leugnen können, aber Tommy hätte mir wahrscheinlich nicht geglaubt. Und die Sache wahrheitsgemäß zu erklären wäre wohl zu kompliziert gewesen. Aber irgendwas hätte ich unternehmen müssen. Ich hätte Ruth widersprechen und ihr vorwerfen können, dass sie mir das Wort im Mund herumdrehte – dass ich zwar gelacht hatte, aber anders, als sie behauptete. Ich hätte sogar auf Tommy zugehen und ihn in die Arme nehmen können, vor Ruths Augen. Das fiel mir aber erst Jahre später ein – so wie ich damals war und wie die Beziehungen zwischen uns dreien waren, wäre das wohl nicht infrage gekommen. Aber es wäre eine Möglichkeit gewesen, wo Worte uns nur immer tiefer in die Verwirrung stürzen konnten.

Aber ich sagte nichts und unternahm nichts. Zum Teil wohl deshalb, weil ich völlig überrascht war, dass Ruth mich dermaßen hereingelegt hatte. Ich weiß noch, dass mich eine grenzenlose Müdigkeit überkam, eine regelrechte Lethargie angesichts dieses heillosen Durcheinanders. Es war so, als müsste man im Zustand geistiger Erschöpfung eine kniffelige Mathematikaufgabe lösen – man weiß, dass es irgendwo in weiter Ferne eine Lösung gibt, aber man bringt nicht mal so viel Energie auf, um wenigstens einen Ansatz zu versuchen. Irgendetwas in mir gab einfach auf, und eine Stimme sagte: Na gut, soll er doch das Allerschlimmste denken. Soll er nur, soll er nur. Und wahrscheinlich sah ich ihn resigniert an, mit einer Miene, die sagte: Ja, es stimmt, was hast du denn erwartet? Und noch heute erinnere ich mich, als wäre es gestern gewesen, an Tommys Gesicht, in dem der Zorn für einen Moment zurücktrat und einem Ausdruck des Erstaunens wich, als wäre ich ein seltener Schmetterling, den er zufällig auf einem Zaunpfosten entdeckt hatte.

Es war nicht so, dass ich gleich in Tränen ausgebrochen wäre oder sonstwie die Beherrschung verloren hätte – nichts dergleichen. Aber ich sah keine andere Möglichkeit, als mich einfach umzudrehen und zu gehen. Noch am selben Tag wurde mir klar, dass dies der schlimmste Fehler gewesen war. Zu meiner Rechtfertigung kann ich nur anbringen, dass ich mehr als alles andere fürchtete, einer der beiden könnte mir zuvorkommen, könnte vor mir gehen, und ich wäre dann mit dem Zurückgebliebenen allein. Ich weiß nicht, warum, aber ich war mir sicher, dass von uns dreien nur einer davonstürmen konnte, und zwar ich. Also drehte ich mich wortlos um und ging den Weg zurück, den ich gekommen war, vorbei an den Grabsteinen und durch das hölzerne Tor, und ein paar Minuten lang schien es mir so, als hätte ich gewonnen; als hätte sie jetzt, wo sie miteinander allein waren, das Schicksal ereilt, das sie sich gründlich verdient hatten.

17

Wie ich schon sagte – erst lange danach, als ich schon längst nicht mehr in den Cottages lebte, wurde mir bewusst, wie bedeutsam diese kurze Begegnung auf dem Friedhof gewesen war. Im ersten Moment war ich verstört, gewiss. Dennoch glaubte ich damals nicht, dass es diesmal anders wäre als bei unseren sonstigen Kabbeleien. Nie hätte ich gedacht, dass wir, die wir bis dahin eine so unauflösliche Einheit gebildet hatten, uns wegen so etwas entzweien könnten.

Aber in Wahrheit, glaube ich, waren schon seit einer ganzen Weile starke Strömungen am Werk, die uns voneinander forttrieben, und es hatte nur noch eines letzten Windstoßes gebraucht, um uns voneinander zu trennen. Hätten wir das damals schon begriffen – wer weiß? –, vielleicht hätten wir einander nicht so leicht losgelassen.

Es fing schon damit an, dass immer mehr Kollegiaten fortgingen, um Betreuer zu werden, und innerhalb unserer alten Hailshamer Gruppe griff das Gefühl um sich, dies sei der natürliche Lauf der Dinge. Zwar hatten wir alle noch nicht unsere Aufsätze geschrieben, aber uns war klar, dass dies nicht weiter von Bedeutung wäre, wenn wir uns entschieden, mit der Ausbildung anzufangen. In unserer ersten Zeit in den Cottages war die Idee, unsere Aufsätze *nicht* zu beenden, unvorstellbar gewesen. Doch je ferner uns Hailsham war, desto mehr rückten auch diese Essays in den Hintergrund. Damals hatte ich die Vorstellung – zu Recht wahrscheinlich –, dass die Bande, die uns Hailsham-Kollegiaten zusammenhielten, zusehends schwächer würden, je mehr uns das Gefühl für die Wichtigkeit unserer Aufsätze abhandenkam. Deshalb versuchte ich eine Zeit lang, unsere Begeisterung für eifriges Lesen und Exzerpieren wachzuhalten. Aber da einerseits nichts dafür sprach, dass wir je unsere Aufseher wiedersähen, und andererseits jetzt so viele Kollegiaten fortgingen, erschien es uns bald ganz aussichtslos.

In den ersten Tagen nach dem Gespräch auf dem Friedhof bemühte ich mich jedenfalls sehr, den Vorfall vergessen zu machen. Sowohl Tommy wie Ruth gegenüber benahm ich mich, als wäre nichts Besonderes vorgefallen, und sie hielten es mehr oder weniger genauso. Aber es hatte sich etwas verändert, und das nicht nur zwischen mir und ihnen. Obwohl sie immer noch sehr ihre Beziehung hervorkehrten – nach wie vor war das Arm Antippen ihre Abschiedsgeste –, kannte ich sie gut genug, um zu bemerken, dass sie sich ziemlich auseinander gelebt hatten.

Natürlich war mir bei alldem nicht wohl, vor allem wegen Tommys Tieren. Aber jetzt konnte ich nicht mehr einfach zu ihm gehen, sagen, dass es mir leidtat, und ihm erklären, wie es wirklich gewesen war. Ein paar Jahre, ja noch sechs Monate früher wäre das vielleicht die Lösung gewesen: Tommy und ich hätten die Sache besprochen und wieder ins Lot gebracht. Aber in diesem zweiten Sommer war alles anders. Vielleicht wegen meiner kurzen Beziehung mit Lenny, ich weiß es nicht. Jedenfalls war es nicht mehr so leicht, mit Tommy zu reden. An der Oberfläche hatte sich nicht viel verändert, aber wir sprachen nie mehr von seinen Tieren oder von dem Vorfall auf dem Friedhof.

Das also war der Stand der Dinge, als ich mit Ruth in dem alten Bushäuschen saß und mich plötzlich so sehr darüber ärgerte, dass sie tat, als hätte sie das Rhabarberbeet in Hailsham vergessen. Wie ich schon sagte, ich wäre wahrscheinlich nicht halb so sauer geworden, wäre es nicht mitten in einem so wichtigen Gespräch passiert. Gut, das Wesentliche hatten wir schon besprochen, aber selbst wenn die Anspannung jetzt allmählich nachließ und wir nur noch plauderten, gehörte auch dies zu unserem Versuch, wieder miteinander ins Reine zu kommen. Für bloßes Getue war jetzt einfach nicht die Zeit.

Folgendes war geschehen. Mit meinem Verhältnis zu Ruth war es noch nicht ganz so weit gekommen wie mit dem zu Tommy – das bildete ich mir wenigstens ein –, und daher wollte ich mit ihr über den Vorfall auf dem Friedhof reden. Wir hatten einen dieser Sommertage mit Regen und Gewittern hinter uns und hatten den ganzen Tag nicht das Haus verlassen, obwohl es drinnen klamm und feucht war. Als es dann abends aufzuklaren begann und der Sonnenuntergang den Himmel purpurn färbte, schlug ich Ruth vor, ein bisschen an die frische Luft zu gehen. Kurz zuvor hatte ich einen steilen Fußweg entdeckt, der aus dem Tal hinausführte, und dort, wo er oben in die Straße mündete, stand ein aufgelassenes Bushäuschen. Die Busse fuhren schon längst nicht mehr, das Schild, das eine Haltestelle anzeigt, fehlte, und an der Rückwand des Bushäuschens war nur noch ein leerer Rahmen, wo früher hinter Glas der Fahrplan gewesen war. Aber der Unterstand selbst, der einer liebevoll gezimmerten Holzhütte glich und auf der Seite zu den ins Tal abfallenden Wiesen offen war, stand noch, und sogar die Bank darin war noch zu gebrauchen. Darauf saßen Ruth und ich, um nach dem Aufstieg zu verschnaufen, und betrachteten die Spinnweben an den schrägen Dachbalken über uns und den Sommerabend draußen. Dann sagte ich:

»Weißt du, Ruth, wir sollten doch mal über das reden, was neulich passiert ist, findest du nicht?«

Ich war sehr auf einen versöhnlichen Ton bedacht, und Ruth sprang darauf an. Sie sagte sofort, ja, es sei wirklich bescheuert, dass wir drei uns über den größten Unsinn stritten. Sie erinnerte an frühere Auseinandersetzungen zwischen uns, und wir lachten ein wenig darüber. Aber ich wollte nicht, dass Ruth die Sache einfach so auf sich beruhen ließ, und so sagte ich, immer noch so wenig provozierend wie möglich:

»Ruth, weißt du, ich glaube, wenn man in einer Beziehung lebt, sieht man die Dinge manchmal nicht so klar wie ein Außenstehender. Natürlich nicht immer – nur manchmal.«

Sie nickte. »Das stimmt wohl.«

»Ich möchte mich wirklich nicht einmischen. Aber manchmal, erst jetzt in der letzten Zeit, denke ich, dass Tommy ziemlich durcheinander ist. Du weißt schon. Wegen bestimmter Dinge, die du gesagt oder getan hast.«

Ich fürchtete, Ruth könnte wütend werden, aber sie nickte erneut und seufzte. »Ich glaube, du hast recht«, sagte sie schließlich. »Ich habe auch schon oft darüber nachgedacht.«

»Dann hätte ich es vielleicht gar nicht ansprechen sollen. Ich hätte wissen müssen, dass du selbst merkst, was los ist. Und es geht mich ja auch gar nichts an.«

»Doch, doch, Kathy. Du gehörst zu uns, also geht es immer auch dich etwas an. Du hast recht, es lief nicht so gut in der letzten Zeit. Ich weiß, was du meinst. Diese Sache neulich, mit seinen Tieren. Das war nicht gut. Ich hab ihm schon gesagt, dass es mir leidtut.«

»Ich bin froh, dass ihr darüber gesprochen habt. Das wusste ich nicht.«

Ruth hatte schon eine Weile an den morschen Holzspänen der Bank gezogen und gezupft und schien jetzt vollkommen davon in Anspruch genommen zu sein. Dann sagte sie: »Schau, Kathy, es ist gut, dass wir jetzt über Tommy reden. Schon seit einer ganzen Zeit will ich dir was sagen, aber ich wusste nie, wann oder wie ich's anfangen soll. Kathy, versprich mir, dass du mir nicht böse bist.«

»Solang es nicht wieder um diese T-Shirts geht«, erwiderte ich.

»Nein, im Ernst. Versprich, dass du mir nicht böse bist. Denn ich muss es dir sagen. Ich könnte es mir nicht verzeihen, noch länger zu schweigen.«

»Na gut, worum geht's?«

»Kathy, ich hab schon eine ganze Weile darüber nachgedacht. Du bist ja nicht auf den Kopf gefallen und kannst sehen, dass Tommy und ich vielleicht nicht für immer ein Paar sein werden. Das ist kein Drama. Eine Zeit lang waren wir wie füreinander geschaffen. Ob das so bleibt, steht in den Sternen. Und jetzt ist dauernd die Rede davon, dass Paare einen Aufschub erhalten, du weißt schon, wenn sie beweisen können, dass sie wirklich zusammenpassen. Also, was ich sagen will, ist Folgendes: Weißt du, es wäre absolut natürlich, wenn du dir Gedanken machst, was wäre, wenn Tommy und ich beschließen sollten, uns zu trennen. Wir haben es nicht vor, versteh mich nicht falsch. Aber ich glaube, es wäre vollkommen normal, wenn du das für möglich halten würdest. Dabei musst du eines wissen, Kathy, nämlich dass Tommy dich nicht so sieht. Er mag dich wirklich sehr gern und hält sehr große Stücke auf dich. Aber ich weiß, dass er dich nicht als Freundin in dem Sinn sieht. Außerdem …« Ruth stockte, dann seufzte sie. »Außerdem weißt du ja, wie Tommy ist. Er kann ganz schön pedantisch sein.«

Ich starrte sie an. »Was meinst du damit?«

»Das weißt du doch. Tommy mag keine Mädchen, die mit … na ja, du weißt schon, die mit diesem und jenem zusammen gewesen sind. Es ist einfach eine Macke von ihm. Tut mir leid, Kathy, aber es wäre nicht richtig, wenn ich dir das verschweige.«

Ich dachte darüber nach, dann sagte ich: »Es ist immer gut, Bescheid zu wissen.«

Ich spürte ihre Hand auf meinem Arm. »Ich wusste, dass du mich richtig verstehst. Vergiss dabei aber nicht, dass er ungeheuer viel von dir hält. Das tut er wirklich.«

Ich hätte gern das Thema gewechselt, aber in mir war alles leer. Das entging Ruth offenbar nicht, denn sie reckte sich und sagte mit einer Art Gähnen:

»Sollte ich je Auto fahren lernen, würde ich gern einen gemeinsamen Ausflug in irgendeine wilde Gegend machen. Nach Dartmoor zum Beispiel. Wir drei und vielleicht auch Laura und Hannah. Die Sümpfe und das alles, das würde ich wahnsinnig gern sehen.«

Während der nächsten Minuten redeten wir darüber, was wir bei solch einem Ausflug alles unternehmen würden. Ich fragte, wo wir übernachten würden, und Ruth meinte, wir könnten uns ein großes Zelt leihen. Worauf ich einwandte, im Moor gebe es oft heftige Stürme, die unser Zelt nachts ohne Weiteres fortblasen könnten. Das war alles nicht besonders tiefschürfend. Aber aus irgendeinem Grund fiel mir in diesem Zusammenhang ein Picknick mit Miss Geraldine wieder ein, das wir am Teich in Hailsham veranstaltet hatten, als wir noch Junioren gewesen waren. James B. sollte aus dem Hauptgebäude den Kuchen holen, den wir gemeinsam gebacken hatten, und als er ihn zurückbrachte, hob eine Windbö die oberste Biskuitschicht ab und setzte sie zwischen den Rhabarberblättern ab. Ruth konnte sich nur noch dunkel daran erinnern, und um ihrem Gedächtnis auf die Sprünge zu helfen, sagte ich:

»Er bekam deswegen Ärger, weil das der Beweis war, dass er durch das Rhabarberbeet gelaufen war.«

Woraufhin Ruth mich ansah und fragte: »Wieso? Was war so schlimm dran?«

Es war einfach die Art, wie sie es sagte – es klang auf einmal so unecht, dass sogar ein Außenstehender, wäre einer dabei gewesen, es durchschaut hätte. Ich seufzte entnervt auf und sagte:

»Ruth, das glaubst du doch selber nicht. Das kannst du nicht vergessen haben. Du weißt, dass das Rhabarberbeet nicht betreten werden durfte.«

Mag sein, dass mein Tonfall ein bisschen scharf war. Jedenfalls dachte Ruth nicht daran, nachzugeben, sondern tat weiter so, als erinnerte sie sich an nichts, und ich ärgerte mich immer mehr. Schließlich sagte sie:

»Es ist doch sowieso egal. Wen interessiert denn dieses Rhabarberbeet? Sag doch einfach, was du sagen wolltest, und Schluss.«

Unser weiteres Gespräch verlief dann wieder in mehr oder minder freundschaftlichem Ton, glaube ich, aber die Stimmung war dahin. Bald machten wir uns auf den Rückweg zu den Cottages, gingen im Dämmerlicht den Pfad hinunter, und als wir uns vor der Schwarzen Scheune Gute Nacht sagten, trennten wir uns ohne unsere üblichen kleinen Berührungen an Schultern und Armen.

Nicht lang danach traf ich meine Entscheidung, und als sie feststand, ließ ich mich nicht mehr beirren. Ich stand einfach eines Morgens auf und teilte Keffers mit, ich wolle mit meiner Ausbildung zur Betreuerin beginnen. Es war überraschend einfach. Ich sah ihn mit einem Stück Rohrleitung in der Hand vor sich hin murrend in schlammverkrusteten Gummistiefeln durch den Hof stampfen, trat auf ihn zu und teilte ihm meinen Entschluss mit, und er sah mich bloß an, als hätte ich zusätzliches Brennholz von ihm verlangt. Dann murmelte er was davon, dass ich nachmittags zu ihm kommen solle, um die Formulare auszufüllen. So leicht war es.

Natürlich dauerte es danach noch eine Zeit lang, aber das Verfahren lief, und mit einem Mal sah ich alles – die Cottages und sämtliche Bewohner – in einem anderen Licht. Ich war jetzt eine von denen, die bald fortgehen würden, und es dauerte nicht lang, bis alle es wussten. Vielleicht dachte Ruth, wir würden stundenlang über meine Zukunft diskutieren; vielleicht dachte sie auch, sie hätte großen Einfluss darauf, ob ich meine Meinung änderte oder nicht. Aber ich wahrte einen gewissen Abstand zu ihr, wie ich mich auch von Tommy distanzierte. Eigentlich hatten wir dort in den Cottages kein einziges richtiges Gespräch mehr, und ehe ich's mich versah, war es Zeit für den Abschied.

DRITTER TEIL

18

Die meiste Zeit war es mir ganz recht, Betreuerin zu sein. Man könnte sogar sagen, es brachte meine besten Eigenschaften zum Vorschein. Andere sind einfach nicht dafür geschaffen, und für sie wird das Ganze zu einem einzigen Kampf. Vielleicht fangen sie ja recht zuversichtlich an, aber dann kommen die vielen, vielen Stunden so nah am Schmerz und an der Angst. Und früher oder später passiert es, dass ein Spender es nicht schafft, auch wenn es vielleicht erst die zweite Spende ist und niemand mit Komplikationen gerechnet hat. Wenn ein Spender so abschließt, aus heiterem Himmel, spielt es kaum eine Rolle, was die Krankenschwestern nachher zu Ihnen sagen, und ebenso wenig hilft der Brief, in dem es heißt, alle seien überzeugt, dass Sie Ihr Möglichstes getan haben, und Sie möchten bitte so gut weiterarbeiten. Vorläufig sind Sie dann erst einmal demoralisiert. Manche von uns lernen rasch, damit zurechtzukommen. Andere – Laura zum Beispiel – lernen es nie.

Dann die Einsamkeit. Sie sind mit Scharen von Leuten aufgewachsen, haben überhaupt nie etwas anderes gekannt, und auf einmal sind Sie Betreuer. Stundenlang fahren Sie mutterseelenallein kreuz und quer durchs Land, von einem Zentrum zum nächsten, von einer Klinik zur anderen, übernachten in Rasthäusern, haben niemanden, mit dem Sie Ihre Sorgen teilen, niemanden, mit dem Sie lachen können. Nur ab und zu treffen Sie einen Bekannten – einen Betreuer oder Spender, den Sie von früher kennen –, aber Sie haben nie viel Zeit. Immer sind Sie in Eile, oder Sie sind zu erschöpft für ein richtiges Gespräch. Es dauert nicht lang, bis Ihnen die endlosen Stunden, die Reisen, der unregelmäßige Schlaf, bis Ihnen das alles tief in den Knochen sitzt und Teil von Ihnen geworden ist, sodass jeder es sehen kann – an Ihrer Haltung, Ihrem Blick, der Art, wie Sie sich bewegen und sprechen.

Ich behaupte nicht, gegen das alles immun gewesen zu sein; ich habe nur gelernt, damit zu leben. Bei manchen Betreuern aber ist es so, dass schon ihre Körpersprache sie verrät. Vielen sieht man es an, dass sie einfach nur ihren Job erledigen, nur das Allernötigste tun, und ansonsten auf den Tag warten, an dem man ihnen mitteilt, dass sie aufhören und selbst Spender werden können.

Schlimm finde ich auch, wie so viele von ihnen buchstäblich schrumpfen, sobald sie ein Krankenhaus betreten. Sie wissen nicht, was sie zu den Weißkitteln sagen sollen, sie bringen es nicht über sich, im Namen ihrer Spender den Mund aufzumachen. Kein Wunder, dass sie über kurz oder lang völlig frustriert sind und sich selbst die Schuld geben, wenn etwas schiefgeht. Ich bemühe mich, niemandem auf die Nerven zu gehen, aber ich weiß inzwischen, wie ich mir sehr wohl Gehör verschaffen kann, sofern es notwendig ist. Und wenn es schlecht läuft, erschüttert mich das natürlich auch, aber zumindest kann ich mir dann sagen, dass ich mein Bestes gegeben habe, und das rückt die Verhältnisse wieder zurecht.

Selbst mit der Einsamkeit habe ich mich im Lauf der Zeit angefreundet. Das soll nicht heißen, dass ich mich nicht auf ein bisschen mehr Gesellschaft freue, wenn ich am Jahresende mit allem fertig bin. Aber mir gefällt es auch, wenn ich mich in der Gewissheit in mein kleines Auto setzen kann, dass ich während der nächsten paar Stunden nur die Straßen, den weiten grauen Himmel und meine Träumereien als Begleitung habe. Und wenn ich irgendwo in einer Stadt bin und mir ein paar Minuten Zeit bleiben, schlendere ich gern durch die Einkaufszentren und sehe mir die Schaufenster an. Hier in meinem kleinen Apartment habe ich vier Schreibtischlampen, vom Design her alle gleich, aber jede in einer anderen Farbe – sie haben diesen geriffelten Schwanenhals, den man sich so hinbiegen kann, wie man ihn braucht. So sehe ich mich zum Beispiel nach einem Laden um, der eine solche Lampe in der Auslage hat – nicht um sie zu kaufen, sondern nur um sie mit meinen Lampen zu Hause zu vergleichen.

Manchmal bin ich so sehr mit mir selbst beschäftigt, dass es fast ein Schock ist, wenn ich unerwartet einem Bekannten begegne. Dann brauche ich eine Weile, mich auf meinen Gegenüber einzustellen. So war es an dem Vormittag, als ich über den windgepeitschten Parkplatz einer Raststätte ging und auf einmal Laura entdeckte, die in einem parkenden Wagen hinter dem Steuer saß und mit leerem Blick auf die Autobahn starrte. Ich war noch ein Stück entfernt, und im ersten Moment war ich versucht, sie nicht zu beachten und einfach weiterzugehen, obwohl wir uns seit sieben Jahren – seit unserer Zeit in den Cottages – nicht mehr gesehen hatten. Eine merkwürdige Reaktion, ich weiß, zumal Laura einmal zu meinen engsten Freundinnen gezählt hatte. Wie ich schon sagte, mag es zum Teil daran gelegen haben, dass ich mich nur ungern aus meinen Tagträumen reißen ließ. Aber wahrscheinlich war es auch so, dass ich beim Anblick Lauras, die so in sich zusammengesunken in ihrem Auto saß, sofort erkannte, dass sie eine der Betreuerinnen geworden war, wie ich sie vorhin beschrieben habe, und ein Teil von mir wollte sich einfach nicht damit befassen.

Am Ende ging ich natürlich doch zu ihr. Ein eiskalter Wind blies mir entgegen, als ich zu ihrem Wagen hinüberging, der abseits der anderen geparkt war. Laura trug einen formlosen blauen Anorak, und ihr Haar, das viel kürzer war als früher, klebte an ihrer Stirn. Als ich an die Scheibe klopfte, zuckte sie nicht zusammen, ja, sie wirkte nicht mal überrascht, mich nach der langen Zeit zu sehen. Es war fast, als hätte sie dort gewartet, zwar nicht unbedingt auf mich, aber doch auf jemanden wie mich, jemanden von früher. Und als wäre ihr erster Gedanke, nachdem ich aufgetaucht war: »Endlich!« Denn ich sah, dass sich ihre Schultern wie unter einem Aufseufzen bewegten, bevor sie ganz selbstverständlich hinüberlangte und mir die Tür öffnete.

Wir sprachen gut zwanzig Minuten miteinander: Ich blieb wirklich, solange es nur möglich war. Ein großer Teil unseres Gesprächs drehte sich nur um sie – wie ausgelaugt sie war, wie schwierig einer ihrer Spender war, wie sehr sie diese Krankenschwester und jenen Arzt verabscheute. Ich wartete immer auf ein Aufblitzen der früheren Laura, die für ihr boshaftes Grinsen und ihre unvermeidlichen Witze bekannt gewesen war, aber vergeblich. Sie sprach schneller als früher, und obwohl sie sich über unsere Begegnung zu freuen schien, hatte ich manchmal den Eindruck, dass es egal war, ob ich oder jemand anderes ihr zuhörte, Hauptsache, sie kam zum Reden.

Vielleicht empfanden wir beide, dass es nicht ungefährlich war, von früher zu sprechen, denn die längste Zeit vermieden wir jede Andeutung. Aber irgendwann kam dann doch die Rede auf Ruth, der Laura ein paar Jahre zuvor in einer Klinik begegnet war, als Ruth noch Betreuerin gewesen war. Ich begann sie über Ruth auszufragen, aber sie war so wortkarg, dass ich schließlich sagte:

»Aber über *irgendwas* müsst ihr doch gesprochen haben.«

»Du weißt, wie das läuft«, sagte sie mit einem tiefen Seufzer. »Wir hatten es beide eilig. Außerdem sind wir damals in den Cottages nicht unbedingt als die besten Freundinnen auseinander gegangen. Vielleicht waren wir also beide nicht hocherfreut über unsere Begegnung.«

»Mir war nicht bewusst, dass auch du mit ihr über Kreuz warst«, sagte ich.

Sie zuckte die Achseln. »Es war keine große Sache. Du erinnerst dich doch, wie sie damals war. Nach deinem Weggang wurde es eigentlich noch schlimmer. Du weißt schon – das ständige Herumkommandieren, dieses Chefinnengehabe. Ich bin ihr einfach aus dem Weg gegangen, weiter nichts. Wir hatten keinen Krach oder so. Also hast du sie seither auch nicht mehr gesehen?«

»Nein. Komisch, aber ich bin ihr tatsächlich nie begegnet.«

»Ja, das ist komisch. Man würde doch denken, dass wir uns eigentlich alle viel öfter treffen müssten. Hannah hab ich ein paarmal gesehen. Und Michael H. ebenfalls.« Dann sagte sie: »Ich habe gehört, dass Ruths erste Spende ganz übel verlaufen sein soll. Nur ein Gerücht, aber es ist mir mehrfach zu Ohren gekommen.«

»Ich hab's auch gehört«, sagte ich.

»Arme Ruth.«

Wir schwiegen einen Moment, bevor Laura fragte: »Stimmt es, Kathy? Dass sie dich jetzt deine Spender aussuchen lassen?«

Da sie nicht in dem vorwurfsvollen Ton fragte wie manche andere, nickte ich und sagte: »Nicht immer. Aber nachdem es mit ein paar Spendern gut gelaufen ist, hab ich hin und wieder was mitzureden, ja.«

»Wenn du wählen darfst«, sagte Laura, »warum wirst du dann nicht Ruths Betreuerin?«

»Daran hab ich auch schon gedacht. Aber ich weiß nicht, ob das so eine tolle Idee ist.«

Laura sah mich erstaunt an. »Aber du und Ruth, ihr seid euch doch immer so nah gewesen.«

»Ja, wahrscheinlich. Aber es ist wie bei dir, Laura. Am Schluss waren wir nicht mehr so gute Freundinnen.«

»Ach, das war damals. Sie hat eine schlimme Zeit hinter sich. Und ich hab gehört, dass sie auch mit ihren Betreuern Pech hatte. Man musste sie öfter wechseln.«

»Kein Wunder«, sagte ich. »Kannst *du* dir vorstellen, Ruths Betreuerin zu sein?«

Laura lachte, und für eine Sekunde trat ein Ausdruck in ihre Augen, bei dem ich dachte, im nächsten Moment werde wieder die alte Laura hervorbrechen. Aber das Leuchten erstarb, und sie saß wieder nur mit ihrem müden Gesichtsausdruck da.

Wir sprachen noch eine Weile über Lauras Probleme – vor allem über eine bestimmte Krankenschwester, die es anscheinend auf sie abgesehen hatte. Dann war es Zeit für mich zu gehen, und ich langte nach dem Türgriff und sagte, wir hätten noch viel zu bereden, wenn wir uns das nächste Mal träfen. Aber jetzt brannte uns etwas auf der Seele, das wir bis dahin ausgeklammert hatten, und ich glaube, wir hatten beide das Gefühl, es wäre falsch, uns einfach zu verabschieden, ohne es wenigstens am Rande zu erwähnen. Tatsächlich bin ich mir ziemlich sicher, dass unsere Gedanken in diesem Augenblick genau parallel liefen.

»Es ist schon verrückt«, sagte sie, »wenn man denkt, dass es das alles nicht mehr gibt …«

Ich drehte mich wieder zu ihr um. »Ja, wirklich seltsam«, sagte ich. »Ich kann's auch kaum glauben, dass es nicht mehr da ist.«

»Es ist so verrückt«, sagte Laura. »Eigentlich könnte es mir ja egal sein, heute. Aber es ist mir nicht egal.«

»Ja, ich weiß, was du meinst.«

Es war dieser kurze Wortwechsel, mit dem wir endlich die Schließung von Hailsham streiften, der uns einander auf einmal wieder nahe brachte, und wir nahmen uns spontan in die Arme, weniger um uns gegenseitig zu trösten, sondern wie zur Bestätigung, dass Hailsham immer noch da war, dass es aus unserer Erinnerung nie verschwinden würde. Dann beeilte ich mich, zu meinem Auto zurückzukehren.

Dass Hailsham geschlossen würde, hatte ich zum ersten Mal etwa ein Jahr vor der Begegnung mit Laura gehört. Ein Spender oder Betreuer hatte es im Gespräch beiläufig erwähnt, so als wäre er fest davon überzeugt, dass ich ohnehin schon alles wusste. »Du warst doch in Hailsham, oder? Es stimmt also, was man hört?« – Es waren Bemerkungen dieser Art. Eines Tages, als ich gerade aus einer Klinik in Suffolk kam, begegnete ich Roger C., der eine Jahrgangsstufe unter uns gewesen war, und er bestätigte mit absoluter Gewissheit: Hailsham stand vor der Schließung, jeden Tag konnte es so weit sein, der Verkauf von Haus und Gelände an eine Hotelkette war bereits in Planung. Ich erinnere mich an meine erste Reaktion, als ich das hörte. »Aber was wird dann aus all den Kollegiaten?« Roger dachte offensichtlich, ich meinte die gegenwärtigen Bewohner von Hailsham, die Kleinen, die noch auf ihre Aufseher angewiesen waren, und er setzte eine sorgenvolle Miene auf und begann Vermutungen anzustellen – sie müssten wohl auf andere Häuser im Land verteilt werden, auch wenn in manchen wohl ganz andere Verhältnisse herrschten als in Hailsham. Aber das hatte ich natürlich nicht gemeint. Ich hatte uns alle gemeint, all die Kollegiaten, die mit mir zusammen aufgewachsen waren und jetzt über das ganze Land verteilt lebten, Betreuer und Spender, auseinander gerissen und doch durch unsere gemeinsame Herkunft immer noch miteinander verbunden.

An diesem Abend, als ich in einem Motelzimmer einzuschlafen versuchte, musste ich immer wieder über eine Begegnung nachdenken, die ich ein paar Tage zuvor gehabt hatte. Ich war in Nordwales in einer Stadt am Meer gewesen. Den ganzen Vormittag über hatte es in Strömen gegossen, aber um die Mittagszeit hörte der Regen auf, und die Sonne kam sogar hervor. Ich war auf dem Weg zu meinem Auto, das ich in einer dieser langen geraden Küstenstraßen geparkt hatte. Es war kaum ein Mensch unterwegs, und vor mir zog sich eine ununterbrochene Linie nasser Pflastersteine endlos hin. Nach einer Weile hielt vielleicht dreißig Meter vor mir ein Lieferwagen, und ein Mann stieg aus, der als Clown verkleidet war. Er öffnete die Hintertür und nahm ein Bündel heliumgefüllter Luftballons heraus, vielleicht ein Dutzend Stück, die er an den Schnüren in einer Hand hielt, während er sich vorbeugte und mit der anderen in seinem Fahrzeug stöberte. Als ich näher trat, sah ich, dass die Ballons Gesichter und abstehende Ohren hatten, wie Mitglieder eines kleinen Stamms, die hoch über ihrem Anführer in der Luft schwebten und auf ihn warteten.

Der Clown richtete sich auf, sperrte seinen Lieferwagen ab und setzte sich in derselben Richtung in Bewegung, in die auch ich ging. Er war mehrere Schritte vor mir, einen kleinen Koffer in der einen Hand, die Ballons in der anderen. Die Küstenstraße zog sich lang und gerade hin, und ich hatte das Gefühl, dass ich eine Ewigkeit hinter ihm hertrottete. Manchmal war mir die Situation peinlich, und ich dachte schon, der Clown werde sich früher oder später umdrehen und mich ansprechen. Aber ich hatte keine Wahl und musste nun mal diese Richtung einschlagen. Also gingen wir weiter, der Clown und ich, auf diesem menschenleeren, noch regennassen Bürgersteig, und während der ganzen Zeit rempelten die Ballons sich gegenseitig an und grinsten auf mich herunter. Ab und zu sah ich die Faust des Mannes, in der alle Ballonschnüre zusammenliefen, und ich sah, dass er sie umeinander gewickelt hatte und mit sicherem Griff hielt; dennoch machte ich mir Sorgen, dass sich ein Faden lösen und ein einzelner Ballon in den wolkenverhangenen Himmel davonsegeln könnte.

Als ich nach der Begegnung mit Roger abends wach im Bett lag, sah ich wieder diese Ballons vor mir. Und ich dachte, die Schließung von Hailsham war so, als käme jemand mit einer Schere und durchtrennte die Ballonschnüre genau dort, wo sie sich über der Hand des Mannes umeinander schlangen. Dann wäre jedes Gefühl von Zusammengehörigkeit dahin. Als Roger mir von der Schließung berichtete, hatte er eine Bemerkung gemacht, die mir nicht mehr aus dem Sinn ging: Er fand, dass es für unsereinen keine große Rolle mehr spielte, ob es Hailsham gab oder nicht. Und in mancher Hinsicht mochte er recht haben. Aber die Vorstellung, dass es dort nicht so weiterging wie immer, dass es keine Aufseherin wie Miss Geraldine mehr gab und keine Junior-Gruppen mehr zum nördlichen Sportplatz geführt wurden – diese Vorstellung war schrecklich.

In den Monaten nach dem Gespräch mit Roger dachte ich immer wieder lange über die Schließung von Hailsham und die Folgen nach. Und wahrscheinlich begann mir zu dämmern, dass ich vieles, was ich noch vorhatte, wovon ich immer geglaubt hatte, ich hätte noch jede Menge Zeit dafür, entweder ziemlich bald in Angriff nehmen oder aber für immer aufgeben musste. Nicht, dass ich deswegen gleich in Panik geriet. Aber ich hatte das sehr deutliche Gefühl, dass mit der Schließung von Hailsham alles um uns in eine Schieflage geraten war. Das ist der Grund, weshalb Lauras Vorschlag auf dem Parkplatz, ich könnte doch Ruths Betreuerin werden, eine solche Wirkung auf mich ausübte, obwohl ich Ruth damals völlig aus meinen Gedanken verbannt hatte. Es war fast so, als hätte ein Teil von mir die Entscheidung bereits getroffen und Lauras Worte hätten nur den darüber gebreiteten Schleier fortgezogen.

Nur wenige Wochen nach dem Gespräch mit Laura suchte ich zum ersten Mal das Erholungszentrum in Dover auf, diese moderne Anlage mit den weiß gekachelten Wänden, in der Ruth untergebracht war. Seit ihrer ersten Spende – die, wie Laura verraten hatte, gar nicht gut verlaufen war – waren etwa zwei Monate verstrichen. Als ich ihr Zimmer betrat, saß sie im Nachthemd auf der Bettkante und lächelte mich strahlend an. Sie stand auf, um mich zu umarmen, setzte sich aber fast sofort wieder hin. Sie sagte, ich sähe besser aus denn je, und meine Frisur stehe mir ausgezeichnet. Auch ich machte ihr Komplimente, und während der nächsten halben Stunde waren wir, glaube ich, beide ehrlich begeistert, dass wir uns wiedergefunden hatten. Wir redeten über alles Mögliche – über Hailsham, die Cottages, alles, was wir seither getan hatten –, und es war, als könnten wir bis in alle Ewigkeit so weiterreden. Mit anderen Worten, es war ein wirklich ermutigender Neuanfang – viel besser, als ich zu hoffen gewagt hatte.

Und doch verloren wir in dieser ersten Zeit kein Wort über die Art und Weise, wie wir damals auseinander gegangen waren. Vielleicht wäre alles anders gekommen, wenn wir diesen wunden Punkt schon zu Beginn in Angriff genommen hätten, wer weiß? Tatsache ist, dass wir ihn einfach übergingen, und nachdem wir uns eine Weile unterhalten hatten, war es, als hätten wir stillschweigend vereinbart, so zu tun, als sei nie etwas zwischen uns vorgefallen.

Bei unserer ersten Begegnung mag das noch in Ordnung gewesen sein. Aber nachdem ich offiziell ihre Betreuerin geworden war und sie regelmäßig besuchte, wurde das dumpfe Gefühl, dass zwischen uns etwas nicht stimmte, unabweisbar. Ich hatte mir angewöhnt, drei- bis viermal in der Woche spätnachmittags mit Mineralwasser und einer Packung ihrer Lieblingskekse vorbeizukommen, und es hätte wunderschön sein müssen, aber zunächst verliefen unsere Begegnungen alles andere als schön. Wir fingen über irgendwas zu reden an, irgendein völlig harmloses Thema, und auf einmal geriet das Gespräch ohne ersichtlichen Grund ins Stocken. Oder es wurde immer gespreizter und verkrampfter, je länger es dauerte.

Eines Nachmittags schritt ich ihren Flur entlang, um sie zu besuchen, und hörte, dass der Duschraum gegenüber ihrem Zimmer besetzt war. Da ich sie selbst darin vermutete, betrat ich ihr Zimmer, wo ich am Fenster stand und auf die vielen Dächer hinausschaute und wartete. Es verstrichen vielleicht fünf Minuten, dann kam sie in ein Handtuch gehüllt herein. Der Gerechtigkeit halber muss ich sagen, dass sie mich erst eine Stunde später erwartet hatte, und vermutlich fühlen wir alle uns ein bisschen verletzlich, wenn wir aus der Dusche kommen und uns nur ein Handtuch umgewickelt haben. Trotzdem verschlug es mir die Sprache, als ich den alarmierten Ausdruck in ihrem Gesicht sah. Ich muss das wohl ausführlicher erklären. Natürlich hatte ich damit gerechnet, dass sie ein wenig überrascht wäre. Aber es war mehr: Nachdem sie den ersten Schrecken überwunden und erkannt hatte, dass ich es war, starrte sie mich gut eine Sekunde, vielleicht länger, nicht gerade mit Furcht, wohl aber mit tiefem Argwohn an. Es schien, als hätte sie seit Langem darauf gewartet, dass ich ihr etwas antat, und fürchtete, jetzt sei es so weit.

Im nächsten Moment war der Ausdruck wieder verschwunden, und wir benahmen uns wie immer, doch das Erlebnis hatte uns beide aufgerüttelt. Mir war klar geworden, dass Ruth mir nicht traute, und meinem Gefühl nach war sie sich bis zu diesem Augenblick darüber selbst nicht so recht im Klaren gewesen. Jedenfalls wurde von dem Tag an die Atmosphäre zwischen uns noch schlimmer. Es war, als hätten wir etwas offen ausgesprochen, das nicht etwa die Luft wieder gereinigt hatte, sondern uns im Gegenteil deutlicher denn je zu Bewusstsein brachte, wie viel zwischen uns stand. Es kam so weit, dass ich vor jedem Besuch bei ihr noch mehrere Minuten im Auto saß und mich innerlich für die bevorstehende Tortur wappnete. Einmal, als wir in eisigem Schweigen sämtliche Untersuchungen absolviert hatten und dann in noch undurchdringlicherem Schweigen einfach nur dasaßen, war ich fast schon bereit zu melden, es habe nicht geklappt mit uns, ich könne nicht länger ihre Betreuerin sein. Aber dann wurde wieder alles anders, und zwar wegen des Bootes.

Gott weiß, wie es so geht. Manchmal ist es ein bestimmter Witz, manchmal ein Gerücht. Es greift von einem Zentrum auf das nächste über, breitet sich innerhalb weniger Tage im ganzen Land aus, und auf einmal spricht jeder Spender davon. Diesmal war es dieses Boot. Zum ersten Mal hatte ich über meine Spender in Nordwales davon gehört. Ein paar Tage später fing Ruth damit an. Anfänglich war ich erleichtert, dass wir ein Gesprächsthema gefunden hatten, und ermutigte sie, weiterzuerzählen.

»Der Junge in der Etage über mir«, sagte sie. »Sein Betreuer hat es sogar mit eigenen Augen gesehen. Er sagt, es ist nicht weit von der Straße, sodass jeder ohne viel Mühe hinkommt. Es liegt da einfach herum: gestrandet im Sumpf.«

»Wie ist es dort hingekommen?«, fragte ich.

»Woher soll ich das wissen? Vielleicht wollten seine Besitzer es loswerden. Oder vielleicht wurde es bei Hochwasser hergeschwemmt und kam dann nicht mehr fort. Wer weiß es? Angeblich ist es ein altes Fischerboot. Mit einer kleinen Kabine, in der bei Sturm ein paar Männer notfalls Unterschlupf finden.«

Bei meinen nächsten Besuchen brachte sie es immer wieder fertig, das Gespräch auf das Boot zu lenken. Eines Nachmittags, als sie mir erzählte, eine der anderen Spenderinnen sei von ihrem Betreuer eigens dort hingefahren worden, erwiderte ich:

»Weißt du, besonders nahe ist es nicht gerade. Es ist mindestens eine Stunde Fahrt, vielleicht eineinhalb.«

»Ich wollte dich zu nichts nötigen. Ich weiß, dass du noch andere Spender zu betreuen hast.«

»Aber du würdest es gut finden, nicht wahr? Du würdest dieses Boot gern selbst einmal sehen, oder, Ruth?«

»Kann sein. Ja, wahrscheinlich. Hier ist man doch tagein, tagaus immer nur eingesperrt. Es wäre schon nett, wenn man mal so was zu sehen bekäme.«

»Und kann es auch sein« – das sagte ich freundlich, ohne eine Spur von Sarkasmus – »dass wir, wenn wir den ganzen weiten Weg fahren, vielleicht auch Tommy besuchen sollten? Nachdem sein Zentrum doch ganz in der Nähe der Stelle ist, wo angeblich dieses Boot liegt?«

Zuerst verzog Ruth keine Miene. »Das könnten wir wohl erwägen«, sagte sie. Dann lachte sie und fügte hinzu: »Ehrlich, Kathy, das war nicht der einzige Grund, weshalb ich dauernd von diesem Boot geredet habe. Ich möchte es tatsächlich gern einmal anschauen. Die ganze Zeit über hieß es ja für mich nur: rein in die Klinik, raus aus der Klinik. Dann hier drin gefangen. Da sind Abwechslungen viel wichtiger als früher. Aber du hast recht, ich hab es gewusst. Ich wusste, dass Tommy im Kingsfield-Zentrum ist.«

»Bist du dir sicher, dass du ihn treffen willst?«

»Ja«, sagte sie, ohne zu zögern, und sah mich fest an. »Ja, das will ich.« Und fügte leise hinzu: »Ich hab ihn wirklich schon lange nicht mehr gesehen. Seit den Cottages nicht mehr.«

Und nun sprachen wir endlich über Tommy. Wir gingen nicht sehr in die Tiefe, und ich erfuhr kaum etwas, das ich nicht schon vorher gewusst hätte. Aber ich glaube, nach diesen Gesprächen fühlten wir uns beide besser. Sie und Tommy hätten einander aus den Augen verloren, erzählte Ruth, nachdem sie im Herbst die Cottages verlassen habe, kurz nach mir.

»Unsere Ausbildung haben wir ohnehin an verschiedenen Orten absolviert«, sagte sie, »und da schien uns eine förmliche Trennung überflüssig. Also blieben wir einfach zusammen, bis ich fortging.«

Und bei dieser Feststellung beließen Ruth und ich es vorläufig.

Was die Bootsbesichtigung betraf, sagte ich weder Ja noch Nein, als das erste Mal die Rede davon war. Aber im Lauf der nächsten Wochen sprach Ruth immer wieder darüber, und irgendwie nahmen unsere Pläne konkretere Form an, bis ich schließlich über eine Kontaktperson eine Nachricht an Tommys Betreuer schickte, in der ich diesen wissen ließ, dass wir uns in der kommenden Woche, an einem bestimmten Nachmittag im Kingsfield einfinden würden, sofern wir nicht vorher von Tommy etwas Abschlägiges hören würden.

19

Bis zu diesem Zeitpunkt war ich kaum einmal im Kingsfield gewesen, sodass Ruth und ich unterwegs häufiger die Landkarte zurate ziehen mussten und uns dennoch um mehrere Minuten verspäteten. Im Vergleich zu anderen Erholungszentren ist es nicht besonders gut ausgestattet, und ohne die Erinnerungen, die es jetzt für mich birgt, wäre es keine Einrichtung, die ich gern besuchen würde. Das Kingsfield liegt sehr abseits und ist schwer zu erreichen, und wenn man endlich dort eintrifft, hat man eigentlich auch nicht den Eindruck von Ruhe und Frieden, denn Tag und Nacht hört man den Verkehr von den großen Straßen jenseits des Zauns und hat das Gefühl, dass sie mit dem Umbau der Anlage nie so ganz fertig geworden sind. Viele Spenderzimmer sind für Rollstuhlfahrer unzugänglich, in anderen zieht es entweder ständig, oder es ist zu heiß und stickig. Es gibt nicht annähernd so viele Badezimmer, wie nötig wären, und die wenigen vorhandenen sind schwer sauber zu halten, im Winter eiskalt und meist zu weit von den Spenderzimmern entfernt. Kurz und gut, mit einer Einrichtung wie Ruths Zentrum in Dover, mit seinen blitzenden Kacheln und den doppelt verglasten Fenstern, die sich mit einem Handgriff dicht schließen lassen, ist das Kingsfield nicht zu vergleichen.

Später, als das Kingsfield mir zu einem vertrauten und lieben Ort geworden war, entdeckte ich in einem der Verwaltungstrakte ein Schwarz-Weiß-Foto von der Anstalt vor dem Umbau, als es eine Ferienanlage für normale Familien war. Das Bild ist vermutlich Ende der Fünfziger- oder Anfang der Sechzigerjahre entstanden und zeigt ein großes viereckiges Schwimmbecken voller fröhlicher Badender – Kinder und Eltern –, die selig herumplantschen und ihren Urlaub genießen. Rund um das Becken ist nur Beton, aber die Leute haben Liegestühle aufgestellt und ausladende Sonnenschirme, die ihnen Schatten spenden. Als ich das Bild zum ersten Mal sah, brauchte ich eine Weile, bis ich begriff, dass es den »Hof« darstellte, wie die Spender ihn heute nennen – den Platz, auf den man hier bei der Ankunft fährt. Natürlich ist das Schwimmbecken heute aufgeschüttet und planiert, aber die Umrisse sind noch deutlich erkennbar, und an einem Ende – dies als Beispiel für den allgemeinen Eindruck von Unfertigkeit – haben sie sogar das Metallgerüst des hohen Sprungbretts stehen lassen. Erst als ich dieses alte Foto sah, wurde mir klar, was dieses Gerüst eigentlich darstellte und warum es da stand, und wenn ich es heute sehe, stelle ich mir unwillkürlich einen Schwimmer vor, der oben zum Kopfsprung ansetzt und im nächsten Moment unten auf den Beton kracht.

Ich hätte den Hof auf dem Foto gar nicht so leicht erkannt, wären nicht im Hintergrund, auf den drei sichtbaren Seiten des Pools, die zweistöckigen, bunkerartigen weißen Gebäude zu sehen. Hier müssen sich damals die Ferienapartments für die Familien befunden haben, und obwohl sie sich innen sicher sehr verändert haben, sehen sie heute von außen genauso aus wie früher. In mancher Hinsicht ähnelt der Hof heute wohl auch dem Schwimmbad von einst: Er ist der soziale Mittelpunkt, an dem sich die Spender treffen, wenn sie frische Luft schnappen und plaudern wollen. Rund um den einstigen Pool stehen ein paar Holzbänke, aber die Spender versammeln sich meist am anderen Ende des Hofs hinter dem ehemaligen Sprungturm, unter dem überstehenden Flachdach des großen Aufenthaltsraums – vor allem, wenn die Sonne zu heiß ist oder wenn es regnet.

An dem Nachmittag, an dem Ruth und ich ins Kingsfield kamen, war es bewölkt und eher kühl, und als wir in den Hof einbogen, war er leer bis auf eine Gruppe von sechs oder sieben schemenhaften Gestalten unter ebenjenem Dach. Als ich über dem ehemaligen Schwimmbecken parkte – was ich damals natürlich nicht wusste –, löste sich aus der Gruppe eine Gestalt und trat auf uns zu, und ich erkannte Tommy. Er trug eine verwaschene grüne Trainingsjacke und wirkte etliche Kilo schwerer, als ich ihn in Erinnerung hatte.

Im ersten Moment hatte ich den Eindruck, Ruth an meiner Seite würde in Panik geraten. »Was machen wir jetzt bloß?«, fing sie an. »Steigen wir aus? Nein, nein, wir steigen nicht aus. Bleib hier, bleib, wo du bist!«

Ich weiß nicht, was genau ich vorhatte, aber ohne darüber nachzudenken, stieg ich in genau dem Augenblick aus, als sie das sagte. Ruth blieb im Auto sitzen, und das war der Grund, warum Tommy, als er auf uns zutrat, zuerst mich erblickte und auch mich zuerst umarmte. Ich nahm vage irgendeinen medizinischen Geruch an ihm wahr, den ich nicht identifizieren konnte. Dann spürten wir beide, noch ehe wir ein Wort gewechselt hatten, dass Ruth uns vom Auto aus beobachtete, und rückten voneinander ab.

In der Windschutzscheibe spiegelte sich der Himmel so stark, dass ich Ruth kaum erkennen konnte. Aber ich hatte den Eindruck, dass ihre Miene ernst, fast starr war, als wären Tommy und ich zwei Figuren in einem Theaterstück. Es lag etwas Seltsames in diesem Blick, das mich nervös machte. Tommy schritt an mir vorbei zum Auto, öffnete die hintere Tür und setzte sich auf die Rückbank, und jetzt war es an mir, die beiden zu beobachten, wie sie im

Auto saßen, erst ein paar Worte wechselten, dann artige Wangen-
küsse tauschten.

Auch die Spender auf der anderen Seite des Hofs beobachteten
uns, und obwohl ich an ihrer Haltung nichts Feindseliges wahrnahm, verspürte ich auf einmal das Bedürfnis, möglichst rasch von
hier fortzukommen. Aber ich ließ mir absichtlich Zeit mit dem
Einsteigen, damit Tommy und Ruth noch ein bisschen für sich
sein konnten.

Wir fuhren zuerst durch enge, kurvenreiche Gassen und kamen
dann in eine offene, nichtssagende Landschaft hinaus, wo wir einer
nahezu menschenleeren Straße folgten. Von diesem Teil unseres
Ausflugs zum Boot ist mir vor allem in Erinnerung, dass eine zag-
hafte Sonne durch das zähe Grau drang; wenn ich einen Seiten-
blick auf Ruth neben mir warf, sah ich sie still vor sich hin lächeln.
Soweit ich mich erinnere, unterhielten wir uns mehr oder weniger
so, als hätten wir uns all die Jahre hindurch regelmäßig getroffen
und als gäbe es keinen Grund, über etwas anderes als über die unmittelbare Gegenwart zu reden. Ich fragte Tommy, ob er sich das
Boot schon einmal angeschaut habe, und er sagte, nein, aber viele
Spender aus seinem Zentrum seien dort gewesen. Er hätte selbst
ein paarmal Gelegenheit dazu gehabt, habe sie aber nicht wahrgenommen.

»Es ist nicht so, dass ich nicht *wollte*«, sagte er und beugte sich
von hinten vor. »Aber ich konnte mich einfach nicht aufraffen.
Einmal war ich fast schon so weit, dass ich mit ein paar anderen
und ihren Betreuern hinfahren wollte, aber dann hatte ich eine
kleine Blutung, und es ging nicht. Das ist aber auch schon ewig her.
Jetzt passiert so was nicht mehr.«

Kurze Zeit später, als wir durch die leere Landschaft fuhren, drehte sich Ruth auf dem Sitz zu ihm um und sah ihn einfach nur an. Sie hatte noch immer dieses kleine Lächeln im Gesicht, sagte aber nichts, und im Rückspiegel sah ich, dass es Tommy sichtlich unangenehm war. Immer wieder wandte er den Kopf zum Seitenfenster, dann kehrte sein Blick zu ihr zurück und gleich darauf wieder zum Fenster. Nach einer Weile begann Ruth, ohne ihn aus den Augen zu lassen, mit einer weitschweifigen Anekdote über eine Spenderin aus ihrem Zentrum, von der wir nie gehört hatten, und während der ganzen Zeit sah sie Tommy mit gleichbleibendem sanftem Lächeln unverwandt an. Sei es, weil mich ihre Geschichte allmählich langweilte, sei es, weil ich Tommy beispringen wollte, fiel ich ihr nach einer Minute oder mehr ins Wort und sagte:

»Na ja, gut, aber das müssen wir ja nicht alles bis ins letzte Detail wissen.«

Das sagte ich ohne Gehässigkeit und ohne jeden Hintergedanken. Aber noch ehe Ruth abbrach, noch ehe ich ganz ausgeredet hatte, brach aus Tommy plötzlich ein explosionsartiger Laut hervor, ein Gelächter durch die Nase, wie ich es noch nie von ihm gehört hatte.

»Genau das wollte ich auch sagen«, meinte er. »Ich hab schon längst den Faden verloren.«

Ich hatte die Augen auf die Straße gerichtet und war mir nicht sicher, ob er mit mir oder mit Ruth gesprochen hatte. Jedenfalls verstummte Ruth und drehte sich langsam im Sitz wieder nach vorn. Sie wirkte nicht gerade verstimmt, aber das Lächeln war verschwunden, und ihr Blick schien weit in die Ferne, auf irgendeinen Punkt am Himmel geheftet. Aber um ehrlich zu sein, dachte ich in diesem Moment gar nicht an sie. Mein Herz hatte einen kleinen Satz gemacht, und ich hatte das Gefühl, dass Tommy und ich einander nach all den Jahren mit einem Mal – mit diesem kleinen komplizenhaften Lachen des Einverständnisses – wieder ganz nahe waren.

Etwa zwanzig Minuten nach unserem Aufbruch vom Kingsfield fand ich die gesuchte Abzweigung. Wieder fuhren wir durch einen engen, kurvigen, von hohen Hecken gesäumten Hohlweg und hielten schließlich bei einer Gruppe Platanen. Wir stiegen aus, und ich ging bis zum Waldrand voraus, aber vor einer Wegscheide mit drei Pfaden in verschiedene Richtungen musste ich stehen bleiben und die Wegbeschreibung hervorholen, die ich mitgebracht hatte. Während ich die fremde Handschrift zu entziffern versuchte, wurde mir auf einmal bewusst, dass Ruth und Tommy hinter mir standen, stumm, beinahe wie Kinder, die auf Anweisungen warten.

Wir betraten den Wald, und obwohl der Weg keine besonderen Schwierigkeiten bot, hörte ich Ruth zunehmend schwer atmen. Tommy hingegen schien keine Mühe zu haben, obwohl ich an seinem Gang ein leichtes Hinken beobachtete. Nach einer Weile gelangten wir an einen windschiefen Zaun mit rostigem Stacheldraht, der sich in alle Richtungen abspreizte. Bei seinem Anblick blieb Ruth abrupt stehen.

»O nein«, sagte sie beklommen und drehte sich zu mir um: »Davon hast du nichts erzählt. Du hast nicht gesagt, dass wir über einen Stacheldraht steigen müssen.«

»Es ist nicht so schwierig«, sagte ich. »Schau, wir können unten durchschlüpfen. Wir müssen nur jeder für den anderen den Draht hochhalten.«

Aber Ruth sah wirklich verstört aus und rührte sich nicht vom Fleck. Und wie sie so dastand und ihre Schultern sich mit ihrem Atem hoben und senkten, schien Tommy zum ersten Mal zu bemerken, wie zerbrechlich sie eigentlich war. Vielleicht war es ihm schon früher aufgefallen, und er hatte es nur nicht wahrhaben wollen. Aber jetzt starrte er sie gut ein paar Sekunden lang an. Was als Nächstes geschah, glaube ich – aber das kann ich natürlich nicht mit Sicherheit sagen –, war, dass uns beiden, Tommy und mir, wieder einfiel, was vorhin im Auto passiert war, als wir uns mehr oder weniger gegen sie verbündet hatten. Und fast instinktiv traten wir beide auf Ruth zu, ich nahm ihren Arm, Tommy stützte sie auf der anderen Seite am Ellenbogen, und wir führten sie vorsichtig zum Zaun.

Ich ließ Ruth nur los, um selbst unter dem Zaun hindurchzuschlüpfen. Dann hielt ich den Draht so hoch es ging, und wir halfen ihr gemeinsam hindurch. Am Ende war es gar nicht so schwer für sie: Es war mehr eine Sache des Zutrauens, und mit unserer Unterstützung schien sie ihre Angst vor dem Zaun zu verlieren. Als sie auf der anderen Seite stand, versuchte sie sogar mir zu helfen, als ich für Tommy den Zaun hielt. Er kam problemlos durch, und Ruth sagte zu ihm: »Es ist nur, wenn ich mich so bücken muss. Da stelle ich mich manchmal nicht so geschickt an.«

Tommy sah verlegen drein, und ich fragte mich, ob ihm die momentane Situation peinlich war oder ob er wieder daran dachte, wie wir uns im Auto gegen Ruth verschworen hatten. Mit einer Kopfbewegung zu den Bäumen vor uns sagte er: »Es geht dann wohl da weiter. Stimmt's, Kath?«

Ich blickte auf meine Wegbeschreibung und marschierte wieder voraus. Tief im Wald war es ziemlich finster, und der Boden wurde allmählich sumpfig.

»Hoffentlich verirren wir uns nicht«, hörte ich Ruth lachend zu Tommy sagen, aber nicht weit vor uns lichtete sich der Wald schon. Und jetzt, da ich Zeit zum Nachdenken hatte, wurde mir klar, was mich an dem Vorfall im Auto so störte. Es war nicht nur, dass wir beide uns gegen Ruth gestellt hatten: Es war die Art, wie sie es hingenommen hatte. Dass sie so etwas zuließ, ohne zurückzuschlagen, wäre früher undenkbar gewesen. Als mir das klar wurde, blieb ich mitten auf dem Weg stehen und wartete, und als Ruth und Tommy mich eingeholt hatten, legte ich Ruth den Arm um die Schultern.

Das war nichts Sentimentales; es sah einfach so aus wie die Geste einer Betreuerin, denn jetzt war tatsächlich etwas Unsicheres an ihrem Gang, und ich fragte mich, ob ich womöglich völlig unterschätzt hatte, wie schwach sie noch war. Sie atmete mühsam und unregelmäßig, und als wir nebeneinander weitergingen, wankte sie und stieß ab und zu gegen mich. Aber dann hatten wir die Bäume schon hinter uns und standen auf der Lichtung, und wir konnten das Boot sehen.

Es war eigentlich gar keine Lichtung, auf die wir hinausgetreten waren; vielmehr war der schmale Waldstreifen, durch den wir gekommen waren, zu Ende, und vor uns erstreckte sich das offene Moor, so weit der Blick reichte. Der blasse Himmel wirkte unendlich weit und spiegelte sich immer wieder in den Wasserlöchern, die den Boden aufrissen. Vor nicht allzu langer Zeit war der Wald viel ausgedehnter gewesen, denn hier und dort ragten noch Baumstümpfe aus der Erde, geisterhaft, die meisten in etwa einem Meter Höhe abgebrochen. Und jenseits der toten Stümpfe, vielleicht sechzig Meter entfernt, lag das Boot im Sumpf, gestrandet unter der matten Sonne.

»Oh, das ist ja genau so, wie es mir meine Freundin beschrieben hat«, rief Ruth aus. »Wirklich wunderschön.«

Ringsum herrschte Stille, und als wir auf das Boot zutraten, hörten wir das Glucksen unter unseren Sohlen. Es dauerte nicht lange, bis ich meine Füße zwischen den Grasbüscheln einsinken spürte, und ich rief: »Okay, weiter kommen wir wohl nicht.«

Die beiden hinter mir erhoben keine Einwände, und als ich mich zu ihnen umdrehte, sah ich, dass Tommy wieder Ruths Arm hielt. Es war aber klar, dass er sie nur stützte. Mit langen Schritten strebte ich zum nächsten Baumstumpf, wo der Boden fester war, um einen Halt zu haben. Tommy und Ruth folgten meinem Beispiel und steuerten einen anderen Baumstumpf ein Stück weiter links an, der hohl und ausgemergelter war als der meine. Sie hockten sich links und rechts darauf und schienen es sich bequem zu machen. Wir starrten zu dem gestrandeten Boot hinüber. Jetzt sah ich, dass schon überall die Farbe abplatzte und das Gebälk der kleinen Kajüte morsch war. Das Boot war einmal himmelblau gewesen; nun wirkte es unter dem Himmel beinahe weiß.

»Wie es wohl hierher geraten ist?«, fragte ich. Ich hatte die Stimme erhoben, um von den anderen verstanden zu werden, und mit einem Echo gerechnet, aber der Schall war überraschend nahe – ich kam mir vor wie in einem Raum voller Teppiche.

Dann hörte ich Tommy hinter mir sagen: »Vielleicht sieht Hailsham jetzt so aus. Was meint ihr?«

»Wieso sollte Hailsham so aussehen?« Ruth klang ehrlich verblüfft. »Es wird doch kein Sumpf draus, bloß weil sie es geschlossen haben.«

»Nein, wohl nicht. So war das nicht gemeint. In meiner Vorstellung sehe ich Hailsham jetzt immer so ähnlich. Ist nicht logisch, ich weiß. Aber das hier kommt dem Bild in meinem Kopf wirklich ziemlich nahe. Nur dass da natürlich kein Boot ist. Es wär gar nicht so schlecht, wenn es jetzt dort so ausschauen würde.«

»Komisch«, sagte Ruth. »Genau so was habe ich neulich morgens geträumt. In meinem Traum war ich in Zimmer 14. Es war mir auch im Traum klar, dass Hailsham geschlossen ist, und trotzdem stand ich dort in Zimmer 14 und schaute aus dem Fenster, und draußen war alles überschwemmt. Es war wie ein riesiger See. Unter meinem Fenster trieb Müll vorbei, leere Getränkekartons, alles mögliche Zeug. Aber es hatte gar nichts Beunruhigendes oder so. Es war nett und friedlich, genau wie hier. Ich wusste, dass mir keine Gefahr drohte, dass es nur so aussah, weil sie Hailsham geschlossen hatten.«

»Übrigens«, sagte Tommy, »war Meg B. eine Zeit lang im Kingsfield. Sie ist jetzt wieder fort, irgendwo im Norden zu ihrer dritten Spende. Seither hab ich nichts mehr von ihr gehört. Wisst ihr vielleicht irgendwas?«

Ich schüttelte den Kopf, und als Ruth nichts sagte, wandte ich mich zu ihr um. Zuerst dachte ich, sie betrachte noch das Boot, doch dann merkte ich, dass ihr Blick dem Kondensstreifen eines Flugzeugs in weiter Ferne folgte, der sich langsam über den Himmel aufwärts zog. Und schließlich sagte sie: »Nun, ich habe was gehört. Und zwar über Chrissie. Sie soll während ihrer zweiten Spende abgeschlossen haben.«

»Das habe ich auch gehört«, fügte Tommy an. »Es muss stimmen. Genau dasselbe habe ich auch gehört. Eine Schande. Und schon bei der zweiten Spende. Bin ich froh, dass mir das nicht passiert ist.«

»Ich glaube, es passiert viel mehr, als sie uns verraten«, erwiderte Ruth. »Meine Betreuerin dort drüben. Sie weiß vermutlich, dass es stimmt. Aber sie sagt es nicht.«

»Dahinter steckt keine Verschwörung«, sagte ich, wieder dem Boot zugewandt. »Solche Sachen geschehen manchmal. Es ist sehr traurig, was Chrissie passiert ist. Aber es ist eine Ausnahme. Heutzutage sind sie wirklich vorsichtig.«

»Ich wette, es passiert viel öfter, als sie uns sagen«, wiederholte Ruth. »Das ist einer der Gründe, warum sie uns zwischen den Spenden immer wieder woandershin schicken.«

»Einmal hab ich Rodney getroffen«, erwiderte ich. »Nicht lang, nachdem Chrissie abgeschlossen hatte. Es war in dieser Klinik in Nordwales. Es ging ihm ganz gut.«

»Trotzdem wette ich, dass er wegen Chrissie ziemlich am Boden war«, sagte Ruth. Dann wandte sie sich an Tommy: »Sie erzählen einem nicht mal die Hälfte, verstehst du?«

»Eigentlich«, sagte ich, »hat er es gar nicht so schwergenommen. Natürlich war er traurig. Aber es ging ihm nicht schlecht. Sie hatten sich ohnehin schon mehrere Jahre nicht mehr gesehen. Er meinte, Chrissie hätte es wohl nicht so viel ausgemacht. Und er muss es wohl wissen.«

»Woher sollte *er* das wissen?«, fragte Ruth. »Wie sollte *er* wissen, was Chrissie empfunden hat? Was sie gewollt hätte? *Er* war's ja nicht, der da auf dem OP-Tisch lag und sich ans Leben klammerte. Woher will er das alles wissen!«

Der kurze Zornausbruch erinnerte schon eher an die alte Ruth, und ich drehte mich wieder zu ihr. Vielleicht war es nur das wütende Funkeln in ihren Augen, aber ich hatte das Gefühl, dass sie meinem Blick mit einer harten, finsteren Miene begegnete.

»Es kann nicht gut sein«, sagte Tommy. »Bei der zweiten Spende abzuschließen. Das kann nicht gut sein.«

»Ich glaube einfach nicht, dass Rodney es wirklich so gut aufgenommen hat«, sagte Ruth. »Du hast ja nur ein paar Minuten mit ihm gesprochen. Was willst du da schon erfahren!«

»Na ja«, sagte Tommy. »Wenn die beiden schon eine Weile getrennt waren, wie Kath sagt …«

»Das heißt doch überhaupt nichts«, fiel ihm Ruth ins Wort. »Im Gegenteil, in mancher Hinsicht macht es das Ganze nur umso schlimmer.«

»Ich habe viele in Rodneys Situation gesehen«, sagte ich. »Sie finden sich damit ab.«

»Woher willst du das wissen?«, sagte Ruth. »Wie kannst du das wissen? Du bist immer noch Betreuerin.«

»Ich bekomme einiges mit als Betreuerin. Schrecklich viel.«

»Sie kann es nicht wissen, oder, Tommy? Nicht, wie es wirklich ist.«

Einen Moment lang sahen wir beide Tommy an, der jedoch weiterhin auf das Boot starrte.

»In meinem Zentrum war so einer«, sagte er schließlich. »Der hat sich ständig aufgeregt, dass er's ganz bestimmt nicht über die Zweite hinaus schaffen wird. Er sagte immer, er hätte es im Gefühl. Aber dann ist doch alles gut gegangen. Jetzt hat er die Dritte hinter sich, und alles scheint bestens zu sein.« Er beschirmte die Augen mit der Hand. »Ich war nicht besonders gut als Betreuer. Hab nicht mal Auto fahren gelernt. Ich glaube, das war der Grund, weshalb die Benachrichtigung für die Erste so früh kam. Ich weiß schon – angeblich läuft das nicht so, aber ich bin mir sicher, dass es so war. Hat mich eigentlich nicht gestört. Ich bin ein ziemlich guter Spender, aber ich war ein lausiger Betreuer.«

Eine Weile schwiegen wir alle. Dann sagte Ruth, inzwischen ruhiger: »Ich glaube, ich war eine ganz anständige Betreuerin. Aber fünf Jahre haben mir dann auch gereicht. Es war wie bei dir, Tommy. Als ich Spenderin wurde, war ich innerlich schon ziemlich bereit dazu. Es kam mir richtig vor. Schließlich sind wir ja dafür da, oder?«

Ich war mir nicht sicher, ob sie darauf eine Antwort erwartete. Sie hatte es nicht suggestiv gesagt, und es ist durchaus möglich, dass es einfach ein Spruch aus alter Gewohnheit war – die Spender reden ständig so miteinander. Als ich mich wieder zu Tommy umwandte, beschattete er noch immer seine Augen und betrachtete das Boot.

»Schade, dass wir nicht näher hinkönnen«, sagte er. »Vielleicht könnten wir mal wiederkommen, wenn es trockener ist.«

»Ich bin froh, dass ich's gesehen habe«, sagte Ruth leise. »Es ist wirklich schön. Aber ich glaube, ich möchte jetzt umkehren. Der Wind ist ziemlich kalt.«

»Immerhin haben wir es uns jetzt mal angeschaut«, sagte Tommy.

Auf dem Rückweg zum Auto plauderten wir viel freier als auf dem Weg zum Boot. Ruth und Tommy verglichen ihre jeweiligen Zentren nach Kriterien wie Essen, Handtücher und so weiter und bezogen mich dabei stets ins Gespräch ein, indem sie mir Fragen nach anderen Zentren stellten und wissen wollten, ob dies oder jenes normal sei. Ruths Gang war jetzt wesentlich sicherer, und als wir wieder zum Zaun kamen und ich den Stacheldraht für sie hielt, zögerte sie nur ganz kurz.

Wir stiegen ins Auto, Tommy setzte sich wieder auf den Rücksitz, und eine Weile war die Stimmung ausgezeichnet. Heute scheint es mir, als hätte da vielleicht auch etwas Unausgesprochenes in der Luft gelegen, aber es ist möglich, dass ich mir das nur im Nachhinein einbilde, im Licht dessen, was anschließend geschah.

Anfänglich war es ein bisschen wie auf der Hinfahrt. Wir waren wieder auf der langen, nahezu leeren Straße, und Ruth machte eine Bemerkung über ein Plakat, an dem wir vorbeifuhren. Ich weiß gar nicht mehr, was es eigentlich darstellte – es war einfach eine dieser riesigen Reklametafeln am Straßenrand. Ruths Bemerkung war nur so dahingesagt, offensichtlich ohne Hintergedanken, so etwas wie: »Du meine Güte, seht euch das an. Dabei könnte man doch annehmen, dass sie wenigstens *versuchen*, sich hin und wieder was Neues einfallen zu lassen.«

Aber Tommy sagte von hinten: »Diese Werbung gefällt mir eigentlich ganz gut. Ich habe sie auch schon in Zeitungen gesehen. Ich finde, sie hat was.«

Vielleicht wollte ich das Gefühl von vorhin wieder beschwören, diese Nähe zwischen Tommy und mir. Denn obwohl der Spaziergang zum Boot ganz schön verlaufen war, begann ich zu spüren, dass Tommy und ich bis auf unsere Umarmung beim ersten Wiedersehen und diesen einen Moment im Auto an diesem Tag noch nicht viel miteinander zu tun gehabt hatten. Was auch immer der Grund gewesen sein mag – ich sagte unwillkürlich:

»Mir gefällt es eigentlich auch. Solche Plakate zu machen ist viel schwieriger, als die meisten glauben.«

Tommy pflichtete mir bei. »Es dauert mehrere Wochen, um so was hinzukriegen, hat mir mal jemand erzählt. Monate sogar. Manchmal arbeiten die Leute nächtelang dran, überarbeiten es immer wieder, bis es dann endlich stimmt.«

»Es ist zu einfach«, meinte ich, »so was im Vorbeifahren zu kritisieren.«

»Das Einfachste der Welt«, sagte Tommy.

Ruth schwieg und blickte nur vor sich hin auf die leere Straße.

»Wo wir schon bei den Plakaten sind«, sagte ich, »auf dem Hinweg ist mir eines besonders aufgefallen. Es müsste jetzt bald wieder kommen. Diesmal auf der richtigen Seite, sodass man es besser erkennt. Es kann jeden Moment so weit sein.«

»Worum geht's?«, fragte Tommy.

»Wirst du schon sehen. Es kommt bald.«

Ich schaute zu Ruth hinüber. Da war kein Zorn in ihrem Blick, nur eine gewisse Reserviertheit. Und vielleicht auch eine kleine Hoffnung, dachte ich, dass das Plakat, wenn es auftauchte, sich als völlig harmlos erwies – dass es uns irgendwie an Hailsham erinnern könnte. Das alles erkannte ich in ihrem Gesicht, an der Unschlüssigkeit, sich auf einen Ausdruck festzulegen. Während der ganzen Zeit blickte sie starr geradeaus.

Ich bremste ab und fuhr an den Straßenrand, wo ich holpernd auf der unebenen Bankette aus Gras zum Stehen kam.

»Wieso halten wir an, Kath?«, fragte Tommy.

»Weil ihr's von hier aus am besten anschauen könnt. Aus der Nähe müssen wir uns zu sehr verrenken.«

Ich hörte, wie Tommy hinter uns die Position wechselte, um

einen besseren Blick zu haben. Ruth rührte sich nicht, und ich war mir nicht sicher, ob sie das Plakat überhaupt ansah.

»Okay, es ist nicht ganz dasselbe«, sagte ich nach einem Moment. »Aber es hat mich doch sehr dran erinnert. Großraumbüro, schicke, lächelnde Menschen.«

Ruth blieb stumm, und Tommy sagte von hinten: »Ach so! Du meinst, wie dieses Büro, das wir damals gesucht haben.«

»Nicht nur das«, sagte ich. »Es hat auch eine große Ähnlichkeit mit der Anzeige. Du weißt schon, Ruth, diese Anzeige, die wir damals auf dem Weg gefunden haben, erinnerst du dich?«

»Ich bin mir nicht sicher«, erwiderte sie leise.

»Ach komm, bestimmt erinnerst du dich. In diesem Prospekt oder was es war, der auf dem Weg herumlag. Neben einer Pfütze. Du warst völlig hingerissen. Sag jetzt nicht, du wüsstest das nicht mehr.«

»Doch, ja, vielleicht.« Ruths Stimme war beinahe zu einem Flüstern herabgesunken. Ein Lastwagen donnerte vorbei und versperrte uns für ein paar Sekunden die Sicht auf die Plakatwand. Ruth senkte den Kopf, als hoffte sie, der Lastwagen nähme das Bild für immer mit, und sie blickte auch nicht mehr auf, als das Plakat wieder deutlich zu sehen war.

»Komisch«, sagte ich, »wie einem das jetzt alles wieder in den Sinn kommt. Weißt du noch, wie du geschwärmt hast? Wie du dir ausgemalt hast, dass du eines Tages in solch einem Büro arbeiten würdest?«

»Ach ja, deswegen sind wir doch damals hingefahren«, meinte Tommy, als wäre es ihm erst in dieser Sekunde wieder eingefallen. »Nach Norfolk. Wir sind hingefahren, um deine ›Mögliche‹ zu finden. In einem Büro.«

»Denkst du nicht manchmal«, fragte ich Ruth, »dass du dich mehr darum hättest kümmern sollen? Okay, du wärst die Erste gewesen. Die Erste – soweit wir es jedenfalls wissen –, die so was Ungewöhnliches unternommen hätte. Aber du hättest es vielleicht geschafft, wer weiß. Fragst du dich nicht manchmal, was passiert wäre, wenn du's versucht hättest?«

»Wie hätte ich es denn versuchen sollen?« Ruths Stimme war kaum noch hörbar. »Es war doch nur ein Traum, den ich mal hatte. Weiter nichts.«

»Aber wenn du dich wenigstens erkundigt hättest? Woher willst du wissen, was passiert wäre? Vielleicht hätten sie dich gelassen.«

»Ja, Ruth«, sagte Tommy. »Vielleicht hättest du's wenigstens versuchen sollen. Nachdem du doch ständig davon geredet hast. Da ist schon was dran, glaube ich.«

»Ich habe nicht *ständig davon geredet*, Tommy. Jedenfalls weiß ich nichts mehr davon.«

»Aber Tommy hat recht. Du hättest es wenigstens probieren sollen. Dann könntest du jetzt ein Plakat wie dieses ansehen und dir sagen, dass genau das einmal dein sehnlichster Wunsch war und dass du's zumindest versucht hast …«

»Wie denn!« Ruths Tonfall war zum ersten Mal schärfer geworden, aber gleich darauf seufzte sie und senkte wieder den Kopf.

Dann sagte Tommy: »Du hast immer so geredet, als könntest du für eine Sonderregelung infrage kommen. Und meiner Ansicht nach hättest du's sogar schaffen können. Wenigstens hättest du fragen müssen.«

»Okay«, sagte Ruth. »Ihr behauptet, ich hätte es versuchen sollen. Aber wie? An wen hätte ich mich wenden sollen? Es war doch unmöglich, sich zu erkundigen.«

»Trotzdem hat Tommy recht«, entgegnete ich. »Wenn du an mögliche Sonderregelungen für dich geglaubt hast, hättest du auf jeden Fall fragen müssen. Du hättest zu Madame gehen müssen.«

Kaum dass ich zu Ende gesprochen und Madame erwähnt

hatte, wurde mir klar, dass ich einen Fehler begangen hatte. Ruth musterte mich, und ich sah etwas wie Triumph über ihr Gesicht huschen. In Filmen kann man dergleichen manchmal auch beobachten – wenn der eine den anderen mit gezückter Pistole zu allem Möglichen zwingt. Aber dann leistet sich der Bewaffnete einen Fehler, es kommt zu einem Handgemenge, und auf einmal befindet sich die Pistole in der Hand des zuvor Bedrohten. Und der sieht seinen Widersacher nun mit einem Funkeln in den Augen an, mit einem Ich-kann-mein-Glück-gar-nicht-fassen-Ausdruck, der Rache verheißt. Ungefähr so war der Blick, mit dem Ruth mich maß. Zwar hatte ich nicht von Aufschub und Zurückstellungen geredet, aber ich hatte Madame erwähnt, und damit hatten wir ein ganz neues Terrain betreten.

Ruth bemerkte meine Panik und drehte sich ganz zu mir herum. Ich wappnete mich für ihren Angriff; beschwichtigte mich innerlich und sagte mir, egal, was sie jetzt vorbrachte, es war manches anders geworden, und sie würde nicht mehr so leicht ihren Kopf durchsetzen wie früher. Das waren meine Gedanken, und so war ich ganz und gar nicht auf das vorbereitet, was sie nun wirklich sagte:

»Kathy, ich erwarte nicht, dass du mir je verzeihst. Ich wüsste auch gar nicht, warum. Aber ich möchte dich trotzdem darum bitten.«

Ich war so überrumpelt, dass mir nichts einfiel als die ziemlich lahme Frage: »Was soll ich dir verzeihen?«

»Was du mir verzeihen sollst? Als Erstes zum Beispiel, dass ich dich immer angelogen habe, was diese speziellen Bedürfnisse von dir betrifft. Als du mir damals erzählt hast, wie es dich manchmal so umtreibt, dass du es praktisch mit jedem tun könntest.«

Wieder wechselte Tommy hinter uns die Position, aber Ruth beugte sich zu mir und sah mich so eindringlich an, als wäre Tommy gar nicht mehr bei uns im Auto.

»Ich weiß, dass es dich beunruhigt hat«, sagte sie. »Ich hätte dir gegenüber offen sein sollen. Ich hätte dir verraten sollen, dass es bei mir genauso war, genau so, wie du's beschrieben hast. Heute ist dir das alles natürlich klar, ich weiß. Aber damals nicht, und ich hätte dir helfen müssen. Ich hätte dir besser erklärt, dass auch ich manchmal nicht widerstehen konnte, es mit anderen zu tun, obwohl ich damals mit Tommy zusammen war. Es waren mindestens drei, als wir in den Cottages waren.«

Sie schien Tommys Anwesenheit immer noch vollständig verdrängt zu haben. Es war weniger ein absichtliches Ignorieren, vielmehr war sie so ausschließlich darauf konzentriert, zu mir durchzudringen, dass darüber alles andere in den Hintergrund getreten war.

»Ein paarmal hätte ich's dir beinahe gesagt«, fuhr sie fort. »Dann hab ich's doch gelassen. Aber schon damals war mir klar, dass du eines Tages zurückblicken würdest, und dann würde dir alles klar, und du wärst mir böse. Trotzdem hab ich nichts gesagt. Es gibt keinen Grund, weshalb du mir das je verzeihen solltest, aber ich möchte dich jetzt darum bitten, weil …« Sie verstummte jäh.

»Weil was?«, fragte ich.

Sie lachte und sagte: »Nichts. Ich wäre froh, wenn du mir verzeihen könntest, aber ich rechne nicht damit. Jedenfalls ist das noch nicht mal die Hälfte, eigentlich nicht mal ein Bruchteil davon. Die Hauptsache ist, dass ich dich und Tommy voneinander ferngehalten habe.« Sie war wieder sehr leise geworden. »Das war das Schlimmste, was ich getan habe.«

Sie drehte sich ein Stück nach hinten und sah zum ersten Mal auch Tommy an. Fast unmittelbar darauf wandte sie sich wieder an mich, aber ihre Worte waren nun an uns beide gerichtet.

»Das war das Schlimmste, was ich getan habe«, wiederholte sie. »Dafür kann ich euch nicht mal um Verzeihung bitten. Mein Gott, ich hab mir das innerlich so oft vorgesagt, ich kann nicht glauben, dass ich es wirklich laut ausspreche. Ihr beide hättet zusammengehört. Ich behaupte nicht, dass mir das nicht immer klar gewesen wäre. Natürlich war es mir klar, schon immer, so weit ich mich zurückerinnern kann. Aber ich habe euch voneinander ferngehalten. Nein, ich bitte euch nicht, mir das zu verzeihen. Darum geht es jetzt gar nicht. Sondern ich will etwas anderes, nämlich das alles wiedergutmachen. Ich möchte wiedergutmachen, was ich euch versaut habe.«

»Was meinst du, Ruth?«, fragte Tommy. »Wie soll das gehen, das Wiedergutmachen?« Seine Stimme war sanft, voller kindlicher Neugier, und ich glaube, das war es, was mich in Tränen ausbrechen ließ.

»Kathy, hör zu«, sagte Ruth. »Du und Tommy, ihr müsst versuchen, einen Aufschub zu erhalten. Wenn ihr beide zusammen hingeht, habt ihr eine Chance. Eine echte Chance.«

Sie legte mir eine Hand auf die Schulter, aber ich entzog mich ihr heftig und starrte sie durch die Tränen wild an.

»Dafür ist es zu spät. Viel zu spät.«

»Es ist nicht zu spät. Kathy, hör mir zu, es ist nicht zu spät. Gut, Tommy hat schon zwei Spenden hinter sich. Aber wer sagt, dass das eine Rolle spielt?«

»Es ist zu spät für das alles.« Ich fing wieder zu schluchzen an. »Überhaupt darüber nachzudenken ist idiotisch. So idiotisch wie der Traum, in so einem Büro zu arbeiten. Das liegt alles weit hinter uns.«

Ruth schüttelte den Kopf. »Es ist nicht zu spät. Tommy, sag du's ihr.«

Ich saß über das Steuer gebeugt und konnte daher Tommy gar nicht sehen. Er gab einen verblüfften Laut von sich, eine Art Brummen, sagte aber nichts.

»Schau«, sagte Ruth, »hör zu, hört mir beide zu. Ich wollte, dass wir zu dritt diesen Ausflug machen, weil ich euch das alles sagen wollte. Aber auch, weil ich euch was geben wollte.« Sie hatte in ihren Anoraktaschen gekramt und hielt jetzt ein zerknittertes Blatt in der Hand. »Tommy, nimm du es lieber. Pass gut drauf auf. Und wenn Kathy es sich dann anders überlegt, gibst du's ihr.«

Tommy griff zwischen den Sitzen nach vorn und nahm das Papier. »Danke, Ruth«, sagte er, als hätte sie ihm eine Tafel Schokolade geschenkt. Nach ein paar Sekunden sagte er: »Was ist das? Ich kapier's nicht.«

»Das ist die Adresse von Madame. Wie ihr vorhin zu mir gesagt habt: Ihr müsst es wenigstens versuchen.«

»Woher hast du die?«, fragte Tommy.

»Das war ziemlich schwierig. Ich habe lange gebraucht und musste einiges riskieren. Aber schließlich habe ich sie herausgefunden, und zwar für euch. Jetzt ist es an euch, hinzugehen und es zu versuchen.«

Inzwischen hatte ich zu weinen aufgehört und ließ den Motor an. »Genug davon«, sagte ich. »Wir müssen Tommy zurückbringen. Wir haben selber noch einen weiten Weg vor uns.«

»Aber ihr denkt darüber nach, ja? Ihr beide?«

»Ich möchte jetzt nur endlich losfahren«, erwiderte ich.

»Tommy, du bewahrst diese Adresse sorgfältig auf? Falls Kathy sich besinnen sollte.«

»Ich werde sie aufbewahren«, sagte Tommy. Dann wiederholte er feierlicher: »Danke, Ruth.«

»Wir haben das Boot gesehen«, sagte ich, »und jetzt müssen wir zurückfahren. Nach Dover sind es mindestens zwei Stunden.«

Ich steuerte den Wagen auf die Fahrbahn zurück, und nach meiner Erinnerung sprachen wir auf dem Rückweg zum Kingsfield kaum mehr miteinander. Als wir in den Hof einbogen, drängte sich immer noch eine kleine Gruppe Spender unter dem Vordach zusammen. Ich wendete, bevor ich Tommy aussteigen ließ. Weder Ruth noch ich umarmten oder küssten ihn zum Abschied, aber er drehte sich im Davongehen noch einmal um und winkte uns mit breitem Lächeln.

So seltsam das auch wirken mag, aber wir sprachen kein Wort über das Vorgefallene, als wir zu Ruths Zentrum zurückfuhren. Das lag zum Teil daran, dass Ruth erschöpft war – dieses letzte Gespräch am Straßenrand schien sie ausgelaugt zu haben. Aber ich glaube auch, wir spürten beide, dass wir für diesmal genügend ernste Gespräche geführt hatten und dass es nur schiefgehen konnte, wenn wir weitere Versuche unternähmen. Wie Ruth sich auf dieser Fahrt nach Hause fühlte, weiß ich nicht; mir jedenfalls war eigentlich ganz wohl, nachdem sich die starken Gefühlswallungen wieder gelegt hatten und die Nacht hereingebrochen war und entlang der Straße immer mehr Lichter aufleuchteten. Es war, als wäre endlich etwas von mir gewichen, das mich lange Zeit bedrückt hatte, als wäre endlich eine Tür zu etwas Besserem aufgestoßen worden, auch wenn noch längst nicht alles in Ordnung war. Ich sage nicht, dass ich in Hochstimmung war, das nicht. Die Beziehungen zwischen uns dreien schienen prekär geworden zu sein, und ich war angespannt; aber alles in allem war es keine schlechte Spannung.

Wir sprachen auch kaum über Tommy – stellten nur fest, dass er eigentlich ganz gut aussah, und fragten uns, wie viel Kilogramm er wohl zugenommen hatte. Zwischendurch verfielen wir immer wieder in längere Phasen des Schweigens und beobachteten gemeinsam die Straße.

Erst ein paar Tage später begann ich zu erkennen, was für eine Veränderung dieser Ausflug bewirkt hatte. Die ganze Reserviertheit, das ganze Misstrauen zwischen Ruth und mir waren verflogen, und wir erinnerten uns an alles, was wir einander einmal bedeutet hatten. Und damit begann er, dieser Zeitabschnitt, in dem der Sommer anfing und Ruths Gesundheit wieder halbwegs ins Lot kam: Abends besuchte ich sie mit Keksen und Mineralwasser, und wir saßen nebeneinander am Fenster und sahen die Sonne hinter den Dächern versinken, redeten über Hailsham und die Cottages und alles, was uns in den Sinn kam. Wenn ich heute an Ruth denke, bin ich natürlich traurig, dass sie nicht mehr da ist; aber ich empfinde auch eine tiefe Dankbarkeit für diese Zeit, die wir am Ende miteinander hatten.

Dennoch gab es ein Thema, über das wir nie so richtig sprachen, und das waren ihre Worte damals am Straßenrand, nachdem wir das Boot besichtigt hatten. Ruth spielte gelegentlich darauf an, mit einer Bemerkung wie:

»Hast du noch mal drüber nachgedacht, Tommys Betreuerin zu werden? Du weißt, du könntest es arrangieren, wenn du's willst.«

Bald war es so, dass diese Idee – ich als Tommys Betreuerin – eine Art Stellvertreter wurde und für alles das stand, was Ruth über mich und Tommy dachte. Ich pflegte darauf zu entgegnen, dass ich darüber nachdenke, dass es aber auch für mich nicht so einfach sei, dergleichen in die Wege zu leiten. Und dabei ließen wir es meist bewenden. Aber es war klar, dass Ruth dieses Thema immer im Hinterkopf hatte, und deshalb wusste ich, was sie mir gern gesagt hätte, als ich sie zum letzten Mal traf und sie schon nicht mehr sprechen konnte.

Das war drei Tage nach ihrer zweiten Spende; in den frühen Morgenstunden ließen sie mich endlich zu ihr. Sie war allein im Zimmer, und man schien alles, was möglich war, für sie getan zu haben. Aus dem Verhalten der Ärzte, des Koordinators, der Krankenschwestern schloss ich, dass sie ihr nicht mehr lange gaben.

Jetzt warf ich nur einen Blick auf sie, wie sie in diesem Kranken-
hausbett unter der matten Lampe lag, und erkannte in ihrem
Gesicht den Ausdruck, den ich schon oft genug bei Spendern gesehen hatte. Es war, als zwänge sie ihren Blick tief in sich hinein,
um besser durch die einzelnen Schmerzregionen ihres Körpers
patrouillieren und sich ihnen widmen zu können – ähnlich vielleicht wie ein besorgter Betreuer zwischen drei oder vier leidenden
Spendern in verschiedenen Teilen des Landes hin und her eilt.
Streng genommen war sie noch bei Bewusstsein, aber für mich
schon nicht mehr erreichbar, während ich dort neben ihrem me-
tallenen Klinikbett stand. Dennoch holte ich mir einen Stuhl und
saß bei ihr, hielt mit beiden Händen ihre Hand und drückte sie,
wenn eine neuerliche Welle der Schmerzen sie mir entwand.

Ich blieb bei ihr, solange sie mich ließen, drei Stunden, vielleicht
länger. Und wie ich schon sagte, war sie fast die ganze Zeit tief in
sich selbst versunken. Nur einmal, ein einziges Mal, als sie sich in
einer Weise krümmte, die Furcht erregend unnatürlich wirkte, und
ich schon im Begriff war, nach der Schwester um stärkere Schmerz-
mittel zu rufen, dieses eine Mal sah sie mich direkt an, nur ein paar
Sekunden, nicht länger, und wusste genau, wer ich war. Es war eine
dieser kleinen Inseln der Bewusstheit, dieser lichten Augenblicke,
die Spender manchmal inmitten ihrer grausamen Kämpfe erleben,
und sie sah mich an, nur diesen einen Augenblick lang, und obwohl
sie nichts sagte, verstand ich ihren Blick. Und ich sagte zu ihr: »Es
ist gut, ich werde es tun, Ruth. Ich werde Tommys Betreuerin, sobald es geht.« Ich flüsterte diese Worte nur, denn selbst wenn ich
geschrien hätte, so hätte sie mich nicht verstanden, glaubte ich.
Aber ich hoffte sehr, dass sie während der paar Sekunden, in denen unsere Blicke ineinander ruhten, meinen Ausdruck genauso
gelesen hatte wie ich den ihren. Dann war der Moment vorbei, und
sie war wieder weit fort. Natürlich werde ich es nie sicher wissen,

aber ich glaube, sie hat mich verstanden. Und auch wenn sie es nicht verstanden hat, bin ich heute der Auffassung, sie wusste wahrscheinlich die ganze Zeit und noch lang vor mir, dass ich Tommys Betreuerin würde und dass wir beide »es versuchen« würden, wie sie uns damals auf unserem Ausflug ans Herz gelegt hatte.

20

Fast auf den Tag genau ein Jahr nach unserem Ausflug zum Boot wurde ich Tommys Betreuerin. Es war nicht lang nach Tommys dritter Spende, und obwohl er sich gut erholte, brauchte er noch sehr viel Ruhe, und wie sich zeigte, war das für uns gar nicht schlecht, um diese neue gemeinsame Phase zu beginnen. Es dauerte nicht lang, bis ich mich ans Kingsfield gewöhnt hatte, es sogar zu mögen begann.

Die meisten Spender im Kingsfield bekommen nach der dritten Spende ein eigenes Zimmer, und Tommy hatte eines der größten Einzelzimmer im ganzen Zentrum. Manche vermuteten später, ich hätte das so für ihn arrangiert, aber das war nicht der Fall; es war einfach Glück, und so toll war das Zimmer ja gar nicht. Ich glaube, früher, als die Leute hier noch Urlaub gemacht haben, war es ein Badezimmer, denn es gab nur ein Fenster mit Milchglasscheibe sehr hoch oben, fast unter der Decke. Hinausschauen konnte man nur, wenn man auf einen Stuhl stieg und das Fenster aufhielt, und auch dann beschränkte sich der Ausblick auf das dichte Gestrüpp unten. Das Zimmer war L-förmig, was bedeutete, dass sie zu den üblichen Möbeln – Bett, Sessel, Kleiderschrank – auch ein kleines Schülerpult mit aufklappbarem Deckel hineinstellen konnten, was sich als echter Pluspunkt erwies, wie ich später erklären werde.

Ich möchte aber keinen falschen Eindruck von dieser Zeit im Kingsfield vermitteln: Oft war es wirklich gemütlich, fast idyllisch. Meine übliche Besuchszeit war nach dem Mittagessen, und wenn ich kam, lag Tommy auf dem schmalen Bett – immer vollständig angekleidet, weil er sich nicht »wie ein Patient« vorkommen wollte. Ich saß im Sessel und las ihm aus verschiedenen Taschenbüchern vor, die ich mitzubringen pflegte, Sachen wie die *Odyssee* oder *Märchen aus Tausendundeiner Nacht*. Wenn ich nicht vorlas, unterhielten wir uns, manchmal über früher, manchmal über andere Dinge. Am späten Nachmittag nickte er oft ein, und ich saß dann an seinem kleinen Schreibtisch und holte den Rückstand auf, in dem ich mit meinen Berichten war. Es war erstaunlich, wirklich, wie die Jahre dahinschmolzen und wir so frei und selbstverständlich miteinander umgehen konnten.

Aber natürlich war nicht alles wie früher. Schon deshalb, weil Tommy und ich endlich anfingen, miteinander zu schlafen. Ich weiß nicht, wie sehr sich Tommy vorher in Gedanken damit beschäftigt hatte. Immerhin musste er sich von seinem letzten Eingriff erholen, und vielleicht stand Sex für ihn nicht im Vordergrund. Ich wollte ihn nicht bedrängen; andererseits aber dachte ich, wenn wir jetzt am Anfang, als wir gerade wieder zueinander fanden, zu lang damit warteten, würde es immer schwieriger werden, Sex zu einem selbstverständlichen Bestandteil unserer Beziehung zu machen. Und mein zweiter Gedanke war wohl, wenn unsere Pläne tatsächlich in die Richtung gingen, die Ruth uns gezeigt hatte, und wir um einen Aufschub baten, könnte es sich als echter Nachteil erweisen, wenn wir nie miteinander geschlafen hätten. Zwar glaubte ich nicht, dass man uns zwangsläufig danach fragen würde. Meine Sorge war aber, dass man es uns irgendwie anmerken würde, vielleicht in Form einer mangelnden Vertrautheit miteinander.

An einem Nachmittag in seinem Zimmer beschloss ich also, damit anzufangen, und zwar in einer Weise, dass es ihm freistand, darauf einzugehen oder nicht. Er hatte wie üblich auf dem Bett gelegen und an die Decke gestarrt, während ich ihm vorlas. Als ich fertig war, ging ich zu ihm hinüber, setzte mich auf die Bettkante und schob eine Hand unter sein T-Shirt. Schon ziemlich bald war ich weiter unten, und obwohl er eine Weile brauchte, um hart zu werden, spürte ich sofort, dass er glücklich darüber war. Bei diesem ersten Mal mussten wir noch auf Nähte aufpassen, und überhaupt hatte ich das Gefühl, dass wir nach all den Jahren, die wir einander ganz ohne Sex gekannt hatten, jetzt eine Art Zwischenstadium brauchten, bevor wir es richtig genießen konnten. Deshalb machte ich es ihm diesmal einfach mit den Händen, und er lag nur da und unternahm keinen Versuch, mich ebenfalls anzufassen, gab nicht einmal einen Laut von sich, sondern sah einfach nur friedlich aus.

Aber neben unserer Hoffnung, dass dies ein Beginn wäre, ein Tor, das wir durchschritten, schwang schon bei diesem ersten Mal noch etwas anderes mit, ein Gefühl, das ich lange Zeit nicht wahrhaben wollte, und wenn ich es doch nicht verdrängen konnte, versuchte ich mir wenigstens einzureden, dass es irgendwann von selbst verschwinden würde, zusammen mit seinen vielfältigen Schmerzen und Beeinträchtigungen. Ich meine damit, dass von Anfang an, schon bei diesem ersten Mal, an Tommys Verhalten etwas war wie ein Beiklang von Trauer, der zu sagen schien: »Ja, wir tun das jetzt, und ich bin froh darum. Aber wie schade, dass wir so lang damit gewartet haben.«

Und auch in der Zeit danach, als wir richtig miteinander schliefen und wirklich glücklich waren, auch dann war dieses nagende Gefühl nie ganz verschwunden. Ich tat alles, um es nicht richtig aufkommen zu lassen. Ich sorgte dafür, dass wir wirklich sämtliche

Register zogen, sodass uns alles zu einem rauschhaften Zustand verschwamm und für nichts anderes mehr Platz war. Wenn er oben war, spreizte ich weit die Knie für ihn; egal, welche Stellung wir sonst hatten, sagte und tat ich alles, was mir einfiel, um es so schön und leidenschaftlich wie möglich zu machen; und dennoch verschwand es nie ganz.

Vielleicht lag es auch an diesem Zimmer, an dieser Milchglasscheibe, durch die das einfallende Sonnenlicht selbst im Frühsommer herbstlich wirkte. Oder daran, dass die Stimmfetzen, die gelegentlich zu uns heraufdrangen, nicht von Kollegiaten stammten, die auf der Wiese saßen und über Gedichte und Romane diskutierten, sondern von Spendern, die sich draußen auf dem Gelände um ihre Angelegenheiten kümmerten. Vielleicht auch daran, dass Tommy manchmal, auch wenn es wirklich schön gewesen war und wir eng umschlungen beieinander lagen und in Gedanken noch dem Erlebten nachhingen, eine Bemerkung machte wie: »Früher konnte ich es ohne Weiteres zweimal hintereinander tun. Jetzt geht das nicht mehr.« Dann schob sich dieses Gefühl mächtig in den Vordergrund, und ich musste ihm, wenn er solche Sachen sagte, die Hand auf den Mund legen, damit wir weiter friedlich nebeneinanderliegen konnten. Ich bin mir sicher, dass Tommy genauso empfand, denn danach hielten wir einander immer besonders fest, als könnte es uns auf diese Weise gelingen, das Gefühl zu bannen.

Während unserer ersten gemeinsamen Wochen erwähnten wir Madame oder das Gespräch mit Ruth im Auto so gut wie nie. Doch schon der Umstand, dass ich jetzt seine Betreuerin war, erinnerte uns ständig daran, dass wir keine Zeit zu vergeuden hatten. Und eine weitere Erinnerung waren natürlich Tommys Tierzeichnungen.

Ich hatte im Lauf der Jahre oft an Tommys Tiere gedacht, und auch während unseres Ausflugs zum Boot war ich versucht gewesen, ihn danach zu fragen. Hatte er weitergezeichnet? Hatte er die Tiere aus den Cottages aufbewahrt? Aber wegen der ganzen Geschichte, die damit verbunden war, brachte ich es nie über mich.

Eines Nachmittags jedoch, vielleicht einen Monat nachdem ich seine Betreuerin geworden war, trat ich zu ihm ins Zimmer und fand ihn an seinem Schülerpult sitzen, so intensiv mit einer Zeichnung beschäftigt, dass sein Gesicht fast das Blatt berührte. Er hatte »Herein!« gerufen, als ich geklopft hatte, aber jetzt hob er weder die Hand, noch unterbrach er seine Tätigkeit, und ein einziger Blick sagte mir, dass er an einem seiner Fantasiegeschöpfe arbeitete. Ich blieb auf der Türschwelle stehen, unschlüssig, ob ich hereinkommen sollte oder nicht, aber schließlich blickte er auf und klappte das Heft zu – das, wie mir auffiel, genauso aussah wie die schwarzen Hefte, die er vor vielen Jahren von Keffers bekommen hatte. Ich ging also hinein, wir sprachen über etwas ganz anderes, und nach einer Weile räumte er sein Heft weg, ohne dass wir es erwähnt hatten. Aber von da an sah ich es häufig, wenn ich ihn aufsuchte, es lag auf dem Pult oder lugte unter seinem Kopfkissen hervor.

Und eines Tages, als wir wieder in seinem Zimmer waren und ein bisschen Zeit übrig hatten, bevor wir zu irgendwelchen Untersuchungen aufbrechen mussten, war auf einmal etwas Merkwürdiges an seinem Verhalten: etwas Verschämtes und zugleich Absichtsvolles, sodass ich auf die Idee kam, er sei vielleicht auf Sex aus. Aber das war es nicht; stattdessen sagte er: »Kath, ich muss dich was fragen. Und du musst bitte ganz ehrlich antworten.«

Das schwarze Heft tauchte aus dem Pult auf, und er zeigte mir drei verschiedene Skizzen von einem Wesen, das wie ein Frosch aussah – nur dass es einen langen Schwanz hatte, als wäre ein Teil von ihm Kaulquappe geblieben. Jedenfalls war das der Eindruck, den man aus der Ferne gewann. Aus der Nähe betrachtet, bestand jede Zeichnung aus einer Fülle winzigster Details, sehr ähnlich den Wesen, die er vor Jahren in den Cottages erfunden hatte.

»Diese beiden hab ich mit der Idee gemacht, dass sie aus Metall sind«, sagte er. »Siehst du, sie haben lauter glänzende Flächen. Aber diesen hier wollte ich so zeichnen, als wäre er aus Gummi. Siehst du? Irgendwie blubberig. Jetzt möchte ich eine richtige Zeichnung davon machen, eine wirklich gute, aber ich kann mich für keine Version entscheiden. Kath, ganz ehrlich, was meinst du?«

Ich erinnere mich nicht, was ich antwortete. Woran ich mich erinnere, ist das Durcheinander unterschiedlichster Gefühle, das mich in diesem Augenblick überkam. Auf Anhieb war mir klar, dass dies seine Art war, mit allem, was damals in den Cottages in Verbindung mit seinen Zeichnungen passiert war, aufzuräumen, und ich empfand Erleichterung, Dankbarkeit, reinstes Glück. Aber gleichzeitig war ich mir sehr wohl bewusst, warum die Tiere wieder aufgetaucht waren, und erahnte die vielen möglichen Schichten, die sich hinter Tommys scheinbar beiläufiger Frage auftaten. Zumindest zeigte er mir, dass er nicht vergessen hatte, obwohl wir kaum etwas offen ausgesprochen hatten; er teilte mir mit, dass er nicht auf der faulen Haut lag, sondern sich sehr wohl um seinen Teil der Vorbereitungen kümmerte.

Aber das war noch nicht alles, was ich beim Anblick der eigenartigen Frösche empfand. Denn es war schon wieder da, dieses Gefühl, erst nur schwach und im Hintergrund, aber stetig wachsend, sodass ich später immer wieder darüber nachdenken musste. Als ich mir die Zeichnungen ansah, ging mir, ob ich wollte oder nicht, ein Gedanke durch den Kopf, der sich nicht verscheuchen ließ, der Gedanke nämlich, dass Tommys Zeichnungen ihre Frische verloren hatten. Gut, in vielerlei Hinsicht glichen die Frösche den Wesen, die ich in den Cottages gesehen hatte. Aber irgendetwas fehlte, sie wirkten jetzt schwerfällig, fast wie Kopien. Sodass sich schon wieder dieses Gefühl einstellte, auch wenn ich es zu unterdrücken versuchte: dass wir mit allem zu spät waren; dass es einmal eine Zeit dafür gegeben hatte, aber wir sie hatten verstreichen lassen, und dass die Art, wie wir jetzt dachten und planten, etwas Lächerliches, ja Verwerfliches an sich hatte.

Heute, da ich über das alles noch einmal nachdenke, kommt mir in den Sinn, dass dies ein weiterer Grund gewesen sein mag, weshalb wir uns nicht entschließen konnten, offen über unsere Pläne zu sprechen. Selbstverständlich hörte man keinen anderen Spender im Kingsfield je über Zurückstellungen oder Ähnliches reden, und es kann sein, dass es uns irgendwie peinlich war, fast als teilten wir ein beschämendes Geheimnis miteinander. Vielleicht fürchteten wir uns sogar vor den Folgen, falls ein Wort davon nach außen drang.

Aber wie ich schon sagte, ich möchte kein zu düsteres Bild von dieser Zeit im Kingsfield zeichnen. Sehr viel davon, vor allem seit dem Tag, an dem er mich nach seinen Tieren fragte, schien völlig frei von den Schatten der Vergangenheit, und wir richteten uns in unserem Zusammensein wirklich gut ein. Und obwohl er mich nie mehr wegen seiner Bilder um Rat fragte, arbeitete er gern in meiner Gegenwart daran, und häufig verbrachten wir so unsere Nachmittage: ich auf dem Bett, vielleicht vorlesend, und Tommy zeichnend am Schreibtisch.

Vielleicht wären wir glücklich gewesen, wenn es noch längere Zeit so weitergegangen wäre; wenn wir uns noch viele Nachmittage auf diese Weise hätten vertreiben können, mit Gesprächen, Sex, Vorlesen, Zeichnen. Aber als der Sommer dem Ende zuging und Tommy immer kräftiger wurde und die Aussicht darauf, dass demnächst seine vierte Spende fällig würde, sich immer deutlicher abzeichnete, wussten wir, dass wir die Sache nicht endlos vor uns herschieben konnten.

Ich hatte eine ungewöhnlich anstrengende Phase hinter mir und war fast eine Woche nicht im Kingsfield gewesen. Als ich zurückkehrte, war es früher Vormittag, und ich erinnere mich, dass es in Strömen regnete. In Tommys Zimmer war es beinahe finster, und irgendwo in der Nähe seines Fensters war das Rauschen einer Dachrinne zu hören. Er war mit den anderen unten in der Haupthalle beim Frühstück gewesen, war aber schon wieder heraufgekommen; jetzt saß er untätig auf seinem Bett und starrte leer vor sich hin. Ich trat völlig erschöpft herein – ich hatte seit Ewigkeiten keine Nacht mehr ordentlich geschlafen – und ließ mich einfach auf sein schmales Bett fallen, sodass ich ihn an die Wand drängte. Eine ganze Weile lag ich einfach so da und wäre ohne Weiteres eingeschlafen, wenn Tommy nicht ständig mit einer Zehe mein Knie angetippt hätte. Schließlich richtete ich mich auf und sagte:

»Tommy, gestern hab ich Madame gesehen. Ich habe nicht mit ihr gesprochen oder so. Aber ich hab sie gesehen.«

Er schaute mich an, sagte aber nichts.

»Ich hab sie gesehen, wie sie die Straße entlangkam und in ihr Haus ging. Die Adresse stimmt, die Ruth uns gegeben hat. Straße, Hausnummer, alles richtig.«

Dann erzählte ich, wie ich am Tag zuvor, nachdem ich ohnehin an der Südküste unterwegs war, spätnachmittags nach Littlehampton gefahren und, genau wie die letzten beiden Male, diese lange Straße nahe der Küste entlanggegangen war, vorbei an Reihenhäusern mit Namen wie *Wavecrest* und *Sea View*, bis ich zu einer Telefonzelle gelangte, neben der eine Parkbank stand. Und dort hatte ich mich niedergesetzt und gewartet – wie schon früher – und das Haus gegenüber beobachtet.

»Es war wie in einem Detektivroman. Sonst habe ich dort jedes Mal über eine halbe Stunde gesessen, und es geschah nichts, absolut nichts. Aber diesmal hatte ich eine Ahnung, dass ich Glück haben würde.«

Ich war so müde gewesen, dass ich beinahe dort auf der Bank eingeschlafen wäre. Doch als ich den Kopf wieder hob, sah ich sie die Straße entlang auf mich zukommen.

»Es war wirklich unheimlich«, sagte ich, »weil sie genauso aussieht wie früher. Vielleicht ist ihr Gesicht eine Spur älter. Aber sonst – praktisch kein Unterschied. Sie war sogar genauso gekleidet. Dasselbe schicke graue Kostüm.«

»Es kann nicht *dasselbe* graue Kostüm gewesen sein.«

»Ich weiß nicht. Es hat so ausgesehen.«

»Du hast also nicht versucht, sie anzusprechen?«

»Natürlich nicht, du Dummkopf. Immer ein Schritt nach dem anderen. Schließlich war sie nie besonders nett zu uns, falls du dich erinnerst.«

Ich erzählte, wie sie auf der gegenüberliegenden Straßenseite an mir vorbeigegangen war, ohne einen Blick in meine Richtung zu werfen; wie ich eine Sekunde lang gefürchtet hatte, sie werde auch an der Tür, die ich beobachtet hatte, vorbeigehen – weil man Ruth doch die falsche Adresse gegeben hatte. Aber am Gartentor war Madame unvermittelt in den Vorgarten eingebogen, hatte mit zwei, drei Schritten den kurzen Weg bis zur Haustür zurückgelegt und war im Haus verschwunden.

Als ich fertig war, sagte Tommy eine ganze Weile gar nichts. Dann fragte er:

»Glaubst du nicht, dass du dir bald Ärger einhandeln wirst? Wenn du immer irgendwohin fährst, wo du nicht sein solltest?«

»Warum, meinst du, bin ich so müde? Ich habe praktisch rund um die Uhr gearbeitet, um alles zu schaffen. Aber jetzt haben wir sie wenigstens gefunden.«

Draußen goss es weiter in Strömen. Tommy drehte sich auf die Seite und legte den Kopf an meine Schulter.

»Ruth hat es gut für uns vorbereitet«, sagte er leise. »Es ist alles richtig.«

»Ja, sie hat's gut gemacht. Aber jetzt sind wir an der Reihe.«

»Wie lautet also der Plan, Kath? Haben wir denn einen?«

»Wir werden dorthin fahren. Wir gehen einfach zu ihr und fragen sie. Nächste Woche, wenn ich dich zu den Labortests bringe. Ich melde dich für den ganzen Tag ab. Dann können wir auf dem Rückweg in Littlehampton vorbeischauen.«

Tommy seufzte und vergrub seinen Kopf tiefer an meiner Schulter. Hätte uns jemand beobachtet, hätte er wohl alles andere als Begeisterung bei ihm vermutet, aber ich wusste, was Tommy empfand. So lange hatten wir über die Möglichkeit eines Aufschubs nachgedacht, die Vermutungen über die Galerie und alles, was damit verbunden war – und auf einmal war es so weit. Es war wirklich ein bisschen unheimlich.

»Wenn es klappt«, sagte er schließlich. »Einfach mal angenommen, es klappt, und sie gibt uns, sagen wir, drei Jahre, nur für uns. Was fangen wir damit an? Verstehst du, was ich meine, Kath? Wo gehen wir hin? Hier in diesem Zentrum können wir nicht bleiben.«

»Ich weiß nicht, Tommy. Vielleicht schickt sie uns in die Cottages zurück. Besser wäre es, anderswohin. In White Mansion vielleicht. Oder sie haben was anderes. Ein eigenes Quartier für solche wie uns. Wir müssen einfach abwarten, was sie sagt.«

Eine Zeit lang lagen wir still nebeneinander auf dem Bett und lauschten dem Regen. Irgendwann begann ich ihn mit einem Fuß anzutippen, wie er es vorhin mit mir gemacht hatte. Er zahlte es mir schließlich heim, indem er meine Füße kurzerhand vom Bett stieß.

»Wenn wir wirklich hingehen«, sagte er, »müssen wir eine Entscheidung wegen der Tiere treffen, du weißt schon: welche wir mitnehmen. Die besten aussuchen. Vielleicht sechs oder sieben. Wir müssen sie sehr sorgfältig auswählen.«

»Okay«, sagte ich. Dann stand ich auf und reckte die Arme. »Vielleicht nehmen wir mehr mit. Fünfzehn, sogar zwanzig. Ja, wir werden zu ihr gehen. Was kann uns dabei schon passieren? Wir gehen zu ihr und reden mit ihr.«

21

Schon Tage, bevor wir hinfuhren, hatte ich dieses Bild im Kopf: Tommy und ich vor dieser Tür, wie wir allen Mut zusammennehmen, um auf die Klingel zu drücken, und dann mit klopfendem Herzen dastehen und warten. Wie sich zeigte, hatten wir Glück: Diese Tortur zumindest blieb uns erspart.

Wir hatten aber auch ein bisschen Glück verdient, denn bis dahin war der Tag gar nicht gut gelaufen. Unterwegs hatte das Auto Schwierigkeiten gemacht, und wir trafen mit einer Stunde Verspätung zu Tommys Tests ein. Dann hatte Tommy wegen einer Verwechslung in der Klinik drei Tests wiederholen müssen. Davon wurde ihm leicht schwindelig, und als wir uns schließlich am späten Nachmittag auf den Weg nach Littlehampton machten, war er so benommen, dass ihm während der Autofahrt schlecht wurde. Wir mussten immer wieder stehen bleiben, damit er ein paar Schritte gehen konnte.

Kurz vor sechs Uhr waren wir endlich in Littlehampton. Wir stellten das Auto hinter der Bingo-Halle ab, holten die Sporttasche mit Tommys Heften aus dem Kofferraum und gingen in Richtung Innenstadt. Es war ein sonniger Tag gewesen, und obwohl die Geschäfte alle schon schlossen, standen eine Menge Leute vor den Pubs auf der Straße herum, tranken und plauderten. Je länger wir unterwegs waren, desto besser erholte sich Tommy, bis ihm schließlich einfiel, dass er wegen der Tests das Mittagessen hatte ausfallen lassen, und er erklärte, er müsse erst etwas essen, um sich für das Bevorstehende zu wappnen. Wir machten uns also auf die Suche nach einem Sandwich-Stand, als er mich plötzlich am Arm packte, so fest, dass ich schon fürchtete, er hätte einen Anfall. Aber er flüsterte mir ins Ohr:

»Da ist sie, Kath. Schau, dort geht sie an dem Friseurladen vorbei.«

Und tatsächlich, da war sie, auf dem Gehsteig gegenüber, in ihrem adretten grauen Kostüm, ihrer Standardkleidung seit jeher.

Wir hefteten uns an ihre Fersen und folgten ihr erst durch die Fußgängerzone, dann durch die nahezu menschenleere Hauptstraße, natürlich in gebührendem Abstand. Ich glaube, wir mussten beide daran denken, wie wir einmal Ruths »Möglicher« durch eine andere Stadt gefolgt waren. Diesmal erwies sich die Sache allerdings als wesentlich einfacher, denn bald waren wir auf dieser langen Küstenstraße.

Da diese Straße schnurgerade verlief und von der tief stehenden Sonne bis ans andere Ende beleuchtet wurde, konnten wir Madame einen gehörigen Vorsprung lassen – bis sie beinahe nur noch ein Punkt am Horizont war –, ohne das Risiko einzugehen, sie aus den Augen zu verlieren. Tatsächlich hörten wir ständig das Echo ihrer Absätze, und das rhythmische Geräusch von Tommys Tasche, die im Gehen an sein Bein schlug, klang wie eine Antwort darauf.

Lange schritten wir so dahin, vorbei an einer endlosen Reihe immer gleicher Häuser. Dann war auf der anderen Straßenseite die Häuserzeile auf einmal zu Ende und wich flachem grasbewachsenem Gelände, und dahinter sah man die Dächer der Strandhäuschen, die sich entlang dem Ufer aneinanderreihten. Das Meer selbst blieb unsichtbar, aber man erriet es – schon allein an der Weite des Himmels und dem Geschrei der Möwen.

Aber auf unserer Straßenseite stand auch hier noch Haus an Haus. Nach einer Weile sagte ich zu Tommy:

»Jetzt ist es nicht mehr weit. Siehst du die Bank dort? Da habe ich immer gesessen. Das Haus liegt direkt gegenüber.«

Bis zu diesem Zeitpunkt war Tommy ganz ruhig geblieben. Aber jetzt schien auf einmal etwas in ihn gefahren zu sein, denn er begann seine Schritte zu beschleunigen, als wollte er Madame einholen. Es befand sich aber niemand mehr zwischen ihr und uns, und als Tommy den Abstand immer weiter verringerte, musste ich ihn am Arm packen, um ihn zu bremsen. Die ganze Zeit hatte ich Angst, Madame könnte sich umdrehen und uns entdecken, was jedoch nicht geschah, und schließlich trat sie durch ihr kleines Gartentor. Vor der Haustür hielt sie inne, um in ihrer Handtasche nach dem Schlüssel zu suchen, und dann hatten wir schon aufgeholt, standen vor ihrem Haus und beobachteten sie. Sie drehte sich noch immer nicht um, und ich hatte den Verdacht, dass sie uns schon längst bemerkt hatte und absichtlich ignorierte. Ich fürchtete auch, dass Tommy sie im nächsten Moment ansprechen und dann sicher die falschen Worte wählen würde. Daher rief ich ihr, ohne zu zögern, schnell vom Gartentor aus etwas zu.

Es war nur ein höfliches »Entschuldigung!«, aber sie fuhr herum, als hätte ich einen Gegenstand nach ihr geworfen. Und als ihr Blick auf uns fiel, überlief mich ein Schaudern wie damals, vor vielen Jahren, als wir ihr draußen vor dem Haupthaus aufgelauert hatten. Ihre Augen waren so kalt wie immer und ihre Miene vielleicht noch strenger, als ich sie in Erinnerung hatte. Ich weiß nicht, ob sie uns bereits erkannt hatte; ohne Zweifel aber sah und begriff sie innerhalb einer Sekunde, *was wir waren*, denn sie erstarrte sichtlich – als sähe sie zwei riesige Spinnen auf sich zukriechen.

Dann veränderte sich ihr Gesichtsausdruck. Er wurde nicht gerade herzlicher. Aber der Abscheu, den sie bei unserem Anblick empfand, verschwand irgendwohin, und sie musterte uns aufmerksam, wobei sie die Augen gegen das Licht der tief stehenden Sonne zusammenkniff.

»Madame«, sagte ich, über das niedrige Tor gebeugt. »Wir wollen Sie bestimmt nicht erschrecken. Aber wir waren in Hailsham. Ich bin Kathy H., vielleicht erinnern Sie sich. Und das ist Tommy D. Wir sind nicht hier, um Ihnen Ärger zu machen.«

Sie trat ein paar Schritte auf uns zu. »Aus Hailsham«, sagte sie, und tatsächlich huschte ein kleines Lächeln über ihr Gesicht. »Das ist aber eine Überraschung. Wenn Sie nicht hier sind, um mir Ärger zu bereiten, warum dann?«

»Wir müssen mit Ihnen reden«, antwortete Tommy. »Wir haben etwas mitgebracht« – er hob seine Tasche – »ein paar Sachen, die Sie vielleicht für Ihre Galerie brauchen können. Wir müssen unbedingt mit Ihnen sprechen.«

Madame stand einfach nur da in der Abendsonne und rührte sich kaum, den Kopf leicht zur Seite geneigt, als lauschte sie auf ein Geräusch vom Meer. Dann lächelte sie wieder, obwohl dieses Lächeln nicht uns zu gelten schien, sondern ihr selbst.

»Na gut, schön. Kommen Sie herein. Dann werden wir sehen, worüber Sie zu reden wünschen.«

Beim Eintreten fiel mir auf, dass die Haustür farbige Glasscheiben hatte, und als Tommy die Tür hinter uns schloss, war es gleich ziemlich dunkel. Wir standen in einem Flur, der so eng war, dass man das Gefühl hatte, man bräuchte nur die Ellenbogen zu spreizen, um auf beiden Seiten an die Wände zu stoßen. Madame war vor uns stehen geblieben und verharrte reglos mit dem Rücken zu uns, und wieder war es, als lauschte sie. Ich spähte an ihr vorbei und sah, dass der Flur, so schmal er war, sich hinter ihr noch einmal teilte: Links ging eine Treppe nach oben, rechts führte ein noch engerer Durchgang in die Tiefe des Hauses hinein.

Madames Beispiel folgend lauschte ich ebenfalls, doch es war alles still. Ich hörte von irgendwo oben einen gedämpften Schlag. Dieses leise Geräusch schien Madame etwas zu sagen, denn jetzt wandte sie sich zu uns um und deutete in die Dunkelheit des Durchgangs.

»Gehen Sie dort hinein und warten Sie auf mich. Ich bin gleich wieder da.«

Sie begann die Treppe hinaufzusteigen, aber als sie uns zögern sah, beugte sie sich über das Geländer und wies noch einmal in die Dunkelheit.

»Dort hinein«, sagte sie und verschwand im oberen Stock.

Tommy und ich gingen weiter und fanden uns in einem Raum wieder, der offenbar das Wohnzimmer war. Es war, als hätte ein Dienstbote, bevor er verschwand, noch rasch das Zimmer für den Abend hergerichtet: Die Vorhänge waren zugezogen, und mehrere Tischlampen verbreiteten ein gedämpftes Licht. Ich konnte die alten Möbel riechen, die wahrscheinlich aus Viktorianischer Zeit stammten. Der Kamin war zugemauert; wo einst das Feuer gebrannt hätte, hing jetzt ein Bild, gestickt wie ein Gobelin, mit einem seltsamen eulenartigen Vogel, der den Betrachter anstarrte. Tommy berührte meinen Arm und deutete auf ein gerahmtes Bild, das über einem kleinen runden Tisch in einer Ecke hing.

»Das ist Hailsham«, flüsterte er.

Als wir näher traten, war ich mir jedoch nicht mehr so sicher. Es war ein ziemlich hübsches Aquarell, aber die Tischlampe darunter hatte einen gebogenen Schirm voller Spinnwebspuren, und statt das Bild auszuleuchten, warf sie nur einen matten Schein auf das trübe Glas, sodass man eigentlich kaum etwas erkennen konnte.

»Das ist kurz hinter dem Ententeich«, sagte Tommy leise.

»Wieso«, flüsterte ich zurück. »Da ist doch gar kein Teich. Es ist einfach eine Landschaft.«

»Nein, der Teich ist hinter dir.« Zu meiner Überraschung klang Tommy verärgert. »Du musst dich doch erinnern. Wenn du am hinteren Ende des Teichs stehst, ihm den Rücken zukehrst und zum nördlichen Sportplatz hinüberschaust …«

Wir verstummten wieder, weil wir irgendwo im Haus Stimmen hörten. Es klang nach einer Männerstimme, die vielleicht von oben kam. Dann hörten wir unverkennbar Madame, die wieder herunterkam und sagte: »Ja, ganz richtig. Völlig richtig.«

Wir erwarteten, dass sie hereinkäme, aber die Schritte führten an der Tür vorbei und verklangen im hinteren Teil des Hauses. Mir schoss der Gedanke durch den Kopf, dass sie jetzt Tee und Scones herrichten und alles auf einem Servierwagen bringen würde, aber gleich darauf dachte ich, was für eine abwegige Vorstellung! Wahrscheinlich hatte sie uns vergessen, und sobald sie sich wieder an uns erinnerte, würde sie uns sicher fortschicken. Eine barsche Männerstimme rief etwas von oben, aber so gedämpft, dass es genauso gut zwei Stockwerke höher sein konnte. Die Schritte kehrten in den Flur zurück, und Madame rief nach oben: »Ich habe Ihnen gesagt, was zu tun ist. Machen Sie es einfach so, wie ich es Ihnen erklärt habe.«

Tommy und ich warteten weitere Minuten. Plötzlich setzte sich die rückwärtige Zimmerwand in Bewegung, und im nächsten Moment sah ich, dass es gar keine echte Wand war, sondern eine doppelte Schiebetür, mit der man die vordere Hälfte des Zimmers, das sonst ein einziger langer Raum war, abtrennen konnte. Madame hatte die Türen nur halb zurückgeschoben, und jetzt stand sie vor uns und starrte uns an. Ich versuchte, an ihr vorbeizuspähen, aber ich sah nur Dunkelheit. Ich dachte, sie wartete vielleicht auf eine Erklärung, weshalb wir hier seien, aber schließlich sagte sie:

»Sie haben sich als Kathy H. und Tommy D. vorgestellt. Richtig?
Und Sie waren beide vor längerer Zeit in Hailsham?«

Ich bejahte, aber man konnte unmöglich erkennen, ob sie sich
an uns erinnerte oder nicht. Sie verharrte immer noch in der ge-
öffneten Schiebetür, als zögerte sie, näher zu kommen.

Jetzt sprach Tommy wieder:

»Wir wollen Sie auch gar nicht lang aufhalten. Da ist nur etwas,
worüber wir mit Ihnen reden müssen.«

»Das sagten Sie bereits. Nun gut. Dann nehmen Sie lieber Platz.«

Sie streckte die Arme aus und legte die Hände auf die Rücken-
lehnen der zwei Sessel direkt vor ihr. Es war etwas Merkwürdiges
an Madames Art, als hätte sie uns in Wahrheit gar nicht aufgefordert, uns zu setzen. Ich hatte das Gefühl, wenn wir ihrem Vorschlag folgten und es uns bequem machten, würde sie hinter uns
stehen bleiben und nicht einmal die Hände von den Sessellehnen
nehmen. Aber als wir einen Schritt auf sie zutraten, kam sie uns
entgegen und – aber das habe ich mir vielleicht nur eingebildet –
zog die Schultern ein wenig zusammen, während sie zwischen uns
hindurchging. Wir drehten uns um und nahmen Platz; sie stand
jetzt am Fenster vor den schweren Samtvorhängen und fasste
uns hart ins Auge, als wären wir Schüler und sie die Lehrerin. Jedenfalls empfand ich es so in diesem Moment. Tommy erklärte
später, ihm sei es vorgekommen, als wollte sie im nächsten Augenblick ein Lied anstimmen, dann täten sich hinter ihr die Vorhänge auf, und statt der Straße und des flachen Wiesenstücks
zum Meer hin öffnete sich eine weite Bühne, wie wir sie in Hailsham gehabt hatten, vielleicht gar mit einem Chor für den Back-
ground-Gesang. Es war witzig, wie Tommy das nachher schil-
derte, und ich sah Madame wieder vor mir, die Hände gefaltet,
die Ellenbogen gespreizt, wirklich so, als würde sie zu einem Ge-
sangsvortrag ansetzen. Aber ich bezweifle, dass Tommy damals

wirklich solche Gedanken durch den Kopf gingen. Ich weiß noch, dass mir auffiel, wie angespannt er auf einmal war, und weil ich fürchtete, er werde irgendwas völlig Bescheuertes von sich geben, ergriff ich rasch die Gelegenheit zu antworten, als sie uns – nicht unfreundlich – fragte, was wir denn eigentlich wollten.

Am Anfang kam wohl alles ziemlich wirr heraus, aber nach einer Weile, als ich zuversichtlicher wurde, dass sie mich ausreden ließe, beruhigte ich mich und drückte mich erheblich klarer aus. Woche um Woche hatte ich mir überlegt, was ich sagen würde, war es während meiner langen Autofahrten und während der Pausen an einem stillen Tisch im Café einer Raststation immer wieder durchgegangen. Damals war es mir ungeheuer schwierig erschienen, und schließlich hatte ich mir einen Schlachtplan zurechtgelegt: Ich hatte ein paar wesentliche Argumente Wort für Wort auswendig gelernt und dann eine geistige Landkarte gezeichnet, wie ich mich von einem Punkt zum nächsten fortbewegen würde. Aber wie Madame jetzt leibhaftig vor mir stand, schienen mir meine Vorbereitungen entweder unangebracht oder überhaupt falsch. Das Merkwürdige war – und darin stimmte Tommy mir zu, als wir später darüber sprachen –, dass uns Madame, die uns in Hailsham immer nur als feindselige Fremde von draußen erschienen war, jetzt, da wir sie wiedertrafen, auf einmal wie eine Vertraute vorkam, wie jemand, der uns viel näher stand als jeder andere, den wir während der letzten Jahre kennengelernt hatten – obwohl sie nichts gesagt oder getan hatte, das auch nur einen Anflug von Herzlichkeit verriet. Deshalb löste sich plötzlich alles in Luft auf, was ich mir vorher ausgedacht hatte, und ich redete einfach und aufrichtig mit ihr, so wie ich Jahre früher mit einer Aufseherin geredet hätte. Ich sagte, was wir gehört hatten, berichtete von den Gerüchten über Hailsham-Kollegiaten und Zurückstellungen und fügte hinzu, wir seien uns bewusst, dass die Gerüchte womöglich falsch seien, und bauten auf gar nichts.

»Falls es doch stimmen sollte«, sagte ich, »ist uns schon klar, dass Sie es allmählich leid sein werden, wenn ständig Paare zu Ihnen kommen und behaupten, sie liebten einander. Tommy und ich, wir hätten Sie auch niemals behelligt, wenn wir uns nicht wirklich sicher wären.«

»Sicher?« Es war ihr erstes Wort seit einer Ewigkeit, und vor Überraschung schreckten wir beide ein bisschen zurück. »Sie behaupten, Sie seien sich *sicher*? Sicher, dass Sie einander lieben? Woher wollen Sie das wissen? Meinen Sie, Liebe sei so einfach? Sie lieben einander also. Innig. Ist es das, was Sie mir sagen wollen?«

Ihr Tonfall klang beinahe sarkastisch, aber dann sah ich, fast mit Erschrecken, dass sie Tränen in den Augen hatte, während ihr Blick zwischen uns hin- und herwanderte.

»Das glauben Sie? Dass Sie einander innig lieben? Und deshalb kommen Sie zu mir wegen dieser … dieser Zurückstellung? Oder warum sind Sie zu mir gekommen?«

Hätte sie diese Frage mit dem Unterton gestellt, dass unsere Idee völlig hirnrissig sei, so wäre ich am Boden zerstört gewesen. Aber so klang es nicht; eher so, als wäre es eine Testfrage, auf die sie die Antwort ohnehin wusste, ja, als hätte sie dieselbe Prozedur schon viele Male mit anderen Paaren durchlaufen. Das hielt meine Hoffnung aufrecht. Aber Tommy muss nervös geworden sein, denn er platzte auf einmal heraus:

»Wegen Ihrer Galerie sind wir zu Ihnen gekommen. Wir glauben zu wissen, wofür Ihre Galerie da ist.«

»Meine Galerie?« Sie lehnte sich gegen das Fensterbrett, sodass sich die Vorhänge hinter ihr spannten, und holte tief Luft. »Meine Galerie. Sie meinen gewiss meine Sammlung. Die vielen Bilder und Gedichte, all die Sachen von Ihnen, die ich im Lauf der Jahre zusammengetragen habe. Es war harte Arbeit für mich, aber ich habe daran geglaubt, das taten wir alle damals. Sie meinen also zu wissen, welchem Zweck sie diente, warum wir das taten. Nun, das würde mich brennend interessieren. Denn ich muss Ihnen gestehen, das ist eine Frage, die ich mir selbst die ganze Zeit stelle.« Ihr Blick wechselte plötzlich von Tommy zu mir. »Gehe ich zu weit?«, fragte sie.

Ich wusste nicht, was ich darauf erwidern sollte, und sagte nur: »Nein, nein.«

»Doch«, antwortete sie. »Es tut mir leid. Bei diesem Thema gehe ich häufig zu weit. Streichen Sie, was ich gesagt habe. Junger Mann, Sie wollten mir etwas über meine Galerie erzählen. Bitte, lassen Sie hören.«

»Sie brauchen sie als Entscheidungshilfe«, sagte Tommy. »Um Anhaltspunkte zu haben. Wie sollten Sie sonst überprüfen, ob es stimmt, wenn Kollegiaten zu Ihnen kommen und sagen, sie seien verliebt?«

Madames Blick war wieder zu mir gewandert, aber ich hatte das Gefühl, sie starrte auf eine Stelle an meinem Arm, und so blickte ich unwillkürlich hinunter, um zu sehen, ob ich womöglich Vogelkot auf dem Ärmel hatte. Dann hörte ich sie sagen:

»Und deshalb, meinen Sie, hätte ich alle diese Sachen von Ihnen gesammelt. Meine *Galerie*, wie Sie alle sie immer genannt haben. Ja, mit der Zeit habe ich sie in Gedanken selbst so genannt: meine Galerie. Aber warum, junger Mann? Erklären Sie mir das. Weshalb sollte ich anhand meiner Galerie entscheiden können, wer von Ihnen wirklich verliebt ist?«

»Weil Sie daran erkennen, wie wir waren«, sagte Tommy. »Weil …«

»Natürlich«, fiel ihm Madame plötzlich ins Wort, »weil Ihre Kunst Ihr wahres Ich enthüllt! Das ist es, ja? Weil Ihre Kunst Ihre

Seelen offenbart!« Wieder wandte sie sich an mich und fragte noch einmal: »Gehe ich zu weit?«

Genau wie zuvor. Und wieder hatte ich den Eindruck, dass sie auf einen Fleck an meinem Ärmel starrte. Aber jetzt hatte ein leiser Verdacht zu wachsen begonnen, der schon bei ihrer ersten Frage, ob sie zu weit gehe, in mir gekeimt war, und ich musterte Madame aufmerksam, aber sie schien meinen prüfenden Blick zu spüren und wandte sich wieder an Tommy.

»In Ordnung«, sagte sie, »weiter. Was wollten Sie mir sagen?«

»Das Problem ist«, sagte Tommy, »dass ich damals ein bisschen durcheinander war.«

»Sie sagten etwas über Kunstwerke. Dass ein Kunstwerk die Seele des Künstlers offenbart.«

»Was ich *eigentlich* sagen will«, beharrte Tommy, »ist, dass ich damals so durcheinander war, dass ich mich überhaupt nicht darum gekümmert habe. Ich habe gar nichts geschaffen. Heute weiß ich, dass es ein Fehler war, aber ich war eben so verwirrt. Deshalb haben Sie nichts von mir in Ihrer Galerie. Daran bin ich selber schuld, ich weiß, und ich weiß auch, dass es jetzt wahrscheinlich zu spät ist, aber ich habe Ihnen ein paar Sachen mitgebracht.« Er hob seine Tasche, dann zog er den Reißverschluss auf. »Manche Zeichnungen sind erst in letzter Zeit entstanden, andere sind schon viel älter. Von Kath müssten Sie schon einige Sachen haben. Sie haben viel von ihr mitgenommen, für die Galerie. Stimmt doch, Kath?«

Einen Moment lang sahen beide mich an. Dann sagte Madame, beinahe unhörbar:

»Ihr armen Geschöpfe. Was haben wir euch angetan? Mit all unseren Plänen und Manipulationen?« Das ließ sie im Raum stehen, und abermals meinte ich Tränen in ihren Augen zu sehen. Schließlich wandte sie sich wieder an mich: »Sollen wir dieses Gespräch fortsetzen? Wollen wir weitermachen?«

Jetzt erhärtete sich mein Verdacht zur Gewissheit. *Gehe ich zu weit?* Und jetzt: *Wollen wir weitermachen?* Mit einem kleinen Erschaudern begriff ich, dass diese Fragen nicht an mich oder an Tommy gerichtet waren, sondern an jemand anderen – an jemanden, der hinter uns in der abgedunkelten zweiten Zimmerhälfte saß und zuhörte.

Ich drehte mich langsam um und spähte in die Dunkelheit. Ich sah nichts, aber ich hörte ein Geräusch, mechanisch, überraschend fern – das Haus schien viel weiter in die Dunkelheit hineinzureichen, als ich mir vorgestellt hatte. Jetzt machte ich eine Silhouette aus, die näher kam, und eine weibliche Stimme sagte: »Ja, Marie-Claude. Machen wir weiter.«

Ich starrte noch immer in die Dunkelheit, als ich Madame ein Schnauben ausstoßen hörte, und gleich darauf marschierte sie an uns vorbei ins Dunkel. Es folgten weitere mechanische Geräusche, und als Madame wieder auftauchte, schob sie einen Rollstuhl mit einer Gestalt darin vor sich her. Wieder schritt sie zwischen uns hindurch, und da ihr Rücken mir den Blick versperrte, konnte ich zuerst nicht erkennen, wer in dem Rollstuhl saß. Doch nun drehte Madame ihn zu uns herum und sagte:

»Reden *Sie* mit den beiden. Sie sind es, mit der sie sprechen wollen.«

»Ja, das scheint so zu sein.«

Die Gestalt im Rollstuhl war schwach und verkrümmt, und eigentlich erkannte ich sie vor allem an ihrer Stimme.

»Miss Emily«, sagte Tommy ziemlich gedämpft.

»Reden *Sie* mit ihnen«, wiederholte Madame, als wollte sie mit all dem nichts zu tun haben. Aber sie blieb hinter dem Rollstuhl stehen und starrte uns mit loderndem Blick an.

2 2

Marie-Claude hat recht«, sagte Miss Emily. »Ich bin diejenige, mit der Sie reden sollten. Marie-Claude hat sich mit großem Engagement für unser Projekt eingesetzt. Aber es hat sie einigermaßen ernüchtert, wie dann alles zu Ende gegangen ist. Ich hingegen bin gar nicht so unzufrieden, allen Enttäuschungen zum Trotz. Was wir erreicht haben, denke ich, verdient einigen Respekt. Sie beide zum Beispiel: Aus Ihnen ist doch etwas geworden. Ich bin mir sicher, Sie hätten mir viel zu erzählen, worauf ich stolz wäre. Wie, sagten Sie, heißen Sie? Nein, warten Sie, ich glaube, ich kann mich erinnern. Sie sind der Junge mit dem großen Jähzorn. Keine Selbstbeherrschung, aber ein großes Herz. Tommy. Habe ich recht? Und Sie sind natürlich Kathy H. Sie haben Ihre Sache sehr gut gemacht als Betreuerin. Wir haben viel von Ihnen gehört. Sehen Sie, ich erinnere mich. Ich wage zu behaupten, dass ich mich an Sie alle erinnere.«

»Wozu soll das gut sein, für Sie oder die beiden?«, fragte Madame, ließ den Rollstuhl stehen und marschierte wieder zwischen uns hindurch, um in der Dunkelheit zu verschwinden; wahrscheinlich nahm sie den Platz ein, den Miss Emily zuvor innegehabt hatte.

»Miss Emily«, sagte ich. »Es ist sehr nett, Sie wiederzusehen.«

»Wie freundlich, dass Sie das sagen. Ich habe Sie erkannt, aber

Sie hätten mich vermutlich nicht wiedererkannt. Tatsächlich, Kathy H., habe ich Sie vor nicht allzu langer Zeit auf der Bank draußen vor dem Haus sitzen sehen, und da haben Sie mich nicht erkannt, als ich an Ihnen vorbeikam. Sie hatten nur Augen für George, den großen Nigerianer, der mich geschoben hat. O ja, Sie haben ihn sich sehr genau angesehen, und er Sie. Ich sagte kein Wort, und Sie wussten nicht, dass ich es war. Aber heute Abend, gewissermaßen im Zusammenhang, kennen wir einander. Sie scheinen beide einigermaßen erschrocken über meinen Anblick. Ich war in der letzten Zeit nicht ganz auf der Höhe, aber ich hoffe, dieses Gefährt wird sich nicht als dauerhafte Einrichtung erweisen. Leider, meine Lieben, kann ich Sie nicht so lange empfangen, wie ich mir wünschen würde, denn es werden gleich ein paar Männer kommen, um mein Schlafzimmerschränkchen zu holen. Es ist ein prachtvolles Möbelstück. George hat es zwar rundum gepolstert und eingepackt, aber ich habe dennoch darauf bestanden, es persönlich zu begleiten. Man weiß ja nie bei diesen Möbelpackern. Sie gehen fahrlässig mit den Sachen um, werfen sie kreuz und quer durch ihren Lastwagen, und ihr Chef behauptet dann, die Schäden seien schon vorher da gewesen. Das ist alles schon vorgekommen, und deshalb habe ich diesmal insistiert, mitzufahren. Es ist ein wunderschönes Möbel, ich hatte es in Hailsham bei mir und will unbedingt einen anständigen Preis dafür erzielen. Daher werde ich Sie leider verlassen müssen, sobald die Spediteure kommen. Aber ich sehe, meine Lieben, dass Sie mit einem Anliegen hier sind, das Ihnen am Herzen liegt. Ich muss sagen, es ist wirklich aufmunternd, Sie zu sehen. Und das empfindet auch Marie-Claude so, obwohl sie es niemals zugeben würde. Stimmt es nicht, meine Liebe? Oh, sie versucht es zu leugnen, aber gleichwohl ist sie gerührt, dass Sie uns aufgesucht haben. Ach, sie ist jetzt eingeschnappt, achten Sie nicht darauf, Kollegiaten, achten Sie nicht darauf. Nun will ich mich bemühen, Ihre Fragen zu beantworten, so gut ich kann. Ja, ich habe dieses Gerücht unzählige Male gehört. Als wir Hailsham noch hatten, kamen pro Jahr zwei bis drei Paare zu uns und versuchten uns zu einem Aufschub zu überreden. Eines wandte sich sogar schriftlich an uns. Wer die Absicht hat, gegen die Regeln zu verstoßen, dem fällt es vermutlich nicht sehr schwer, eine große Siedlung wie diese aufzuspüren. Sie sehen also, es ist schon lange im Umlauf, dieses Gerücht, schon lang vor Ihrer Zeit.«

Sie unterbrach sich, und ich ergriff die Gelegenheit, um zu fragen: »Was wir jetzt wissen wollen, Miss Emily: Ist etwas Wahres an dem Gerücht oder nicht?«

Einen Moment lang sah sie uns stumm an, dann holte sie tief Luft. »Als es Hailsham noch gab, sorgte ich dafür, dass das Gerücht, wann immer es aufflammte, gründlich ausgetreten wurde. Aber ich hatte doch keinen Einfluss darauf, was die Kollegiaten einander erzählten, nachdem sie uns verlassen hatten! Am Ende gelangte ich zu der Überzeugung – und Marie-Claude ebenfalls, nicht wahr, meine Liebe? –, dass dieses Gerücht nicht nur ein Einzelphänomen ist. Was ich damit meine: Ich glaube, es entsteht jedes Mal wieder neu, aus dem Nichts heraus. Man sucht den Brandherd, tritt ihn aus – und kann doch nicht verhindern, dass es an anderer Stelle von Neuem zu schwelen beginnt. Davon bin ich mittlerweile überzeugt und habe daher aufgehört, mir den Kopf darüber zu zerbrechen. Marie-Claude hat sich nie den Kopf zerbrochen, sondern immer die Auffassung vertreten: ›Wenn sie dumm genug sind, sollen sie's glauben.‹ Doch, Marie-Claude, so war es, und ersparen Sie mir bitte Ihre saure Miene. Das war von Anfang an Ihre Einstellung. Nach vielen Jahren bin ich zwar nicht genau zu demselben Standpunkt gelangt, aber ich begann mir zu sagen, gut, vielleicht sollte ich mir keine Sorgen machen. Es ist schließlich nicht meine Schuld. Und auch wenn einige wenige Paare eine Enttäuschung hinnehmen müssen, werden die Übrigen nie die Probe aufs Exempel machen. Für sie bleibt es ein Traum, eine kleine Fantasie, der sie sich hingeben können. Was schadet es? Aber für Sie beide, sehe ich, gilt das nicht. Ihnen ist es ernst. Sie haben gründlich darüber nachgedacht. Sie haben gründlich *gehofft*. Um Kollegiaten wie Sie tut es mir leid. Es macht mir ganz und gar kein Vergnügen, Sie enttäuschen zu müssen. Aber so ist es.«

Ich wagte es nicht, zu Tommy hinüberzublicken. Ich selbst blieb, zu meiner eigenen Überraschung, ruhig, und obwohl Miss Emilys Worte niederschmetternd auf uns hätten wirken müssen, ließ mich etwas an ihrem Vortrag vermuten, dass noch etwas dahinterstand, dass uns etwas verschwiegen wurde; ich hatte den Eindruck, dass wir der Wahrheit noch immer nicht auf den Grund gekommen waren. Es bestand sogar die Möglichkeit, dass sie log. Deshalb fragte ich: »Es ist also so, dass Zurückstellungen niemals vorkommen? Da können Sie gar nichts tun?«

Sie schüttelte langsam den Kopf. »An dem Gerücht ist nichts Wahres. Ich bedaure. Aufrichtig.«

»War es denn früher einmal wahr? Bevor Hailsham geschlossen wurde?«, fragte Tommy.

Miss Emily schüttelte erneut den Kopf. »Es ist niemals wahr gewesen. Auch nicht vor dem Morningdale-Skandal, auch nicht, als Hailsham noch als strahlender Leuchtturm galt, als Beispiel dafür, wie wir zu einem humaneren und besseren Umgang finden könnten – auch damals war es nicht wahr. Das muss man klar und deutlich sagen. Es war Wunschdenken, mehr nicht. – Du liebe Güte, sind das schon die Leute, die wegen des Schränkchens kommen?«

Die Türglocke hatte geläutet, und jetzt kamen Schritte die

Treppe herunter. In dem schmalen Flur waren Männerstimmen zu hören, und Madame tauchte aus der Dunkelheit hinter uns auf, durchquerte das Zimmer und verschwand wieder. Miss Emily beugte sich in ihrem Rollstuhl vor und lauschte aufmerksam.

»Das sind sie nicht«, sagte sie. »Das ist wieder dieser schreckliche Kerl von der Maler- und Tapeziererfirma. Marie-Claude wird sich darum kümmern. Wir haben also noch ein paar Minuten, meine Lieben. Gibt es noch etwas, worüber Sie mit mir zu reden wünschen? Das alles verstößt selbstverständlich völlig gegen die Vorschriften, und Marie-Claude hätte Sie nie hereinbitten dürfen. Und ich hätte Sie natürlich in der Sekunde fortschicken müssen, in der ich erfuhr, dass Sie hier sind. Aber inzwischen hält Marie-Claude sich kaum noch an die Regeln, und ich, offen gestanden, auch nicht. Falls Sie also noch ein bisschen bleiben wollen – sehr gern.«

»Wenn das Gerücht nie gestimmt hat«, sagte Tommy, »warum haben Sie uns dann immer unsere Arbeiten weggenommen? Hat die Galerie auch nie existiert?«

»Die Galerie? Nun, an *diesem* Gerücht war doch etwas Wahres. Es hat tatsächlich eine Galerie gegeben. Und mehr oder weniger existiert sie immer noch. Inzwischen ist sie hier, in diesem Haus. Ich musste sie reduzieren, was ich bedaure. Aber wir haben hier nicht genügend Platz für alles. Ja – warum haben wir Ihnen Ihre Arbeiten weggenommen? Ist es das, was Sie wissen wollen, nicht?«

»Nicht nur das«, sagte ich ruhig. »Warum mussten wir die ganzen Arbeiten überhaupt machen? Warum haben Sie uns unterrichtet, ermutigt, angehalten, das alles zu produzieren? Wenn wir sowieso nur spenden und dann sterben sollen, wozu die ganze Bildung? Wozu all die Bücher und Diskussionen?«

»Wozu überhaupt Hailsham?« Das kam von Madame aus dem Flur. Sie ging wieder an uns vorbei und kehrte in den verdunkelten Teil des Zimmers zurück. »*Das* ist eine Frage, die Sie stellen sollten.«

Miss Emilys Blick folgte ihr und verharrte einen Moment lang starr auf irgendeinem Punkt hinter uns. Ich hätte mich am liebsten umgedreht, um zu sehen, was für Blicke hier gewechselt wurden, aber es war fast so, als wären wir wieder in Hailsham und müssten mit ungeteilter Aufmerksamkeit nach vorn schauen. Dann sagte Miss Emily:

»Ja, wozu überhaupt Hailsham? Marie-Claude fragt das heute oft. Aber vor nicht allzu langer Zeit, vor dem Morningdale-Skandal, wäre es ihr nicht im Traum eingefallen, solch eine Frage zu stellen. Es wäre ihr gar nicht in den Sinn gekommen. Sie wissen, dass es stimmt, schauen Sie mich nicht so an! Es gab nur eine Person damals, die solche Fragen stellte, und das war ich. Und zwar lange vor Morningdale, schon ganz zu Anfang. Und das hat es den anderen leicht gemacht, Marie-Claude und allen anderen, sie konnten unbekümmert weitermachen. Auch Ihnen, den Kollegiaten, hat es alles erleichtert. Ich habe stellvertretend für die anderen die Fragen gestellt und mir Sorgen gemacht. Und solange ich standhaft war, kamen Ihnen keine Zweifel, Ihnen allen nicht. Aber Sie haben Ihre Fragen gestellt, lieber Junge. Beantworten wir die einfachste, vielleicht beantworten wir dann auch die restlichen. Warum haben wir Ihre Kunstwerke mitgenommen? Warum haben wir das getan? Sie haben vorhin, im Gespräch mit Marie-Claude, etwas Interessantes ausgesprochen, Tommy. Dass Ihre Kunstwerke Ihr wahres Ich enthüllten, meinten Sie. Ihr eigentliches Inneres. Das haben Sie doch behauptet, nicht wahr? Nun, da liegen Sie gar nicht so falsch. Wir nahmen Ihre Kunstwerke an uns, weil wir dachten, sie enthüllten Ihre Seele. Besser ausgedrückt: Wir taten es, um zu beweisen, *dass Sie überhaupt eine Seele haben.*«

Sie verstummte, und zum ersten Mal seit langen Minuten wechselten Tommy und ich wieder einen Blick.

»Und warum mussten Sie das beweisen, Miss Emily?«, fragte ich. »Dachte irgendwer, wir hätten keine Seele?«

Ein dünnes Lächeln erschien in ihrem Gesicht. »Es rührt mich, Kathy, Sie so verblüfft zu sehen. In gewisser Weise ist es ein Beweis dafür, dass wir unsere Arbeit gut gemacht haben. Wie Sie selbst sagen – weshalb sollte jemand bezweifeln, dass Sie eine Seele haben? Aber ich muss Ihnen gestehen, meine Liebe, dass dies nicht die allgemeine Auffassung war, damals, vor vielen Jahren, als wir angefangen haben. Und obwohl wir seither ein gutes Stück weitergekommen sind, ist diese Ansicht noch immer keine Selbstverständlichkeit, auch heute nicht. Sie und alle ehemaligen Hailshamer wissen noch nicht einmal die Hälfte, obwohl Sie schon so lange draußen in der Welt gewesen sind. Überall im ganzen Land gibt es jetzt, in dieser Stunde, Kollegiaten, die unter beklagenswerten Umständen aufgezogen werden, Umständen, die Sie als Hailshamer sich kaum vorstellen können. Und jetzt, da es uns nicht mehr gibt, wird alles immer nur schlimmer werden.«

Wieder verstummte sie, und einen Moment lang schien sie uns mit schmalen Augen aufmerksam zu mustern. Schließlich fuhr sie fort:

»Was immer man sagen kann, wir haben zumindest dafür gesorgt, dass Sie alle, die Sie in unserer Obhut waren, in einer wunderbaren Umgebung aufwachsen konnten. Und wir haben auch dafür gesorgt, dass Ihnen immerhin das schlimmste Grauen erspart blieb, nachdem Sie uns verlassen hatten. Zumindest so viel konnten wir für Sie tun. Aber dieser Traum, den Sie da haben, dieser Traum, Sie könnten *zurückgestellt* werden. Ihnen das zu gewähren wäre immer außerhalb unserer Macht gewesen, selbst auf dem Gipfel unseres Einflusses. Es tut mir leid, ich sehe ja, dass Ihnen das, was ich sage, nicht angenehm ist. Aber Sie dürfen nicht den Kopf hängen lassen. Ich hoffe, Sie wissen zu schätzen, wie viel wir Ihnen dennoch bieten konnten. Sehen Sie sich doch beide an! Sie hatten ein gutes Leben, Sie sind gebildet und kultiviert. Ich bedaure, dass wir nicht mehr für Sie erwirken konnten, aber Sie müssen sich vor Augen halten, wie viel schlimmer es früher gewesen war. Als Marie-Claude und ich anfingen, gab es nirgendwo einen Ort wie Hailsham. Wir waren die Ersten, zusammen mit Glenmorgan House. Ein paar Jahre später kam der Saunders Trust. Zusammen bildeten wir eine kleine, aber sehr vernehmliche Bewegung, und wir stellten die Art und Weise, wie das Spendenprogramm betrieben wurde, grundsätzlich infrage. Und die Hauptsache war: Wir haben der Welt bewiesen, dass Kollegiaten, die in einer humanen, kultivierten Umgebung aufwuchsen, sich zu ebenso empfindsamen und intelligenten Wesen entwickeln können wie jeder normale Mensch. Bis dahin hatten alle Klone – oder Kollegiaten, wie wir Sie lieber nannten – nur existiert, um den Bedarf der medizinischen Forschung zu decken. In der ersten Zeit, nach dem Krieg, waren Sie für die meisten nur das: schemenhafte Objekte in Reagenzgläsern. Würden Sie mir nicht zustimmen, Marie-Claude? Sie schweigt sich aus. Sonst redet sie wie ein Wasserfall, sobald es um dieses Thema geht. Ihrer beider Anwesenheit, meine Lieben, scheint ihr die Sprache verschlagen zu haben. Auch gut. Um also Ihre Frage zu beantworten, Tommy. Das war der Grund, weshalb wir Ihre Kunstwerke gesammelt haben. Wir suchten die besten Stücke aus und zeigten sie in Ausstellungen. Ende der Siebzigerjahre, auf der Höhe unseres Einflusses, organisierten wir Großveranstaltungen überall im Land. Es kamen Regierungsmitglieder, Bischöfe, Prominenz aller Art. Vorträge wurden gehalten, beträchtliche Summen zur Verfügung gestellt. ›Bitte sehr, sehen Sie her!‹, konnten wir sagen. ›Sehen Sie sich diese Kunstwerke an! Wie können Sie wagen zu behaupten, diese Kinder seien nicht ganz und gar menschliche Wesen?‹ O ja, damals bekam unsere Bewegung sehr viel Unterstützung, wir hatten Rückenwind.«

Während der nächsten Minuten erging sich Miss Emily in Erinnerungen an verschiedene Ereignisse in jener Zeit und erwähnte alle möglichen Leute, deren Namen uns nichts sagten. Tatsächlich war es für einen Moment wieder so wie früher, wenn sie auf der Morgenversammlung in eine Richtung abschweifte, in die ihr niemand von uns folgen konnte. Sie hingegen schien darin aufzugehen, und um ihre Augen legte sich ein sanftes Lächeln. Dann war diese Stimmung auf einmal verflogen, und sie sagte in verändertem Ton:

»Aber wir haben nie die Realität aus den Augen verloren, nicht wahr, Marie-Claude? Nicht wie unsere Kollegen im Saunders Trust. Auch in den besten Zeiten wussten wir immer, auf welchen schweren Kampf wir uns eingelassen hatten. Und dann passierte diese Morningdale-Sache, es gab noch ein, zwei weitere Vorfälle, und ehe wir's uns versahen, war all unsere harte Arbeit zunichte.«

»Aber eines verstehe ich nicht«, sagte ich, »nämlich, warum die Leute die Kollegiaten überhaupt so schlecht behandelt haben.«

»Aus Ihrer heutigen Sicht, Kathy, ist Ihre Verwirrung absolut verständlich. Aber versuchen Sie bitte die historische Entwicklung zu sehen. Nach dem Krieg, Anfang der Fünfzigerjahre, als Schlag auf Schlag die großen naturwissenschaftlichen Durchbrüche erfolgten, blieb keine Zeit, Bilanz zu ziehen und heikle Fragen zu stellen. Auf einmal eröffneten sich ungeahnte Möglichkeiten, neue Therapien für so viele Krankheiten, die bis dahin als unheilbar galten. Das war es, was die Welt hören wollte und gern zur Kenntnis nahm. Und die längste Zeit zogen die Leute es vor zu glauben, die

Organe kämen aus dem Nirgendwo oder wüchsen in einer Art Vakuum heran. Ja, es gab wohl Auseinandersetzungen. Aber als die Leute sich schließlich Gedanken zu machen begannen über … über die *Kollegiaten*, als sie sich überlegten, unter welchen Bedingungen Sie aufgezogen wurden, und sich fragten, ob Sie überhaupt hätten zur Welt kommen dürfen, nun – da war es schon zu spät. Der Prozess ließ sich nicht mehr umkehren. Wie können Sie von einer Welt, die Krebs jetzt für heilbar hält, wie können Sie von dieser Welt verlangen, dass sie freiwillig auf die Behandlung verzichtet und in die finsteren Zeiten zurückkehrt? Es gab kein Zurück mehr. So unbehaglich den Leuten Ihre Existenz war, galt doch ihre Hauptsorge den eigenen Kindern, Ehegatten, Eltern, Freunden, die nicht mehr an Krebs, Autoimmunerkrankungen, Herzkrankheiten sterben sollten. Deshalb wurden Sie lange Zeit totgeschwiegen, und die Leute taten alles, um nicht über Sie nachdenken zu müssen. Und wenn sie es dennoch taten, versuchte man sich einzureden, dass Sie in Wirklichkeit anders seien als wir. Nicht ganz menschlich eben, sodass es keine Rolle spielte. Und das war der Stand der Dinge, als unsere kleine Bewegung aufkam. Aber sehen Sie, welche Front wir gegen uns hatten? Es glich der Quadratur des Kreises. Gegen uns hatten wir die ganze Welt, die Spender forderte. Solange das so blieb, gab es immer einen Grund, Sie als nicht ganz menschlich zu betrachten. Nun, wir haben viele Jahre lang gekämpft und immerhin zahlreiche Verbesserungen erstritten, jedenfalls für Sie und die anderen Hailsham-Kollegiaten, obwohl Sie natürlich nur einige wenige Auserwählte waren. Aber dann kamen der Morningdale-Skandal und noch ein paar andere Zwischenfälle, und ehe wir's uns versahen, hatte sich das Klima radikal gewandelt. Auf einmal wollte uns niemand mehr unterstützen, und unsere kleine Bewegung, Hailsham, Glenmorgan, der Saunders Trust, wir wurden alle hinweggefegt.«

»Was war denn dieser Morningdale-Skandal, den Sie immer wieder erwähnen, Miss Emily?«, fragte ich. »Das müssen Sie uns erklären, denn wir wissen nichts davon.«

»Nun, das ist wohl nicht weiter verwunderlich. Draußen in der Welt hat er keine großen Wellen geschlagen. Es ging um einen Wissenschaftler namens James Morningdale, der auf seine Weise ziemlich talentiert war. Er hatte sein Labor in einem abgelegenen Teil Schottlands, wo er wohl möglichst wenig Aufsehen zu erregen hoffte. Er wollte werdenden Eltern die Möglichkeit anbieten, Kinder mit verbesserten Eigenschaften zu zeugen – höhere Intelligenz, größere sportliche Leistungsfähigkeit, in diesem Sinne. Natürlich hatten schon andere vor ihm ähnliche Ambitionen entwickelt, aber dieser Morningdale hatte seine Forschungen noch wesentlich weitergetrieben als seine Vorgänger, weit über den gesetzlichen Rahmen hinaus. Jedenfalls kam man ihm auf die Schliche, sein Labor wurde geschlossen, und damit schien die Sache erledigt. Das war sie natürlich nicht, nicht für uns. Wie ich schon sagte, der Skandal zog nie besonders weite Kreise. Aber er schuf eine gewisse Atmosphäre, verstehen Sie. Er erinnerte die Leute an eine Furcht, die sie schon immer gehabt hatten. Kollegiaten, wie Sie es sind, für das Spendenprogramm zu erzeugen ist eine Sache. Aber eine Generation künstlich gezeugter Kinder, die ihren Platz in der Gesellschaft einnehmen würden? Kinder, die uns anderen nachweislich überlegen wären? Um Gottes willen. Das machte den Leuten Angst. Davor schreckten sie zurück.«

»Aber Miss Emily«, sagte ich, »was hatte das alles mit uns zu tun? Warum musste Hailsham deswegen schließen?«

»Auch für uns war kein Zusammenhang ersichtlich, Kathy. Zuerst nicht. Und das erscheint mir heute oft als sträflicher Fehler. Wären wir wachsamer gewesen, weniger mit uns selbst beschäftigt, und hätten wir uns in der Phase, als die Morningdale-Sache ruchbar

328

wurde, mit besonderem Engagement eingesetzt, hätten wir die
Schließung vielleicht abwenden können. Oh, Marie-Claude stimmt
mir nicht zu. Sie meint, es wäre so oder so passiert, und sie mag
damit recht haben. Es war ja nicht nur Morningdale. Da waren
noch andere Dinge von Bedeutung in jener Zeit. Diese entsetz-
liche Fernsehserie zum Beispiel. Das alles spielte eine Rolle und
führte letztlich die Wende herbei. Aber alles in allem, denke ich,
war das der eigentliche Fehler. Unsere kleine Bewegung, wir waren
immer zu fragil, immer viel zu abhängig von den Launen unserer
Schirmherren. Solange das Klima zu unseren Gunsten war, solange sich Unternehmen oder Politiker einen Nutzen davon ver-
sprachen, wenn sie uns unterstützten, so lange konnten wir uns
halten. Aber ein Kampf war es immer, und nach dem Morningdale-
Skandal, als der Wind sich gedreht hatte, kämpften wir auf ver-
lorenem Posten. Die Welt wollte nicht wissen, wie das Spendenprogramm in Wahrheit ablief. Sie wollte nicht über Kollegiaten
wie Sie nachdenken oder über die Umstände, unter denen Sie aufgezogen wurden. Mit anderen Worten, meine Lieben, Sie sollten
wieder in der Versenkung verschwinden, dorthin, wo Sie gewesen
waren, bevor Leute wie Marie-Claude und ich unsere Arbeit auf-
nahmen. Und all die einflussreichen Personen, die früher so erpicht darauf waren, uns zu helfen, sie waren natürlich im Handumdrehen verschwunden. Innerhalb eines einzigen Jahres verloren
wir alle unsere Sponsoren, einen nach dem anderen. Wir machten
weiter, solange es ging, wir hielten zwei Jahre länger durch als
Glenmorgan. Aber am Ende waren auch wir gezwungen zu schließen, wie Sie wissen, und heute ist von der Arbeit, die wir geleistet
haben, kaum noch eine Spur übrig. Sie werden heute im ganzen
Land keine Einrichtung wie Hailsham mehr finden. Alles, was Sie
finden, sind diese riesigen staatlichen ›Heime‹, die es immer gegeben hat, und selbst wenn sie heute ein bisschen besser sind als

früher, glauben Sie mir, meine Lieben: Sie würden nächtelang kein Auge zutun, wenn Sie sähen, wie es in manchen von ihnen immer noch zugeht. Und was Marie-Claude und mich betrifft, wir haben uns hier in dieses Haus zurückgezogen, und oben haben wir einen ganzen Berg Ihrer Arbeiten. Das ist uns geblieben als Erinnerung daran, was wir geleistet haben, weiter nichts. Geblieben ist uns außerdem ein Berg Schulden, was uns weit weniger lieb ist. Und die Erinnerungen, nehme ich an, an Sie alle. Und das Wissen, dass wir Ihnen ein besseres Leben ermöglicht haben, als Sie es anderswo gehabt hätten.«

»Erwarten Sie jetzt bloß nicht auch noch Dankbarkeit von ihnen«, sagte Madames Stimme hinter uns. »Wofür sollten die beiden uns dankbar sein? Sie sind mit einer großen Hoffnung hierhergekommen. Was wir ihnen all die Jahre hindurch gegeben haben, all die Kämpfe, die wir ihretwegen ausgefochten haben, was wissen sie davon? Sie halten es für selbstverständlich. Bis heute, bis sie hierherkamen, wussten sie von alledem nichts. Was sie jetzt empfinden, ist Enttäuschung, weil wir ihnen nicht *alles* gegeben haben.«

Eine Zeit lang sagte niemand ein Wort. Von draußen ertönte ein Geräusch, und dann läutete es wieder an der Tür. Madame tauchte aus der Dunkelheit auf und ging in den Flur hinaus.

»Diesmal sind es ganz bestimmt die Spediteure«, sagte Miss Emily. »Ich muss mich fertig machen. Aber Sie können noch bleiben. Die Männer müssen das Möbel zwei Stockwerke herunterschleppen. Marie-Claude wird darauf achten, dass sie es nicht beschädigen.«

Tommy und ich konnten nicht glauben, dass damit alles vorbei sein sollte. Wir blieben sitzen, wo wir waren; es gab auch keinerlei Anzeichen, dass jemand Miss Emily aus ihrem Rollstuhl helfen wollte. Einen Moment lang dachte ich, sie würde es aus eigener

Kraft versuchen, aber sie blieb sitzen, vorgebeugt wie zuvor, und lauschte aufmerksam. Tommy ergriff das Wort:

»Es gibt also definitiv nichts. Keine Zurückstellungen, nichts dergleichen.«

»Tommy«, murmelte ich und starrte ihn warnend an. Doch Miss Emily sagte sanft:

»Nein, Tommy. Es gibt nichts dergleichen. Ihr Leben muss den Verlauf nehmen, der ihm vorgezeichnet ist.«

»Sie sagen also, Miss«, fuhr Tommy fort, »dass alles, was wir getan und gelernt haben, der ganze Unterricht, alles: dass es dabei um nicht mehr ging als um das, was Sie uns jetzt erzählt haben? Mehr war nie dahinter?«

»Mir ist schon klar«, sagte Miss Emily, »dass es so aussehen mag, als wären Sie nur Schachfiguren in einem Spiel gewesen. Zweifellos kann man es so sehen. Aber bedenken Sie eines: Sie waren immerhin vom Glück begünstigte Schachfiguren. Eine Zeit lang herrschte ein gewisses Klima, und damit ist es jetzt vorbei. Sie müssen akzeptieren, dass es manchmal so in der Welt zugeht. Die Meinungen der Leute, ihre Gefühle gehen erst in die eine Richtung, dann in eine andere. Sie beide sind nun einmal zufällig in einer bestimmten Phase dieses Prozesses aufgewachsen.«

»Mag es auch nur ein Trend gewesen sein, der aufkam und wieder verschwand«, sagte ich. »Aber für uns ist es unser Leben.«

»Ja, das ist wahr. Aber vergessen Sie bitte nicht: Sie hatten es besser als viele vor Ihnen. Und wer weiß, was jene erwarten wird, die nach Ihnen kommen. Es tut mir leid, meine Lieben, aber ich muss Sie jetzt verlassen. George! George!«

Draußen im Flur polterte und rumorte es, und vielleicht hatte George deshalb nichts gehört, jedenfalls gab er keine Antwort.

»Ist das der Grund, warum Miss Lucy gegangen ist?«, fragte Tommy.

Eine Zeit lang dachte ich, Miss Emily hätte seine Frage nicht vernommen, weil ihre ganze Aufmerksamkeit den Vorgängen draußen im Gang galt. Sie lehnte sich im Rollstuhl zurück und begann sich langsam auf die Tür zuzubewegen. Zwischen den vielen Beistelltischchen und Stühlen, die hier herumstanden, schien es für Miss Emily jedoch kein Durchkommen zu geben, und ich war schon im Begriff, aufzustehen und ihr eine Bahn frei zu räumen, als sie jäh innehielt.

»Lucy Wainright«, sagte sie. »Ach ja. Wir hatten es nicht ganz leicht mit ihr.« Sie verstummte, bevor sie den Rollstuhl wieder zu Tommy herumschwenkte. »Ja, es gab einige Schwierigkeiten mit ihr. Eine Meinungsverschiedenheit. Aber um Ihre Frage zu beantworten, Tommy: Diese Meinungsverschiedenheit mit Lucy Wainright hatte nichts mit dem zu tun, was ich Ihnen gerade erklärt habe. Jedenfalls nicht direkt. Nein, das war eher, sagen wir, eine interne Angelegenheit.«

Ich dachte, sie würde es dabei bewenden lassen, und fragte deshalb: »Miss Emily, wenn es Ihnen recht ist, würden wir gern wissen, was aus Miss Lucy geworden ist.«

Miss Emily hob die Augenbrauen. »Lucy Wainright? Hat sie Ihnen so viel bedeutet? Verzeihen Sie mir, meine lieben Kollegiaten, auch das habe ich vergessen. Lucy arbeitete nicht sehr lang bei uns, sodass sie in unserer Erinnerung an Hailsham nur eine Randfigur ist. Und keine sehr erfreuliche. Aber ich sehe ein, wenn Sie in genau diesen Jahren dort waren …« Sie lachte vor sich hin und schien sich an etwas zu erinnern. Draußen im Flur stauchte Madame die Möbelpacker ziemlich laut zusammen, doch Miss Emily hatte anscheinend das Interesse an denen verloren. Mit konzentrierter Miene grub sie in ihren Erinnerungen. »Sie war ein recht nettes Mädchen, Lucy Wainright. Aber nachdem sie eine Weile bei uns war, entwickelte sie sonderbare Ideen. Sie meinte, Sie, die Kollegiaten, müssten besser Bescheid wissen. Müssten gründlicher darüber aufgeklärt werden, was Ihnen bevorsteht, wer Sie sind, zu welchem Zweck Sie existieren. Sie fand, man müsse Ihnen ein möglichst vollständiges Bild vermitteln. Alles andere wäre Verrat an Ihnen. Wir erwogen ihre Vorschläge und kamen zu dem Ergebnis, dass sie in die Irre führten.«

»Warum?«, fragte Tommy. »Warum dachten Sie das?«

»Warum? Sie hat es gut gemeint, da bin ich mir sicher. Sie haben Lucy wohl sehr gemocht, das merke ich. Ja, sie hatte das Zeug zu einer vorzüglichen Aufseherin. Aber ihre Absichten waren zu *theoretisch*. Wir hatten Hailsham viele Jahre geleitet und daher ein Gefühl dafür, was machbar war und was nicht, was für die Kollegiaten das Beste war – langfristig, auch in der Zeit nach Hailsham. Lucy Wainright war eine Idealistin, wogegen nichts einzuwenden ist. Aber sie hatte kein Verständnis für die praktischen Aspekte. Sehen Sie, wir haben es geschafft, Ihnen etwas mit auf den Weg zu geben, das Ihnen jetzt keiner mehr nehmen kann, und das war uns nur möglich, weil wir Sie grundsätzlich *abschirmten*. Hailsham wäre nicht Hailsham gewesen, wenn wir das nicht getan hätten. Sicher, das bedeutete bisweilen auch, dass wir Ihnen manches verschweigen mussten, dass wir Sie belogen. Ja, in vielerlei Hinsicht haben wir Sie *getäuscht*. Ich denke, Sie können es wohl so nennen. Aber wir haben Sie beschirmt in all den Jahren, und wir haben Ihnen eine Kindheit geschenkt. Lucy hat es wirklich gut gemeint. Aber wenn sie sich durchgesetzt hätte, wäre es mit Ihrer glücklichen Zeit in Hailsham sehr schnell vorbei gewesen. Sehen Sie sich doch heute an! Ich bin so stolz, Sie beide zu sehen. Sie haben Ihr Leben auf den Fundamenten errichtet, die wir Ihnen geschaffen haben. Sie wären nicht die, die Sie heute sind, wenn wir Sie nicht beschützt hätten. Sie hätten sich nicht für den Unterricht interessiert, Sie hätten sich nicht ins Schreiben und Malen vertieft –

wieso auch, wenn Sie gewusst hätten, was Sie alle erwartet. Sie hätten sich gesagt, das sei doch alles sinnlos, und was hätten wir Ihnen entgegenhalten können? Aus diesem Grund musste Lucy Wainright gehen.«

Jetzt hörten wir, wie Madame die Männer anschrie. Es war nicht so, dass sie völlig die Beherrschung verloren hätte, aber ihr Ton war erschreckend hart, und die Männer, die bis dahin noch mit ihr debattiert hatten, verstummten.

»Vielleicht ist es besser, dass ich hier bei Ihnen geblieben bin«, sagte Miss Emily. »Marie-Claude erledigt derlei viel effizienter.«

Ich weiß nicht, was mich bewog, es auszusprechen. Vielleicht weil ich wusste, dass unser Besuch ohnehin gleich beendet sein würde; vielleicht auch aus Neugier, weil ich wissen wollte, wie Miss Emily und Madame eigentlich zueinander standen. Jedenfalls sagte ich mit gesenkter Stimme und einer Kopfbewegung zur Tür hin:

»Madame hat uns nie leiden können. Sie hatte immer Angst vor uns. So wie sich die Leute vor Spinnen und ähnlichem Zeug fürchten.«

Ich war gespannt, ob Miss Emily wütend würde; es wäre mir gleichgültig gewesen. Natürlich fuhr sie auf, als hätte ich eine Papierkugel nach ihr geworfen, und das Funkeln in ihrem Blick erinnerte mich an ihre Hailshamer Zeit. Ihr Tonfall aber war ruhig und sanft, als sie antwortete:

»Marie-Claude hat *alles* für Sie gegeben. Sie hat sich unermüdlich für Sie eingesetzt. Damit wir uns recht verstehen, mein Kind: Marie-Claude steht auf Ihrer Seite und wird immer auf Ihrer Seite stehen. Ob sie Angst vor Ihnen hat? Wir haben *alle* Angst vor Ihnen. Ich selbst musste fast jeden Tag, den ich in Hailsham war, meine Furcht vor Ihnen bezwingen. Es gab Zeiten, da blickte ich von meinem Arbeitszimmer aus auf Sie alle hinunter und empfand einen derartigen Abscheu …« Sie verstummte, und wieder funkelte es in ihren Augen. »Aber ich war entschlossen, mich durch solche Gefühle nicht davon abhalten zu lassen, das zu tun, was ich für richtig hielt. Ich habe diese Gefühle bekämpft und überwunden. Wenn Sie jetzt bitte so gut sein und mir hier heraushelfen wollen, inzwischen müsste George schon mit meinen Krücken bereitstehen.«

Rechts und links von uns beiden gestützt, tastete sie sich vorsichtig in den Flur hinaus, wo ein großer Mann in Pflegeruniform erschrocken zusammenzuckte und rasch ein Paar Krücken brachte.

Die Haustür stand zur Straße hin offen, und ich sah zu meiner Überraschung, dass es noch hell war. Madames Stimme drang von draußen herein; sie sprach jetzt ruhiger mit den Spediteuren. Es schien mir an der Zeit, dass wir uns aus dem Staub machten, doch dieser George half jetzt Miss Emily in ihren Mantel, während sie fest zwischen ihren Krücken stand; wir konnten uns unmöglich an ihr vorbeizwängen und mussten warten. Außerdem warteten wir wohl auch auf die Gelegenheit, uns von Miss Emily zu verabschieden; vielleicht wollten wir uns ja auch noch bei ihr bedanken, ich weiß es nicht. Aber sie hatte jetzt nur noch ihren Kabinettschrank im Sinn. In eindringlichem Ton begann sie auf die Männer draußen einzureden, und schließlich ging sie mit George aus dem Haus, ohne sich noch einmal umzudrehen.

Tommy und ich standen noch eine Weile im Flur herum und wussten nicht recht, was wir tun sollten. Als wir dann schließlich doch aus dem Haus traten, sah ich, dass entlang der endlosen Straße schon die Laternen brannten, obwohl der Himmel noch nicht dunkel war. Ein Motor wurde angelassen, es war ein weißer Lieferwagen. Direkt dahinter stand ein großer alter Volvo mit Miss Emily auf dem Beifahrersitz. Madame war neben dem Seitenfenster in die Knie gegangen und nickte, während Miss Emily etwas sagte und George den Deckel des Kofferraums zuschlug und um das Auto zur Fahrertür ging. Dann fuhr der weiße Lieferwagen davon, und Miss Emilys Wagen folgte.

Madame blickte den sich entfernenden Fahrzeugen lange nach. Sie drehte sich um und wollte ins Haus zurückkehren, aber als sie uns auf dem Gehsteig stehen sah, erstarrte sie; fast erschauderte sie.

»Wir gehen jetzt«, sagte ich. »Danke für das Gespräch. Grüßen Sie Miss Emily von uns.«

Im schwindenden Licht musterte sie mich lange und sagte schließlich:

»Kathy H. Ich erinnere mich an Sie. Ja, ich erinnere mich.« Sie verstummte, ließ mich aber nicht aus den Augen.

»Ich glaube, ich weiß, woran Sie denken«, sagte ich schließlich. »Ich glaube, ich kann es erraten.«

»Sehr gut.« Ihre Stimme klang verträumt, und ihr Blick verschwamm ein wenig. »Sehr gut. Sie sind eine Gedankenleserin. Sagen Sie's mir.«

»Einmal, vor vielen Jahren, haben Sie mich gesehen, an einem Nachmittag in unserem Schlafzimmer. Es war sonst niemand in der Nähe, und ich ließ diese Kassette laufen, diese Musik. Und führte eine Art Tanz auf, mit geschlossenen Augen, und Sie haben mich dabei beobachtet.«

»Das ist erstaunlich. Wirklich eine Gedankenleserin. Sie sollten öffentlich auftreten. Ich habe Sie eigentlich erst jetzt erkannt. Ja, ich erinnere mich. Ich denke doch immer mal wieder daran.«

»Wie merkwürdig. Ich auch.«

»Aha.«

Damit hätten wir das Gespräch beenden können. Wir hätten

uns voneinander verabschieden und gehen können. Aber sie trat ein paar Schritte näher, ohne den Blick von mir zu wenden.

»Sie waren viel jünger damals«, sagte Madame. »Aber ja, Sie sind es.«

»Sie müssen mir nicht antworten, wenn Sie nicht wollen«, sagte ich. »Aber ich habe mir immer den Kopf darüber zerbrochen. Darf ich Sie fragen?«

»Sie können meine Gedanken lesen. Aber ich nicht die Ihren.«

»Nun, Sie waren an diesem Nachmittag ein bisschen … aus der Fassung. Sie haben mich beobachtet, und als ich es merkte und die Augen öffnete, haben Sie mich angeschaut, und ich glaube, Sie haben geweint. Nein, ich *weiß*, dass Sie geweint haben. Sie haben mich beobachtet und dabei geweint. Warum?«

Madames Gesichtsausdruck veränderte sich nicht, und sie starrte mich weiter unverwandt an. »Ich habe geweint«, sagte sie schließlich sehr leise, als fürchtete sie, die Nachbarn könnten mithören, »weil ich, als ich hereinkam, Ihre Musik hörte. Ich dachte, irgendein dummer Kollegiat hätte die Musik angelassen. Aber als ich zu Ihrem Schlafzimmer kam, sah ich Sie, ganz allein, ein kleines Mädchen, das tanzte. Wie Sie sagten: mit geschlossenen Augen, in Gedanken weit fort, voller Sehnsucht. Sie tanzten völlig hingegeben. Und die Musik, dieses Lied. Es war etwas an dem Text. Er war tieftraurig.«

»Das Lied«, sagte ich, »hieß *Never Let Me Go*.« Dann sang ich ihr halblaut ein paar Zeilen vor. »*Never let me go. Oh, baby, baby. Never let me go …*«

Sie nickte, als stimmte sie mir zu. »Ja, das war das Lied. Ich hab es seither ein-, zweimal gehört. Im Radio, im Fernsehen. Und es hat mich immer an dieses kleine Mädchen erinnert, das für sich allein tanzte.«

»Sie meinten, Sie könnten keine Gedanken lesen«, sagte ich.

»Aber an dem Tag konnten Sie's vielleicht schon. Vielleicht haben Sie deshalb bei meinem Anblick zu weinen angefangen. Denn egal, worum es in dem Lied wirklich ging, hatte ich meine eigene Version im Kopf, als ich dazu tanzte. Wissen Sie, ich stellte mir vor, dass es von einer Frau erzählte, der man mitgeteilt hat, sie könne keine Kinder bekommen. Aber dann bringt sie doch eines zur Welt und ist unheimlich glücklich, und sie drückt es ganz fest an die Brust, weil sie furchtbare Angst hat, sie könnten voneinander getrennt werden, und sie flüstert ihm zu, Baby, Baby, lass mich niemals los. Natürlich handelt das Lied gar nicht davon, aber das war es, was ich mir damals vorgestellt habe. Vielleicht konnten Sie meine Gedanken lesen und fanden es deshalb so traurig. Mir kam es damals gar nicht so traurig vor, aber wenn ich heute daran denke, scheint es mir doch ein bisschen traurig zu sein.«

Ich hatte zu Madame gesprochen, aber jetzt spürte ich Tommy, der sich neben mir bewegte, ich nahm den Stoff seiner Kleidungsstücke wahr, alles an ihm.

»Das ist hochinteressant«, sagte Madame. »Aber ich konnte damals genauso wenig Gedanken lesen wie heute. Geweint habe ich aus einem ganz anderen Grund. Ich sah etwas anderes, als ich Sie tanzen sah, ich sah eine neue Welt unaufhaltsam auf uns zukommen. Eine wissenschaftlichere, effizientere Welt, ja. Neue Behandlungsmethoden für die alten Krankheiten. Alles sehr gut. Aber eine harte, grausame Welt. Und ich sah ein kleines Mädchen, das mit fest geschlossenen Augen die freundliche alte Welt an die Brust drückte, eine Welt, die, das wusste sie in ihrem Herzen, nicht bleiben konnte, aber sie hielt sie fest und flehte sie an, sie niemals loszulassen. Das war es, was ich sah. Es waren nicht Sie, nicht das, was Sie getan haben, das ist mir schon klar. Aber Ihr Anblick hat mir das Herz gebrochen. Und ich konnte es nie mehr vergessen.«

Sie ging noch weiter auf uns zu, bis sie nur noch ein, zwei Schritte entfernt war. »Was Sie erzählt haben heute Abend, das ist mir genauso zu Herzen gegangen.« Sie blickte auf Tommy, dann wieder auf mich. »Arme Geschöpfe. Ich wünschte, ich könnte Ihnen helfen. Aber Sie sind jetzt ganz auf sich gestellt.«

Sie streckte die Hand aus, ohne mich aus den Augen zu lassen, und legte sie mir auf die Wange. Ich spürte ein Zittern, das durch ihren ganzen Körper lief, aber sie ließ die Hand, wo sie war, und ich sah wieder Tränen in ihren Augen schimmern.

»Ihr armen Geschöpfe«, wiederholte sie, beinahe flüsternd. Dann wandte sie sich ab und ging ins Haus zurück.

Auf der Rückfahrt sprachen wir kaum über die Begegnung mit Miss Emily und Madame, allenfalls über die Nebensächlichkeiten – darüber, dass sie doch sehr gealtert waren, über die Sachen in ihrem Haus.

Ich fuhr absichtlich die dunkelsten Straßen entlang, die ich kannte, auf denen nur unsere Scheinwerfer die Schwärze der Nacht störten. Gelegentlich kamen uns Lichter entgegen, und ich hatte jedes Mal das Gefühl, sie stammten von anderen Betreuern, die allein oder vielleicht wie ich mit einem Spender an ihrer Seite nach Hause fuhren. Natürlich war mir klar, dass auch andere Leute diese Straßen benutzten; aber an diesem Abend schien mir, dass diese dunklen Nebenstraßen des Landes nur für unseresgleichen existierten, während die großen prächtigen Fernstraßen mit ihren riesigen Schildern und Luxuscafés für alle anderen da waren. Ich weiß nicht, ob Tommy ähnlich empfand. Vielleicht ja, denn irgendwann sagte er: »Kath, du kennst wirklich komische Straßen.«

Er lachte ein bisschen dabei, aber gleich darauf schien er tief in

Gedanken versunken. Als wir irgendwo am Ende der Welt einen besonders finsteren Hohlweg hinunterfuhren, sagte er plötzlich: »Ich glaube, dass Miss Lucy recht hatte. Nicht Miss Emily.«

Ich weiß nicht mehr, ob ich darauf antwortete. Wenn ja, so war es sicherlich nicht sehr geistreich. Aber das war der Moment, in dem es mir zum ersten Mal auffiel, es war etwas in seinem Tonfall oder auch an seinem Verhalten, das ferne Alarmglocken läuten ließ. Ich weiß noch, dass ich den Blick von der kurvigen Straße abwandte, um Tommy anzuschauen, aber er saß ganz ruhig da und starrte vor sich hin in die Nacht.

Ein paar Minuten später sagte er unvermittelt: »Kath, können wir stehen bleiben? Tut mir leid, ich muss kurz raus.«

Ich vermutete schon, ihm sei wieder schlecht geworden, und hielt fast sofort an, dicht an einer Hecke. Es war stockfinster, und obwohl ich die Scheinwerfer nicht ausschaltete, fürchtete ich, es könnte ein anderes Fahrzeug um die Kurve biegen und uns rammen. Das war der Grund, weshalb ich Tommy nicht begleitete, als er ausstieg und in der Dunkelheit verschwand. Außerdem war etwas Resolutes an seiner Haltung, aus dem ich schloss, dass er, auch wenn ihm übel war, lieber allein damit fertigwerden wollte. Jedenfalls saß ich noch im Auto und überlegte, ob ich ein Stück bergauf fahren sollte, als ich den ersten Schrei hörte.

Zuerst dachte ich gar nicht, dass er es sein könnte, sondern vermutete einen Wahnsinnigen, der im Gebüsch gelauert hatte. Ich war schon aus dem Auto gesprungen, als der zweite und dritte Schrei ertönten, und obwohl ich inzwischen schon wusste, dass es Tommy war, wurde mir davon kaum leichter ums Herz. Im Gegenteil, im ersten Moment war ich fast panisch, weil ich keine Ahnung hatte, wo er war. Ich konnte buchstäblich nichts sehen, und als ich dem Gebrüll nachgehen wollte, versperrte mir ein undurchdringliches Dickicht den Weg. Aber dann fand ich eine Lücke, stieg durch einen Graben und gelangte schließlich an einen Zaun, den ich mühsam überwand. Auf der anderen Seite landete ich auf schlammigem Boden.

Inzwischen konnte ich von meiner Umgebung wesentlich mehr erkennen. Ich stand auf einer Weide, die nicht weit vor mir steil abfiel, und tief unten im Tal schimmerten die Lichter eines Dorfs. Es stürmte heftig hier oben, und einmal fuhr mich eine Bö so scharf an, dass ich nach dem Zaunpfosten greifen musste. Der Mond war nicht ganz voll, aber hell genug, und in halber Entfernung, kurz vor der Kante, hinter der die Wiese abfiel, erblickte ich Tommy: Er tobte, brüllte, schüttelte die Fäuste und trat wild um sich.

Ich wollte zu ihm laufen, aber meine Füße blieben im Morast stecken, sodass ich kaum vorwärts kam. Auch ihn behinderte der Morast, denn als er wieder mit einem Fuß ausholte, rutschte er aus, und die Dunkelheit verschlang ihn. Aber sein wirres Gefluche ging unaufhörlich weiter, und ich kam bei ihm an, als er sich gerade wieder aufgerappelt hatte. Das Mondlicht zeigte mir sein Gesicht, das schlammverkrustet und wutverzerrt war, und ich griff nach seinen fuchtelnden Armen und hielt sie fest. Er versuchte mich abzuschütteln, aber ich ließ nicht locker, bis er verstummte und ich spürte, wie seine Gegenwehr nachließ. Dann merkte ich, dass auch er die Arme um mich geschlungen hatte. Und so standen wir aneinandergeschmiegt auf dem Kamm dieses Hügels, eine Ewigkeit, wie mir schien, hielten einander einfach fest, während von allen Seiten der Wind heranfegte und an unseren Kleidern zerrte, und für einen Moment kam es mir vor, als hielten wir uns aneinander fest, weil das die einzige Möglichkeit war, nicht in die Nacht davongeweht zu werden.

Als wir uns endlich voneinander lösten, murmelte er: »Es tut mir wirklich leid, Kath.« Er lachte unsicher und fügte hinzu: »Ein

Glück, dass keine Kühe hier sind. Die hätten einen Mordsschrecken bekommen.«

Ich merkte, dass ihm sehr daran gelegen war, mich zu beruhigen und mir zu versichern, dass jetzt wieder alles in Ordnung war, aber seine Brust hob und senkte sich rasch, und seine Knie zitterten. Gemeinsam stapften wir zum Auto zurück, bemüht, nicht auszurutschen.

»Du stinkst nach Kuhscheiße«, sagte ich schließlich.

»O Gott, Kath. Wie soll ich ihnen das erklären? Wir werden uns hintenherum ins Haus schleichen müssen.«

»Trotzdem musst du dich zurück melden.«

»O Gott«, sagte er und lachte noch einmal.

Ich fand ein paar Stofffetzen im Auto, mit denen wir den gröbsten Dreck abwischten. Während ich im Kofferraum nach den Lumpen suchte, hatte ich die Sporttasche mit seinen Tierzeichnungen herausgenommen, und als wir wieder weiterfuhren, fiel mir auf, dass Tommy sie mit hereingenommen hatte.

Eine Zeit lang fuhren wir dahin, ohne viel zu reden, er mit der Tasche auf dem Schoß. Ich erwartete irgendeine Bemerkung über seine Zeichnungen; ich fürchtete sogar, er könnte sich in einen neuen Wutanfall hineinsteigern und womöglich sämtliche Bilder aus dem Fenster werfen. Aber er umklammerte die Tasche schützend mit beiden Händen und starrte wie zuvor auf die dunkle Straße. Nach langem Schweigen sagte er:

»Tut mir leid, was passiert ist, Kath, wirklich. Ich bin ein echter Idiot.« Nach einer Weile fügte er hinzu: »Was denkst du, Kath?«

»Ich dachte an früher«, sagte ich, »an Hailsham, als du öfter so ausgerastet bist und wir es nicht verstehen konnten. Wir konnten nicht verstehen, dass du dich so aufregen konntest. Aber jetzt kam mir gerade der Gedanke – nur so eine Idee, wirklich –, ich dachte, dass du damals so ausgerastet bist, lag vielleicht daran, dass du es auf irgendeiner Ebene immer *gewusst* hast.«

Tommy dachte darüber nach, dann schüttelte er den Kopf. »Glaub das nicht, Kath. Nein, ich war einfach so. Ein Idiot. Mehr war nie dahinter.« Dann lachte er matt und sagte: »Aber es ist eine witzige Idee. Vielleicht hab ich's ja doch gewusst, irgendwo tief drinnen. Etwas, was ihr anderen nicht gewusst habt.«

23

In der ersten Woche nach dieser Fahrt schien alles beim Alten zu sein. Ich rechnete aber nicht damit, dass es so bliebe, und tatsächlich begann ich Anfang Oktober kleine Veränderungen zu bemerken. Es begann damit, dass Tommy seine Tierbilder zwar nicht aufgab, aber nicht mehr in meiner Gegenwart daran arbeiten wollte. Zwar war es nicht so wie in der ersten Zeit, nachdem ich seine Betreuerin geworden war und noch all die unerledigten Geschichten über uns schwebten, aber es kam mir so vor, als hätte er darüber nachgedacht und dann eine Entscheidung getroffen: weiterhin Tiere zu zeichnen, wenn ihm der Sinn danach stand, aber damit aufzuhören und die Zeichnungen wegzuräumen, sobald ich hereinkäme. Nicht, dass es mich besonders gekränkt hätte. Eigentlich war es sogar eine Erleichterung: Diese Tiere, die uns entgegenstarrten, wenn wir zusammen waren, hätten alles nur noch peinlicher gemacht.

Aber es gab andere Veränderungen, die ich weniger leicht zu ertragen fand. Damit will ich nicht behaupten, wir hätten keine schönen Erlebnisse mehr miteinander gehabt, oben in seinem Zimmer. Ab und zu schliefen wir sogar noch miteinander. Aber vor einem konnte ich nicht die Augen verschließen: dass Tommy mehr und mehr dazu neigte, sich mit den anderen Spendern in seinem Zentrum zu identifizieren. Wenn wir zum Beispiel an Leute aus

Hailsham zurückdachten, brachte er früher oder später unweigerlich das Gespräch auf einen seiner gegenwärtigen Freunde, einen
Spender, der vielleicht etwas Ähnliches gesagt oder getan hatte wie
die Person, von der wir gesprochen hatten. Ein solches Erlebnis
ist mir besonders im Gedächtnis geblieben; das war, als ich nach
einer langen Fahrt im Kingsfield eintraf und aus dem Auto stieg
und der Hof mehr oder weniger so aussah wie damals, als ich mit
Ruth hierhergefahren war und wir das Boot besichtigt hatten. Es
war ein bewölkter Herbstnachmittag, und der Hof war leer bis auf
eine Gruppe von Spendern, die unter dem überstehenden Dach
des Aufenthaltsraums zusammenstanden. Ich sah Tommy bei ihnen stehen – er lehnte mit der Schulter an einer Säule und hörte
einem Spender zu, der auf den Eingangsstufen saß und etwas erzählte. Ich ging ein Stück auf sie zu, blieb dann aber stehen und
wartete, mitten im Hof, unter dem grauen Himmel. Tommy, der
mich längst bemerkt hatte, verharrte, wo er war, und hörte sich die
Geschichte, die sein Freund erzählte, zu Ende an, bis sie schließlich alle in Gelächter ausbrachen. Später sagte er, er habe mich her-
beigewinkt, aber wenn das stimmen sollte, so war es nicht sehr auffällig gewesen. Ich hatte nur wahrgenommen, dass er unbestimmt
in meine Richtung lächelte und sich gleich darauf wieder dem Er-
zähler zuwandte. Okay, er war mitten in einer Geschichte, und
nach einer kurzen Zeit trennte er sich von den anderen, und wir
gingen zusammen in sein Zimmer hinauf. Aber so etwas wäre früher niemals geschehen. Und es war nicht nur, dass er mich im Hof
stehen und warten ließ – das hätte mir nicht so viel ausgemacht.
Vielmehr spürte ich an diesem Tag zum ersten Mal so etwas wie
Unwillen bei ihm, dass er jetzt mit mir weggehen musste, und tatsächlich war die Stimmung nicht besonders gut, als wir dann oben
in seinem Zimmer waren.

Der Gerechtigkeit halber muss ich sagen, dass ich daran ebenso viel Schuld trug wie er. Denn während ich dort stand und sie miteinander reden und lachen sah, verspürte ich einen unerwarteten kleinen Stich; denn etwas an der Art, wie diese Spender sich mehr oder weniger im Halbkreis verteilt hatten, etwas an ihrer Körperhaltung, die, ob sie standen oder saßen, fast geflissentlich lässig war – wie um der Welt mitzuteilen, wie wohl sie sich miteinander fühlten –, erinnerte mich daran, wie sich einst unsere kleine Gruppe im Pavillon verteilt hatte. Dieser Vergleich war es, der mir den Stich versetzte, und vielleicht war ich deshalb oben in seinem Zimmer genauso einsilbig wie er.

Einen ähnlichen kleinen Anflug von Missmut empfand ich jedes Mal, wenn er sagte, ich könne dies oder jenes nicht verstehen, weil ich noch keine Spenderin sei. Es war allerdings nie mehr als ein kleiner Anflug – bis auf einmal, von dem ich gleich berichten werde –, zumal er mir solche Vorhaltungen meist halb im Scherz machte, fast liebevoll. Und auch wenn es ihm ernst damit war – einmal zum Beispiel sagte er, ich solle nicht immer seine Schmutzwäsche in die Wäscherei bringen, das könne er allein –, kam es darüber nicht zum Streit.

Ich hatte ihn gefragt: »Was macht es für einen Unterschied, wer von uns die Handtücher runterbringt? Für mich liegt es sowieso auf dem Weg.« Woraufhin er den Kopf geschüttelt und gesagt hatte: »Schau, Kath, ich kümmere mich selbst um meinen Kram. Wärst du eine Spenderin, würdest du das verstehen.«

Es nagte an mir, ich gebe es zu, dennoch konnte ich es leicht wieder vergessen. Aber wie ich schon sagte, einmal, als er wieder damit ankam, ich sei eben keine Spenderin, packte mich wirklich der Zorn.

Es war etwa eine Woche, nachdem die Benachrichtigung für seine vierte Spende eingetroffen war. Wir hatten sie erwartet und auch schon oft und ausgiebig darüber gesprochen, tatsächlich hatten sich manche unserer intimsten Gespräche seit der Fahrt nach Littlehampton um die vierte Spende gedreht. Meiner Erfahrung nach reagieren Spender auf die vierte Spende sehr unterschiedlich. Manche wollen die ganze Zeit darüber reden, endlos und sinnlos. Andere reißen nur Witze, und wieder andere lehnen es ab, sich überhaupt damit zu befassen. Und dann gibt es diese merkwürdige Tendenz bei Spendern, eine vierte Spende als etwas Lobenswertes zu betrachten, eine Leistung, die Gratulation verdient hat. Ein Spender »vor der Vierten«, sogar einer, der bis dahin ziemlich unbeliebt war, wird mit besonderer Hochachtung behandelt. Selbst die Ärzte und Schwestern machen mit: Wenn ein Spender vor der Vierten zur Untersuchung kommt, wird er von den Weißkitteln lächelnd und mit Handschlag begrüßt. Tommy und ich redeten also oft und ausführlich über das alles, manchmal im Scherz, manchmal ernst und nachdenklich. Wir sprachen über die unterschiedliche Art und Weise, damit umzugehen, und überlegten, welche am sinnvollsten wäre. Einmal, als wir nebeneinander auf dem Bett lagen, während es draußen schon dunkel wurde, sagte er:

»Weißt du, Kath, woran es liegt, dass sich alle wegen der Vierten so aufregen? Es liegt daran, dass sie sich nicht sicher sind, ob sie dann wirklich abgeschlossen haben. Wenn man sicher wüsste, dass man abschließt, wäre es einfacher. Aber sie sagen es uns nicht.«

Ich hatte mich schon eine ganze Weile gefragt, ob dieses Thema wohl noch zur Sprache käme, und nachgedacht, wie ich darauf reagieren sollte. Aber als es dann so weit war, fiel mir nichts Rechtes ein, und ich sagte nur: »Das ist Unsinn, Tommy. Alles nur Gerede, sinnloses Zeug. Es lohnt sich nicht, darüber nachzugrübeln.«

Aber Tommy muss gewusst haben, dass ich keine plausiblen Argumente hatte, mit denen ich meine Antwort begründen konnte. Er muss auch gewusst haben, dass er Fragen stellte, auf die selbst die Ärzte nicht mit Gewissheit antworten konnten. Sie haben es bestimmt auch gehört: dass Sie, auch wenn Sie technisch gesehen nach der vierten Spende abgeschlossen haben, immer noch irgendwie bei Bewusstsein sind; dass, wie Sie dann feststellen werden, jenseits dieser Grenze noch weitere Spenden stattfinden, viele sogar; dass es dann keine Erholungszentren mehr gibt, keine Betreuer, keine Freunde; dass Sie nichts mehr tun können, als Ihre weiteren Spenden zu verfolgen, bis Sie irgendwann abgeschaltet werden. Stoff für einen Horrorfilm; die Leute wollen meistens nicht darüber nachdenken, weder die Weißkittel noch die Betreuer – und in der Regel auch nicht die Spender. Aber hin und wieder kommt einer unter ihnen doch darauf zu sprechen, wie Tommy an diesem Abend, und heute wünschte ich, wir hätten darüber geredet. Nachdem ich es aber als Unsinn abgetan hatte, mieden wir das Thema beide. Aber zumindest wusste ich seither, dass es Tommy durch den Kopf spukte, und ich war froh, dass er sich mir wenigstens so weit anvertraut hatte. Damit meine ich, dass ich insgesamt den Eindruck hatte, wir würden beide ziemlich gut mit der vierten Spende umgehen – deshalb brachte mich seine Eröffnung an jenem Tag, an dem wir miteinander um das Feld schritten, so sehr aus der Fassung.

Zum Kingsfield gehört nicht viel Grund. Der eigentliche Treffpunkt ist der Innenhof, und das bisschen Gelände hinter den Gebäuden sieht eher aus wie Brachland. Die größte zusammenhängende Fläche, von den Spendern »das Feld« genannt, ist in Wahrheit ein maschendrahtumzäuntes, von Unkraut und Disteln überwuchertes Rechteck. Immer wieder war davon die Rede, das Feld zu roden und eine richtige Wiese für die Spender daraus zu machen, aber bis heute ist nichts in der Richtung geschehen. Und selbst wenn sie sich eines Tages dazu aufraffen können, wird das

Ergebnis wohl nicht besonders friedlich wirken, weil direkt daneben eine große Straße vorbeiführt. Dennoch, wenn die Spender unruhig werden und das Bedürfnis haben, sich die Beine zu vertreten, gehen sie dorthin und zwängen sich durch Brennnessel- und Brombeergestrüpp. An dem Morgen, von dem ich rede, war es sehr nebelig, und es war klar, dass das Feld triefend nass sein würde, aber Tommy hatte auf dem Spaziergang bestanden. Wir waren die Einzigen dort, was kein Wunder war – Tommy war das wahrscheinlich ganz recht so. Nachdem wir uns eine Weile durchs Dickicht gequält hatten, blieb er am Zaun stehen und starrte in den weißen Nebel hinaus.

»Kath, du darfst das jetzt bitte nicht in den falschen Hals kriegen. Aber ich habe es mir wirklich gut überlegt. Kath, ich glaube, ich sollte einen anderen Betreuer bekommen.«

In den ersten Sekunden, nachdem es heraus war, merkte ich, dass ich gar nicht überrascht war; dass ich seltsamerweise sogar damit gerechnet hatte. Trotzdem ärgerte ich mich und gab keine Antwort.

»Es ist nicht nur, weil die vierte Spende bevorsteht«, fuhr er fort. »Es ist nicht nur deswegen. Sondern auch wegen solcher Vorfälle wie zum Beispiel letzte Woche. Als ich diese Nierenprobleme hatte. So was wird jetzt noch viel öfter passieren.«

»Deswegen bin ich hergekommen«, sagte ich. »Genau aus diesem Grund bin ich hier, um dir zu helfen. Bei dem, was jetzt anfängt. Und das wollte auch Ruth so haben.«

»Ruth wollte diese andere Sache für uns«, sagte Tommy. »Sie hätte nicht unbedingt gewollt, dass du auch auf diesem letzten Stück meine Betreuerin bist.«

»Tommy«, sagte ich, und vermutlich war ich inzwischen wirklich außer mir, aber ich beherrschte mich und sprach ganz ruhig, »ich bin diejenige, die dir hilft. Deswegen bin ich zu dir zurückgekehrt.«

»Ruth wollte diese andere Sache für uns«, wiederholte Tommy. »Was jetzt kommt, ist was anderes. Kath, ich will nicht, dass du mich so siehst.«

Er starrte auf den Boden, eine Handfläche am Drahtgeflecht, und einen Moment lang sah er so aus, als horchte er auf den Verkehrslärm irgendwo im Nebel. Und dann sagte er es, mit leichtem Kopfschütteln:

»Ruth hätte es verstanden. Sie war eine Spenderin, und deshalb hätte sie es verstanden. Damit will ich nicht behaupten, dass sie sich dasselbe gewünscht hätte. Wenn sie in der Lage gewesen wäre, hätte sie dich vielleicht bis zum Schluss als ihre Betreuerin gewollt. Aber sie hätte verstanden, dass ich es anders haben will. Kath, manchmal verstehst du's einfach nicht, und das ist, weil du keine Spenderin bist.«

Das war der Moment, in dem ich mich umdrehte und ging. Wie ich schon sagte, ich hatte schon fast damit gerechnet, dass er mich nicht mehr als Betreuerin wollte. Aber was jetzt, nach den vergleichsweise belanglosen Vorfällen – etwa dass er mich im Hof hatte stehen lassen –, wirklich tief saß, das war diese Bemerkung, das war die Art, wie er mich wieder ausgrenzte, und diesmal nicht nur von allen Spendern, sondern auch von ihm und Ruth.

Es kam allerdings nie zu einem Krach deswegen. Als ich davonmarschierte, blieb mir ja nichts anderes übrig, als in sein Zimmer zurückzukehren, und er kam selber ein paar Minuten später herauf. Inzwischen hatte ich mich wieder beruhigt und er ebenfalls, und wir konnten vernünftiger miteinander reden. Es war zwar ein bisschen verkrampft, aber wir schlossen immerhin Frieden und fingen sogar an, die praktischen Umstände des Betreuerwechsels zu besprechen. Als wir dann im trüben Tageslicht nebeneinander auf der Bettkante saßen, sagte er:

»Ich möchte nicht, dass wir wieder streiten, Kath. Aber eines wollte ich dich schon lange fragen: Wirst du's nicht allmählich leid, Betreuerin zu sein? Wir alle sind schon vor Ewigkeiten Spender geworden. Du hast das jetzt jahrelang gemacht. Wünschst du dir nicht manchmal, Kath, sie würden sich beeilen und dir die Benachrichtigung schicken?«

»Mir ist es egal. Ich finde es jedenfalls wichtig, dass es gute Betreuer gibt. Und ich *bin* eine gute Betreuerin.«

»Aber ist das wirklich so wichtig? Okay, es ist sehr nett, eine gute Betreuerin zu haben. Aber ist es letzten Endes tatsächlich so wichtig? So oder so werden die Spender alle spenden und dann abschließen.«

»Natürlich ist es wichtig. Für die Lebensqualität eines Spenders macht ein guter Betreuer einen Riesenunterschied.«

»Aber dieses ständige Herumgerenne, die Hetzerei. Diese ewige Erschöpfung und das dauernde Alleinsein. Ich hab dich beobachtet. Es reibt dich auf. Es kann doch nicht anders sein, Kath, manchmal musst du dir doch wünschen, sie würden dir sagen, dass du jetzt aufhören kannst. Ich weiß nicht, warum du nicht mal mit ihnen redest, sie fragst, warum es bei dir so lang dauert.« Als ich nichts sagte, fügte er hinzu: »Ich meine ja nur. Letztlich ist es deine Sache. Lass uns nicht wieder streiten.«

Ich legte den Kopf an seine Schulter und sagte: »Na ja. Vielleicht geht es sowieso nicht mehr lang. Aber vorläufig muss ich dabeibleiben. Auch wenn du mich nicht mehr in deiner Nähe haben willst – andere wollen es schon.«

»Du hast sicher recht, Kath. Du bist wirklich eine sehr gute Betreuerin. Du wärst auch für mich die perfekte Betreuerin, wenn du nicht du wärst.« Er lachte und legte den Arm um mich, aber wir blieben nebeneinander sitzen. Dann sagte er: »Ich muss immer wieder an ein bestimmtes Bild denken, einen Fluss, der wild und reißend ist. Und zwei Menschen darin, die sich aneinander festzuhalten versuchen, sie halten sich, so fest sie können, aber irgendwann schaffen sie's nicht mehr, weil die Strömung zu stark ist. Sie müssen loslassen und werden auseinandergetrieben. Genau so, glaube ich, ist es mit uns. Es ist eine Schande, Kath, weil wir uns zeit unseres Lebens geliebt haben. Aber am Ende können wir nicht für immer zusammenbleiben.«

Als er das sagte, musste ich daran denken, wie ich mich in jener Nacht auf dem Rückweg von Littlehampton, auf dieser windgepeitschten Wiese, an ihn geklammert hatte. Ich weiß nicht, ob auch er sich daran erinnerte oder ob er noch immer an seinen reißenden Fluss dachte. Jedenfalls blieben wir noch lange auf der Bettkante sitzen, beide tief in Gedanken. Und schließlich sagte ich:

»Es tut mir leid, dass ich dich vorhin angeschnauzt habe. Ich rede mit ihnen. Ich werde mich bemühen, einen wirklich guten Betreuer für dich zu finden.«

»Es ist eine Schande, Kath«, sagte er noch einmal. Und ich glaube nicht, dass wir an diesem Vormittag noch ein weiteres Wort darüber verloren.

Ich erinnere mich an die wenigen Wochen, die danach kamen – die wenigen letzten Wochen, bevor die neue Betreuerin übernahm –, als an eine überraschend friedliche Zeit. Vielleicht gaben wir uns auch besondere Mühe, nett zueinander zu sein, aber die Zeit schien auf beinahe sorglose Weise zu verstreichen. Die Stimmung, in der wir waren, hätte etwas Unwirkliches haben müssen, aber so empfanden wir es nicht, es kam uns nicht merkwürdig vor. Zu der Zeit hielten mich ein paar andere Spender in Nordwales sehr in Atem, und ich kam nicht so oft ins Kingsfield, wie ich mir gewünscht hätte, aber ich schaffte es immerhin noch drei- oder viermal in der Woche. Es wurde kälter, blieb aber trocken und war oft sonnig, und wir vertrieben uns die Stunden in seinem Zimmer, manchmal mit Sex, häufiger mit Gesprächen oder Vorlesen. Ein-, zweimal holte Tommy sogar sein Notizheft hervor und hielt ein paar Ideen für neue Tiere fest, während ich auf dem Bett lag und ihm vorlas.

Dann kam der Tag, an dem ich zum letzten Mal bei ihm war. Es war ein frostiger Dezembertag, und ich traf kurz nach ein Uhr mittags ein. Ich ging in sein Zimmer hinauf, halb in Erwartung einer Veränderung, ich weiß nicht, welcher – vielleicht dachte ich, er hätte sein Zimmer dekoriert oder etwas in der Art. Aber natürlich war alles wie immer, und das war im Grunde eine Erleichterung. Auch Tommy wirkte nicht anders als sonst, und doch konnten wir kaum so tun, als wäre dies ein Besuch wie alle anderen. Andererseits hatten wir während der vergangenen Wochen so viel besprochen, dass es nichts Bestimmtes gab, das unbedingt noch hätte beredet werden müssen. Und ich glaube, es widerstrebte uns, ein neues Gespräch anzufangen, bei dem es uns dann leidtäte, wenn wir es nicht richtig zu Ende bringen konnten. Deshalb war an unserem letzten Tag eine gewisse Leere in unserer Unterhaltung.

Nur einmal fragte ich ihn dann doch, nachdem ich eine Weile ziellos in seinem Zimmer auf und ab gegangen war:

»Tommy, bist du froh, dass Ruth abgeschlossen hat, ohne zu erfahren, was wir am Ende noch alles unternommen haben?«

Er lag auf dem Bett und starrte eine ganze Zeit lang stumm an die Decke, ehe er antwortete: »Komisch – genau dasselbe habe ich neulich auch gedacht. Du darfst nicht vergessen, dass Ruth in solchen Dingen immer ganz anders war als wir beide. Du und ich, wir haben von Anfang an, schon als wir noch klein waren, immer versucht, den Dingen auf den Grund zu gehen. Erinnerst du dich, Kath, an all unsere Geheimgespräche, die wir immer wieder geführt haben? Ruth war da anders. Sie hat so bereitwillig an alles Mögliche geglaubt. So war sie. Also ja, in gewisser Hinsicht scheint es mir so, wie es gekommen ist, das Beste.« Dann fügte er hinzu: »Natürlich, was wir erfahren haben, Miss Emily und das alles – was Ruth betrifft, so ändert das ja nichts. Am Ende wollte sie das Beste für uns. Sie wollte wirklich das Beste für uns.«

Ich pflichtete ihm bei, denn ich wollte in diesem Stadium keine Diskussion über Ruth mehr anfangen. Aber ich hatte seither mehr Zeit, um darüber nachzudenken, und bin mir nicht mehr so sicher, wie ich dazu stehe. Ein Teil von mir wünscht sich nach wie vor, wir hätten unsere Entdeckungen mit Ruth teilen können. Gut, vielleicht hätte es sie in Gewissensnöte gebracht; hätte sie erkennen lassen, dass sie, was immer sie uns damals angetan hatte, nicht so leicht wiedergutmachen konnte, wie sie gehofft hatte. Und wenn ich ehrlich bin, spielt das bei meinem Wunsch, sie hätte das alles vor ihrem Abschluss noch erfahren, vielleicht ein bisschen mit. Aber letztlich, denke ich, geht es um etwas anderes, um viel mehr als meine kleinmütigen Rachegelüste. Denn wie Tommy sagte: Am Ende wollte sie das Beste für uns, und wenn sie damals im Auto meinte, ich könne ihr nie verzeihen, so hat sie sich geirrt. Ich trage ihr gar nichts mehr nach. Wenn ich sage, ich wünschte, sie hätte das alles selbst noch erfahren, dann eher deshalb, weil mich der Gedanke traurig stimmt, dass für sie das Ende anders war, als es für Tommy und mich sein wird. So, wie es ist, kommt es mir vor, als stünden wir auf der einen Seite einer Trennlinie und Ruth auf der anderen, und darüber bin ich eigentlich traurig, und ich denke, sie wäre es ebenfalls, wenn sie es miterleben würde.

Tommy und ich, wir veranstalteten keine große Abschiedsszene. Als es Zeit war zu gehen, begleitete er mich nach unten, was er sonst nicht tat, und wir gingen gemeinsam durch den Hof zu meinem Auto. Da es so spät im Jahr war, ging schon die Sonne hinter den Gebäuden unter. Unter dem überstehenden Dach hatten sich wie immer ein paar schemenhafte Gestalten versammelt, doch der Hof selbst war leer. Tommy, der auf dem ganzen Weg zum Auto geschwiegen hatte, lachte kurz auf und sagte:

»Weißt du, Kath, ich erzähl dir noch was. Damals in Hailsham, wenn ich Fußball gespielt habe, hatte ich so eine geheime Sache. Wenn ich ein Tor geschossen habe, drehte ich mich um, so« – er hob triumphierend beide Arme –, »und rannte zu meinen Kumpeln zurück. Ich bin nie ausgeflippt oder so, sondern bin einfach nur mit den Armen in der Höhe zu den anderen zurückgerannt, so.« Einen Moment lang stand er so da, beide Arme hochgereckt. Dann senkte er sie und lächelte. »Insgeheim, Kath, habe ich mir dabei immer vorgestellt, ich wate durch Wasser. Kein besonders tiefes Wasser, allerhöchstens bis zu den Knöcheln. Das hab ich mir vorgestellt, immer. Platsch, platsch, platsch.« Wieder reckte er die Arme in die Höhe. »Das war ein wirklich tolles Gefühl. Du schießt ein Tor, drehst dich um, und dann platsch, platsch, platsch.« Er sah mich an und lachte noch einmal. »Das habe ich noch keiner Menschenseele erzählt.«

Ich lachte ebenfalls und sagte: »Du verrücktes Kind, Tommy.«

Dann küssten wir uns – es war nur ein flüchtiger Kuss –, und ich stieg ins Auto. Tommy blieb stehen, während ich den Wagen wendete, und als ich davonfuhr, lächelte er und winkte. Ich beobachtete ihn im Rückspiegel und sah ihn lange dort stehen. Am Ende hob er noch einmal unbestimmt die Hand und wandte sich ab, um auf das überstehende Dach zuzugehen. Dann war der Hof aus dem Spiegel verschwunden.

Vor ein paar Tagen führte ich ein Gespräch mit einem meiner Spender, der sich beklagte, wie überraschend schnell die Erinnerungen aus dem Gedächtnis verschwinden, sogar die kostbarsten. Das kann ich nicht bestätigen. Ich wüsste nicht, wie die Erinnerungen, die mir die liebsten sind, je verblassen sollten. Ich habe Ruth verloren, dann habe ich Tommy verloren, aber meine Erinnerungen an sie werden für immer bleiben.

Verloren habe ich wohl auch Hailsham. Man hört zwar noch gelegentlich, dass irgendein ehemaliger Hailshamer es zu finden versucht – oder vielmehr den Ort, an dem es einmal war. Hin und wieder kommen einem auch Gerüchte zu Ohren, was aus Hailsham geworden sei – ein Hotel, eine Schule, eine Ruine. Ich persönlich habe nie versucht, es zu finden, obwohl ich ständig kreuz und quer über Land fahre. Ich muss wirklich nicht unbedingt wissen, wie es jetzt dort aussieht.

Wenn ich auch, wie gesagt, nie nach Hailsham suche, kommt es natürlich schon vor, dass mich unterwegs plötzlich das Gefühl ereilt, ich hätte ein Stück davon entdeckt. Ich sehe einen Sportpavillon in der Ferne und bin überzeugt, dass es der unsere ist; oder eine Pappelreihe am Horizont neben einer weichhaarigen Eiche, und bin eine Sekunde lang überzeugt, ich näherte mich von der anderen Seite her dem südlichen Sportplatz. Einmal, an einem grauen Vormittag, fuhr ich auf einer endlosen geraden Straße in Gloucestershire an einem Auto in einer Parkbucht vorbei, das offensichtlich eine Panne hatte, und war mir sicher, dass das Mädchen, das davor stand und träge auf die entgegenkommenden Fahrzeuge starrte, Susanna C. war, die ein paar Jahre über uns und Basarordnerin gewesen war. Vielleicht halte ich also insgeheim doch Ausschau nach Hailsham.

Aber ich suche nicht bewusst danach, und Ende des Jahres werde ich sowieso nicht mehr herumfahren wie bisher. Aller Wahrscheinlichkeit nach werde ich es also nie mehr finden, und offen gestanden bin ich froh darum. Es ist wie mit meinen Erinnerungen an Tommy und Ruth. Wenn ich erst in dem Zentrum bin, in das sie mich dann schicken, und ein ruhigeres Leben führe, werde ich

Hailsham bei mir haben, sicher verwahrt im Kopf, und das wird mir niemand mehr nehmen können.

Nur einmal habe ich mich gehen lassen, ein einziges Mal, das war ein paar Wochen, nachdem ich von Tommys Abschluss erfahren hatte, als ich nach Norfolk hinauffuhr, obwohl ich eigentlich keinen Grund dazu hatte. Ich suchte nach nichts Besonderem und kam auch gar nicht bis zur Küste. Vielleicht war mir einfach danach, diese endlosen flachen, leeren Felder zu betrachten und diesen riesigen grauen Himmel. Irgendwann fand ich mich auf einer mir völlig unbekannten Straße wieder, und etwa eine halbe Stunde lang hatte ich keine Ahnung, wo ich war, und es war mir auch egal. Ein flaches, nichtssagendes Feld folgte auf das nächste, ohne irgendeine Abwechslung außer gelegentlich einem Vogelschwarm, der beim Geräusch meines Motors aus den Ackerfurchen aufstob. Schließlich entdeckte ich in der Ferne ein paar Bäume, nicht weit vom Straßenrand, und dort hielt ich an und stieg aus.

Ich stand vor einem riesigen gepflügten Acker. Ein Zaun mit doppelt gespanntem Stacheldraht hinderte mich am Betreten, und ich sah, dass außer diesem Zaun und der Gruppe der drei oder vier Baumkronen über mir über viele Meilen hinweg nichts dem Wind im Weg stand. Vor allem am unteren Stacheldraht hatte sich Müll aller Art verfangen und ineinander verhakt. Es war wie das Treibgut, das an einem Strand angeschwemmt wird: Manches davon muss der Wind meilenweit vor sich hergetragen haben, bis sich ihm endlich diese Bäume und dieser doppelte Stacheldraht in den Weg stellten. Auch in den Ästen der Baumkronen flatterten zerrissene Plastikfolien und Teile von Einkaufstüten. Während ich dort stand, den sonderbaren Müll betrachtete und den Wind über die leeren Felder fegen spürte, ließ ich zum ersten und letzten Mal ein Bild in mir entstehen, eine kleine Fantasie bloß – schließlich war ich in Norfolk, und es war erst ein paar Wochen her, seit ich ihn verloren hatte. Ich dachte an den Müll, an die flatternden Plastiktüten in den Zweigen, an diese Küstenlinie aus angewehtem Treibgut, das sich im Zaun verfangen hatte, und ich schloss halb die Augen und stellte mir vor, dass hier der Ort sei, an dem alles, was ich seit meiner Kindheit verloren hatte, angeschwemmt würde, und ich stünde jetzt davor, und wenn ich nur lang genug wartete, würde jenseits des Ackers eine winzige Gestalt am Horizont auftauchen und nach und nach größer werden, bis ich sah, dass es Tommy war, und er würde winken, vielleicht sogar rufen. Weiter gedieh die Fantasie nie – das ließ ich nie zu –, und obwohl mir die Tränen über das Gesicht liefen, schluchzte ich nicht und verlor auch nicht die Beherrschung. Ich wartete einfach eine Weile, dann kehrte ich zum Auto zurück und fuhr davon, dorthin, wo ich erwartet wurde.

NACHWORT

von Claire Messud

Die Freuden der Literatur sind zahllos und vielgepriesen. Wer hat nicht schon Trost gefunden beim Wiederlesen von *Stolz und Vorurteil* oder in einer Inszenierung von Shakespeares *Sturm*? Seltener stößt man auf jene dünne, aber zähe Lebensader, die von *König Lear* bis zu Beckett verläuft und noch weiter, zu Werken, die die nackten Grundzüge der menschlichen Befindlichkeit offenlegen und existenzielle Fragen stellen. Dostojewskis Roman *Die Dämonen* wäre so ein Beispiel, auch Becketts Drama *Endspiel* oder Camus' *Die Pest*. Diese Art von Kunst erforscht das Leid und die Wahlmöglichkeiten des Menschen auf seiner mühseligen Reise Richtung Tod; sie fragt, wie weit man ohne Hoffnung wohl kommen möge, und entdeckt noch in absurder Dunkelheit das Schimmern von Menschenwürde und die Schönheit der in Not geratenen menschlichen Seele.

Ohne viel Aufhebens und frei von Dostojewski'scher Theatralik fügt *Alles, was wir geben mussten* sich in diesen Kanon bleibender Werke ein. In *Die Pest* porträtiert Albert Camus eine von der Seuche beherrschte Welt (als Allegorie einerseits auf die deutsche Besetzung Frankreichs im Zweiten Weltkrieg, andererseits auf die Natur des Menschen); die Figuren sind uns nachempfunden und angesichts von Krankheit und Tod zum Handeln gezwungen. Kazuo Ishiguros *Alles, was wir geben mussten* spielt im Großbritannien der Neunzigerjahre und zeigt uns eine Gruppe von Klonen, die mitten unter uns leben, gezeugt und aufgezogen allein zu dem Zweck, wiederholt ihre Organe zu spenden (wahrscheinlich um unsere Krankheiten zu heilen) und früh zu sterben. Die Klone werden erwachsen und sich ihres Schicksals bewusst. Was für ein Leben erwartet sie? Ishiguros Vision wirft ein grelles Licht auf unser ganz normales Leben; aus der Sicht der Klone sind wir Doppelgänger im Sinne Beaudelaires (*hypocrite lecteur, mon semblable, mon frère*), wir sind so sterblich wie sie und ihnen deswegen näher, als uns lieb ist.

Die einunddreißigjährige Kathy H., Erzählerin und Protagonistin des Romans, erhebt keine Ansprüche als Individuum und glaubt doch fest an ihre Sonderstellung. Ihre Erlebnisse im Internat Hailsham und später in den Cottages, die sie unter anderem zusammen mit ihren engsten Freunden Ruth und Tommy bewohnt, schildert sie wie Ereignisse von Weltrang. Den größten Teil ihres Lebens verbringt sie in dem optimistischen Glauben, ihre Liebe – eine zwischen den dreien frei fließende Leidenschaft – werde sich als stark genug erweisen, um über ihr Schicksal zu triumphieren und am Ende den Tod zu besiegen. In diesem Punkt ähnelt sie buchstäblich den meisten von uns. Ihr relativ kurzes Leben schildert sie (und ihre Worte sind explizit an ein Publikum gerichtet; sie spricht nicht einfach nur, sie spricht *zu uns*) in großer Ausführlichkeit: behütete Kindheit, Konflikte und Versöhnungen innerhalb der Teenagergruppe. Doch ihr vermeintlich belangloser Bericht gerät zu einer Abrechnung mit der Sterblichkeit – ihrer eigenen und der ihrer Freunde.

In *Der Tod des Iwan Iljitsch* schreibt Tolstoi über seinen Protagonisten: »Jenes Beispiel eines Syllogismus, was er in Kiesewetters Logik seinerzeit gelernt hatte: Cajus ist ein Mensch, die Menschen sind sterblich, also ist auch Cajus sterblich – war ihm sein ganzes Leben lang immer nur in bezug auf Cajus, aber keineswegs auf ihn selbst richtig erschienen.« Die grauenhafte Wahrheit, dass jedes Leben mit dem Tod endet, erscheint nachvollziehbar und sogar erträglich, *solange es nicht der eigene Tod ist*. Wer kann sich wirklich die eigene Auslöschung vorstellen? Lange hat die Kunst als Bollwerk gegen diese bittere Erkenntnis fungiert: *Vita brevis, ars longa,* wie Hippokrates es so zutreffend formulierte, und etwas zynischer auch T. S. Eliot: »Mit diesen Bruchstücken stützte ich meine Trümmer.« Kathy H. erzählt ihre Geschichte nicht zuletzt in ebenjener Hoffnung, der Ishiguro im Roman eine konkrete Gestalt verleiht: In Hailsham werden die Kinder rührenderweise dazu aufgefordert, Kunst zu produzieren. Die besten Werke landen in der ominösen »Galerie« einer gewissen »Madame«, und Gerüchten zufolge bleibt dem besonders talentierten Nachwuchs der vorgeschriebene Lebensweg erspart – erst jene Klone zu betreuen, die nach und nach ihre Organe hergeben müssen, und schließlich selbst Organe zu spenden.

Ishiguro lässt die Fantasie von der Allmacht der Kunst also zunächst wahr werden, nur um später ihre Nichtigkeit und Unzulänglichkeit bloßzulegen. Nach einer Auseinandersetzung mit ihren ehemaligen Lehrerinnen Madame und Miss Emily müssen Kathy und Tommy (und wir mit ihnen) einsehen, dass ihre Kunst sie ungeachtet aller Qualität nicht vor ihrem Schicksal bewahren kann. Im Grunde ist egal, wer die Macht ausübt, ob, wie für Kathy und ihresgleichen, die Gesellschaft, die Natur oder Gott – wenn man religiös ist. Am Ende erwartet Klone und Menschen dasselbe.

Zum ersten Mal habe ich *Alles, was wir geben mussten* als Korrekturexemplar gelesen, vor dem eigentlichen Veröffentlichungstermin. Da war kein Klappentext, der die zentrale Täuschung angedeutet oder erklärt hätte. Gleich im ersten Abschnitt erzählt Kathy H., sie »arbeite inzwischen seit über elf Jahren als Betreuerin« und wolle sich »nicht zu sehr brüsten«, doch hätten sich ihre Spender »fast immer viel besser gehalten als erwartet«, ohne die Begrifflichkeiten näher auszuführen. Die Parameter von Kathys Parallelwelt werden erst nach und nach sichtbar, in den Schilderungen ihrer Kindheit und Jugend, die uns vertraut erscheinen und zugleich auf eine subtile Weise fremd.

Kathy ist keine auffällige Figur, sie dominiert ihr Umfeld nicht, anders als ihre Freundin Ruth, wiederholt die Anführerin ihrer Jugendstreiche. Die zurückhaltende, fast schüchterne Kathy ist betont gewöhnlich, was sich nicht zuletzt in einer geradezu ermüdend sachlichen Sprechweise zeigt: »Im Rückblick ist mir klar, warum uns der Tauschmarkt so wichtig war. Vor allem war er, abgesehen vom Basar – der anders funktionierte und auf den ich später noch zurückkomme – unsere einzige Möglichkeit, eine Sammlung mit persönlichem Besitz anzulegen.« Notgedrungen setzt sich ihre Autobiografie aus Anekdoten über besondere Federmäppchen und verlorene Musikkassetten zusammen statt aus gefährlichen Mutproben und politischen Aktionen.

Vor dem Hintergrund einer gewöhnlichen Jugend – die, und das ist wichtig, auch unsere hätte sein können – wirkt Ishiguros Einführung des radikal Fremden zutiefst verstörend. Der Effekt erinnert an einen seiner früheren Romane, *Was vom Tage übrig blieb*, wo er dem alltäglichen, unerschütterlichen Gehorsam des Dieners Stevens die verabscheuungswürdige Appeasementpolitik seines Arbeitgebers Lord Darlington gegenüberstellt. Stevens und Kathy sind Bauernfiguren im Schach des Lebens, aber am Ende betont ihre Ohnmacht nur ihre fragile Menschlichkeit. Figuren wie sie beweisen allein durch ihre Existenz, dass ein Leben nicht erst dann bedeutsam ist, wenn man es als Parlamentarier, Prominenter oder

Schulleiterin verbringt. Eins lässt Ishiguro uns nie vergessen: Während die große Geschichte ihren Lauf nimmt – oder die allegorische Science-Fiction, wie in diesem Fall –, geht jedes Individuum mit ganzer Leidenschaft seinem kleinen Leben nach – einem Leben, das größtenteils aus Federmäppchen und Manschettenknöpfen, Glühbirnen, Scheren und Halsschmerzen besteht.

Ishiguros Fähigkeit, eine ironische, wenn nicht gar quälende Vorstellung vom Leben als ewige Überschreibung des Immergleichen zu vermitteln, ist eine seiner größten Stärken und der Grund für die Wucht seiner Werke. Doch keine literarische Würdigung von *Alles, was wir geben mussten* hätte mich auf den langen Nachhall des Buches vorbereiten können, das sich in meiner Psyche eingenistet hat und mir zum Symbol einer bestimmten Sorte von seelenverändernder Erfahrung geworden ist. Seit seiner Veröffentlichung habe ich viele Gespräche über den Text geführt und gemerkt, dass die meisten während der Lektüre so empfunden haben wie ich. Zunächst waren wir irritiert von der Banalität der Erinnerungen Kathys und der sorgsam aufgeführten Details ihres behüteten Lebens, doch dann stellte sich Anerkennung für ihr aussichtsloses Ringen ein, eine Art mitfühlendes Verständnis. Wir ließen uns von den Figuren und ihrem Schicksal berühren und an den Wert ebenso wie an die Sinnlosigkeit des Lebens erinnern. Während wir selbst auf der Reise sind – zunächst in betreuender Funktion, wie Kathy, später dann als Betreute, wie ihre Spender –, bleiben uns Kathy und ihre Kohorte in unguter Erinnerung. Und so wird der englische Originaltitel dieses bewegenden Romans zum Programm: *Never Let me Go*.

Das Unbehagen, das ich meine, setzt besonders jenen zu, die das Privileg von Bildung genossen haben und Wissen erwerben wollten in der Überzeugung, dass es uns »verbessert«. Wir haben vielleicht kein schickes Internat mit Pavillons und Sportplätzen besucht wie Kathy und ihre Freunde, doch als Studierende haben auch wir darauf vertraut, dass Bildung einen Nutzen hat und mehr ist als ein bloßer Zeitvertreib. Wir vertrauen darauf, dass Bildung unser Leben sinnvoller und wertvoller macht und dass wir damit, wenn nicht unbedingt länger, zumindest besser und bewusster leben können. Doch was, wenn sich hinter dem Leben am Ende nichts anderes verbirgt als der Tod? Auf lange Sicht kommt niemand um diese Wahrheit herum; für Kathy und die Ihren, die vorzeitig sterben müssen, wird sie schon früh zu einer unverrückbaren Tatsache.

Erst gegen Ende des Romans findet Kathy heraus, dass sie und die anderen Insassen von Hailsham ein Experiment innerhalb eines größeren Experiments – des Klonens von Menschen – waren. Als sie Madame und Miss Emily zur Rede stellen, erfahren Kathy und Tommy, was Kathy schon immer geahnt hatte: dass das inzwischen geschlossene Hailsham abseits des Üblichen betrieben wurde und ein besonderes Internat war, gegründet von überzeugten Liberalen, in deren Vorstellung den Klonen, euphemistisch »Kollegiaten« genannt, eine rigorose Ausbildung und eine hohe Lebensqualität zukommen sollten. Sie bekamen die Möglichkeit, zu lernen, zu reflektieren und künstlerisch tätig zu sein, mit anderen Worten sollte ihr Leben einen Sinn erhalten, der über ihren bloßen Nutzen hinausging. Zum Zeitpunkt von Kathys Erzählung gilt diese Vorstellung als überholt. Ähnlich wie in unserer Zeit ist das Pendel zugunsten strikter Zweckmäßigkeit ausgeschlagen, und der Wert einer geisteswissenschaftlichen Ausbildung, der Beschäftigung mit Geschichte, Klassikern und Kunst um ihrer selbst willen, zunehmend in Zweifel gezogen.

Früher noch als Kathy selbst werden wir uns ihrer heftigen Nostalgie in Zusammenhang mit Hailsham bewusst – einer Nostalgie, die sie schon während ihres Aufenthaltes dort empfindet und die sie tiefer prägt als Ruth oder Tommy. Von Anfang an spürt sie, wie wichtig die kleinen Freuden sind, die die Gegenwart und die Vergangenheit bieten, während die anderen – naiverweise – an eine Zukunft glauben. In der Rückschau sagt sie: »Die schiere Anstrengung, die Ruth auf sich nahm, um sich weiterzuentwickeln, erwachsen zu werden, Hailsham hinter sich zu lassen, wusste ich damals wahrscheinlich nicht ganz zu würdigen.« Zunächst erkennt Kathy nicht, dass ihre Nostalgie nichts anderes ist als eine Sehnsucht nach Vertrauen. Der zwangsläufige Übergang ins Erwachsenenleben, den alle »Kollegiaten« durchmachen – der Umzug vom hermetisch abgeschlossenen, sicheren Hailsham zuerst in die sogenannten Cottages (eine Art Übergangsheim) und dann in die Welt –, geht mit einer Akzeptanz der Tatsache einher, dass der Lebenszweck eines Klons sich darin erschöpft, zu sterben (»abzuschließen«, wie ihr Tod zartfühlend umschrieben wird) oder seinen Gefährtinnen und Gefährten das Sterben zu erleichtern. Die »Kollegiaten« erleben diesen Übergang, sobald ihre Körper Reife erlangt haben, mit siebzehn oder achtzehn Jahren, wogegen wir, die gewöhnlichen Sterblichen, es in unserer nicht weniger bizarren Wirklichkeit oft schaffen, ihn für den größten Teil unseres Lebens hinauszuzögern.

Und folglich blicken die »Kollegiaten« auf ihre kurze, glückliche Kindheit zurück wie wir anderen im hohen Alter auf unser gesamtes Leben. In Kathys Erinnerung nehmen selbst kleine Vorfälle eine große Bedeutung an und werden immer wieder uminterpretiert, denn ihre Sehnsucht nach dem ungelebten Leben ist übermächtig. Sie liest ihre Vergangenheit *wie ein Buch* und sucht nach Zeichen, nach Erklärungen für das, was passiert ist, und nach Alternativen, wie es sich sonst hätte abspielen können. Anders als Ruth und letztlich auch Tommy (vor allem während der dramatischen Begegnung mit den ehemaligen Lehrerinnen, als er sein

Schicksal akzeptiert) bleibt Kathy H. bis zum Schluss eine Analytikerin und wahre Schülerin, gerade so, als könnte sie in ihrem sinnlosen Leben einen Sinn erkennen und ihm eine Bedeutung verleihen: »Mit diesen Bruchstücken stützte ich meine Trümmer.«

Dass die »Kollegiaten« nicht fortpflanzungsfähig sind, ist für die Wirkung des Romans essentiell. Wie Cicero bekanntermaßen sagte, ist keine Gabe der Natur einem Menschen kostbarer als seine Kinder, und tatsächlich schützen uns unsere Kinder noch effektiver als die Kunst davor, vom allgegenwärtigen Verfall und Verlust überwältigt zu werden. Während wir mit dem Tod unserer Eltern fertigwerden müssen und später mit dem unserer Altersgenossen, sind es die unaufschiebbaren Bedürfnisse unserer Kinder und unser Glaube an ihre Zukunft, die uns am Leben halten. Ironischerweise verspüren wir Erwachsenen den Wunsch, sie vor dem Wissen um die Unvermeidlichkeit des Todes abzuschirmen, so wie Kathy in Hailsham von der Welt abgeschirmt und in seligem Unwissen gelassen wird. So gesehen ist es ausgerechnet die Weiterverbreitung einer Lüge, die unserem Leben einen Sinn gibt.

In einer zentralen Szene des Romans, auf die auch der englische Originaltitel zurückgeht, sehen wir Kathy als junges Mädchen allein im Schlafsaal. Sie tanzt zu ihrem Lieblingssong »Never Let Me Go«:

Was war so besonders an diesem Song? Eigentlich achtete ich kaum auf den Text, sondern wartete immer nur auf die Zeile: *Baby, baby, never let me go …* Dabei stellte ich mir eine Frau vor, die erfahren hatte, dass sie keine Kinder bekommen konnte, aber sich ihr Leben lang nach nichts anderem gesehnt hatte. Dann geschieht ein Wunder und sie bringt doch ein Baby zur Welt, und sie drückt dieses Baby an sich und trägt es herum und singt: »Baby, lass mich niemals los …«

Während Kathy diesem Traumbild nachhängt, sich langsam im Takt der Musik wiegt und sich das imaginäre Baby an die Brust drückt, kommt Madame durch den Flur und bleibt im Türrahmen stehen:

Sie stand einfach nur draußen im Gang, schluchzte unentwegt und starrte mich durch die offene Tür mit diesem Blick an, mit dem sie uns immer ansah, so als sträubten sich ihr bei unserem Anblick sämtliche Haare. Diesmal aber lag noch etwas anderes in ihrem Blick, das ich nicht recht deuten konnte.

Nur einer von vielen Momenten, die Kathy später »liest«, um ihr Leben besser zu verstehen. Der ganze Roman ist aus Begebenheiten wie dieser zusammengesetzt, und sie wirken wie einzeln ins Licht gehaltene Puzzleteile. (In der Hinsicht ist Kathy das genaue Gegenteil vom Butler Stevens, der sich bis zuletzt weigert, jene Vorfälle zu interpretieren, die ihn geprägt haben; er überlässt es uns, diese Aufgabe zu erfüllen und einen Schmerz zu spüren, den er nicht zulassen kann.) Bei ihrem Wiedersehen werden Kathy und Madame über die Szene sprechen, und dann wird Kathy endlich erfahren, was ihre Lehrerin damals gedacht hat.

Doch wie der Roman klarstellt, hat diese lebenslange Ungewissheit einen Wert an sich. Der Impuls, zu deuten und Ereignissen und Taten einen Sinn anzuhängen, motiviert uns zu zielgerichtetem Handeln. Ganz simpel ausgedrückt ist er es, der uns Hoffnung schenkt, selbst wenn unser Tod so sicher ist wie der von Kathy, Tommy und Ruth. Die Entmystifizierung der menschlichen Erzählung – der Moment der Erkenntnis, wenn wir endlich erfahren, was wirklich geschehen ist und welche Absicht dahintersteckte – bedeutet zugleich das Ende jener Hoffnung. Im Roman rennt Tommy nachts auf eine Weide: »Er tobte und brüllte, schüttelte die Fäuste und trat wild um sich«, nur um sich danach seinem düsteren Schicksal zu ergeben.

Der hässlichen Wahrheit über das unvermeidliche Ende ins Auge zu blicken erzeugt dennoch eine bestärkende Klarheit. Kathys Überlegungen vermitteln eine neue, andere Art von Hoffnung, denn obwohl die von ihr gesammelten Trümmer ihre körperliche Auslöschung nicht verhindern können, sind sie alles andere als bedeutungslos. Die Bilder und Skulpturen, die sie während ihrer Jugend in Hailsham produziert hat, mögen sich als wertlos erwiesen haben (wie die meiste Kinderkunst, die man Jahre später in einer Kommode wiederfindet), doch ihr letztes Werk, ihre Geschichte, die uns seltsamerweise wahrhaftiger erscheint als jede Wahrheit, hat uns in ihren Bann geschlagen und wird uns niemals loslassen.

Claire Messud, geboren 1966, studierte u.a. an der Yale University und unterrichtet Kreatives Schreiben an verschiedenen Colleges. Sie ist Autorin von sechs Romanen, ihr Großstadtroman Des Kaisers Kinder *war ein weltweiter Erfolg. Claire Messud lebt in Cambridge, Massachusetts.*